KB186833

변신 · 시골 의사

박철규

오스트리아 빈 대학에서 역사철학을 전공했다. 〈연합통신〉 외신부장, 〈세계일보〉 국제부장, 〈부산매일〉 논설위원을 거쳐 빈과 프랑크푸르트 특파원을 지냈다. 지은 책으로 《죽고 싶다고 말하지 말라》 《글자를 묻지 말고 뜻을 읽거나》 등이 있고, 옮긴 책으로 《미 국방성과 전쟁술》 《소크라테스와 악처 크산티페》 《군주론》 등이 있다.

변신 · 시골 의사

초 판 1쇄 발행 | 2007년 7월 20일
초 판 4쇄 발행 | 2011년 10월 10일
개정판 1쇄 발행 | 2013년 11월 10일

지은이 | 프란츠 카프카
옮긴이 | 박철규
펴낸이 | 김형호
펴낸곳 | 아름다운날
출판 등록 | 1999년 11월 22일
주소 | (121-837) 서울시 마포구 서교동 351-10 동보빌딩 103호
전화 | 02) 3142-8420
팩스 | 02) 3143-4154
E-메일 | arumbook@hanmail.net
ISBN 978-89-93876-43-7 (03840) | 값 9,500원

＊잘못된 책은 본사나 구입하신 서점에서 교환하여 드립니다.

이 도서의 국립중앙도서관 출판시도서목록(CIP)은 서지정보유통지원시스템 홈페이지(http://seoji.nl.go.kr)와 국가자료공동목록시스템(http://www.nl.go.kr/kolisnet)에서 이용하실 수 있습니다.(CIP제어번호: CIP2013021129)

변신 · 시골 의사

프란츠 카프카 지음 | 박철규 옮김

아름다운날

카뮈와 카프카! 이 두 사람은 늘 단짝친구처럼 짝지어 다니는 실존문학의 선구자들입니다.

실존문학이란 '실존하는 것'을 중요하게 생각하는 태도라고 할 수 있지요. 즉, 세상을 부패하고 부조리한 것으로 파악하고, 반성하는 태도, 또는 현실세계를 비판적으로 바라보며, 부조리한 것들을 의심하고 해결 방안을 찾으려는 태도라고 할 수 있습니다.

카프카는 독일문학뿐 아니라 세계문학을 통틀어 가장 많이 연구되고 사람들 입에 오르내리는 작가 중 한 사람입니다.

이처럼 수많은 사람들이 카프카 문학에 주목하는 이유는 그가 인간 존재의 불안과 고독, 그리고 극한 상황에 놓인 현대인의 이야기를 놀라울 정도로 잘 녹여내고 있기 때문입니다.

카프카의 단편들은 소심하고 나약한 개인의 일상이 일방적이고 폭력적인 권위의 힘에 맞서지 못하고 무너져 내리는 과정을 그린 것이 대부분입니다.

이들 소설 속 주인공들은 『변신』의 주인공 그레고르 잠자처럼 벌레가 되어버려 나중에는 가족들에게 철저히 버림받은 후 죽음을 당하거나 비극적인 결말을 맞이하기 때문에 어쩌면 상당히 암울하다고 할 수 있습니다. 그러나 카프카의 평전이나 일상의 자취들을 살펴보면 소설을 이해하기가 훨씬 수월해집니다.

지극히 권위적이고 자식들에게 일방적인 상처를 가하는 아버지 밑에서 자란 카프카는 소설을 통해 자신만의 방식으로 항거를 했다고 할 수 있습니다.

그의 소설들이 대부분 비극적인 결말을 맞이하고 있지만 강렬한 여운으로 남는 이유는 그만큼 주인공들의 몸부림이 처절하기 때문입니다.

그렇다면 우리가 왜 카프카의 소설을 읽어야 할까요?

카프카의 작품들은 어찌 보면 현실을 잔뜩 뒤틀어놓은 것처럼 보이지만 그 이면을 찬찬히 헤집어보면 현실보다 더 현실적이고 생생해서 문득 우리네 현실을 돌아보게 만든다는 데서 그 이유를 찾을 수 있습니다.

때때로 카프카의 작품에 대해 지나치게 난해하다는 이유로 일찌감치 책장을 덮어버리는 독자도 있을 것입니다. 그러나 그의 작품들 대부분이 시공간을 뛰어넘는 풍부한 비유로 이루어져 있고, 양파껍질처럼 벗겨도 벗겨도 그 실체를 온전히 알 수 없는 무한한 해석 가능성을 갖고 있다는 비밀을 안다면 절대 책을 놓지 않을 것입니다.

또한 논술을 준비하는 학생이라면 카프카의 단편을 토론하면서 실존주의의 지향점은 물론 사회적 배경, 문제의식 등에 따라 다각도의 토론이 가능합니다.

—2007년 박철규

차 례

변신

벌레가 된 사나이

어느 날 아침, 뒤숭숭한 꿈자리에서 깨어난 그레고르는 자신이 침대 속에서 한 마리의 흉측한 벌레로 변해 있다는 것을 알게 되었다. 그는 갑옷처럼 딱딱한 등을 밑으로 하고 위를 쳐다보며 벌렁 누워 있었다. 고개를 약간 쳐들자 활 모양으로 부풀어 오른 갈색의 복부가 보였다. 복부의 불룩한 부분에 걸쳐져 있는 이불은 당장이라도 벗겨질 것 같았다. 여러 개의 다리는 그의 눈앞에서 불안하게 꿈틀거리고 있었는데, 커다란 몸체에 비해 어이가 없을 정도로 가늘었다.

'도대체 어찌된 일일까!'

그는 생각했다.

하지만 분명 꿈은 아니었다. 주위를 둘러보니 조금 비좁은 듯하지만 사람이 사는 방이 분명했으며, 그것은 틀림없는 자신의 방이었다. 사방의 벽지도 낯익은 바로 그 벽지였다. 따로따로 묶은 옷감 견본이 흩어져 있는 테이블 위에는

(그는 영업직 직원이었다) 얼마 전 한 잡지 화보에서 오려 예쁜 금박 액자에 넣어 걸어 놓은 그림이 있었다. 그것은 털모자를 쓰고 털목도리를 두른 한 부인의 모습을 묘사한 것으로, 단정하게 앉아서 묵직한 털토시 속에 집어넣은 두 팔은 앞을 향해 내밀고 있었다.

그레고르는 창밖으로 시선을 돌렸다. 창문의 양철판을 두드리는 빗방울 소리가 들렸다. 음산한 날씨가 그의 기분을 우울하게 만들었다.

'이런 쓸데없는 망상은 그만 두고 잠이나 좀 더 자는 것이 낫지 않을까?'

그는 생각했다.

그러나 그것은 실천에 옮기기 어려운 일이었다. 그는 늘 오른쪽으로 누워 자는 버릇이 있었는데, 현재와 같은 상태로는 그것이 불가능했기 때문이다. 아무리 힘을 써서 오른쪽으로 돌아누우려 해도 그때마다 몸이 흔들려서 결국은 위를 향해 누운 처음의 자세로 되돌아오고 말았다. 그는 백 번도 넘게 시도해 보았을 것이다. 그의 눈은 계속 감긴 채였다. 눈을 뜨게 되면 버르적거리는 여러 개의 다리들을 보지 않을 수 없었기 때문이다. 옆구리에는 이제껏 느끼지 못했던 가벼운 통증까지 왔으므로 할 수 없이 오른쪽을 바닥에 대고 자려던 결심을 포기해야만 했다.

'아아, 어째서 나는 이런 고된 직업을 택해야만 했을까! 날이면 날마다 여행 또 여행이다. 상점에서 근무하는 것보다 훨씬 더 힘들다. 게다가 여행을 떠나게 되면 열차를 갈아타야 하는 것에 대한 걱정, 불규칙하고 마음에 들지 않는 식사, 언제나 고객이 바뀌어 제대로 된 인간관계가 성립된 적이 없어. 그러니 제대로 된 친구 한 사람 없지. 아, 지긋지긋하다. 제기랄! 될 대로 되라지.'

그레고르는 그런 생각을 생각했다.

복부 위쪽이 조금 가려웠다. 머리를 좀 더 쳐들 수 있도록 드러누운 채 천천히 몸을 침대 손잡이 기둥 쪽으로 밀고 올라가서 보니 가려운 곳이 정확하게 보였다. 그곳에는 조그마한 흰 점들이 박혀 있었다. 그는 그 점들이 도대체 뭔지 알 수가 없었다. 다리 하나를 사용해서 만져 보려고 했으나 이내 움츠리고 말았다. 다리 하나를 슬며시 그곳에 갖다대자 온몸에 오싹 소름이 끼쳤기 때문이었다.

그는 다시 몸을 이끌고 본래의 자리로 가서 벌렁 나자빠지면서 생각했다.

'너무 일찍 일어나서 바보가 된 거야. 사람은 잠을 자야해. 다른 영업직 직원들은 마치 후궁처럼 살고 있지 않은가 말이다. 내가 주문받은 것을 기입하려고 오전 중에 여관으로 들어올 때에야 비로소 그들은 아침식사를 시작하지 않는

가. 만약 그런 짓을 단 한 번이라도 흉내 낸다면 사장은 당장 나를 파면시켜 버렸을 거야. 나도 그들처럼 여유 있게 살아보고 싶다. 부모님 때문에 꾹 참아왔지만, 그렇지 않았다면 벌써 사표를 냈을 것이다. 사장 앞으로 뚜벅뚜벅 걸어가서 내 마음속의 이야기를 주저 없이 털어놓으면 틀림없이 사장은 놀라 책상에서 굴러 떨어지고 말걸? 책상 위에 올라앉아 사원들을 내려다보며 이야기하는 사장의 버릇은 정말 고약해. 사장은 귀가 먹어서 사원들은 늘 바짝 다가앉아야만 했지. 하지만 앞으로 전혀 희망이 없는 것도 아니야. 부모님께서 사장에게 진 빚을 갚을 만큼 내가 돈을 모으면(그렇게 되려면 아직 5, 6년은 더 걸릴 테지만) 그렇게만 되면 나는 꼭 그 일을 결행할 거야. 그것은 내 인생에 있어서 하나의 전환점이 되겠지. 그건 그렇고, 이젠 일어나야지. 5시에 기차가 출발하니까.'

그는 옷장 위에서 째깍거리는 탁상시계를 쳐다보았다.

'아차, 큰일 났는걸!'

하고 그는 생각했다.

벌써 6시 30분이었다. 시곗바늘이 조용히 돌아가고 있었다. 벌써 30분이 지나고 45분에 가까워지고 있었다. 종이 울리지 않은 걸까. 시계의 자명종을 4시 정각에 맞춰 놓은 것이 침대에서도 보였다. 틀림없이 종이 울렸을 것이다. 방

안을 뒤흔드는 자명종 소리를 듣고도 잠을 잘 수 있었단 말인가? 그러나 그는 편안하게 잘 잔 것도 아니었다. 편안히 자지 못했기 때문에 시계가 울린 뒤에 더욱 깊이 잠들었는지도 모르는 일이었다. 하여간 이제 어찌하면 좋단 말인가? 다음 기차는 7시에 떠난다. 그 시간에 대려면 한바탕 바삐 서둘러야 했다. 그런데 견본들은 아직 포장조차 되어 있지 않았으며, 기분 또한 그다지 상쾌하지 않아서 몸이 가볍게 움직여질 것 같지가 않았다. 설사 기차를 탈 수 있다손 치더라도 사장의 꾸지람을 피할 길이 없었다. 왜냐하면 심부름꾼이 5시 차를 기다리고 있다가 내가 내리지 않은 사실을 이미 사장에게 보고해 버렸을 터이므로. 그놈은 사장의 마음을 사로잡은 아첨꾼으로, 줏대도 없는 멍청이 녀석이었다.

자, 그러면 병에 걸렸다고 보고를 하면 어떨까? 그러나 그것은 굉장히 불쾌한 일일 뿐더러, 수상하다고 의심을 살 것이다. 왜냐하면 그레고르는 지난 5년 동안 영업직 생활을 하면서 단 한 번도 병을 앓은 적이 없었기 때문이다. 아마 사장은 생명보험회사의 의사를 데리고 올지도 모른다. 그리고 게으른 아들의 과오에 대해 부모님을 힐책할 것이다. 게다가 아무리 아프다고 변명하더라도 그 보험회사의 의사에게 진찰을 받아야 된다고 사장이 우기면 모든 일은 수포로 돌아가고 만다. 사실 그 의사의 입장에서 볼 때 나는 몸에 아무런 이상도 없으면서 그저 일하기를 싫어하는 사람으로 보일 것이었다. 그렇다고 그 의사를 나쁘다고 할 수 있을까? 지금까지 그레고르는 잠을 푹 자고 난 뒤에도 졸음이 가시지 않았던 것을 제외하고는 건강하였고, 게다가 식욕까지도 왕성하지 않았던가.

그가 좀처럼 침대에서 떠나려는 결심을 하지 못하고, 마치 주마등을 스치듯이 생각들이 그의 머릿속을 스치고 있을 때 (시계가 막 6시 45분을 알렸다) 그의 침대 머리 쪽에 있는 문을 조심스럽게 두드리는 소리가 들렸다. 어머니였다.

"6시 45분이다. 출발해야 하지 않니?"

부드러운 목소리였다. 그러나 그레고르는 어머니에게 대답하는 자신의 목소리를 들었을 때 깜짝 놀랐다. 이제까지의 자기 목소리는 틀림없었지만, 어쩐지 밑에서 울려나오는 것 같으면서도 억제할 수 없는 괴로운 신음소리가 섞여 있었다. 게다가 첫 순간에는 또렷하게 발음을 하였지만, 그 다음부터는 상대방의 생각은 아랑곳없다는 듯이 말끝이 여운으로 흐려지고 마는 것이었다. 그레고르는 모든 것을 자세하게 설명하려고 생각했지만 이렇게 대답할 수밖에 없었다.

"네, 네! 어머니, 지금 일어납니다."

문을 사이에 두고 있었기 때문에 그레고르의 목소리가 변한 것을 밖에서는 알아채지 못했는지도 모른다. 그의 대답을 듣고 어머니는 안심하고 발을 끌며 가 버렸다. 그러나 이렇게 간단한 말이나마 주고받았으므로 벌써 출발했으려니 했던 그레고르가 아직도 집에서 꾸물거리고 있는 것을 가족 모두가 알게 되었다.

"그레고르! 그레고르!" 이번에는 아버지가 낮은 소리로 불렀다. "대체 어떻게 된 거냐?" 잠시 후 아버지는 묵직한 목소리로 다시 한 번 대답을 재촉했다.

"그레고르! 그레고르!"

그러자 맞은편 문 밖에서 누이동생이 가느다란 목소리로 걱정스럽다는 듯이 물어 왔다.

"오빠, 어디 몸이 안 좋아? 도와줄까?"

양쪽 문을 향해서 그레고르가 대답했다.

"다 준비됐습니다."

그는 신중하게 각 음절 사이에 간격을 두어 띄엄띄엄 말했다. 아버지는 식사를 하러 돌아갔으나, 아직 누이동생만은 "오빠, 문을 열어 줘. 응?" 하고 애원했다. 그러나 그레고르는 문을 열 수가 없었다. 밤이 오면 문이란 문은 모두 잠가 버리는 여행하면서 익힌 습관에 감사했을 정도였다. 그리하여 그는 방해를 받지 않고 조용히 일어나 옷을 주워 입고 아침을 먹으려고 했다. 그러고 나서 비로소 다음 일을 생각하려 했다. 아무리 이불 속에서 고민해 본들 별 신통한 방법을 발견하지 못하리란 걸 잘 알고 있었기 때문이다. 그의 기억으로는 전에도 때때로 잠자리가 불편하여 가벼운 고통을 느꼈지만 침대에서 일어났을 때에는 모두가 단순한 망상이었던 적이 여러 번 있었다. 그러므로 오늘의 복잡한 상황도 결국은 잘 풀려 갈 것이라고 생각하며 긴장감을 갖고 자신을 관찰하였다. 자신의 목소리가 변한 것은 영업 판매직의 직업병인 심한 감기 증세임에 틀림없다고 생각하고, 그 점을 조금도 의심치 않았다.

이불을 걷어내는 것은 간단한 일이었다. 숨을 들이쉬면서 배를 조금 부풀리자 저절로 흘러내렸다. 그러나 그 다음이 문제였다. 그의 몸이 유달리 옆으로 퍼져 있었기 때문이다. 몸을 일으키려면 팔을 이용해야만 하는데, 팔은 없고 쉴 새 없이 제멋대로 움직이는 수많은 다리들만 있었다. 한데 그 다리들조차도 자신의 마음대로 움직여 주지 않았다. 그는 다리 하나를 구부리려고 했으나 그 다리는 제멋대로 쭉 뻗쳤다. 그나마 몇 개의 다리를 사용해서 자신이 하려는 일을 끝마치면 그동안 다른 모든 다리들은 겨우 해방이라도 되었다는 듯이 요란스럽게 꿈틀거리는 것이었다.

'침대 속에서 우물쭈물 있어 봐야 소용없다.'

우선 하반신부터 침대에서 내려서려고 해봤다. 그러나 그는 하반신을 볼 수도 없었고, 어떤 모양으로 생겼는지 짐작조차 할 수가 없었다. 게다가 몸을 움직이려고 했을 때 매우 힘들다는 사실을 깨달았다. 그리고 몸은 매우 느리게 움직였다. 결국 그는 불끈 화를 내며 있는 힘을 다해서 몸을 침대 밖으로 내밀었다. 그런데 방향이 잘못되어 침대 다리쪽 기둥에 심하게 부딪치고 말았다. 그레고르는 그 자리가 불에 덴 것처럼 따끔한 통증을 느꼈으므로, 하반신이 감각이 가장 예민한 부분이라는 사실을 깨달을 수 있었다.

그래서 그는 상반신을 먼저 침대에서 끌어내리려고 시도해 보았다. 조심스럽게 머리를 침대 가로 돌렸다. 그렇게 하는 것은 큰 힘이 들지 않았다. 몸뚱이는 육중했지만, 머리가 도는 대로 몸뚱이도 천천히 따라갔다. 그러나 막상 머리를 침대 밖으로 쑥 내밀고, 허공으로 쳐들었을 때, 그는 더 이상 그런 식으로 앞으로 나아가는 것에 불안을 느꼈다. 만일 그런 자세로 침대 밖으로 몸을 내민다면 결국 아래로 떨어지지 않을 수 없게 될 것이고, 그렇게 되면 기적이라도 일어나지 않는 한 머리는 온전할 수 없을 것이다. 무엇보다도 이런 때일수록 정신을 바짝 차려야 한다고 생각한 그는 차라리 침대에 누워 있는 편이 낫겠다고 마음을 돌려먹었다.

그러나 한숨을 지으며 애를 써서 본래의 자세로 돌아와 눕는 동안 여러 개의 발이 서로 얽혀서 허우적거리는 꼴을 보았을 때, 이렇게 제멋대로 발이 움직이게 두어서는 결국 휴식과 질서를 갖기 매우 어려우리라는 것을 깨달았다. 그러나 그대로 계속해서 침대에 누워 있을 수는 없었다. 설사 빠져나갈 희망이 없다고 할지라도 모든 희생을 무릅쓰고 감행하는 것이 현명한 일이라고 혼잣말로 중얼거렸다. 그러면서도 동시에 절망해 있느니 냉정하게 분별 있는 행동을 취하는 것이 낫겠다는 생각도 해보았다. 그때 그는 날카로운 시선으로 창문을 쳐다보았다. 그러나 아침 안개가 좁은 골목 건너편에 늘어선 집들까지도 뒤덮고 있어서 어떤 위안이나 상쾌함을 느낄 수가 없었다.

'벌써 7시야.'

자명종이 울렸다.

'7신데도 아직 안개가 저렇게 짙을까?'

이렇게 생각하며 계속 누워 있었다. 가만히 있으면 당연히 현실이 돌아오기라도 할 것처럼.

그리고 그는 또다시 중얼거렸다.

"무슨 일이 있더라도 7시 15분까지는 침대에서 일어나야 한다. 그때쯤이면 회사에서 누군가 나를 만나기 위해 찾아올 것이다. 회사는 7시 전에 문을 여니까."

이번에는 그레고르가 몸의 균형을 잡고 옆으로 몸을 가볍게 흔들면서 한순간에 침대 밑으로 떨어지려고 해보았다. 이런 방법으로 침대에서 떨어질 때는 머리를 조심해서 위로

올리면 다치지 않을 것이었다. 등은 딱딱한 것 같으므로 카
펫 위에 떨어져도 별다른 사고는 일어나지 않을 것 같았다.
그러나 걱정이 되는 것은 떨어질 때 큰 소리가 나면 집안사
람들이 놀라지는 않더라도, 무슨 일일까 하고 걱정할 것 같
았다. 그래도 대담하게 하지 않으면 안 되었다. 그레고르가
몸을 절반쯤 일으켰을 때(이 새로운 방법은 힘이 든다기보다는
차라리 재미있는 일이었고, 마냥 누운 채 좌우로 흔들기만 하면
되었지만) 누가 와서 좀 거들어 주기만 하면 모든 것이 간단
히 해결될 것 같았다.

힘센 사람이 둘(그는 아버지와 하녀를 생각했다)만 있으면
충분할 것 같았다. 그들이 팔을 자신의 둥근 등 밑에 집어넣
어 몸을 쳐들어 침대에서 내려놓고, 그 다음엔 자신이 마루
위에서 몸을 뒤집을 때까지 조심스럽게 참아 주기만 하면
될 것이다. 그때는 이 조그마한 다리들이 제 구실을 다할 것
이다. 그는 문들이 잠겨 있다는 사실은 전혀 생각지도 않았
다. 과연 정말 구원을 청해야 할 것인가? 이렇게 곤경에 처
해 있으면서도 그 생각을 하자 웃음을 참을 수가 없었다.

그는 계속해서 몸을 흔들다가 결국 균형을 잃고 침대에서
떨어질 지경에 이르렀기 때문에 마지막 결심을 하지 않으면
안 되었다. 왜냐하면 5분만 있으면 7시 15분이었기 때문이
다. 그때 현관문에서 벨이 울렸다. '상점에서 누가 왔구

나.' 하고 생각하자 몸이 빳빳하게 굳는 것 같았다. 그러는 동안에도 작은 발들이 분주하게 버둥거렸다. 잠시 온 집안이 조용해졌다.

'아무도 문을 열어 주지 않는구나!' 라고 생각하면서 그는 어리석은 희망에 매달려 보았다. 그때 하녀가 예전과 다름없이 침착한 걸음걸이로 현관으로 나가서 문을 열었다. 그레고르는 방문객의 첫 인사만 듣고도 그가 누구라는 것을 알아차렸다. 그는 상관이었다. 어째서 자신은 잠시 업무에 소홀했다고 금세 의심을 받는 그런 회사에 근무하는 운명에 처해 있단 말인가. 도대체 모든 사원들은 하나같이 쓸모없는 건달들이란 말인가? 그들 가운데는 단지 아침에 두서너 시간 정도밖에 일을 하지 않았다고 해서 양심의 가책을 받고 얼이 빠져 침대에서 일어날 수도 없는 상황에 직면하는 그런 충실하고 열성적인 사람은 한 명도 없단 말인가? 사실 동정을 살피려면 급사를 보내어 물어보면 충분하지 않을까?(물론 그 형편을 알아본다는 일이 필요할 때란 말이겠지만 말이다) 그런데 왜 이사님이 직접 와야 했단 말인가? 그리고 이사님이 이처럼 의심을 갖고 있다는 것을 아무 죄도 없는 가족들에게까지 알려져야 한단 말인가?

그레고르는 단단히 결심을 해서가 아니라 이런 생각을 하면서 흥분했기 때문에 전력을 다하여 침대에서 뛰어내렸다.

순간 쿵 하는 둔탁한 소리가 났다. 그러나 그다지 요란한 소리는 아니었다. 카펫이 깔려 있어서 사람들이 놀랄 만큼 큰 소리는 나지 않았으나 조심해서 충분히 머리를 들지 못했기 때문에 머리가 바닥에 부딪치고 말았다. 그는 화가 나고 아파서, 부딪힌 머리를 카펫에 비벼댔다.

"방 안에서 무엇이 떨어졌나 봅니다."

이사가 왼쪽 옆방에서 말했다. 그레고르는 언젠가는 이사에게도 자기에게 일어난 것과 같은 일이 일어날지도 모른다고 상상해 보았다. 그런 일이 일어나지 않을 것이라고는 그 누구도 장담할 수가 없었다. 그런데 그의 이런 상상에 대한 대답이라도 하려는 듯 옆방에서 이사가 발에 힘을 주어 에나멜 구두 소리를 냈다. 그때 오른쪽 방에서 그레고르에게 손님이 왔음을 알리는 누이동생의 속삭임이 들려왔다.

"오빠! 이사님이 오셨어요."

"알고 있어."

그레고르가 중얼거렸다. 그 중얼거림은 동생이 알아들을 수 없을 정도로 낮았으나 그렇다고 목소리를 높일 수는 없었다.

"그레고르야."

이번에는 왼쪽 옆방에서 아버지의 목소리가 들려왔다.

"네 이사가 왜 아침 차로 출발하지 않았느냐고 물으신다.

뭐라고 말씀드려야 할지 우리야 알겠니? 그보다도 네 이사가 개인적으로 너와 이야기를 나누고 싶다고 하신다. 그러니 자! 문을 좀 열어라. 방이 지저분해도 널리 양해해 주실 거다."

"여보게, 잠자 군."

그의 이사가 정답게 불렀다.

"몸이 좋지 않아요."

아버지가 아직 문 옆에서 말을 하고 있는 동안 어머니가 이사에게 말했다.

"얘가 몸이 좋지 않아요. 제 말을 믿어 주세요. 그렇지 않다면 그레고르가 기차를 놓칠 리가 있겠습니까! 우리 아이는 일 이외에는 아무것도 생각하지 않는 아이랍니다. 밤에는 기분 전환도 할 겸 외출이라도 하라고 오히려 제가 잔소리를 해야 할 정도니까요. 1주일씩이나 집에 와 있으면서도 매일같이 집 안에만 처박혀 있답니다. 저녁이면 책상 옆에 앉아서 조용히 신문을 읽거나 열차 시간표를 검토하곤 하지요. 취미 생활이라곤 톱으로 무언가를 만드는 것뿐입니다. 지난번에는 이틀인가 사흘 걸려서 조그만 액자 하나를 짰답니다. 얼마나 훌륭한지 보면 놀라실 겁니다. 우리애 방에 걸려 있지요. 그레고르가 문을 열면 바로 보실 수있을 거예요. 무엇보다도 당신이 이렇게 와 주셔서 영광입니다. 우리들만으로는 그레고르에게 문을 열게 하지는 못했을 것입니다. 그 애는 고집이 세서 말입니다. 아침에 물어보았더니 그렇지 않다고 하기는 했지만, 틀림없이 몸이 불편한 것 같습니다."

"곧 갑니다."

그레고르는 천천히 말한 후, 그들의 이야기를 한 마디도 놓치지 않으려고 가만히 있었다.

"저도 뭐 특별히 다른 생각을 갖고 있지는 않습니다, 부인!"

하고 이사가 말했다.

"큰 병이 아니기를 바랍니다. 그런데 이 기회에 한 가지 말씀드리고 싶은 것은 우리 같은 사람들은(행복하든 불행하든 자기 사정이 어떻든 간에) 몸이 조금 불편한 것쯤은 영업 생각을 해서라도 참아내야 한다는 것입니다."

"애야, 이제 이사님께서 들어가셔도 괜찮겠느냐?"

아버지는 초조하게 이렇게 묻고는 더 이상 참지 못하겠다는 듯 문을 두드렸다.

"안 됩니다."

그레고르가 말했다.

왼쪽 방에는 숨 막힐 듯한 침묵이 흐르고, 오른쪽 옆방에서는 누이동생이 흐느껴 울기 시작했다.

    도대체 왜 누이동생은 다른 사람들이 있는 데로 가지 않을까? 그 애는 이제 막 일어나서 아직 옷도 갈아입지 못한 모양이지? 그런데 무엇 때문에 울고 있는 것일까? 내가 일어나지 않고, 또 이사님을 들어오지 못하게 해서인가? 회사에서 내 목이 달아날 것 같아서? 만일 그렇게 되면 사장이 다시 밀린 부채를 들먹거리면서 부모님을 괴롭힐까 봐 두려워서 우는 것일까? 그러나 그런 것들은 미리 걱정할 필요가 없는 일이다. 어떻든 나는 아직 여기 있을뿐더러 결코 부모를 저버릴 생각은 해 본 일조차 없다.

    잠시 동안 그는 카펫 위에 편안하게 누워 있었다. 현재 그의 상태를 잘 알고 있는 사람이라면 그에게 이사님을 안으로 맞아들이라고 요구하진 못할 것이다. 그리고 이후에도 쉽사리 변명할 수 있는 이런 사소한 실례 때문에 그레고르가 즉시 회사에서 쫓겨나는 일은 없을 것이다. 그래서 그레고르는 울며불며 이사님을 귀찮게 하느니보다는, 그를 그대로 내버려두는 편이 훨씬 현명한 방법이라고 생각하였다. 그러나 이 불확실하고 애매한 태도야말로 다른 사람들을 어리둥절하게 만들 뿐더러, 그들의 태도를 정당화시키는 계기가 되었다.

    "잠자 군."

    이사는 드디어 높은 목소리로 불렀다.

"도대체 어떻게 된 일인가? 자네는 자네 방에 들어앉아서 단지 '네, 아니오.'만 반복하고 있으니 말이야. 부모님에게 쓸데없는 근심만 끼치고 게다가―이야기가 나왔으니 말이지만―이제껏 들어 보지도 못한 방법으로 자네는 직업상의 의무를 게을리 하는 거라고. 나는 여기서 자네 부모와 사장님을 대신해서 말하겠는데, 즉시 자네의 태도에 대해 명확한 설명을 해주게. 아니, 도대체 이런 일이 있을 수 있는가 말이야. 그래도 나는 자네를 침착하고 분별 있는 사람이라고 생각했는데, 지금의 자네는 이상야릇한 변덕을 부리려고 작정한 사람 같잖은가. 사실은 오늘 아침 사장이 나에게, 자네가 늦은 데 대해서 그 이유를 그럴 듯하게 암시해서 설명했는데―얼마 전 자네에게 맡긴 회수금 문제라네―그러나 나는 그런 해석은 자네에게는 해당되지 않을 것이라고 분명하게 단언했네. 그런데 자네의 이해할 수 없는 고집을 본 이상 이제 자네를 위해서 조금도 변명해 주고 싶은 생각이 없어졌네. 그리고 자네의 지위는 결코 확고부동한 것이 아님을 아울러 밝혀 두고 싶네. 나는 원래 모든 것을 단둘이서만 이야기하려고 생각했었지. 그러나 자네가 나로 하여금 헛되게 시간만 보내게 했기 때문에 자연히 자네 부모님께 그 사실을 말씀드리게 된 것일세. 다시 말하면 요사이 자네의 판매 실적도 그리 만족할 만한 것이라고는 할 수 없거든. 물론 지금은 장사가 잘 되는 시기가 아니라는 것은 우리도 알고 있지. 그러나 장사가 안 되는 시기란 절대로 있을 수 없을 뿐더러 있어서도 안 된단 말이야. 안 그런가, 잠자 군?"

"아아, 이사님!" 그레고르는 흥분한 나머지 자기도 모르게 소리를 쳤다. "이제 곧 일어나겠습니다. 몸이 좀 불편하고, 현기증이 나서 일어날 수가 없었습니다. 그러나 이제는 기분이 많이 좋아졌습니다. 지금 막 침대에서 나왔습니다. 조금만 참아 주십시오. 아직 기분이 전 같지 않지만 곧 좋아질 겁니다. 이렇게 별안간 병이 나다니, 기가 막힙니다! 어제 저녁까지도 아무렇지 않았습니다. 부모님도 잘 알고 계십니다. 아니, 솔직히 말하면 어제 저녁에 벌써 좀 이상한 예감이 들기는 했습니다. 저를 자세히 주의해 본 사람이라면 상태가 조금 이상했다는 것을 알았을 겁니다. 회사에 미리 연락을 했더라면 좋았을 것을. 하지만 이 정도의 병은 집에서 조리하지 않아도 견딜 수 있으리라고 생각했던 거지요. 이사님! 제 부모님께 싫은 소리는 하지 마십시오. 지금 저를 여러 가지로 책망하셨는데, 그건 정말 당치도 않은 말씀이십니다. 저는 이제까지 그런 비난을 한 번도 들어 본 적이 없습니다. 당신은 제가 발송한 최근의 주문서를 아직 보지 못한 게 아닙니까? 여하간에 8시 차로는 출발하겠습니다. 두서너 시간 쉬었더니 기운이 좀 납니다. 제발 먼저 가 주십시오, 이사님! 저도 곧 가겠습니다. 사장님께 제발 잘 말씀드려 주십시오!"

그러나 그레고르는 이런 말을 급히 쏟아 놓았기 때문에 자기가 무슨 말을 했는지 거의 알 수도 없을 지경이었다. 그는 침대에서 연습한 탓인지는 몰라도 쉽사리 옷장 쪽으로 가서 옷장에 의지하여 일어서려고 애써 보았다. 사실 그는 문을 열고, 자기 모습을 보여 주며 이사님과 이야기하려고 했다. 이다지도 방으로 들어오고 싶어 하는 저 사람들이 나의 변한 모습을 보면 무엇이라고 말할까, 호기심이 일기도 했다. 그들은 틀림없이 깜짝 놀랄 것이다. 그렇더라도 자신에게는 하등의 책임이 없으니까, 그저 태연하게 있으면 된다. 그들이 전혀 아무렇지도 않게 생각한다면 나도 또한 흥분할 이유가 없으므로 서둘러서 8시 기차를 탈 수 있도록 하면 되는 것이다.

처음에는 몇 번이나 반들반들한 옷장에서 미끄러졌다. 그러나 드디어 몸을 뒤흔들며 꼿꼿이 일어설 수 있었다. 이때 하반신이 불에 덴 듯이 아팠으나 그는 조금도 개의치 않았다. 그는 가까이 있는 의자 뒤편으로 몸을 던져 조그만 발들로 꼭 붙들었다. 그렇게 해서 자신을 움직일 수 있게 되자 그는 이윽고 입을 다물었다. 왜냐하면 그때 이사의 말소리를 들을 수 있었기 때문이다.

"한 마디라도 알아들으셨습니까?" 하고 이사가 소리쳤다. "설마 우리를 놀리고 있는 건 아니겠지요?"

"천만의 말씀입니다." 어머니가 울먹이는 목소리로 말했다. "틀림없이 우리 아이는 중병에 걸린 거예요. 그런데도 우리는 저 애를 괴롭히고 있었으니. 그레테, 그레테!"

"네?"

맞은편에서 누이동생이 소리를 쳤다. 그들은 그레고르의 방을 사이에 두고 이야기하고 있었다.

"빨리 의사한테 다녀오너라. 그레고르가 병이 났으니 빨리 의사를 불러와. 너 방금 그레고르가 말하는 소리를 들었니?"

"그건 짐승의 목소리였어."

어머니의 아우성에 비해서 매우 나지막한 목소리로 이사가 말했다.

"안나야! 안나야!" 하고 아버지가 손뼉을 치며 현관을 통해 부엌에다 대고 소리쳤다. "빨리 자물쇠장수를 불러 오너라!"

그러자 두 소녀가 옷자락을 펄럭이며 현관으로 뛰어가고 있었다. (대체 누이동생은 어떻게 그리 빨리 옷을 입었을까?) 현관문이 열렸다. 문이 닫히는 소리는 전혀 들리지 않았다.

큰 불행을 당한 집에서 흔히 그렇듯이, 문은 열어 놓은 채 내버려 두었다.

그러나 그레고르는 훨씬 침착해졌다. 아마 귀에 익은 탓일지도 모르지만 자신의 목소리가 전보다 훨씬 명료하다고 느껴지는데도 불구하고 다른 사람들은 그가 한 말을 전혀 알아듣지 못했다. 그래서 사람들은 그가 정상적인 상태가 아니라고 여기고 그를 구원할 준비를 갖추고 있었다. 처음으로 조치가 내려진 데 대한 기대와 믿음으로 그는 기분이 좋아졌다. 그는 또다시 사람 축에 끼게 되었다는 기분이 들었다. 그리고 의사와 자물쇠장수에 대해서는—이들을 확실히 분간하지도 못하면서—두 사람이 어떤 놀라운 성과나 비상 수단 같은 것이라도 보여 주지 않을까 기대하고 있었다. 앞으로 다가오는 운명을 결정지어 줄 이야기가 시작되면, 될 수 있는 대로 명확한 목소리로 말하기 위해서 그레고르는 몇 번 헛기침을 했다. 애써 기침 소리를 낮게 한 것은 자신의 헛기침 소리가 인간의 소리와는 다르게 들릴 염려가 있었기 때문이다. 이제 이미 그는 그것조차 판단할 수 없었던 것이다. 그러는 동안에 옆방이 조용해졌다. 아마 부모님과 이사는 책상 옆에 앉아서 귀엣말로 이야기를 하거나, 아니면 모두들 문에 기대어 귀를 기울이고 있는지도 모른다.

그레고르는 천천히 의자를 문 쪽으로 밀고 나아갔다. 거기서 그는 의자를 떠나 도어를 향해서 몸을 던져 문을 붙들고 꼿꼿이 섰다―그의 발꿈치에서는 끈적거리는 액체가 분비되고 있었다―그리고 잠시 고통스러운 운동 때문에 지친 몸을 쉰 다음, 입으로 열쇠 구멍의 열쇠를 돌리기 시작했다. 이가 하나도 없는 것이 유감이었다―무엇으로 열쇠를 붙들어야 할까?―이 대신에 턱의 힘으로 열쇠를 돌릴 수가 있었다. 그 와중에 어딘가 상처를 입었는데, 그는 그것을 돌아볼 겨를도 없었다. 갈색 액체가 입에서 흘러나와 열쇠 위를 흘러서 마루 위에 뚝뚝 떨어졌기 때문이었다.

"저 소리를 좀 들어 보세요."

이사가 옆방에서 말했다.

"열쇠를 돌리고 있습니다."

그 말이 그레고르의 원기를 북돋워 주었다. 거기에 아버지와 어머니까지도 "힘을 내라. 열쇠를 꼭 붙들어!" 하고 외쳐 준다면 얼마나 좋을까. "그레고르야, 힘을 내."라고 자기에게 성원을 보내줄 법도 한데. 그러나 모든 사람들이 자기가 애쓰며 노력하고 있는 것을 긴장한 태도로 보고 있다고 생각하자, 그는 있는 힘을 다해서 정신없이 열쇠를 물고 매달렸다. 열쇠가 돌아가자 그의 몸도 그 주위를 빙 돌았다. 그때, 그의 몸뚱이는 열쇠를 물고 꼿꼿이 서 있는가 하면, 필요에 따라서는 열쇠에 매달리기도 하고 또는 전신의 무게로 위에서 내리누르기도 했다..

　이윽고 짤칵 하고 자물쇠가 열리는 맑은 소리에 그레고르는 제정신으로 돌아왔다. 그는 안도의 숨을 내쉬면서 중얼거렸다. "이젠 열쇠장수가 필요 없게 되었어." 그리고 문을 활짝 열어젖히려고 문의 손잡이 위에 고개를 올려놓았다.

　그렇게 해서 이제 겨우 문은 열렸지만 문이 안쪽으로 열렸기 때문에 아직 밖에서는 보이지 않았다. 그는 우선 천천히 문의 판자를 따라서 바깥쪽으로 돌아 나와야만 했다. 더구나 방 안으로 들어가는 문 앞에서 벌렁 나자빠지게 되는 추태를 보이지 않기 위해서는 각별히 조심해야 했다. 그는 그때까지도 이런 어려운 동작에만 마음이 쏠려 있었기 때문에 다른 것에는 주의를 기울일 겨를이 없었다. "앗!" 하고 이사가 큰 소리로 비명을 질렀을 때에야―그 목소리는 마치 바람이 지나가는 소리처럼 들렸다.―문 옆 가장 가까이 서 있는 이사의 모습이 보였다. 이사는 딱 벌린 입에 한 손을 대고 서서히 뒷걸음질을 치고 있었다. 그것은 마치 눈에 보이지 않는 어떤 힘에 떠밀려 있는 듯한 모습이었다. 어머니는 (이사가 와 있는데도 불구하고 어젯밤부터 풀어헤친 머리를 매만지지도 못하고 서 있었는데) 두 손을 모으고 처음에는 아버지를 쳐다보더니, 다음에는 그레고르 쪽으로 두어 걸음 다가오다가 그만 맥없이 쓰러지고 말았다. 그 바람에 그녀의 치마가 사방으로 활짝 펴졌고, 얼굴은 가슴 속에 파묻혀서 보이지도 않았다. 아버지는 증오에 가득 찬 표정으로 마치 그레고르를 방 안으로 몰아넣으려는 것처럼 주먹을 불끈 쥐었지만, 여러 사람이 서 있는 객실을 불안하게 두리번거리다가 두 손으로 눈을 가리더니 뚱뚱한 가슴을 들먹거리며 울기 시작했다.

그레고르는 방 안으로 들어갈 생각도 하지 못하고 빗장이 걸린 한쪽 문에 기대어 서 있었기 때문에 밖에서 볼 때 그의 몸이 반쯤 보이고, 그 위에 옆으로 갸우뚱 기울인 머리가 보일 뿐이었다. 그는 그런 자세로 사람들을 엿보고 있었다. 그러는 동안에 주위는 훤하게 밝아 왔다. 거리를 사이에 두고 길 건너편에 기다랗게 우뚝 서 있는 거무죽죽한 건물 (그것은 병원이었다)의 일부분이 뚜렷하게 보였다. 그리고 도로에 면한 전면에는 나란히 규칙적으로 창문이 뚫려 있었다. 아직도 비가 내리고 있었다. 눈에 띌 만큼 커다란 빗방울이 한 방울씩 땅을 내려치고 있었다. 아침 식탁 위에는 접시들이 너저분하게 널려 있었다. 아버지에게는 아침 식사가 하루 중 가장 중요한 의식이었으며, 그는 여러 가지 신문을 보면서 식사를 하기 때문에 몇 시간이나 걸렸다. 바로 맞은편 벽 위에는 그레고르의 군대 시절 사진이 걸려 있었다. 육군 소위로 근무하고 있을 때의 사진으로, 한 손을 군도 위에 대고 거리낌 없는 미소를 띤 품이 자기의 태도와 군복의 위엄에 대해서 경의를 표하라고 요구하는 듯 보였다. 현관 옆방으로 통하는 문은 열려 있었고, 또 현관문도 열려 있었기 때문에 현관 앞의 아래층으로 통하는 계단의 입구가 보였다.

"그러면."

이때 냉정한 태도를 유지하고 있는 것은 오직 자신뿐이라는 사실을 뚜렷이 의식하면서 그레고르가 말했다.

"곧 옷을 입고 견본을 챙겨가지고 출발하겠습니다. 출발해도 괜찮겠습니까? 그런데 이사님, 제가 고집이 센 것이 아니라, 일하기를 좋아하는 사람이라는 것을 아셨으면 좋겠습니다. 물론 출장 여행은 참으로 괴롭습니다. 그러나 여행을 안 하고는 살아나갈 수가 없죠. 이사님, 지금 대체 어디로 가십니까? 상점으로 가십니까? 그러시지요? 모든 일을 사실대로 보고하실 생각이지요? 지금 당장은 일할 능력이 없습니다만, 그러니만큼 지금까지 일해 온 업적을 참작하셔서 건강만 좋아진다면 더욱 노력해서 한층 더 부지런히 일을 할 것이라는 사실을 믿어 주셔야 합니다.

당신도 잘 아시다시피 부모님과 누이동생이 걱정됩니다. 저는 지금 매우 곤란한 처지에 놓여 있습니다만 머지않아 이런 처지에서 벗어날 것입니다. 그러니 제발 더 이상 저를 곤란한 입장으로 몰아넣지는 말아 주십시오. 회사에서도 제 편을 들어 주십시오. 그 누구도 영업직 직원을 좋아하지 않는다는 것은 저도 잘 알고 있습니다. 영업직 직원은 큰돈을 벌어서 화려한 생활을 한다고 생각합니다만 사람들의 그릇된 생각을 고칠 수 있는 이렇다 할 좋은 기회는 좀처럼 오지 않을 겁니다. 그러나 이사님, 당신은 다른 사원들보다도 회사의 실정을 더 잘 알고 계십니다. 사장님은 사업주라는 독특한 직무상의 지위 때문에 자칫하면 자신의 고용인에 대해서 불리한 판단을 내릴 수도 있을 테니까요. 당신도 잘 알다시피 거의 1년 365일을 회사 밖에서 돌아다니는 저희들 영업직 직원은 뒷소문이라든지 뜻밖의 일이라든지 터무니없는 비난의 희생이 되기 쉽습니다. 저희들로서는 그런 사실을 전혀 모르기 때문에 그것을 막아낼 도리가 없습니다. 지칠 대로 지쳐서 여행을 마치고 집으로 돌아와서야 비로소 뚜렷한 원인조차 알 수 없는 불쾌한 증세나 결과를 몸으로 느끼는 형편입니다. 이사님, 제발 떠나기 전에 제 말이 어느 정도는 옳다고 한 마디라도 말씀해 주십시오."

그러나 이사는 그레고르의 처음 몇 마디 말을 듣자마자 몸을 옆으로 돌려 버리더니 입술을 내민 채 덜덜 떨면서 어깨 너머로만 그레고르 쪽을 돌아다볼 뿐이었다. 그레고르가 말하는 사이에도 그레고르에게서 눈을 떼지 않은 채 문쪽을 향해 뒷걸음질쳤다. 그러고는 마치 방을 떠나서는 안 된다고 금지되어 있는 것처럼 살금살금 뒤로 물러나 마침내 현관 입구의 방에 이르렀다.

그러자 그는 재빨리 몸을 돌리며 거실에서 번개같이 발을 뺐는데, 그의 재빠른 동작을 목격한 사람은 그가 발꿈치를 불에 데기라도 한 줄 알았을 것이다. 현관 입구의 방에서 초지상적인 구제의 손길이 자신을 기다리고 있다는 듯이 그는 오른팔을 힘껏 계단 쪽으로 내밀었다. 그레고르는 이런 일 때문에 회사에서의 자신의 위치가 극도로 불안해지는 것을 피하려면, 이대로 이사를 보내서는 안 된다는 것을 잘 알고 있었다. 그러나 부모님은 그 실정을 이해하지 못했다. 그들은 오래 전부터 그레고르가 이 회사에서 착실하게 일하면 평생 생활이 보장된다고 확신하고 있었던 것이다.

지금 당장은 눈앞에 닥친 근심 때문에 장래의 일까지 생각할 마음의 여유가 없었으나 그레고르는 바로 장래의 일을 염려하였다. 이사를 붙들고 마음을 가라앉힌 후 설득을 시킨 다음, 마침내는 그의 환심을 사도록 하지 않으면 안 되었다. 그레고르 자신과 가족들의 장래가 바로 그것의 성패에 달려 있는 것은 너무도 분명했다. 이 자리에 누이동생이 있다면 얼마나 좋을까? 누이동생은 영리하였다. 그레고르가 조금 전 태연하게 누워 있을 때 누이동생은 오빠를 위해서 울고 있었다. 여자들 앞에서는 맥을 못 추는 이사니까 누이동생이라면 설복시킬 수도 있을 것이다. 누이동생이라면 현관의 문을 꼭 닫고 이사를 설득시켜 그의 마음을 가라앉힌 후 오늘의 놀라운 사건을 모조리 해명할 수도 있을 것이다. 그런데 지금 누이동생은 없다. 그레고르 자신이 직접 일을 처리해야만 했다. 한데 그는 자신의 몸을 움직일 방법조차 알지 못했으며, 또 말을 해도 상대방이 알아듣지도 못했다. 그레고르는 방문에서 떨어져 나와 천천히 문지방을 향해 걸었다. 이사 쪽으로 갈 생각이었던 것이다.

이사는 우스꽝스럽게 계단의 난간을 잡고 매달려 있었다. 그레고르는 무엇인가 의지할 만한 것을 붙잡으려고 허우적거리다가 수많은 발들을 깔고 비명을 지르며 넘어지고 말았다. 그러나 그렇게 쓰러지자마자 그는 이날 아침 처음으로 몸이 편안해지는 것을 느꼈다. 그는 발밑에 단단한 마루를 디디고 있었던 것이다. 발들은 그레고르의 뜻대로 잘움직여 주었다. 그는 그것이 너무 기뻤다. 뿐만 아니라 그 발들은 적어도 자기가 가고 싶은 방향으로 가려고 하면 뜻대로 움직여 주었다. 조금만 참으면 모든 고통은 다 사라지고 건강도 완전히 회복될 것 같았다. 그가 무턱대고 움직이려는 충동을 억지로 참고, 어머니에게서 가까운 바로 맞은 편 마루 위에 몸을 흔들면서 누워 있을 때, 완전히 넋이 빠진 듯 생각에 잠긴 것처럼 보였던 어머니가 갑자기 벌떡 일어나 두 팔을 높이 쳐들고 소리 질렀다.

"사람 살려요! 사람 살려!"

어머니는 그레고르를 좀 더 자세히 살펴보려는 듯 머리를 옆으로 갸우뚱 기울였으나, 이내 정반대로 정신없이 뒤로 달아나고 말았다. 그리고는 식사 준비가 갖추어진 식탁이 있다는 것을 까맣게 잊어버리고, 그곳에 이르자 그만 급히 식탁 위에 엉덩이를 올려놓고 말았다. 그 일로 커다란 커피 주전자에서 커피가 쏟아져 나와 카펫 위로 흘러내리는 것도 모르고 있었다.

"어머니, 어머니."

그레고르는 나직한 목소리로 부르며 어머니를 올려다보았다.

그 순간 머릿속에 이사에 대한 생각 같은 것은 전혀 없었다. 그는 흘러내리는 커피를 보자, 핥아먹고 싶은 충동을 참지 못해 몇 번이나 입을 벌리고 허공을 향해 입맛을 다셨다.

그때 어머니가 또다시 비명을 지르며 식탁에서 뛰어내려 도망을 치다가, 때마침 맞은편에서 달려온 아버지의 품에 쓰러지고 말았다. 그러나 그레고르는 부모님에게 신경을 쓰고 있을 수가 없었다. 이사가 계단 위에 서서 턱을 난간 위에 올려놓고 마지막으로 뒤를 돌아다보고 있었기 때문이다. 그레고르는 어떻게 해서든 이사를 붙들려고 앞으로 달려갔다. 이사는 그것을 눈치 채자 한꺼번에 계단을 몇 개씩 뛰어 내려가 사라지고 말았다. 도망치면서 "휴!"하고 내쉬는 한숨 소리가 계단 밑에서 들려왔다.

이사가 도망을 쳤기 때문에 그때까지 냉정한 태도를 보이던 아버지는 갑자기 당황한 빛을 띠었다. 그는 이사를 뒤쫓지도, 그의 뒤를 따라가는 그레고르를 뒤쫓지도 않았다. 대신 이사가 의자에 두고 간 모자와 외투, 그리고 긴 지팡이를 오른손에 들고, 왼손에는 탁자 위의 커다란 신문을 마구 휘두르고, 큰 소리로 발을 구르면서 그레고르를 방으로 몰아넣으려고 했다. 그레고르가 아무리 애원해도 소용이 없었다. 애원하는 말은 아예 통할 것 같지도 않았다. 공손하게 고개를 숙일수록 아버지는 점점 더 요란하게 발을 구를 뿐이었다. 몹시 추운데도 불구하고 어머니는 창문을 열어젖히고 창틀에 기댄 채 두 손으로 얼굴을 감싸고 있었다. 그때 마침 골목길과 계단 사이로 세찬 바람이 불기 시작하여 커튼이 휘날리고, 책상 위의 신문이 몇 장 우수수 소리를 내면서 마루 위로 떨어졌다. 아버지는 그레고르를 사정없이 몰아넣으며 야만인처럼 씩씩거렸다.

그레고르는 그때까지 뒷걸음질치는 연습을 해보지 못했기 때문에 동작이 몹시 느렸다. 만일 돌아설 수만 있었다면, 곧 자기 방으로 되돌아갔을 터였다. 그러나 몸을 돌리느라고 시간이 걸려 그 때문에 아버지를 화나게 할까 봐 두려웠다. 아버지가 손에 들고 있는 지팡이로 언제 등이나 머리를 죽도록 때릴지 몰라서 벌벌 떨고 있었다. 그러나 아무래도 방향을 돌리지 않을 수 없었다. 왜냐하면 뒷걸음질을 치다가 방향을 제대로 잡지 못하지나 않을까 두려웠기 때문이다. 그래서 그는 아버지 쪽을 불안한 눈초리로 힐끔힐끔 쳐다보며 될 수 있는 한 재빨리 방향을 돌리려고 했으나, 실제로는 매우 느린 속도로 방향 전환을 하기 시작했다. 그때야 비로소 아버지는 아들이 선한 마음을 잃지 않았다는 것을 깨달았던지 멀리서 지팡이 끝으로 돌 수 있도록 이끌어 주었다. 다만 듣기 싫은 쉿쉿 하는 소리만 없었으면 얼마나 좋았을까. 그 소리를 들으면 침착성을 잃어버릴 지경이었다. 거의 다 돌아섰을 때에도 아버지가 계속해서 쉿쉿 소리를 냈으므로 정신을 빼앗겨 다시 제자리로 되돌아가기로 했다.

다행히 그의 머리가 문턱에 닿았으나 그대로 문을 통과하기에는 몸집이 너무나 크다는 사실을 깨달았다. 물론 그때의 아버지는 아들이 들어갈 수 있는 길을 마련해 주기 위해 닫혀 있는 다른 문을 열어 주기만 하면 된다는 생각이 좀처럼 머리에 떠오르지 않았다. 될 수 있는 대로 빨리 그레고르를 자기 방으로 몰아넣으려는 생각밖에 없었다. 그레고르가 똑바로 일어서기만 하면 문제없이 문을 통과하리라고 생각했지만 그러기 위해서는 여러 가지로 번거로운 사전 준비가 필요했다. 그러나 아버지는 절대로 그것을 허락할 것 같지가 않았다. 도리어 아버지는 그러한 장애는 생각하지도 않고 이상한 소리를 내면서 기를 쓰고 그를 앞으로 몰아댔다. 그때 그레고르 뒤에서 들려오는 소리는, 아무리 들어보아도 이 세상에 단 한 분밖에 없는 아버지의 목소리 같지 않았다.

그쯤 되고 보니 이제는 웃을 일이 아니었다. 그레고르는 (될 대로 되라는 듯이) 문을 향해서 돌진했다. 몸통 한쪽이 문에 끼여 위로 추켜 올라갔다. 그러는 바람에 그레고르는 문틈에 비스듬히 걸리게 되었다. 스치면서 한쪽 옆구리에 상처가 났기 때문에 하얀 문에 보기 흉한 얼룩무늬가 생겼다. 순간 그는 옴짝달싹도 할 수가 없었다. 한쪽에 달린 발들은 허공에서 바르르 떨었고, 다른쪽 발들은 마룻바닥에 짓눌려서 몹시 아팠다. 그때 아버지가 뒤에서 그레고르가 나갈 수 있을 만큼 힘차게 밀었기 때문에, 그는 피투성이가 되어 자기 방으로 깊숙이 밀려 들어왔다.

아버지가 지팡이로 쾅 하고 문을 닫는 소리가 들렸다. 그러자 마침내 주위가 조용해졌다.

수난

그레고르는 저녁 무렵에야 비로소 혼수상태 같은 괴로운 잠에서 깨어났다. 특별한 일이 없는 한 더 이상 잘 수는 없었다. 실컷 잠을 자고 마음껏 쉬었다고 느꼈기 때문이다. 그가 잠이 깬 것은 빠른 발자국 소리와 현관으로 통하는 문이 조심스럽게 닫혔기 때문이었다. 가로등 불빛이 천장 이곳저곳과 가구 위를 푸르스름하게 비추고 있었으나 방바닥 위의 그레고르 주위는 어두웠다.

그제야 비로소 귀중하다고 느끼게 된 촉각으로 불안하게 더듬어 가며, 무슨 일이 일어났는지 알아보려고 문 쪽으로 기어갔다. 왼쪽 옆구리 어디에선가 상처가 불쾌하게 잡아당기는 느낌이 들었다. 그래서 그는 두 줄로 늘어선 작은 발들을 번갈아 절름거리며 기어야만 했다. 아침에 사고가 났을 때 발 하나가 몹시 상했기 때문에 (발 하나만 상했다는 것은 거의 기적이라고 할 수 있었지만) 그는 힘없이 질질 끌듯 기어갔다. 문 옆에까지 와서야 비로소 무엇이 자기를 문으로 이끌었는지를 깨달았다.

그것은 바로 음식 냄새였다. 거기에는 달콤하게 구미를 돋우는 우유가 가득 채워져 있었고, 그 위에 흰 빵조각이 둥둥 떠 있는 그릇이 놓여 있었다. 너무나 기뻐서 그는 웃을 뻔했다. 아침보다 훨씬 더 배가 고팠기 때문이다. 그는 곧 눈 위까지 잠기도록 머리를 우유 속에 처박았다. 그러나 그는 쓰라린 환멸을 느끼며 머리를 다시 들어야만 했다. 그 자세로는 왼편 옆구리가 거북해서 먹기가 곤란했을뿐더러 (물론 애를 쓰면 먹을 수도 있었지만) 평소에는 정말 좋아했던 음식이었기 때문에 누이동생이 일부러 들여 놓아 준 우유였지만 이제는 전혀 맛이 없었다. 그는 오싹 소름이 끼쳐서 음식을 외면하고 그릇에서 몸을 돌려 방 한가운데로 기어 올라왔다. 문틈으로 내다보니 거실에는 전등이 켜져 있었다. 그런데 예전의 이맘 때면 늘 아버지가 어머니나 누이동생에게 석간신문을 소리 높여 읽어 주었는데, 지금은 아무런 소리가 들리지 않았다. 누이동생이 늘 자기에게 이야기하기도 하고 편지로 적어 보내기도 했던 이 신문 낭독이 최근에 와서는 완전히 중단된 모양이었다. 그러나 틀림없이 집을 비우지는 않았을 텐데 주위가 너무나 고요했다.

'어쩌면 이렇게도 식구들이 조용히 지낼까?'

그레고르는 혼잣말을 하며 가만히 눈앞의 어둠 속을 바라보았다.

부모님과 누이동생을 위해 이런 훌륭한 집에, 필요한 세간붙이를 마련해 줄 수 있었던 자신이 대견스럽게 생각되었다. 그런데 만약 이렇게 만사가 안정되고 풍요했던 생활이 갑자기 무서운 종말을 고하게 된다면 어떻게 될 것인가? 더이상 불길한 생각에 잠기지 않으려고 그레고르는 몸을 움직이며 방 안을 이리저리 기어다녔다.

꽤 오랜 시간이 흐르는 동안, 한 번은 옆에 있는 문이, 또한 번은 다른 쪽 문이 조금 열렸다가 닫혀 버렸다. 누가 방안으로 들어오려고 하다가 망설이는 모양이었다. 그레고르는 주저하고 있는 손님을 어떻게 해서든지 안으로 끌어들이든지, 그러지 않으면 상대가 누구인지 알아볼 작정으로 문옆에 착 붙어 섰다. 그러나 더 이상 문이 열리지도 않고 기다려 보아도 소용이 없었다. 아침에 문이 잠겨 있었을 때에는 모두들 방 안에 들어오고 싶어 했는데, 지금 와서는 자기가 한쪽 문을 열어 놓고 다른 쪽 문들도 계속 열려 있었지만 아무도 들어오려 하지 않는 것은 물론 반대로 자물쇠가 밖에서 채워져 있었다.

밤이 깊어서야 거실의 전등불이 꺼졌다. 그때야 그레고르는 부모님과 누이동생이 늦게까지 잠을 자지 않았다는 것을 알 수가 있었다. 왜냐하면 세 사람이 모두 발끝걸음으로 사뿐사뿐 멀어져 가는 소리를 똑똑히 들었기 때문이다.

물론 다음 날 아침까지 아무도 그레고르의 방에 들어온 사람은 없었다. 그래서 누구에게도 방해받지 않고 그는 자기의 생활에 대해 조용히 생각해 볼 충분한 시간적 여유를 갖게 되었다. 그러나 이유는 분명히 알 수 없었지만 벌렁 누워 있는 텅 빈 방이 싫었다. 5년 동안이나 살아온 방이었다. 그레고르는 거의 무의식중에 몸의 방향을 바꿔 소파 밑으로 기어들어갔으나 부끄러움을 금할 수가 없었다. 등허리가 약간 눌리고 고개를 쳐들 수는 없었지만, 소파 밑은 아주 아늑하고 편안했던 것이다. 다만 몸통이 너무 커서 소파 밑으로 완전히 들어갈 수 없는 것이 안타까웠다.

밤새도록 소파 밑에 누워서 졸기도 하고, 배가 고파 깨기도 했다. 그리고 때로는 걱정과 막연한 희망 속에 잠겨 하룻밤을 지새웠다. 그러나 아무리 생각해 보아도 언제나 결론은 똑같았다. 즉 지금 당장 서투르게 소란을 피워서는 안 되며, 가족들로 하여금 불편을 꾹 참고 최대한의 조심성으로 자신 때문에 일어나는 상황들을 견뎌낼 수 있도록 해 주어야 했다.

아직 날이 채 밝기도 전인 새벽녘에 그레고르는 굳은 결심을 시험해 볼 기회가 생겼다. 거실에서 이미 옷을 다 입은 누이동생이 문을 열고 긴장된 표정으로 방 안을 들여다본 것이다. 그녀는 한참 뒤에 소파 밑에 있는 오빠를 발견하자 매우 놀라며 (아! 어떻든 방 안에 있을 수밖에 없지 않은가. 날아서 달아날 수도 없는 노릇이므로) 어찌할 바를 몰라 하다가 밖에서 다시 문을 닫아 버리는 것이었다. 그러나 누이동생은 자신의 행위를 후회라도 했는지 다시 문을 열더니 마치 중환자 집이나 낯선 손님 옆에라도 있듯이, 발꿈치를 들고 사뿐사뿐 들어왔다.

그레고르는 소파 가장자리까지 바짝 머리를 내밀고 누이동생을 쳐다보고 있었다. 우유를 마시지 않고 그대로 남겨 놓았는데 과연 누이동생은 그것을 알아볼까? 드디어 눈치를 채고, 입에 맞는 다른 음식을 갖다 주지는 않을까? 시키지 않아도 자진해서 그렇게 해 준다면 얼마나 좋을까? 그로서는 누이동생에게 그렇게 하게 하느니 차라리 그대로 굶어 죽는 편이 나을 것이라고 생각했다. 사실은 소파 밑에서 기어나와 누이동생 발밑에 몸을 던지고 다른 음식을 청하고 싶은 생각이 간절했다. 그러나 누이동생은 우유가 주위에 약간 흘러 있을 뿐, 아직 거의 그대로 남은 걸 보자 몹시 놀란 것 같았다.

누이동생은 곧 그릇을 들어올렸다. 그러더니 손이 아닌 걸레조각으로 싸들고 밖으로 나가 버렸다. 그레고르는 우유 대신 무엇을 갖다 줄 것인가에 대한 호기심으로 이것저것 상상해 보았다. 그러나 누이동생이 가지고 온 것을 보았을 때, 그는 누이동생이 무슨 의미에서 그랬는지 도무지 이해할 수가 없었다. 누이동생은 오빠가 무엇을 좋아하는지 시험해 보려고 여러 가지 음식물을 골라 가지고 와서, 그것을 낡은 신문지 위에 펴놨다. 오래 되어서 썩어 가는 야채가 있는가 하면, 흰 소스가 그릇 주위에 말라붙은 저녁 식사 때 먹다 남긴 뼈도 있었다. 또 건포도와 편도 몇 알, 이틀 전에 그레고르가 맛이 없다고 한 치즈, 아무것도 바르지 않은 한 조각의 빵과 버터 바른 빵, 버터를 바르고 소금을 뿌린 빵, 그 밖에 그레고르 전용으로 정해 놓은 듯한 사발에 물을 떠다 주었다. 그리고 나서 자기 앞에서는 그레고르가 먹지 않을 것이라고 생각했는지 급히 나가더니 느긋하게 먹어도 좋다는 사실을 그레고르에게 알리기 위해 밖에서 자물쇠까지 채웠다.

식사를 하려고 그레고르의 조그마한 발들이 꿈틀거렸다. 그의 상처는 어느덧 다 나은 것 같았으며, 전혀 불편하지 않았다. 그 부분은 그 자신도 매우 놀라웠다. 생각해 보니 한 달 이상이나 된 일이지만, 칼로 손가락을 약간 베었는데 엊그제까지 매우 아팠다. '혹시 감각이 둔해진 것이 아닐까?' 하고 생각하고 몹시 허기가 진 듯 여러 가지 음식 가운데 우선 그의 구미를 바짝 당긴 치즈를 먹었다.

연달아 쉴 새 없이, 그리고 흐뭇한 나머지 눈물까지 흘리며 치즈, 야채, 소스 등을 차례로 먹어치웠다. 그런데 신선한 음식은 맛이 없었다. 냄새조차 맡기 싫었다. 그는 구미가 당기는 것을 옆으로 끌고 갔다. 이윽고 먹을 만한 것을 다 먹어치운 후 빈둥거리며 그 자리에 누웠을 때, 누이동생이 천천히 열쇠를 돌렸다. 이는 얌전히 제자리로 돌아가라는 신호였다. 그는 스르르 잠이 들었다가 열쇠 소리에 깜짝 놀라 다시 소파 밑으로 부랴부랴 기어 들어갔다. 누이동생이 방 안에 머문 것은 잠시 동안이었지만, 소파 밑에 들어가 있으려니 이만저만 힘든 일이 아니었다. 왜냐하면 음식을 많이 먹어 배가 부풀어오른 까닭에 비좁은 소파 밑에서는 숨도 제대로 쉴 수 없었기 때문이다. 그가 숨이 막힐 것 같은 답답한 상태에서 쑥 튀어나온 눈으로 보고 있으려니까 아무것도 눈치를 채지 못한 누이동생이 먹다 남은 찌꺼기뿐만 아니라 그레고르가 전혀 손도 대지 않은 음식까지 마치 더 이상 소용이 없다는 듯이 모조리 쓸어 모았다. 그러고 나서 그것을 급히 통 속에 붓더니 나무 뚜껑으로 덮어 들고 방에서 나가 버렸다. 누이동생이 나가자마자 그레고르는 소파 밑에서 기어나와 사지를 쭉 뻗고는 휴 하고 숨을 돌렸다.

그레고르는 매일 이렇게 식사를 했다. 한번은 아침에 부모님과 하녀가 아직 잠을 자고 있을 때, 두 번째는 모두 점심을 먹은 다음이었다. 왜냐하면 부모님은 점심식사 후에 잠시 낮잠을 자고, 하녀는 누이동생의 심부름으로 장을 보러 밖으로 나가고 없었기 때문이다. 그에게 이런 시간에 식사가 주어지는 걸 보면, 식구들은 그의 식사 때를 피하려고 마음먹은 것 같았다. 물론 집안 식구들이 그레고르를 굶겨 죽이고 싶지는 않았겠지만, 그레고르의 식사에 관해서는 누이동생의 말을 통해서 간접적으로 아는 것만으로 충분하다고 생각했던 모양이다. 또 누이동생도 식구들이 진력이 나도록 많은 고생을 하고 있었기 때문에, 가족들의 슬픔을 덜어 주려고 마음먹은 것 같았다.

첫날 아침, 의사와 자물쇠장수에게 뭐라고 하여 집에서 돌려보냈는지 그레고르는 전혀 알 수 없었다. 왜냐하면 아무도 그레고르가 하는 말을 이해할 수가 없었기 때문에 그레고르 역시 사람들이 하는 말을 이해할 수 있으리라고는 생각지 않았고, 누이동생도 마찬가지였다. 그래서 그는 누이동생이 자기 방에 들어왔을 때에도, 그녀가 가끔 한숨을 쉬거나 성자의 이름을 부르는 소리를 듣는 것으로 만족해야만 했다.

얼마 후, 누이동생이 자기를 보살피는 데 약간 익숙해졌을 때 (완전히 익숙해지는 것은 바랄 수 없었지만) 가끔 친절한 말씨나 또는 친절하다고 생각할 수 있는 말을 들을 수 있었다. 그레고르가 식사를 남김없이 다 먹어치웠을 때 누이동생이 "어쩜! 오늘 식사는 맛있었던 모양이네." 하고 말했고, 반대로 남겼을 경우에는(그런 경우가 사실 잦았지만) "아! 또 그대로 남겼네." 하고 쓸쓸한 표정을 짓기 일쑤였다.

그레고르는 새로운 소식은 어떤 것도 직접 들을 수가 없었기 때문에 옆방에서 말소리가 들리면 즉시 문 옆으로 달려가 온몸을 문에 바짝 대곤 했다. 특히 처음 며칠은 비밀스럽게 속삭이기는 했지만, 그에 대한 것이 화제의 중심이 되지 않을 때가 없었다. 이틀 동안은 계속 식사를 할 때마다 어떻게 처리하면 좋을까 하고 상의하는 소리가 들렸으며, 그 외의 시간에도 언제나 자신에 대해 이야기하는 소리가 들렸다.

가족 누구도 혼자 집에 남아 있고 싶어 하지 않았고, 또 어떠한 경우에라도 집을 그대로 비워둘 수는 없었다. 그렇기 때문에 언제나 적어도 식구가 두 사람은 집에 남아 있었던 까닭이다. 하녀는 바로 첫날 (이 사건에 관해서 그녀가 무엇을, 얼마나 알고 있었는지는 확실치 않았지만) 내보내 달라고 어머니에게 무릎을 꿇고 애원했다. 15분쯤 후에 작별 인사를 할 때, 하녀는 내보내 주는 것이 이 집에서 베풀어 주는 가장 큰 은혜인 것처럼 눈물을 흘리며 감사를 표하더니, 이

쪽에서 아무 부탁도 하지 않았는데, 이 일을 다른 사람에게는 절대로 말하지 않겠다고 엄숙히 맹세했다.

그래서 누이동생이 어머니를 도와 요리를 만들지 않으면 안 되었다. 그러나 식구 모두가 아무것도 먹지 않았기 때문에 그다지 힘이 들지는 않았다. 왜냐하면 식구들은 서로에게 식사를 권하면서도 먹지는 않고 한결같이 "고마워" "많이 먹었어"라든가 그와 비슷하게 대답하는 소리를 그레고르는 자주 들었던 것이다. 술도 마시지 않는 것 같았다. 때로는 누이동생이 아버지에게 맥주를 마시지 않겠느냐고 물었으며, 마시고 싶으면 자기가 직접 가져오겠다고 정답게 말하는 소리가 들렸다. 아버지가 아무 대답도 하지 않고 있으면, 누이동생은 아버지가 소문을 꺼리기 때문일 것이라고 생각하는 모양인지, "그럼 관리인 아줌마를 보낼까요?" 하고 물었다. 그러면 아버지가 커다란 목소리로 "안 마신다니까!" 하고 엄숙하게 대답을 했다. 그러면 맥주 이야기는 더 이상 계속되지 않았다.

사건이 일어난 첫날, 아버지는 어머니와 누이동생에게 모든 재산 상태와 앞날의 일들에 대해서 설명했다. 때때로 아버지는 작은 금고 속에서 증서라든지 장부 같은 것을 꺼내 왔다. 그 금고는 5년 전 사업에 실패하여 파산했을 때 겨우 건진 물건이었다. 아버지가 그 복잡한 자물쇠를 열고,

찾아야 할 물건을 꺼낸 다음 다시 닫는 소리가 들렸다. 이와 같은 아버지의 설명은 어떤 점에 있어서는 그레고르가 감금 생활을 시작한 이래 그의 마음을 위로해 주는 최초의 일이었다. 그레고르는 아버지의 사업이 파산 상태에 이르렀으므로 아버지에게는 돈이라곤 한 푼도 남아 있지 않으리라고 예상했다. 적어도 아버지는 그것에 대해 그와 반대되는 말은 한 번도 한 적이 없었다. 그래서 그레고르도 아버지에게 물어보지 않았다. 그 당시 그레고르의 정신적 고통은 이만저만이 아니었다. 그로서는 식구들을 절망에 빠뜨리게 한 파산의 불행을 가족들이 가능한 한 속히 잊어버리게 하는 데 힘을 기울이는 일 외에는 아무것도 생각할 수 없었다.

그래서 그는 맹렬히 일하기 시작하여 보잘것없는 점원에서 영업직 직원이 되었던 것이다. 영업직 직원으로 일을 하다 보면 노력한 만큼 돈을 모을 수가 있고, 일을 한 결과가 수수료 형식으로 즉시 현금으로 지불 받았기 때문에 그는 그 돈을 집으로 갖고 와서 탁자 위에 늘어놓고 가족들을 깜짝 놀라게도 하고 기쁘게도 하였다. 그때는 남부러울 것이 없었다. 그 후에도 그레고르는 가족들의 생계를 유지해 나가기는 했지만, 적어도 그때처럼 찬란한 시절은 돌아오지 않았다. 가족들이나 그레고르나 그것을 예사로 생각하게 되어서, 가족들은 고마우면서도 당연한 마음으로 돈을 받았고, 그레고르도 기꺼이 돈을 내놓았으나 서로 간에 각별히 따뜻한 감정은 오가지 않았다.

그러나 누이동생만은 아직도 그레고르와 가까웠다. 그와는 달리 누이동생은 음악을 좋아했는데, 기특하게도 바이올린 솜씨가 훌륭했다. 그래서 다음 해에는 누이동생을 음악 학교에 보내려고 마음먹고 있었다. 물론 많은 비용이 들겠지만 그것은 걱정도 하지 않았다. 그 비용쯤은 다른 수단으로도 벌어들일 수 있다고 생각했기 때문이다. 그레고르가 며칠 집에 머물 때면 누이동생과 종종 음악 학교 이야기를 나누곤 했다. 그러나 그것은 이루어질 수 없는 아름다운 꿈에 지나지 않았다. 부모들이 이런 순진한 이야기를 듣고 기뻐한 것은 절대 아니었다. 그러나 그 일에 대해서 확고한 신념을 가지고 있던 그레고르는 크리스마스이브에는 엄숙히 선언하려고 작정하고 있었다.

문에 꼿꼿이 기대어 서서 귀를 기울이고 있는 동안에도 현재의 자기 입장으로서는 아무 소용도 없는 이런 생각들이 주마등처럼 그레고르의 머릿속을 스쳐갔다. 때로는 온몸이 노곤해져서 엿듣고 있기가 힘들어 부지중에 문턱에 머리를 부딪치기도 했다. 그럴 때면 얼른 문을 꼭 붙들어야만 했다. 왜냐하면 그런 일로 인하여 야기되는 어떤 나직한 소리라도 옆방에 있는 사람들에게 들릴 경우 그들은 일제히 입을 다물어 버렸기 때문이다. 그러면 으레 "또 무슨 짓을 하는구나." 하고 아버지가 문 쪽을 향해 말하고 난 다음에야 비로소 끊어졌던 이야기가 소곤소곤 다시 이어지는 것이었다.

그레고르는 그런 대화를 자세히 들을 수가 있었다. 왜냐하면 아버지는 자신의 설명을 되풀이했기 때문이다. 그것은 한편으로는 아버지로서도 너무나 오랫동안 그 일을 입 밖에 꺼내지 않은데다가 또 이야기를 듣는 어머니 역시 무슨 말이건 첫 마디에 알아듣지 못했기 때문이다. 아버지의 말을 엿듣고 그레고르가 분명하게 안 사실은, 불운한 일이 한꺼번에 겹쳤음에도 불구하고 과거의 재산이 아직 남아 있다는 것과 그동안 손을 대지 않고 남에게 빌려 준 돈에 이자가 약간 불어나게 되었다는 사실이다. 그밖에 그레고르가 매달 집에 가져온 돈도 전부 쓰지는 않았다고 했다(그레고르 자신은 불과 2, 3굴덴밖에는 용돈을 쓰지 않았다). 그래서 조그마한 밑천이 생겼다는 것이다.

문 뒤에서 그레고르는 머리를 끄덕이며 열심히 듣고 있었다. 그리고 기대하지 않았던 아버지의 신중한 태도와 근검절약이 몹시 기뻤다. 사실 옛날에 그만한 여윳돈이 있었다면 사람들에게 진 아버지의 빚을 모두 갚았을 것이다. 그렇게 되었다면 그는 벌써 홀가분하게 그 직장에서 발을 뺄 수 있었을지도 모른다. 그러나 이렇게 되고 보니 아버지의 처사가 집안의 평안을 위해서 훨씬 나았다는 것은 의심할 여지가 없었다.

그러나 돈을 모아 두었다고는 하지만 그 이자로 가족을 먹여 살리기에는 턱없이 부족한 금액이었다. 기껏해야 1년, 오래 간다고 해야 2년이나 살아 나갈까? 더 이상 버텨 나가기는 어려웠다.

즉 그 돈은 애당초 손을 대서는 안 되고, 만일의 경우를 생각해서 남겨 놓아야 할 정도의 금액에 지나지 않았다. 그래서 생활비만은 다른 방법으로 꼬박꼬박 벌어야 했다. 그런데 아버지는 몸은 건강했지만 이미 늙어서 5년 동안이나 아무 일도 하지 못하고 있었고, 생활에 그리 자신이 있는 것도 아니었다. 아버지는 지난날을 고생만 하면서 지내다가 평생 처음 얻은 이 5년간의 휴가 동안에 몸이 몹시 뚱뚱해지고 동작도 둔해졌다. 그러면 어머니라도 돈을 벌어야 할 텐데, 어머니도 나이가 많은데다 천식을 앓고 있었기 때문에 그것이 뜻대로 되지 않았다. 어머니는 집 안을 돌아다니는 것도 힘이 들어 이틀에 한번은 창문을 열어 놓고 소파에 누워 지내는 형편이었다. 그러니 누이동생밖에 돈벌이할 사람이 없었으나 그녀는 이제 겨우 열일곱 살 먹은 처녀였으므로, 전적으로 그녀에게 기댈 수도 없는 노릇이었다. 그녀가 지금까지 해온 생활이란 깨끗한 옷을 차려 입고, 맘껏

잠을 잔 후, 간단한 집안일을 도와주는 것이 전부였다. 그리고 때로는 값싼 구경거리를 찾아다니거나 바이올린이나 켜며 지내는 게 고작이었으므로, 그녀 역시 돈을 벌기는 애당초 틀린 것이었다. 옆방에서 돈이 필요하다는 이야기가 나올 때마다 그레고르는 문 옆을 떠나 창 옆에 있는 차디찬 가죽 소파에 몸을 던졌다. 너무나 부끄럽고 서글퍼서 몸이 후끈 달아올랐기 때문이다.

그는 잠을 이루지 못하고 밤새도록 소파 위에 누워서 가죽만 쥐어뜯고 있을 때가 종종 있었다. 때로는 힘든 줄도 모르고 의자를 창가에 밀어다 놓고 창턱에 기어오르기도 했으며, 어떤 때는 그냥 의자에 몸을 의지한 채 창에 기대어, 예전에 밖을 내다보며 느꼈던 해방감을 되씹어 보기도 했다. 날마다 그렇게 바라보고 있노라니 조금 떨어진 곳에 있는 것들도 점점 희미하게 보였기 때문이다. 전에는 아침저녁으로 보이던 맞은쪽 병원이 끔찍이 싫었지만, 그것도 이제는 볼 수 없게 되었다. 만일 한적하기는 하지만 어디까지나 도회지 같은 샬로테 거리에 살고 있다는 사실을 확실히 알지 못하고 있었더라면, 회색 하늘과 회색 대지가 서로 합쳐져서 지평선이 분간되지 않는 광야를 창을 통해 내다보고 있다고 생각했을지도 모를 일이었다.

무슨 일에나 세심한 누이동생은 의자가 창가에 있는 것을 단지 두 번밖에는 발견하지 못했으면서도, 방을 치우고 나면 번번이 의자를 창가에 밀어 놓았다. 게다가 그때부터는 안쪽 창문까지도 열어 놓곤 했다.

그레고르는 누이동생과 말을 할 수 있어서 자신을 위해 애쓰는 것에 대해 감사하는 마음을 표현할 수만 있다면, 누이동생의 봉사를 훨씬 편안한 마음으로 받아들일 수 있었을 것이다. 그러나 그러지 못했기 때문에 그레고르는 몹시 속이 상했다. 물론 누이동생은 될 수 있으면 불쾌한 기분은 씻어 버리려고 애썼고, 시일이 지날수록 점점 나아졌다. 그리고 그레고르 역시 시간이 경과함에 따라서 모든 일을 훨씬 정확하게 관찰하게 되었다. 그러나 이제는 누이동생이 들어오기만 해도 쫙 소름이 끼쳤다. 예전 같으면 그레고르의 방을 아무에게도 보이지 않으려고 온갖 주의를 다하던 누이동생도 방 안에 들어서자마자 문을 닫을 겨를도 없이 곧장 창가로 뛰어가서 숨이 막힌다는 듯이 성급히 창문을 열어젖혔다. 제아무리 추운 날이라고 할지라도 잠시 창가에 서서 심호흡을 하는 것이었다. 이처럼 뛰어다니며 수선과 소란을 떠는 바람에 누이동생은 하루에 두 번씩 그레고르를 겁먹게 만들었다.

그녀가 방 안에 있는 동안 그는 계속 소파 밑에서 떨고 있어야 했다. 그러나 그는 누이동생을 충분히 이해할 수 있었다. 만약 그녀가 그레고르의 방에서 창문을 닫은 채 일할 수만 있었다면 누이동생은 자기를 이런 일로 괴롭히지는 않았을 것이라는 사실을 그도 잘 알고 있었던 것이다.

그레고르가 변신한 지 한 달이 지난 어느 날이었다. (그 무렵 누이동생은 그레고르의 모습을 보고도 새삼스럽게 놀라거나 하지는 않았다.) 누이동생이 다른 때보다 일찍 들어왔기 때문에, 꼿꼿이 선 채 꼼짝도 하지 않고 조용히 창 밖을 내다보고 있던 그레고르와 마주치고 말았다. 누이동생은 그런 그레고르의 모습을 보자 기겁을 했다. 그레고르는 자기가 창가에 서 있어서 누이동생이 창문을 여는 데 방해가 되었기 때문에, 설사 누이동생이 방 안에 들어오지 않았다 하더라도 이상하게 여기지는 않았을 것이다. 그러나 누이동생은 방 안에 들어올 생각을 하지 못하고 주춤주춤 뒤로 물러서며 문을 닫았다. 모르는 사람이 보았다면 그레고르가 누이동생을 기다리고 있다가 물어뜯으려 했을 것이라고 생각할 것 같았다. 물론 그레고르는 곧 소파 밑에 숨어 버렸는데, 그녀가 다시 찾아온 것은 점심때쯤이었다. 그날, 그녀는 다른 때보다 훨씬 안절부절못하는 것 같았다. 그레고르의 끔찍한 꼴을 본다는 것은 누이동생으로서는 여전히 참을 수 없는 일이며, 앞으로도 그럴 것이라는 것을 짐작할 수 있었다.

소파 밑에 불쑥 나와 있는 자기 몸뚱이의 일부를 힐끗 보고도 도망치지 않는 것은 누이동생이 어지간히 참고 있는 것이라고 생각했다.

어느 날 그는 누이동생에게 이러한 자신의 모습을 보여 주지 않으려고 자신의 등에(이 작업에 꼬박 네 시간이나 걸렸다) 홑이불을 덮었다. 이제는 누이동생이 아무리 몸을 굽히고 들여다본다 해도 보이지 않도록 꾸며 놓았다. 만일 홑이불을 뒤집어쓰는 것이 소용없는 일이라고 생각되면 누이동생이 걷어치울 수도 있을 것이다. 그러나 그레고르가 재미 삼아 몸을 숨기는 것이 아니라는 것쯤은 누이동생도 짐작할 수 있을 것 같았다.

누이동생은 홑이불이 놓인 그대로 내버려 두었다. 언젠가 고레고르는 누이동생이 이 새로운 아이디어를 어떻게 생각하는지 살펴보려고 머리로 홑이불을 약간 들치고 보았을 때, 누이동생은 감사의 뜻이 어린 눈초리로 힐끗 자기를 쳐다보는 것처럼 보였다.

처음 두 주일 동안은 부모님도 감히 그의 방에 들어오지 못했다. 그러나 시간이 가면서 누이동생이 하고 있는 일을 몹시 칭찬하고 있다는 사실을 알 수 있었다. 지금까지 누이동생은 그들에게 '하잘것없는 계집애라고 생각되었던 존재'여서, 누이동생에게 늘 화만 냈으나, 이제 그레고르의 방에서 소제를 하면 아버지와 어머니는 방 앞에서 기다리고 있었다. 그러다가 누이동생이 방에서 나오면, 방 안이 어땠는지, 그레고르가 무엇을 먹었는지, 거동이 어땠는지, 조금 좋아지는 징조가 보였는지에 대해 물었다. 누이동생은 모든 것을 부모님에게 설명하지 않으면 안 되었다. 그래서 어머니가 그레고르를 방문하려고 했으나, 아버지와 누이동생이 어머니를 만류했다. 그 이유를 그레고르는 조심스럽게 들었고, 자신도 그것이 지당한 일이라고 생각했다. 그러나 어머니가 거듭해서 우기자 마침내 억지로 붙들었다. 그러자 어머니가 큰 소리로 외쳤다.

"들어가게 해주세요. 그레고르를 만나야겠어요. 누가 뭐래도 그 애는 내 자식이니까요. 가엾은 아이라는 걸 당신도 잘 아시잖아요."

그럴 때면 그레고르는 1주일에 한 번만이라도 어머니가 들어와 주었으면 좋겠다고 생각했다. 뭐니 뭐니 해도 어머니는 누이동생보다 모든 일을 훨씬 더 잘 돌봐 줄 것이었다. 누이동생의 마음 씀씀이를 고맙게 생각하기는 했지만 아직 어린애니까 소녀다운 가벼운 기분으로 이런 힘든 일을 맡게 된 것뿐이었다.

어머니를 만나보고 싶은 그레고르의 소원은 이내 이루어졌다. 그는 부모님이 상심할 것을 염려해서 낮에는 창가에 나타나지 않았다. 그러나 겨우 2, 3평방미터밖에 안 되는 방바닥을 기어다녀 봤자 별수 없었고, 가만히 누워 있자니 밤에도 고통을 느낄 정도였다. 식사에 대해서는 흥미를 잃어버렸기 때문에 그는 끊임없이 벽이나 천장을 가로세로, 또는 위아래로 기어 다니면서 기분을 전환시켜 보려고 애썼다. 특히 천장에 매달려 있는 것이 좋았다. 방바닥에 누워 있는 것과는 전혀 다른 기분이었기 때문이다. 숨도 자유롭게 쉴 수 있고, 그때마다 가벼운 진동이 온몸에 퍼졌다.

때때로 그는 매우 흐뭇한 기분으로 방심 상태에서 천장에 매달려 있다가 무심코 발을 떼는 바람에 방바닥에 철썩 떨어져 스스로도 깜짝 놀란 일이 있었다. 그러나 이제 전과는 달리 요령이 생겼기 때문에 그처럼 높은 곳에서 떨어져도 다치는 일은 없었다. 누이동생은 그레고르가 혼자서 고안한 이 새로운 취미를 금세 알아챘다. (그는 기어 다닐 때 여기저기에 찐득찐득한 점액 자국을 남겼던 것이다.) 그래서 누이동생은 그레고르가 될 수 있는 한 넓은 데서 기어 다닐 수 있도록 방해가 되는 가구들, 즉 옷장과 책상을 치워 버리려고 마음먹었다. 그러나 이런 일을 혼자서 할 수는 없었다. 아버지에게는 감히 도와 달라고 청할 수도 없었고, 또 하녀도 자기를 도와줄 것 같지 않았다. 열여섯 살인 이 하녀는 사실 예전의 하녀가 나간 후로는 모든 일을 도맡아서 끈기 있게 참아 왔으나, 부엌은 꼭 잠가 두고 있었다. 그것은 특별한 용무로 주인이 부를 때만 문을 열겠다고 미리 허가를 받아 놓았기 때문이다. 그래서 아버지가 안 계실 때는 어머니를 불러오는 수밖에 다른 도리가 없었다.

어머니는 기뻐서 어찌할 줄을 모르며 정신없이 달려왔다. 그러나 그레고르의 방 앞에서 목소리가 뚝 그쳤다. 물론 누이동생은 방 안에 있는 모든 것이 제대로 정돈되어 있는지 살펴보고 나서야 비로소 어머니를 안내했다. 그레고르는 부랴부랴 홑이불을 깊숙이 뒤집어쓰고 더 많이 주름을 지어 보였기 때문에, 홑이불 전체가 소파 위에 던져진 물건처럼 보였다. 그레고르는 이번에도 홑이불 밑에서 내다보고 싶은 충동을 꾹 참았다. 그는 어머니의 얼굴이 보고 싶었으나 결국 단념하고 말았다. 그저 어머니가 와 준 것만도 기쁠 따름이었다.

"들어오세요. 오빠는 보이지 않아요."

누이동생이 이렇게 말했다.

분명 어머니의 손을 잡아끄는 게 틀림없었다. 연약한 두 여자가 그 무거운 옷장을 이제까지 놓였던 자리에서 밀어 옮기는 소리가 들렸다. 누이동생이 거의 일을 도맡아 했기 때문에 너무 무리해서는 안 된다고 어머니가 몇 번이나 주의를 줬지만, 누이동생은 끝내 듣지 않는 것 같았다. 퍽 오랜 시간이 걸렸다. 15분 정도는 지났다고 생각될 쯤에 어머니가 말했다.

"이 옷장은 여기에 그대로 두는 것이 낫지 않겠니? 너무 무거워서 아버지가 돌아오시기 전에는 일을 끝낼 수 없을 것 같구나. 그리고 이 옷장을 방 한가운데 놓아두면 그레고르가 다니는 데 방해가 될 테고, 또 가구들을 죄다 치워 버리는 것을 그레고르가 좋아할지 우리로서는 모르지 않니. 차라리 예전대로 놓아두는 것이 좋을 것 같아. 옷장을 치우고 텅 빈 벽을 보니, 어쩐지 마음이 허전해서 못 견디겠어. 그레고르도 오랫동안 이 가구들에 정이 들었을 테니, 방 안이 텅 비면 틀림없이 무척 쓸쓸할 거야. 그러니 그대로 두어야겠어."

어머니는 속삭이듯 나직한 소리로 말했다. 그레고르가 어디에 숨어 있는지는 모르지만 하여튼 그에게 자기 목소리가 들리지나 않을까 염려된다는 듯한 태도였다. 어머니는 그레고르가 설마 사람의 목소리를 알아들을 수 있으리라고는 꿈에도 생각지 못하는 것 같았다.

"그렇게 가구를 치워 버리면, 마치 우리가 그 애의 회복을 완전히 단념하고, 더 이상 그 애를 돌봐주지 않을 것처럼 보이지 않겠니? 방은 전과 같이 놓아두는 것이 좋을 것 같은데, 네 생각은 어떠니? 그레고르가 병이 다 나아서 사람으로 되돌아왔을 때, 방 안이 전과 변함이 없으면 그동안의 일을 훨씬 잊어버리기 쉬울 것 아냐.”

그레고르가 어머니의 말을 들었을 때, 자기가 사람들과 어울리지 못하고 지루한 생활을 하며 두 달이 지나는 동안에 틀림없이 머리가 돌았다는 것을 깨달았다. 왜냐하면 방이 텅 비기를 진심으로 바란다는 것은 머리가 돌았다고 설명할 수밖에는 다른 도리가 없었기 때문이다. 가구를 모조리 치워 버린 방이면 물론 자유롭게 사방으로 기어 다닐 수는 있지만 그와 동시에 곧 인간으로서의 과거를 완전히 잊어버리게 될 것이었다.

제정신이라면 어떻게 대대로 물려받은 가구가 기분 좋게 놓여 있는 아늑한 방을 동굴로 만들려는 생각을 한단 말인가? 사실 이미 자신의 과거는 거의 잊어버리지 않았던가? 다만 지금은 오랫동안 듣지 못했던 어머니의 목소리가 그의 마음을 뒤흔들었다. 역시 아무것도 치워선 안 되었다. 모두 그대로 두어야 했다. 가구가 그에게 미치는 긍정적인 영향을 없애서는 안 되었다. 그리고 가구가 있기 때문에 기어 다니는 데 방해가 된다고 하더라도, 결국 그것은 자기에게 이득이었던 것이다.

그러나 누이동생의 생각은 달랐다. 그레고르의 문제가 논의될 때 누이동생은 으레 중간 조종자 역할을 했다. 특히 그의 사정을 아는 데는 부모님보다 훨씬 나았던 것이다. 누이동생이 그렇게 자부한 것도 이유가 없는 것은 아니었다. 그래서 누이동생이 처음에는 옷장과 책상을 치워 버리려고 했지만, 어머니의 충고를 듣고는 그것뿐 아니라 없어서는 안 될 소파를 제외한 나머지 가구를 모조리 치워 버리자고 주장한 것이다. 누이동생이 이렇게 자신의 주장을 내세우게 된 것은 소녀다운 반항심이나 최근에 겪게 된 불행의 쓰라린 고통 때문만은 아니었다. 누이동생은 그레고르가 기어 다니려면 넓은 장소가 필요하고, 그렇기 때문에 가구들은 아무 소용이 없다는 사실을 잘 알고 있었다. 그러나 여기에는 그 나이 또래의 소녀에게서 흔히 볼 수 있는 맹목적인 고집스러움도 작용했다. 그러한 정열은 언제나 자신을 충족시킬 수 있는 기회를 찾게 되었는데, 그 심리가 이번에도 그레테를 유혹해서 이제까지보다 더 그레고르의 입장을 비참하게 만들었다. 왜냐하면 텅 비어 있는 방에 그레고르 혼자만 있다면 그레테 이외에는 감히 그의 방으로 들어오려는 사람은 없을 것이었기 때문이다.

그런 이유에서 누이동생은 자기의 결심을 번복하려고 하지 않았다. 어머니는 그레고르의 방에 있는 것만으로도 어쩐지 겁을 먹은 듯 보였다. 어머니는 묵묵히 있더니, 옷장을 밖으로 내놓으려는 누이동생을 도와주었다.

    그런데 부득이한 경우 옷장은 없어도 지낼 수 있지만 책상만은 남겨 두어야 했다. 그리하여 두 사람이 헐떡이며 옷장을 밀고 밖으로 나가자마자, 그레고르는 소파 밑에서 머리를 내밀었다. 그리고 어떻게 하면 신중하고도 조심스럽게 그들이 하는 일에 간여할 수 있을 것인지 생각하면서 주위를 살펴보았다. 그러나 불행하게도 어머니가 먼저 방으로 돌아왔다. 그레테는 아직도 옆방에서 옷장에 매달려 가구를 이리저리 옮기고 있었으나 옷장의 위치는 조금도 달라지지 않았다. 그런데 어머니는 그레고르의 모습을 여태껏 눈여겨 본 일이 없었기 때문에, 실제로 보면 기절해 까무러칠지도 몰랐다. 그래서 당황한 그레고르는 재빨리 소파의 다른 쪽 모퉁이로 뒷걸음질쳤으나, 그때 홑이불 앞쪽이 약간 움직인 것은 어쩔 수 없는 노릇이었다. 그것만으로도 어머니의 주의를 돌리기에는 충분했다. 어머니는 그걸 보고 멈칫하더니, 순간적으로 잠시 서 있다가 이윽고 옆방의 그레테에게로 되돌아갔다.

    그레고르는 별다른 일이 생긴 것도 아니고, 단지 두서너 개의 가구를 옮길 뿐이라고 몇 번이고 자기 자신에게 타일렀다. 그럼에도 불구하고 여자들이 드나드는 소리와 나직하게 서로를 부르는 소리, 마룻바닥에서 가구가 찍찍 끌리는 소리가 섞여 들려 (곧 그레고르 자신도 인정하지 않으면 안 되었던 것처럼) 그는 사방에서 밀어 닥쳐오는 위협을 느꼈다. 그는 될 수 있는 대로 머리와 발을 움츠리고 몸을 바닥에 꼭 댄 채 가만히 있었으나, 더 이상은 참을 수가 없어 비명을 지르지 않을 수 없었다.

그들은 자신의 방을 완전히 비우려 하고 있었다. 자기가 좋아하는 모든 것을 빼앗으려 하고 있었다. 수공용 실톱과 그 밖의 모든 도구들이 들어 있는 옷장은 벌써 밖으로 내놓였다. 다음으로 그들은 바닥에 박혀 있는 책상을 흔들고 있었다. (그 책상은 상과 대학생으로, 중학생으로, 그보다 훨씬 전에는 초등학교 학생으로 숙제를 했던 곳이었다.) 사태가 이쯤되고 보니, 이미 그로서는 두 여자들이 하고 있는 꼬락서니를 보고만 있을 수가 없었다. 사실 그들이 그 자리에 있는 것조차 잊어버리고 있었다. 이미 지칠 대로 지친 두 여자는 아무 말도 없이 일에만 열중하고 있었기 때문에, 그에게 들리는 것은 오직 조심스런 발소리뿐이었다.

그는 소파 밑에서 기어 나왔다. (어머니와 누이동생은 마침 옆방에서 옮겨 놓은 책상에 기대어 잠시 숨을 돌리던 중이었다) 그러고는 우선 어디로 갈 것인지 망설이면서 네 번이나 기어가는 방향을 바꿨다. 그는 어떤 가구를 남겨 놓아야 할지 자신도 판단할 수가 없었다. 그때 이미 텅 빈 벽에 온통 털가죽으로 몸을 감싼 뚱뚱한 여인의 그림이 하나 걸려 있는

것이 눈에 띄었다. 그는 재빨리 기어 올라가 유리 위에 몸을
바짝 붙였다. 유리에 몸이 꼭 닿았기 때문에 후끈거리던 배
가 시원해서 기분이 좋았다. 그레고르가 온몸으로 가리고
있는 이 그림만은 적어도 아무에게도 빼앗기고 싶지 않았
다. 그는 여자들이 돌아오는 것을 살피기 위해서, 거실로
통하는 응접실 문 쪽으로 머리를 돌렸다.

그들은 잠시 쉬었다가 곧 다시 돌아왔다. 그레테는 힘이
빠진 어머니를 거의 껴안다시피 부축하고 있었다.

"자, 이번에는 무엇을 치울까요?"

그레테가 말하면서 두리번거렸다.

그때 그레테의 시선과 벽에 붙어 있는 그레고르의 시선이
마주쳤다. 아마 누이동생은 어머니가 바로 옆에 있었기 때
문에 자신을 억제하려고 애쓰는 모양이었다. 어머니가 주
위를 돌아다볼 수 없도록 얼굴을 어머니 쪽으로 돌리며 침
착성을 잃고는 앞뒤 분간도 하지 못하며 말했다.

"가요, 잠깐만 거실로 돌아가요."

그레고르도 그레테의 의도를 잘 알고 있었다. 어머니를
안전하게 모셔 놓고, 그 다음에 자기를 벽에서 쫓아내려는
것이었다. 어디 할 수 있으면 마음대로 해 보라지! 그는 그
림 위에 달라붙은 채, 그림을 내주지 않을 작정이었다. 그
림을 내주느니 차라리 그레테의 얼굴에 뛰어내리는 것이 나

을 것 같았다. 그러나 그레테의 말은 도리어 어머니의 마음을 불안하게 했다. 어머니는 옆으로 걸음을 옮기다가 꽃무늬 벽지 위의 커다랗고 누런 반점을 발견하자, 그것이 그레고르라는 것을 확실히 깨닫기도 전에 거칠고 날카로운 소리로 외쳤다.

"아이고머니! 저게 뭐냐?"

어머니는 두 팔을 쫙 벌리고 절망한 듯이 소파 위에 쓰러지더니 더 이상 꼼짝달싹도 못했다.

"그레고르!"

누이동생은 주먹을 휘두르며 날카로운 눈초리로 쏘아보면서 이렇게 외쳤다. 이 말은 그가 변신한 이래 누이동생이 직접 그에게 건넨 첫마디였다. 누이동생은 어머니가 정신을 차리게 할 수 있는 각성제를 찾으려고 옆방으로 뛰어갔다. 그레고르도 도와주고 싶었다. (그림은 아직 구해낼 수 있었으므로) 그러나 그가 유리에 착 달라붙어 있었기 때문에 억지로 몸이 떨어지게 하지 않으면 안 되었다. 그리고 나서 자기도 옆방으로 기어갔다. 예전과 같이 누이동생에게 어떤 충고를 해줄 수 있을 것 같았다. 그러나 막상 당하고 보니 충고는커녕 누이동생 뒤에 우두커니 서 있는 것 외에는 아무것도 할 수가 없었다.

누이동생은 여러 가지 병들을 휘젓고 있다가 무심히 뒤를 돌아다보고는 깜짝 놀랐다. 그 바람에 병 하나가 마루에 떨어져 산산조각이 나고 말았다. 그 깨어진 조각 하나가 그레고르의 얼굴에 상처를 입혔다. 부식제 같은 약물이 그의 몸에 흘러내렸다. 이번에는 그레테가 조금도 망설이지 않고 여러 개의 약병을 손에 들고 어머니에게로 뛰어갔다. 그러고는 발로 문을 탕 하고 닫았다. 그레고르는 어머니에게서 차단된 것이다. 어머니는 그레고르의 잘못으로 빈사 상태에 빠진 것 같았다. 그래, 문을 열어서는 안 된다. 어머니 옆에 붙어 있어야 될 누이동생을 자기가 들어감으로써 쫓아내고 싶지는 않았다. 그대로 기다리는 수밖에 다른 도리가 없었다. 그는 자책감과 근심을 더 이상 참지 못하여 이리저리 기어 다니기 시작했다. 벽과 가구와 천장을 마구 기어 다녔다. 어느덧 방 전체가 자신의 주위에서 빙글빙글 돌기 시작한 것을 느낀 그는 절망한 나머지 마침내 큰 책상 위에 보기 좋게 떨어지고 말았다.

얼마간 시간이 흘렀다. 그레고르는 힘없이 누워 있었다. 주위는 고요했다. 아마도 좋은 징조 같았다. 그때 초인종이 울렸다. 물론 하녀는 부엌에 틀어박혀 있었기 때문에 그레테가 문을 열러 나가야 했다. 아버지가 돌아온 것이다.

"무슨 일이 있었니?"

아버지의 첫마디였다.

그레테의 표정을 보고 모든 것을 알아챈 모양이었다. 그레테는 아버지의 가슴에 얼굴을 파묻고 어물거리며 이렇게 대답했다.

"어머니가 기절하셨어요. 그러나 이젠 괜찮아요. 글쎄, 그레고르가 기어 나왔지 뭐예요."

"내 그럴 줄 알았다." 아버지가 말했다. "내가 늘 말하지 않더냐. 여자들이란 도대체 사람 말을 안 듣는단 말이야. 그러니 이 꼴이지."

그레고르는, 그레테의 너무나 간단한 보고로 아버지가 그레고르가 난폭한 짓을 저지른 것으로 오해하고 있다는 사실을 확실히 알아차릴 수 있었다. 그레고르는 우선 아버지의 마음을 가라앉힐 수 있는 일을 해야만 했다. 아버지에게 사정을 설명할 시간 여유뿐만 아니라 그렇게 할 가능성조차 없었기 때문이다. 그래서 그는 자기 방문 옆으로 재빨리 기어가서 문에다 몸을 바짝 기댔다. 그렇게 함으로써 아버지는 현관에서 들어오자마자 그레고르가 자기 방으로 곧 돌아가려는 생각을 갖고 있다는 것을 알고 그를 쫓아 보낼 필요가 없음을 알 수 있었다. 단지 문을 열어 주기만 하면 될 것이라고 생각했다.

그러나 아버지는 이러한 그레고르의 세심한 생각을 배려해 줄 기분이 아니었다. 아버지는 방 안으로 들어서자마자,

분노와 희열이 뒤섞인 묘한 목소리로 "그래!" 하고 소리쳤다. 그레고르는 머리를 돌려 아버지를 쳐다보았다. 지금 자기 앞에 서 있는 아버지는 이제껏 상상조차 해본 적이 없었던 모습이었다. 물론 최근에 와서는 이리저리 기어 다니기에 정신이 팔려서 집안이 어떻게 돌아가는지 통 모르고 지내는 형편이긴 했지만. 그러니 달라진 집안 사정과 부닥칠 각오가 되어 있어야만 했던 것이다. 그렇다고 하더라도 과연 이 사람이 정말 내 아버지란 말인가? 전에 그레고르가 상점 일로 여행을 떠날 때면 피로에 절어 침대에 푹 파묻혀 누워 있던 바로 그 아버지란 말인가?

또 그가 저녁에 돌아올 때면 잠옷을 입은 채 안락의자에 앉아서 자기를 맞아주던 바로 그 아버지란 말인가? 그때의 아버지는 잘 일어서지도 못한 채 반갑다는 표시로 두 팔만 쳐들고 맞아 주었었다. 일요일이나 큰 축제날 등 1년에 두서너 번 가족들과 함께 산책을 할 때는, 걸음이 느린 그는 그레고르와 어머니 사이에 끼여 느릿느릿 발걸음을 옮기곤 했었다.

그때 그는 낡은 외투를 몸에 두르고 조심스럽게 지팡이를 짚으며 걸어갔고, 무슨 말이라도 하려면 언제나 걸음을 멈추고 함께 따라가는 가족들을 자기 가까이 불러 모으곤 했었다. 그 아버지가 바로 이분이란 말인가?

그 아버지는 지금 단정한 자세로 똑바로 서 있었다. 마치 은행의 수위들이 입고 있는 옷처럼 노란 금단추가 달려 있는 파란 빛깔의 제복을 입고 있었으며, 윗도리의 칼라 위로 나온 턱은 두 겹으로 겹쳐져 있었다. 새까만 눈썹 밑에는 생기 있고 초롱초롱한 눈이 번쩍였으며, 전에는 거칠고 더부룩했던 흰 머리칼도 단정하게 가르마를 타서 빗어내린 듯 머리에 착 붙어서 번지르르하게 빛을 내고 있었다. 아버지는 제모를 내던졌다. 제모에는 노란 금실로 큰 글자가 수놓아져 있었는데, 그것은 은행 마크가 틀림없었다. 제모는 아치형의 곡선을 그으면서 소파 위에 떨어졌다. 아버지는 기다란 제복 윗옷의 옷자락을 활짝 뒤로 젖히고, 두 손을 바지 호주머니에 넣은 채 못마땅하다는 듯이 인상을 찌푸리면서 그레고르를 향해 걸어왔다. 스스로도 무얼 하려는지 모르는 것 같은 아버지가 여느 때와는 달리 발을 번쩍 쳐들며 걸어오자, 그레고르는 유달리 큰 구두 바닥을 보고 깜짝 놀랐다. 그러나 그레고르도 가만히 있지 않았다. 그는 자신의 새로운 생활이 시작된 첫날부터 아버지가 자신에게 아주 엄격하게 대하는 것이 적절하다고 생각하고 있다는 걸 잘 알고 있었다. 그래서 그는 아버지가 서면 멈추고, 아버지가 움직이는 기색이 보이면 앞으로 피해 달아났다.

이렇게 그들은 별다른 소동도 일으키지 않은 채 벌써 몇 번이나 방 안을 빙빙 돌아다녔다. 동작이 느렸기 때문에 추격하는 것처럼 보이지도 않았다. 만일 벽이나 천장으로 도망을 치면 특별한 악의에서 그런 행동을 했다고 아버지에게 오해받을까 봐 두려워서 그는 잠시 마룻바닥에 머물러 있기로 했다. 어쨌든 그레고르는 이렇게 기어 다니는 생활이 오래 지속되지는 못하리라고 생각했다. 아버지가 한 발짝 옮겨 놓는 동안에 자기는 무수한 운동을 해야만 되었기 때문이다. 벌써 숨이 가쁜 것을 느낄 정도였다. 변신하기 전에도 그는 사람으로서 튼튼한 폐를 가지고 있지는 못했기 때문에 숨이 찬 것도 무리가 아니었다.

그는 기어가려고 안간힘을 다해 비틀거리고 있는 동안에 눈도 제대로 뜨지 못할 지경이 되었다. 머리가 멍해져서 아무리 생각해 봐도 이제는 마룻바닥을 기어서 도망치는 것 이외에는 다른 방법이 떠오르지 않았다. 자유롭게 벽을 기어 올라갈 수도 있었지만, 그는 그것을 생각해 낼 수조차 없었다. 게다가 벽면에는 정성을 들여 조각한 가구류 때문에 생긴 자국으로 군데군데 뾰족하게 튀어나온 곳이 많았다.

바로 그때, 옆으로 무엇인가가 날아오더니 그의 앞으로 굴러갔다. 그것은 사과였다. 연달아 두 번째의 사과가 날아왔다. 그레고르는 겁에 질린 나머지 그만 그 자리에 발을 멈췄다. 앞으로 달아난다고 해도 소용이 없었다. 아버지가 사과로 자기를 때리려고 결심했기 때문이었다. 아버지는 찬장 위에 있는 과일 접시에서 사과를 꺼내 호주머니에 가득 넣고는 연달아 던졌다. 이 빨간 사과들은 마치 전기 장치처럼 마루 위를 데굴데굴 굴러다니며, 서로 부딪치기도 했다. 살짝 던져진 사과 하나가 그레고르의 등을 스쳤지만, 다치지는 않고 빗나갔다. 그러나 다음에 날아온 사과가 그레고르의 등을 정통으로 맞히고 말았다. 뜻밖에 받은 심한 고통을 자리를 옮김으로써 가시게 할 수 있으리란 듯이 그레고르는 천천히 앞으로 몸을 밀고 나아가려고 했다. 그러나 이내 온 감각이 산란해져 그 자리에 뻗어 버렸다. 마지막으로 힘없이 감기는 눈꺼풀 위로 자신의 방문이 화닥닥 열리며 비명을 지르는 누이동생 뒤에서 어머니가 속옷 바람으로 뛰어나오는 것을 볼 수 있었다. 누이동생은 어머니가 기절했을 때, 숨을 쉬기 좋게 하기 위해 어머니의 옷을 벗겨 놓았던 것이다.

어머니는 아버지에게로 달려갔다. 그때 풀려진 치마와 윗도리가 하나씩 연달아 마룻바닥에 흘러내렸다. 어머니는 흘러내린 치마와 속옷을 비틀거리며 밟으면서 아버지에게로 달려가 꼭 껴안았다. (그때 그레고르의 눈은 이미 감긴 상태였다.) 아버지의 뒷머리를 붙잡고 그레고르의 목숨을 살려 달라고 애원하며 흐느꼈다.

종말

그레고르를 한 달 이상이나 괴롭힌 이 중상으로 인해 (사과를 아무도 꺼내 주지 않았기 때문에 살 속에 박힌 채, 그 사건을 말해 주는 두드러진 선물로 남아 있었다) 지금은 비참하고 징그러운 모습을 하고 있을지라도 어디까지나 가족의 한 사람임에 틀림없으므로, 그를 원수처럼 대해선 안 되었다. 뿐만 아니라 그에 대한 혐오스런 감정을 가슴 속에 접어두고 꼭 참는 것이 가족으로서의 당연한 의무라고 아버지는 뼈저리게 반성한 것 같았다.

그레고르는 그 상처로 인해 몸을 자유롭게 움직이는 것은 영원히 불가능할 것 같았다. 지금의 상태로는 방을 건너가는데도 병든 노인처럼 오랜 시간이 걸렸기 때문에, 벽을 높이 기어 올라간다는 것은 상상조차 할 수 없는 일이었다. 이같이 몸의 상태가 악화된 반면에 그를 기쁘게 한 일도 있었다. 다시 말하면 거실과 그레고르의 방을 가로막고 있던 문이 열리게 된 것이다. 그레고르는 이제 저녁때가 되면 문이 열리기 한두 시간 전부터 그 문을 뚫어지게 바라보는 것이 하루의 습관처럼 되었다. 어두운 방에 누워서 (거실에서 이 쪽은 잘 보이지 않았다) 환히 비치는 탁자 주위에 둘러앉아 있 는 가족들을 바라보면서 그들의 이야기를 듣는 것이 전과는 다르게 어느 정도 공공연히 묵인되고 있었다.

물론 그전에 그레고르가 작은 호텔방에서 지칠 대로 지친 피로한 몸을 축축한 침대의 이부자리 속에 누인 채 그립게 생각했던 그런 활기 띤 분위기는 아니었다. 이제는 조용한 가운데서 시간을 보낼 뿐이었다. 아버지는 저녁식사를 하 고 나면 평소처럼 안락의자에 앉은 채 잠이 들었고, 어머니 는 불빛 밑으로 바짝 몸을 구부리고 얼마 전에 맡은 유행 양 장점의 고급 내의를 바느질하고 있었으며, 점원으로 취직 한 누이동생은 좀더 나은 일자리를 얻으려고 저녁때면 속기 술과 프랑스어를 공부하고 있었다. 아버지는 이따금 눈을 뜨고 자기가 잠들었던 사실을 전혀 모르는 듯이 어머니에게 말을 걸었다.

"뭘 그렇게 늦게까지 꿰매고 있어!"

그리고는 곧 다시 잠이 들었다. 그러면 어머니와 누이동 생은 피곤하다는 듯이 미소를 지었다.

아버지는 집으로 돌아와서도 절대 제복을 벗지 않았다.

잠옷은 아무 필요도 없이 옷걸이에 그냥 걸려 있었다. 아버지는 집에서도 직장에서처럼 상관의 명령을 기다리는 듯이, 단정하게 제복을 입은 채 앉아서 졸았다. 그렇기 때문에 지급받을 때부터 신품이 아니었던 이 제복은 어머니와 누이동생이 늘 손질했음에도 불구하고 허름했다. 그레고르는 어머니와 누이동생이 윤이 나게 닦아서 번쩍거리는, 누런 금단추가 달려 있는 얼룩투성이의 그 제복을 저녁 내내 쳐다보곤 하였다. 이런 제복을 입은 늙은 아버지는 매우 낯설어 보였지만, 그러나 곤하게 잠들어 있었다.

시계가 10시를 치면 어머니는 나지막한 목소리로 아버지를 흔들어 깨워 편히 자도록 돕느라 무척 애를 썼다. 그런 상태로 잠을 자면 불편할뿐더러 아침 6시에 출근하려면 피곤을 덜 수 없었기 때문이다. 그러나 아버지는 수위가 된 다음부터 고집불통이 되어 좀 더 오래 거실에 있기를 원했고, 그러다가 늘 잠이 들곤 했다. 그런 아버지를 안락의자에서 침대로 옮기는 일은 여간 힘든 게 아니었다. 어머니와 누이동생이 아무리 몸을 흔들며 졸라도 아버지는 15분 정도 눈을 지그시 감은 채 느릿느릿 머리를 흔들기만 할 뿐 일어서려고 하지 않았다. 어머니는 아버지의 소매를 잡아당기며 그의 귓속에 기분을 맞춰 주는 말을 속삭이고, 누이동생도 공부를 집어치우고 어머니를 도왔으나 아버지는 점점 더 깊숙이 의자 속에 파묻혀 들어갔다. 모녀가 손으로 아버지의 겨드랑이 밑을 들어올릴 때에야 비로소 눈을 뜨고 어머니와 누이동생을 번갈아 쳐다보고는 다음과 같이 중얼거리는 것이었다.

"이것이 인생이다. 나의 늘그막의 안식이란 게 요 모양 요 꼴이란 말이야."

그러고는 마지못해 일어나기는 했지만 말할 수 없이 몸이 무거운 것처럼 느껴지는 것이 틀림없었다. 모녀의 부축을 받아 문 근처까지 끌려가면 이제는 됐다고 끄덕이면서 혼자서 걸어갔다. 그러면 어머니와 누이동생은 각각 재봉 도구와 펜을 챙겨서 정리하고, 아버지 뒤를 쫓아가 잠자리를 돌봐 주곤 했다.

가족들은 일에 지칠 대로 지쳐서 아무도 그레고르를 보살펴 줄 여유가 없었다. 궁색한 집안 살림은 점점 줄어들기 시작하여 결국은 하녀도 내보내게 되었다. 그 대신 백발이 성성하고 몸집이 크고 뼈대가 굵은 할멈이 아침저녁으로 드나들며 힘든 집안 일을 거들어 주었다. 그 외의 모든 일은 그렇게 많은 바느질을 해 가면서도 어머니가 맡아서 해냈다. 게다가 전에 어머니와 누이동생이 회합 때나 축제에 걸치기 좋아했던 여러 가지 장식품도 팔아 버리게 되었다.

그레고르는 이런 사정을 저녁때 가족들이 물건을 판 가격에 대해 이야기하는 것을 듣고서야 알았다. 그러나 그들의 가장 큰 걱정거리는 언제나 집 문제였다. 현재의 형편으로 이 집은 너무 컸다. 그럼에도 이사를 할 엄두가 나지 않았다. 그레고르를 어떻게 처리해야 할지 난감했기 때문이었다. 그러나 그레고르는 이사하는 데 방해가 되는 것은 단지 자기에 대한 걱정만은 아니라는 사실을 잘 알고 있었다. 왜냐하면 자기 하나쯤은 적당히 궤짝 속에 넣어서 공기가 통하는 구멍을 두서너 개 뚫어 놓기만 하면 쉽사리 운반할 수 있었기 때문이다.

가족들이 이사를 하지 못하는 가장 큰 이유는 깊은 절망감과, 이제까지 친척들이나 친구들 가운데 그 누구도 겪어 본 일이 없는 비참한 불행을 당하고 있다는 피해의식이라고 할 수 있었다. 세상 사람들이 가난한 사람들에게 요구하는 것을 그의 가족들은 최대한도로 경험하고 있었다. 아버지는 은행의 말단 직원들에게 아침식사를 날라다 주는 일까지도 마다하지 않았고, 어머니는 알지도 못하는 사람들의 속내의 바느질에 종일 희생했으며, 누이동생은 손님들의 기호를 맞춰 주느라 카운터 뒤에서 이리저리 뛰어다녔다. 가족들은 이미 더 이상 일을 할 여력이 없었다.

어머니와 누이동생은 아버지를 침대로 데려다 주고, 거실로 돌아온 후, 하던 일을 그만두고 서로 뺨이 닿을 정도로 바짝 다가앉았다.

어머니는 그레고르의 방을 가리키며, "그레테야, 저 문을 닫아라!" 하고 말했다.

이리하여 그레고르는 또다시 어둠 속에 혼자 남게 되었다. 두 여인은 거실에서 소리 없이 눈물을 흘리거나, 눈물조차 말라 버릴 때는 탁자를 뚫어지게 바라보았다. 그럴 때면 그레고르에게는 등의 상처가 새삼스레 아파 오는 걸 느껴졌다. 그레고르는 긴긴 날을 뜬눈으로 지새우기 일쑤였다.

때때로 그는 가족들의 생활비를 자신이 도맡아서 해결해 볼 생각을 했다. 그의 뇌리에는 오랫동안 보지 못한 사람들이 떠올랐다. 사장과 이사, 점원이며 견습생들, 또는 몹시 우둔한 급사, 다른 직장에서 일하고 있는 두서너 명의 친구들, 지방에 있는 호텔의 하녀, 즐거우면서도 허무했던 사람들과의 추억들, 진지했으나 구혼의 시기가 너무 늦었던 어느 모자점의 여자 경리…… 이러한 사람들의 모습이 전혀 낯선 사람이나 이미 다 잊어버린 사람들의 모습과 뒤섞여 있었다. 그러나 이런 사람들은 자신과 가족들을 도와주기는커녕 서먹서먹할 정도로 멀게 느껴졌다. 그래서 그는 그들의 모습이 머릿속에서 사라져 버리기를 은근히 바랐다. 그런가 하면 가족에 대한 걱정 따위는 전혀 하고 싶지 않을 때도 있었다. 그럴 때면 자신에 대한 학대에 그저 화가 날

뿐이었다.

게다가 무얼 먹으면 식욕이 날 수 있을지 자신도 알 수가 없었다. 그래서 배가 고픈 것은 아니었지만 주방으로 기어가서 입맛에 맞을 만한 몇 가지 요리를 먹어볼 계획이었다. 요즘은 누이동생도 그레고르가 무엇을 원하는지는 관심도 없었고, 그저 아침이나 점심때 상점에 나가기 전에 닥치는 대로 아무 음식이나 챙겨서 그레고르의 방에 밀어 넣었다. 그리고 저녁때가 되면 그런 음식을 조금 먹거나 (흔히 그럴 때가 많았지만) 전혀 입에 대지도 않는 것에 대해서는 신경도 쓰지 않는다는 듯이 빗자루로 쓸어내 버렸다. 누이동생은 처음에는 저녁마다 방 청소를 해주었지만 이제는 아무렇게나 되는 대로 재빨리 치웠다. 그래서 벽을 따라 더러운 자국이 그대로 남아 있었고, 방바닥 곳곳에는 먼지와 오물 덩어리가 흩어져 있었다.

그레고르도 처음에는 누이동생이 들어오면 일부러 더러운 구석에 가 있음으로써 누이동생에게 좀 눈치를 주려고 했다. 그러나 아무리 오랫동안 더러운 곳에 웅크리고 있어도 누이동생은 태도를 고칠 것 같지 않다. 누이동생도 자기와 마찬가지로 더러운 오물을 발견했을 텐데도 마치 더러운 오물을 그와 함께 내버려 두기로 작정한 사람 같았다. 그러면서도 한편으로는 다른 사람이 그레고르의 방 청소에 대한 자신의 특권을 침해할까 봐 신경을 곤두세웠다.

언젠가 어머니가 물을 몇 통 길어다가 그레고르의 방을 대청소한 적이 있었다. (바닥이 온통 물바다가 되어 기분이 상한 그레고르는 화가 나서 꼼짝도 않고 소파 위에 벌렁 드러누워 있었다) 한데 어머니는 그에 대한 대가를 톡톡히 받았다. 저녁때 그레고르의 방이 달라진 것을 본 누이동생은 심한 모욕이라도 당한 듯 발칵 골을 내면서 안방으로 뛰어 들어갔다. 어머니는 애원하다시피 손을 쳐들고 딸을 달래보려 했지만, 결국 누이동생은 돌아서서 울음을 터뜨리고 말았다.

딸의 울음소리에 놀란 아버지는 안락의자에서 벌떡 일어났다. 그녀의 태도에 부모님은 거의 질렸다는 얼굴로 아무 말도 하지 못하고 바라보고만 있었다. 그러나 뒤늦게 전후 사정을 눈치 챈 아버지는 왜 그레고르의 방 청소를 그레테에게 맡겨 두지 않았느냐고 어머니를 책망했다. 그러자 누이동생은 이제부터는 절대로 그레고르의 방을 청소하지 않겠다고 찢어지는 목소리로 앙탈을 부렸다. 그러자 어머니는 너무 격분해서 정신을 못 차리고 있는 아버지를 침실로 끌고 가느라고 안간힘을 썼고, 누이동생은 흐느껴 울며 조그마한 주먹으로 탁자를 미친 듯이 두드려댔다. 문을 닫기만 하면 이런 소동을 보지 않을 수 있는데도 아무도 문을 닫으려고 생각하는 사람이 없었기 때문에 화가 치민 그레고르는 쉿쉿 하고 큰 소리로 씨근덕거리기만 했다.

그러나 아무리 누이동생이 그레고르를 돌봐 주는 데 싫증이 났다고 하더라도, 누이동생 대신 어머니가 들어와야 할 필요는 없었으며, 그레고르 역시 소홀히 취급당할 이유가 없었다. 왜냐하면 고용된 늙은 할멈이 있었기 때문이다. 평생 동안 온갖 쓰라린 일을 겪어온 이 할멈은 처음부터 그레고르를 두려워하거나 싫어하는 기색을 조금도 보이지 않았다. 그녀는 호기심이라기보다 우연히 그레고르의 방문을 연 적이 있었다. 그때 그레고르는 매우 당황하여 어쩔 줄 몰라 하며 이리저리 기어 다니기 시작했다.

할멈은 두 손을 아랫배 위에 모아 쥐고 놀란 얼굴로 그 자리에 우두커니 서 있었다. 그 후부터 할멈은 아침저녁으로 방문을 살그머니 열고 몰래 그레고르를 들여다보곤 했다. 처음 얼마 동안 그 할멈은 자기로서는 나름대로 친절을 베푼다는 말투로, "이리 오너라, 늙은 말똥벌레야!"라든가, "저 늙은 똥벌레 좀 봐!" 하고 그레고르를 자기 옆으로 불러 보려고 했다. 이런 말을 듣고도 그레고르는 아무 반응을 나타내지 않고, 문이 열린 것도 모른다는 듯이 꼼짝 않고 누워 있었다. 그 할멈이 제멋대로 그레고르를 괴롭히지 말고 차라리 그냥 방이나 청소한다면 얼마나 좋을까 하고 생각했다.

어느 이른 아침, (어느덧 봄을 알리는 비가 창문에 들이치고 있었는데) 할멈이 또다시 전과 같은 말투로 놀리기 시작했기 때문에 울화통이 치민 그레고르는 힘이 없었지만 덤벼들 듯한 자세를 취하고 할멈 쪽으로 천천히 몸을 들었다. 그러나 할멈은 무서워하기는커녕, 문 옆에 놓여 있던 의자를 높이 쳐들어 올렸다. 그 할멈이 입을 딱 벌리고 서 있는 꼴을 보니 할멈의 참뜻을 알 수 있었다. 높이 쳐들어 올린 의자로 그레고르의 등을 내려쳤을 때에야 비로소 입을 다물 작정이었던 것이다.

"자아, 더 덤비지는 못하겠지?"

할멈은 그레고르가 슬며시 몸을 돌리는 것을 보자 이렇게 다짐하듯이 말하더니 의자를 가만히 구석에 갖다 놓았다.

최근에 와서 그레고르는 거의 아무것도 먹지 못했다. 다만 기어 다니다가 우연히 음식물 옆을 지나치게 되면 장난삼아 조금 입에 넣어 보지만 삼키지는 않고 그냥 몇 시간 동안 머금고 있다가 거의 그대로 뱉어 버렸다. 처음에는 아무것도 먹지 못하는 이유가 이 방의 상태가 너무 비참하기 때문이라고 생각했지만, 방의 변화에 대해서는 곧 순응하게 되었다.

그런데 시간이 지날수록 가족들은 다른 곳에 둘 곳이 마땅치 않은 갖가지 물건들을 이 방에 들여다 놓기 시작했다. 그런 물건은 굉장히 많았다. 왜냐하면 살림방 하나를 세 사람의 하숙생에게 빌려 주었기 때문이다. 이 점잖은 신사들은 (그레고르가 문틈으로 확인한 바에 의하면, 세 사람이 다 털보였다) 지나칠 정도로 정리 정돈과 청결을 중요시하는 사람들이었다. 그것도 자기들이 쓰는 방뿐만 아니라 일단 이 집에 살게 된 이상 이 집 전체, 특히 부엌이 청결해야 된다고 이것저것 참견했다. 필요 없는 물건이나 아주 더러워진 잡동사니들에 대해서는 한 치의 양보도 없었다. 더구나 그들은 자기들의 가구를 비롯한 여러 가지 물건까지 갖고 왔으므로 많은 살림살이들이 남아돌게 되었다. 대부분이 버리기는 아깝고, 팔자니 팔 수도 없는 물건들이었다. 이러한 물건들이 모조리 그레고르의 방으로 옮겨졌다. 심지어는 부엌에서 내버리는 상자와 쓰레기통까지 들어왔다. 우선 당장 필요치 않은 물건들은 할멈이 무조건 그레고르의 방으로 끌고 온 것이다.

다행히 그레고르는 날라다 놓는 물건이나 그 물건을 들고 오는 할멈의 손밖에는 보지 못했다. 할멈은 적당한 시기에 기회를 봐서 그런 물건들을 되가져 가거나 한꺼번에 갖다 버릴 계획이었을 테지만 그 물건들은 내내 처음 내던져진 장소에 그대로 있었다. 그레고르는 이런 잡동사니들 때문에 돌아다닐 수가 없었다. 처음에는 그대로 두면 자유스럽게 기어 다닐 통로가 없었기 때문에 어쩔 수 없이 그 잡동사니들을 옆으로 치웠다. 그러나 나중에는 힘든 일을 하고 난 후에는 거의 초죽음이 되다시피 하여 한없이 슬퍼져서 몇 시간 동안 꼼짝달싹할 수도 없게 되었다. 그러나 그러한 물건들을 움직이는 데 점점 흥미를 느끼게 되었다.

가끔 하숙생들이 집에서 저녁식사를 할 때면 가족들이 공동으로 쓰고 있는 거실을 사용했기 때문에 저녁때는 거실 문이 닫혀 있는 일이 많았다. 그러나 그레고르는 그 일은 그다지 신경을 쓰지 않았다. 그전에 저녁마다 문이 열려 있을 때에도 그레고르는 그 문을 이용하지 않고 가족들의 눈에 띄지 않도록 컴컴한 방의 한구석에 누워 있었기 때문이다. 그런데 언젠가 한 번은 할멈이 거실 문을 약간 열어 놓은 채 닫는 걸 잊어버린 적이 있었다. 그 문은 저녁때 하숙생들이 거실로 들어와 불을 켤 때까지 열려 있었다. 그들은 전에 아버지와 어머니와 그레고르가 앉았던 식탁의 윗자리에 자리를 잡고 냅킨을 펴더니 나이프와 포크를 손에 잡았다. 그러자 고기를 담은 큰 접시를 들고 어머니가 문에 나타났으며, 바로 이어서 감자를 담은 그릇을 들고 누이동생이 뒤따라왔다. 음식에서는 김이 무럭무럭 오르며 진한 냄새를 풍기고 있었다. 하숙생들은 먹기 전에 검사라도 해보려는 듯이 자기들 앞에 놓인 음식물 위로 상체를 굽혔다. 특히 그들 중 한가운데 앉은 우두머리격인 남자가 고기 한 점을 베더니 맛이 제대로인지, 아니면 부엌으로 되돌려 보내야 할 것인지 알아보기 위해 음미해 보았다. 그는 맛을 보고 나서 만족한 모양이었다. 그제야 긴장한 표정으로 바라다보고 있던 어머니와 누이동생은 안도의 한숨을 내쉰 후 서로를 쳐다보며 미소를 지었다.

가족들은 부엌에서 식사를 했다. 그러나 아버지만은 부엌으로 가기 전에 거실에 들어와서 제모를 손에 든 채 인사를 하고 식탁 주위를 한 번 삥 둘러보았다. 하숙생들도 모두 일어나 무슨 말인지 몇 마디 중얼거렸다. 그러나 자기들만 남게 되자 거의 아무 말도 하지 않고 조용히 식사를 했다. 그레고르는 식사하는 소리가, 한결같이 음식을 씹는 이 소리가 들리는 것이 이상했다. 그레고르에게는 그 소리가 마치 음식을 먹으려면 이가 필요하고, 이 없는 턱은 아무리 훌륭하게 보여도 아무 소용이 없다는 사실을 알려주기 위한 것처럼 느껴졌다.

'나도 구미가 당기는데?' 하고 그레고르는 수심에 잠겨 중얼거렸다. '그러나 저런 음식은 싫어. 저 하숙생들은 저렇게 잘도 먹는데, 나는 이처럼 비참하게 죽어가는구나!'

바로 이날 저녁이었다. 부엌 쪽에서 바이올린 소리가 들려왔다. (그레고르는 변신한 후론 바이올린 소리를 들어본 기억이 나지 않았다.) 하숙생들은 이미 저녁식사를 끝마치고, 한

가운데 앉은 우두머리격의 남자가 신문을 꺼내어 두 사람에게 한 장씩 나눠 주었다. 그들은 모두 의자에 몸을 기대고 신문을 읽으며 담배를 피우고 있었다. 그때 바이올린 소리가 들리자, 그들은 그 소리에 이끌려 의자에서 일어나 현관 쪽으로 살금살금 걸어가서 부엌문 앞에 함께 모여 섰다. 부엌에서도 그들의 발자국 소리가 들렸는지 아버지가 소리를 질렀다.

"여러분! 바이올린 소리가 듣기 싫으신가요? 곧 그만두게 하지요."

"천만에요."

우두머리격인 남자가 대답했다.

"괜찮으시다면 따님께서 거실로 오셔서 연주해 주실 수 없을까요? 그쪽이 훨씬 기분이 흐뭇할 것 같은데요."

"네, 그러지요."

아버지는 마치 자기가 바이올린을 켠 장본인이기라도 한 듯이 대답했다. 하숙생들은 거실로 돌아와서 기다리고 있었다. 이윽고 아버지는 스탠드를, 어머니는 악보를, 누이동생은 바이올린을 들고 거실에 나타났다. 누이동생은 침착한 태도로 연주할 준비를 갖추었다. 이제까지 한번도 방을 빌려 준 일이 없었기 때문에 부모님은 하숙생들에게 예의를 지키느라고 감히 자기들 자리에 앉을 생각도 못했다. 아버지는 문에 기대어 서서 단추를 꼭 채운 채 제복의 단추 사이에 오른손을 집어넣고 있었다. 그러나 어머니는 하숙생 한 사람이 의자를 권했기 때문에 자리를 얻어 앉았다. 그 자리는 우연히 한쪽 구석이었지만, 어머니는 의자를 갖다 놓아 준 대로 그곳에 자리 잡고 앉았다.

이윽고 누이동생이 바이올린을 켜기 시작했다. 아버지와 어머니는 제각기 자리잡은 위치에서 주의 깊게 딸의 손놀림을 지켜보았다. 그레고르는 바이올린 소리에 마음이 끌려 자기도 모르게 조금 앞으로 나아가서 머리를 거실 쪽으로 내밀고 있었다. 그는 요사이 다른 사람들에게는 거의 주의를 기울이지 않고 지냈다. 그리고 그것을 조금도 이상하게 여기지도 않았다. 그전에는 스스로가 다른 사람들의 입장을 배려해 줄 수 있다는 것을 자랑으로 여겼다. 그러니만큼 지금이야말로 다른 사람의 눈앞에서 몸을 숨겨야 할 이유가 충분히 있었다.

왜냐하면 그의 방에는 어디에나 먼지가 소복하게 쌓여 있어서 조금만 몸을 움직여도 먼지가 풀썩풀썩 이는 바람에 온몸이 먼지투성이가 되었기 때문이다. 그뿐만 아니라 그는 실밥이며 머리털, 먹다 남은 음식 찌꺼기 같은 것들을 등과 옆구리에 잔뜩 붙인 채 기어 다녔다. 예전 같으면 하루에도 몇 차례씩 벌렁 드러누워서 카펫에 몸을 비벼대던 일도,

모든 것에 무관심해진 이후로는 그것조차도 의욕을 상실하고 말았다.

이러한 상태에도 불구하고 티끌 하나 떨어져 있지 않은 깨끗한 거실 마룻바닥 위로 기어 나오면서도 그레고르는 조금도 거리낌이 없었을 뿐더러 부끄러운 줄도 몰랐다.

그가 기어 나온 것을 눈치 챈 사람은 아무도 없었다. 가족들은 바이올린 연주를 듣고 황홀해져 있었다. 하숙생들은 처음에는 두 손을 바지 호주머니에 찔러 넣고 악보대 바로 뒤에 자리 잡고 서 있었다. 세 사람은 모두 악보를 들여다볼 수 있는 위치에 서 있었기 때문에 누이동생에게는 확실히 방해가 되었을 것이다. 그래서 그들은 이내 머리를 숙이고 나직한 목소리로 속삭이면서 창가로 물러섰다. 아버지는 불안한 시선으로 그들을 쳐다보고 있었다.

사실 누가 보더라도 그들은 훌륭하고 감미로운 바이올린 연주를 들을 수 있으리라고 기대하였다가 그 기대가 어긋나서 싫증이 났지만, 실례가 될까 봐 마지못해 듣고 있다는 눈치가 분명했다. 특히 그들이 담배 연기를 코와 입으로 내뿜는 모습은 보는 사람으로 하여금 초조한 기색을 느끼게 하고도 남음이 있었다. 그러나 누이동생은 여전히 아름다운 연주에 몰두했다. 고개를 옆으로 기우뚱하고, 눈은 감상에 젖은 슬픈 표정으로 악보의 줄을 더듬고 있었다.

그레고르는 좀 더 앞으로 기어갔다. 그리고 혹시나 누이동생의 시선과 마주칠 수 있지 않을까 기대하면서 고개를 마루 위에 바짝 대다시피 수그리고 있었다. 이처럼 음악소리에 감동을 느끼는데도 그는 역시 동물이란 말인가? 그는 자기가 그리던 마음의 양식을 얻는 길이 열리는 듯한 기분이 들었다. 그는 누이동생 옆으로 기어가서 치맛자락을 끌어당겨 누이동생에게 바이올린을 가지고 자기 방으로 건너와 주었으면 하는 뜻을 알려 주려고 했다. 왜냐하면 여기에서는 아무도 자기만큼 그 연주를 칭찬해 줄 사람이 없을 것 같았기 때문이다. 실제로 그렇게만 된다면 그는 자기가 살아 있는 동안은 적어도 누이동생을 자기 방에서 내보내고 싶지 않았다.

흉측한 그의 몰골은 그때 비로소 처음으로 도움이 될 것이다. 자기 방의 모든 출입구를 지키고 있다가 침입자에게 으르렁거리며 덤벼들 것이다. 그러나 누이동생을 강요해서는 안 되며, 자유로운 의사에 따라 자기 옆에서 지내게 해야 한다. 그러면 나란히 소파에 앉아 자기 쪽에서 귀를 기울일 것이다. 그럴 때 누이동생에게 그녀를 음악 학교에 보내 주려고 확실한 계획을 세우고 있었다는 것을 알려 주자. 이런 불행한 사건만 일어나지 않았더라면 어떤 반대가 있었다고 하더라도 그것에 구애되지 않고 지난 크리스마스 날 저녁에

(그런데 도대체 크리스마스가 벌써 지났을까?) 여러 사람들 앞에서 명백히 자기 계획을 발표했으리라는 것을 말해 주는 것이다. 이런 이야기를 하면 누이동생은 틀림없이 감격한 나머지 울음보를 터뜨릴 것이었다. 그러면 그레고르는 어깨까지 기어 올라가서 누이동생의 목에 입을 맞추어 주리라. 누이동생은 직장에 나가게 되면서부터 리본도 칼라도 없는 옷을 입어 목을 내놓고 다녔다.

"잠자 씨!"

그때 돌연 우두머리격인 남자가 아버지를 향해 소리치더니, 더 이상 아무 말도 하지 못하고 천천히 앞으로 기어 나오는 그레고르를 집게손가락으로 가리켰다. 바이올린 연주가 멈췄다. 그 남자는 고개를 옆으로 돌려 친구들에게 미소를 던지고는 다시 그레고르 쪽을 돌아다보았다. 아버지는 그레고르를 쫓아내는 것보다 하숙생들을 진정시키는 것이 더 중요하다고 생각하는 것 같았다. 그러나 하숙생들은 흥분하기는커녕 오히려 바이올린 연주보다도 그레고르에게 더 흥미를 느끼는 듯했다.

아버지는 그들에게로 뛰어가서 두 팔을 크게 벌리고 방으로 돌려보내려고 애쓰는 동시에 그레고르가 보이지 않도록 몸으로 가리려고 애썼다. 그러자 그들은 약간 화를 내는 기색이었다. 아버지의 행동에 대해 화를 내는 것인지, 아니면 그레고르 같은 것이 이웃 방에 살고 있었다는 사실을 꿈에도 모르고 있다가 그제야 알게 되어 화가 난 것인지는 알 수 없는 노릇이었다. 그들은 아버지에게 해명을 요구한 후, 팔을 쳐들어 조급하게 수염을 비비 꼬면서 천천히 자기들 방으로 물러갔다.

그동안 누이동생은 연주를 중단하고 잠시 넋 나간 표정으로 멍하니 있다가 이윽고 정신을 차리고는 축 늘어뜨린 두 손에 바이올린과 활을 쥐고 계속 연주를 하려는 듯이 악보를 들여다보다가 갑자기 몸을 일으켰다. 그러고는 숨이 막히는 듯 가슴을 들먹거리며 아직도 안락의자에 앉아 있는 어머니의 무릎 위에 악기를 놓고 하숙생들 방으로 앞질러 뛰어 들어갔다. 하숙생들은 아버지에게 쫓겨 급히 자기들 방으로 다가가고 있었다. 누이동생은 익숙한 솜씨로 침대 위에 놓여 있던 이부자리와 베개를 매만져 순식간에 정돈해 놓았다. 그녀는 하숙생들이 방으로 들어오기 전에 침대 정돈을 끝내고 그 방을 살짝 빠져나왔다.

아버지는 고집에 사로잡혀서, 평소 하숙생들에게 베풀었던 친절조차 완전히 잊어버리고 오로지 세 사람을 밀어붙이기에만 여념이 없었다. 드디어 방문까지 다다랐을 때, 우두머리격인 남자가 쾅 하고 발을 굴렀기 때문에 아버지는 할 수 없이 멈추어 섰다.

"이 자리에서 선언하지만⋯⋯."

그 남자는 한쪽 손을 쳐들고 어머니와 누이동생을 힐끗 바라본 다음 이렇게 말했다.

"현재 이 집과 당신 가족들 속에 감돌고 있는 불쾌한 분위기를 고려해서 (여기서 그는 단호한 결심이라도 한 듯이 마루에 침을 뱉었다) 방을 해약하겠소. 물론 지금까지의 하숙비는 한 푼도 지불할 수 없소. 그 대신 나는 앞으로 (내 말을 똑똑히 들으십시오) 극히 타당한 이유의 손해배상 청구를 당신들에게 제기할 것인지 어쩔 것인지의 여부를 신중히 고려해 볼 작정입니다."

그 남자는 입을 다문 후 마치 무언가를 기대하는 듯이 똑바로 앞을 쳐다보았다. 그러자 두 친구들도 바로 말했다.

"우리 역시 이 자리에서 당장 해약하겠습니다."

그러고 나서 우두머리격인 남자는 문의 손잡이를 쥐고 탕하고 요란스럽게 문을 닫았다.

아버지는 손을 허우적거리며 비틀거리더니 힘없이 의자에 털썩 주저앉았다. 겉으로는 손발을 축 늘어뜨리고 전과 같이 저녁잠을 자는 것처럼 보였으나 고개를 가만히 둘 수 없는 듯 쉴 새 없이 끄덕거리고 있는 것으로 보아 잠을 자고 있지 않다는 것을 분명히 알 수 있었다.

그레고르는 그동안 하숙생이 자신을 처음 발견한 바로 그 자리에 조용히 웅크리고 있었다. 자신의 계획이 실패한 데 대한 실망과 너무 오랫동안 굶주렸기 때문에 몸이 극도로 쇠약해진 그는 도저히 움직일 수가 없었다. 그는 지금 당장이라도 자기 몸에 닥쳐올 무자비하고 몰인정한 상황에 대해 두려움에 떨며 그 순간을 기다리고 있었다. 그때 어머니의 손이 떨리더니 바이올린이 무릎에서 떨어지면서 소리가 크게 울렸지만 그레고르는 조금도 놀라지 않았다.

"어머니! 아버지!"

누이동생은 이렇게 말의 서두를 꺼내면서 손으로 탁자를 쳤다.

"더 이상은 못 견디겠어요. 두 분은 아직 사정을 모르시겠지만 저는 잘 알고 있어요. 저는 이런 괴물 앞에서 오빠라는 이름을 부르고 싶지 않아요. 그러니까 저것을 없애야 해요. 저것을 먹여 살리려고 온갖 어려움을 참고 견디며, 우리는 인간으로서 할 수 있는 짓은 다 해 왔어요. 아무도 우리를 비난할 사람은 없어요."

"그래, 네 말이 옳다."

아버지는 중얼거리듯이 말했다. 아직도 완전히 숨을 돌리지 못한 어머니는 마치 넋 나간 사람 같은 눈길로 손을 입에 대고 기침을 하기 시작했다.

누이동생이 어머니 옆으로 달려가 이마를 짚어 주었다.

아버지는 딸의 말을 듣고 뭔가 마음속에 굳은 결심이라도 한 것처럼 계속 자신의 제모를 만지작거리다가 이따금 꼼짝도 않고 있는 그레고르 쪽을 쳐다보았다.

"저걸 없애 버려야만 해요."

누이동생은 다짐하듯이 아버지에게 거듭 말했다. 어머니는 기침 때문에 아무 말도 알아듣지 못했다.

"저게 아버지와 어머니를 돌아가시게 할 거예요. 어쩐지 계속 그런 생각이 들어요. 우리 가족은 갖은 고생을 다하면서 일해야 하는데, 이런 두통거리를 집 안에 두고 어떻게 참을 수가 있겠어요? 저는 더 이상 참을 수가 없어요."

누이동생은 이렇게 말하고 왈칵 울음을 터뜨렸다. 그 눈물이 어머니의 얼굴에 흘러내렸으나 누이동생은 그저 기계적으로 손을 움직여 눈물을 닦아 주었다.

"얘야." 하고 아버지는 가련하다는 듯이, 그리고 별나게 너그러운 표정을 지으면서 말했다. "그러면 우리가 어쩌면 좋단 말이냐?"

누이동생은 어떤 구체적인 계획이 있었던 것은 아니라는 듯이 어깨를 으쓱했다. 울고 있는 동안 그처럼 단호했던 마음이 어느 정도 누그러져 정말 어찌해야 좋을지 갈피를 잡지 못하겠다는 듯한 태도였다.

"저놈이 우리 마음을 조금이라도 알아준다면……."

아버지는 누이동생에게 문득이 몇 번이나 그렇게 말을 했다. 그러자 누이동생은 울면서 그런 일은 생각도 못하겠다는 듯 격렬하게 손을 내저었다.

　"그렇다면 저놈하고 타협을 할 수도 있을 텐데, 한데 꼬락서니가 저 모양이니⋯⋯."

　"내쫓아야 해요!" 하고 누이동생이 외쳤다. "그렇게 해야 해요. 아버지! 저것이 그레고르라는 생각을 버리셔야만 돼요. 우리가 이제껏 그렇게 믿어 왔던 것이 불행이었어요. 어째서 저것이 그레고르란 말예요. 만일 정말 그레고르라면 사람이 저런 괴물과 함께 살 수 없다는 것쯤은 벌써 알아차리고 자기 스스로 나가 버렸을 거예요. 그러면 오빠는 없어지겠지만 우리는 안심하고 살아나갈 수 있고, 언제까지나 오빠를 소중하게 회상할 수 있지 않겠어요? 그런데 저것은 우리를 못살게 굴고, 하숙생들을 쫓아냈어요. 저것이 결국은 이 집 전체를 차지하고 우리를 길거리에서 잠자게 할 거예요⋯⋯ 저것 좀 보세요, 아버지!" 하고 누이동생이 외쳤다. "또 장난을 시작했어요!"

　그레고르로서는 이해가 가지 않는 괴상한 공포에 사로잡힌 누이동생은 어머니 곁을 떠났다. 마치 우두커니 그레고르 옆에 서 있다가 자신이 희생되는 것보다는 어머니를 희생시키는 편이 낫다는 듯이 어머니의 의자 뒤에서 펄쩍 뛰어 아버지의 등 뒤로 달아났다. 아버지도 누이동생의 행동을 보고 당황한 나머지 자리에서 일어나 누이동생을 보호하려는 듯이 두 팔을 앞으로 쳐들었다.

그러나 그레고르는 누이동생은 물론이고 그 누구도 불안하게 만들 생각은 추호도 없었다. 그는 자기 방으로 돌아가려고 몸을 돌리기 시작한 것이었다. 현재 상태에서는 몸을 조금만 돌리는 것도 힘이 들었기 때문에 머리의 반동을 이용해야만 했다. 그래서 몇 번이고 머리를 쳐들었다가는 마룻바닥에 내려쳤다. 말할 나위도 없이 그의 괴상한 이 동작은 그들의 주의를 끌기에 충분했다. 그는 잠시 동작을 멈추고 사방을 두리번거렸다. 그나마 그레고르가 악의가 없다는 것만은 알아주는 것 같았다. 가족들은 그저 순간적으로 놀랐을 따름이었다. 이제 그들은 아무 말도 하지 않고 슬픈 표정으로 그를 바라보고 있을 뿐이었다. 어머니는 의자에 앉은 채 두 다리를 모아 앞으로 쭉 뻗고 있었다. 그레고르는 극도로 피곤했기 때문에 눈꺼풀이 자꾸만 감겼다. 누이동생은 한쪽 팔로 아버지의 목을 껴안고 있었다.

'자, 이제는 방향을 돌려도 상관없겠지.'

그레고르는 그렇게 생각하고 다시 돌기 시작했다. 그는 지쳐서 숨이 가쁘고 호흡이 거칠어졌기 때문에 숨을 돌리려고 이따금 쉬기도 했다. 그렇다고 해서 아무도 그를 쫓으려는 사람은 없었다. 모두 그가 하는 대로 내버려 두었다. 방향을 돌려 자기 방으로 곧장 기어가기 시작한 그는 자기 방까지의 거리가 너무 멀게 느껴지는 데 대해 크게 놀랐다. 그래서 조금 전 쇠약한 몸을 이끌고 어떻게 이처럼 먼 거리를 기어왔는지 도무지 납득이 가지 않았다. 그저 빨리 기어가려고만 생각했기 때문에 가족들이 말을 걸거나 소리를 쳐서 자기를 방해하는 일이 없었다는 사실도 거의 눈치 채지 못했다. 겨우 문 앞까지 왔을 때에야 비로소 뒤를 돌아보려 했으나 고개가 잘 돌려지지 않았다. 목이 굳어진 것처럼 느껴졌기 때문이다. 그러나 자기 뒤에서는 아무 변화도 일어나지 않았고, 다만 누이동생의 서 있는 모습이 눈에 띄었을 뿐이다. 그의 마지막 시선이 어머니를 힐끗 스쳤는데, 어머니는 이미 잠들어 있었다.

그가 방 안으로 들어서자마자 어느새 급히 문이 닫히더니 고리가 잠겨 그대로 방에 갇히고 말았다. 갑자기 일어난 이 소란 때문에 그레고르는 너무나 놀라서 다리가 휘청거리며 꺾일 정도였다. 이렇게 성급한 판단을 한 사람은 누이동생이었다. 그녀는 미리 서서 기다리고 있다가 그레고르가 방에 들어가자마자 번개같이 달려왔던 것이다.

그레고르는 다가오는 누이동생의 발자국소리를 전혀 듣지 못했던 것이다. 그녀는 열쇠를 자물쇠 구멍에 넣어 돌리며, "됐어요!" 하고 양친을 향해서 외쳤다.

'자, 이제부터 어쩐다?'

그레고르는 스스로에게 물으며 어둠 속에서 주위를 둘러보았다. 그는 자기가 더 이상 움직일 수 없다는 사실을 깨달았다. 그러나 그것을 그다지 이상하게 여기지는 않았다. 오히려 지금까지 이 가느다란 다리로 기어 다닐 수 있었다는 사실이 신기할 정도였다. 다른 한편으로는 약간의 쾌감까지 느껴졌다. 물론 전신이 아프기는 했지만 그것은 이내 가라앉았고, 마침내 통증이 완전히 사라진 것을 느꼈다. 등에 박힌 썩은 사과도, 부드러운 먼지에 싸인 염증조차도 전혀 고통스럽지 않았다. 그는 무한한 연민과 애정의 눈으로 가족들을 생각해 보았다. 자기가 없어져야 한다는 것은 누이동생보다도 그 자신이 훨씬 더 절실하게 느꼈다. 교회의 종소리가 새벽 세 시를 칠 때까지 그는 이처럼 허전하고 고요한 명상에 잠겨 있었다. 창 밖이 훤하게 밝아 오기 시작한 것을 짐작할 수 있었다. 그때 그의 머리가 자기도 모르게 밑으로 푹 수그러졌다. 그리고 그의 콧구멍에서는 마지막 숨소리가 가늘게 새어나왔다.

아침 일찍이 할멈이 왔을 때 (그런 짓만은 제발 하지 말라고 지금까지 몇 번이나 타일렀지만 사정없이 문을 모조리 여닫기 때문에 이 할멈이 오면 온 집안사람들은 편히 잠을 잘 수 없을 지경이었다) 보통 때처럼 슬쩍 그레고르의 방을 들여다보았으나 처음에는 아무런 이상도 발견하지 못했다. 할멈은 그레고르가 기분이 좋지 않아 일부러 꼼짝도 않고 누워 있다고 생각했다. 할멈은 처음부터 그가 모든 것을 분별할 줄 안다고 여겼던 것이다. 그녀는 때마침 손에 기다란 빗자루를 들고 있었기 때문에 문 밖에서 들이밀어 그레고르를 간지럽혔다. 그래도 아무 반응이 없었기 때문에 할멈은 화가 벌컥 나서 그레고르의 몸을 약간 밀어 보았다. 그레고르가 아무 저항도 하지 않고 그대로 밀리자, 비로소 할멈은 이상하다는 듯이 주의 깊게 살펴보았다.

잠시 후 모든 상황을 알게 된 할멈은 눈이 휘둥그레져서 자기도 모르게 휘파람을 휙 하고 불었다. 그러고는 더 이상 그 자리에서 머뭇거리지 않고 즉시 잠자 부부의 침실 문을 열어젖히며, 어둠 속을 향해서 큰 소리로 외쳤다.

"좀 가 봐요, 뻗었어요. 드디어 뻗어 버리고 말았어요!"

침대에서 벌떡 일어난 잠자 부부는 사실을 확인하기도 전에 우선 할멈 앞에서 놀라움과 당황한 꼬락서니를 감추지 않으면 안 되었다. 그러나 곧 상황을 알아차리자 부부는 기겁을 하고 침대 좌우로 뛰어내렸다. 그리고 잠자 씨는 어깨에 담요를 두르고, 부인은 잠옷 차림으로 그레고르의 방으로 들어갔다. 그러는 동안 거실 문도 열렸다. 하숙을 친 다음부터 그레테는 거실에서 자고 있었다. 그레테는 한잠도 자지 못한 듯 단정하게 옷을 입고 있었다. 무엇보다도 창백한 얼굴빛이 그것을 증명하고 있었다.

"정말 죽었어요?"

부인은 믿을 수 없다는 듯이 할멈을 쳐다보았다. 물론 직접 확인해 볼 수도 있었다. 그러나 확인해 보지 않아도 알수 있는 일이었다.

"죽은 것 같아요."

할멈은 마치 증명이라도 해보이려는 듯 멀찍이 서서 빗자루로 그레고르의 시체를 쓱 밀어 보였다. 부인은 그렇게 하지 못하게 막고 싶었으나 막지는 않았다.

"자, 이제 하느님께 감사 기도를 해야겠군."

잠자 씨는 이렇게 말하며 성호를 그었다. 나머지 세 여자들도 그가 하는 대로 따라 했다.

그때까지 시체에서 눈도 떼지 않고 바라보던 그레테가 입을 열었다.

"저것 보세요, 어쩌면 저렇게 말랐을까요. 하긴 벌써 오래 전부터 아무것도 먹지 않았어요. 음식을 갖다 주어도 건드리지도 않고 그냥 그대로 내보냈어요."

그레고르의 몸은 너무 말라서 뱃가죽이 등에 착 달라붙어 있었고, 다리들은 몸통을 받쳐 주지도 못하였다. 사람들은 주의를 끌 만한 것들이 모두 없어져 버리자 그제야 비로소 그 사실을 똑똑히 알게 되었다.

"그레테야, 잠깐 이리 좀 오렴."

부인이 슬픈 미소를 지으며 말했다. 그레테는 시체 쪽을 자꾸 뒤돌아보면서 양친의 뒤를 따라 침실로 들어갔다. 할멈은 방문을 닫고 창문을 활짝 열어젖혔다. 아직 이른 아침이지만 신선한 공기 속에는 어딘지 훈훈한 기운이 감돌고 있었다. 벌써 3월 말이었던 것이다.

세 하숙생들은 방에서 나와 아침식사를 찾으며 어리둥절한 표정을 지었다. 그러나 식구들은 그들은 안중에도 두지 않았다.

"아침 식사는 어디 있어요?"

그들 가운데 우두머리격인 남자가 투덜거리며 할멈에게 물었다. 그러나 할멈은 아무 말 없이 손가락을 입에 대고, 재빨리 그레고르의 방으로 가 보라는 시늉을 했다. 그들은 그레고르의 방으로 가서 호주머니에 두 손을 찌르고 그레고르의 시체를 둘러싸고 서 있었다. 방 안은 이미 환하게 밝아졌다.

그때 침실 문이 열렸다. 제복 차림의 잠자 씨가 한쪽 팔은 아내에게 다른 쪽 팔은 딸에게 부축을 받으며 나타났다. 세 사람의 눈은 울었는지 부어 있었다. 그레테는 때때로 아버지의 팔에 얼굴을 묻었다.

"당장 우리 집에서 나가 주시오!"

잠자 씨는 그렇게 말하고, 아내와 딸에게 부축을 받았던 팔로 현관 쪽을 가리켰다.

"무슨 말씀인지요?"

우두머리격인 남자가 약간 놀란 표정으로 싱긋 미소를 지으며 말했다. 다른 두 사람은 뒷짐을 진 채로 계속 손을 비비고 있었다. 마치 자기들에게 유리한 언쟁이 한바탕 벌어지기를 은근히 기다리고 있다는 듯한 태도였다.

"지금 내가 말한 그대로요."

잠자 씨는 이렇게 말하며 아내와 딸을 옆에 거느린 채 하숙생들 앞으로 걸어갔다. 우두머리격인 남자는 꼼짝도 않고 머릿속에서 여러 가지 일을 다시 정리하려는 듯이 잠시 바닥을 내려다보고 있었다.

"그렇다면 나가지요."

라고 말하며 그는 잠자 씨를 쳐다보았다. 마치 갑자기 엄습해 온 겸손한 기분으로, 이 새로운 결정에 대해서까지도 상대방의 승낙을 구하고 싶다는 듯한 태도였다. 그러나 잠자 씨는 눈을 부릅뜨고, 그저 몇 번이고 고개를 끄덕일 뿐이었다. 그러고는 곧장 자기의 방 쪽으로 걸어갔다. 그러자 다른 두 사람은 손가락 하나 까딱하지 않고 서서 이들의 대화에 귀를 기울이고 있더니, 곧 그의 뒤를 따라갔다. 마치 잠자 씨가 자기들보다 앞질러 들어가 자기들과 그 남자 사이를 가로막지나 않을까 두려워하는 것 같았다. 방에 들어선 세 사람은 약속이나 한 듯이 옷걸이에서는 모자를, 지팡이를 세워 둔 곳에서는 지팡이를 집어 들고 무뚝뚝하게 인사를 하고는 집을 나섰다.

전혀 아무 근거도 없는 의심을 품고 (그 의혹이 단순한 기우에 지나지 않는다는 사실은 바로 밝혀졌지만) 잠자 씨는 아내와 딸을 데리고 계단 앞 난간에 기대어 서서 떠나가는 세 사람의 뒷모습을 내려다보았다.

세 사람은 차분한 걸음걸이로 천천히 긴 계단을 내려갔는데, 계단을 돌 때마다 자취를 감추었다가 다시 모습을 나타내곤 했다. 그들이 아래로 내려갈수록 그들에 대한 잠자 가족의 관심도 점점 사라졌다. 밑에서 그들과 반대로 올라오던 푸줏간의 심부름꾼이 그들을 지나쳐 머리에 짐을 이고 뽐내듯이 퉁탕거리며 계단을 올라왔다. 그때야 비로소 잠자 씨는 아내와 딸을 데리고 난간을 떠나 가벼운 기분으로 집 안으로 들어왔다.

그들은 오늘 하루를 산책이나 하며 쉬기로 했다. 그들은 일을 쉬어야 할 충분한 이유가 있었을 뿐만 아니라 반드시 휴식이 필요했다. 그래서 세 사람은 테이블 앞에 앉았다.

그리고 잠자 씨는 자신의 이사에게, 잠자 부인은 주문자에게, 그리고 그레테는 상점 주인에게 각각 결근계를 썼다. 그때 할멈이 와서 아침 일이 다 끝났으니 집으로 돌아가겠다고 말했다. 결근계를 쓰고 있던 그들은 쳐다보지도 않고 고개만 끄덕였다. 그러나 할멈이 좀처럼 그 자리를 떠나려고 하지 않았기 때문에 그들은 불쾌하다는 듯이 고개를 쳐들었다.

"무슨 할 말이라도 있습니까?"

잠자 씨가 물었다. 할멈은 문 옆에 서서 미소를 지었다. 마치 가족들에게 매우 반가운 소식을 전해 주려고 왔지만 상대방이 캐묻지 않으면 알려 주지 않겠다는 듯한 태도였다. 할멈의 모자 위에 수직으로 꽂혀 있는 작은 타조 깃털 하나가 가볍게 이리저리 흔들리고 있었다. 잠자 씨는 예전부터 그 깃털이 마음에 들지 않았다.

"아직도 무슨 일이 남았나요?" 하고 잠자 부인이 물었다. 할멈은 이 집에서 부인을 가장 존경하고 있었다.

"네……."

할멈은 정답게 웃느라고 곧바로 다음 말을 잇지 못했다.

"저, 옆방에 있는 것에 대한 걱정은 조금도 마세요. 벌써 제가 다 치워 놓았으니까요."

잠자 부인과 그레테는 결근계를 계속해서 쓰려는 듯이 고개를 수그리고 있었다. 그러나 잠자 씨는 할멈이 모든 상황을 자세하게 설명하려는 것을 눈치 채고 손을 내밀어 단호하게 그만두라는 손짓을 해 보였다. 할멈은 거절을 당하자, 자기도 매우 바쁜 몸이라는 사실을 깨닫고 기분이 상한 듯이, "그럼 모두 안녕히들 계세요." 하고 홱 돌아서더니 요란스럽게 문을 닫고 집을 나가버렸다.

"저녁에 오면 할멈을 내보내."

잠자 씨가 이렇게 말했으나, 부인이나 딸은 아무런 대꾸도 없었다. 간신히 되찾은 마음의 평정이 할멈으로 인해 다시 깨질까 봐 두려웠던 것이다. 아내와 딸은 일어나 창가로 가서 서로 부둥켜안고 서 있었다. 잠자 씨는 의자에 앉은 채 몸을 두 사람 쪽으로 돌려 그들을 조용히 바라보고 있다가 문득 이렇게 말했다.

"자, 그만 이리 좀 와. 지난 일을 자꾸 생각해서 뭘 해. 이제는 내 생각도 좀 해 줘야지."

아내와 딸은 그에게로 다가와 그를 위로한 뒤 서둘러 결근계를 마저 썼다.

그러고 나서 세 사람은 함께 집을 나섰다. 몇 달 동안이나 이런 일은 없었다. 그들은 전차를 타고 교외로 나갔다. 전차 안에는 그들 세 사람뿐이었다. 따스한 햇볕이 전차 안으로 비쳐들었다. 그들은 의자에 등을 기대고 편안하게 앉아 장래의 일들에 대해 이야기를 주고받았다.

잘 생각해 보면, 그들의 앞날이 그렇게 어두운 것만은 아니었다. 왜냐하면 이제까지 서로 대화를 해볼 기회조차 없었지만 막상 서로 이야기해보자 세 사람의 직업은 모두 그런대로 괜찮은 편이었고, 앞으로도 유망했기 때문이다. 현재 당장 시급한 문제는 환경의 변화인데, 그것은 집을 옮기면 쉽게 해결될 것 같았다. 지금까지 그들은 그레고르가 마련한 집에서 살아왔다. 그러나 그들은 지금의 집보다 작고, 세가 싸고, 위치가 좋으면서 전체적으로 실용적인 집이 필요했다.

잠자 부부는 대화를 나누는 사이 점점 활기를 되찾아가는 딸의 모습을 바라보며, 거의 동시에 새로운 사실을 알아냈다. 그레테는 최근 얼굴빛이 창백해질 만큼 갖은 고생을 했지만, 그럼에도 불구하고 탐스럽고 예쁜 처녀가 되었다는 사실이다. 잠자 부부는 말없이 눈과 눈으로 마음을 주고받으면서, 이제는 슬슬 딸을 위해서 훌륭한 신랑감을 얻어 주어야 할 때가 왔다고 생각했다. 이윽고 전차가 목적지에 닿았을 때, 딸은 제일 먼저 일어나 젊고 활기찬 몸을 쭉 폈다. 잠자 부부의 눈에는 딸의 그 모습이 그들의 새로운 꿈과 아름다운 계획을 다짐해 주는 확증처럼 비쳤다. 🏵

시골 의사

나는 뭘 어떻게 해야 할지 알 수 없어 몹시 당황하고 있었다. 지금 곧 출발해야만 한다. 16킬로미터 떨어진 한 마을에서 중환자가 나를 기다리고 있기 때문이다. 무섭게 몰아치는 눈보라가 나와 그 사이의 공간을 메우고 있었다. 나는 이 근처의 길을 가기에 적당한 수레바퀴가 크고 가벼운 마차를 갖고 있었다. 그러나 안타깝게도 마차를 끌 말이 없었다. 나의 말은 어젯밤, 뼈까지 얼어붙을 정도의 추위에 죽고 말았던 것이다. 그래서 우리 집 하녀로 일하고 있는 처녀는 말을 빌리기 위해 온 마을을 돌아다녔다.

　그러나 나는 그 모든 것이 헛수고라는 것을 알았다. 그래서 눈을 뒤집어쓴 채 점점 움직이기도 어려울 정도가 되어 아무런 기대도 없이 서 있었다. 그때 하녀가 나타났다. 역시 그녀는 혼자였고, 등불을 이리저리 흔들고 있었다.

　어쩌면 당연한 일이었다. 누가 이처럼 눈보라가 치는 밤에 말을 빌려 주겠는가. 나는 다시 집 안을 거닐었다. 이제는 취할 수 있는 수단이 아무것도 없었다.

아무 기대도 없이, 그저 초조한 기분으로 수년 전부터 비어 있는 돼지우리의 쓰러져 가는 문짝을 구둣발로 찼다. 그러자 문이 열리면서 바람에 덜컹거리기 시작했다. 그때 말의 온기와 체취 비슷한 것이 코를 찔렀다. 안에는 마구간에서 쓰는 등이 밧줄 끝에 매달려 흔들리며 희미하게 비치고 있었다.

거기에 파란 눈을 한 사나이가 상자처럼 생긴 칸막이 안에 웅크리고 앉아서 물었다.

"마차를 끌 말이 필요하십니까?"

그는 팔다리로 기어서 나왔다. 나는 뭐라고 대답할 수가 없었다. 그래서 마구간 안에 무엇이 또 있는가 하고 몸을 구부려 들여다보았다. 나와 처녀가 나란히 서 있을 뿐이었다.

"집에 무엇이 있는지도 전혀 모르고 있었군요."

하녀의 말에 우리 두 사람은 소리를 내어 웃었다.

"이랴, 이 수놈아! 이랴, 이 암놈아!"

마부가 소리를 질렀다.

건장하게 생긴 두 마리의 말이 근사한 옆구리를 보이며 차례차례 빠져 나왔다. 다리를 완전히 구부려 몸에 붙이고, 보기 좋게 생긴 머리를 낙타처럼 숙이며 비비적거리고 나온 것이다. 마구간의 입구는 매우 비좁았다. 그러나 말들은 밖으로 나오자마자 벌떡 일어섰다. 긴 다리를 뻗고 머리에서는 김이 모락모락 오르고 있다.

"도와주거라."

내가 하녀에게 말했다.

하녀는 곧 종종걸음으로 달려가 말을 매는 가죽 마구를 마부의 손에 넘겨주려고 했다. 그러자 마부는 그녀를 껴안고 얼굴을 비볐다. 그녀는 비명을 지르며 내게로 도망쳐 왔는데, 두 줄의 이빨 자국이 그녀의 뺨에 빨갛게 나 있었다.

"이런 짐승 같은 놈!" 나는 화가 나서 소리쳤다. "채찍으로 매를 맞고 싶냐?"

그러나 나는 순간적으로 이 사나이의 고용인이 아니라는 것을 깨달았다. 어디서 온 사나이인지 알 수 없었다. 더군다나 다른 사람들은 모두 내게 도움을 주기를 거부하는데, 그는 자발적으로 나를 도우려 하고 있는 것이었다. 이런 마음을 알아차렸는지, 사나이는 나의 위협에도 기분이 상하지 않은 듯 말을 수레에 매다는 손을 멈추지 않고 이쪽을 힐끗 돌아보았다.

"타십시오."

사나이가 말했다.

모든 준비가 다 되어 있었다. 지금까지 이렇게 훌륭하게 갖추어진 말이 끄는 마차를 타 본 일이 없었다는 것을 인정하지 않을 수 없었다. 나는 급하게 마차에 올라탔다.

"자네는 길을 모르니까 마부 노릇은 내가 하겠네."

그러자 그가 대답했다.

"그러십시오." 그러고는 덧붙여 말했다. "저는 따라가지 않겠습니다. 로자 옆에 남겠어요."

"싫어요!"

로자는 완강하게 외쳤지만 자신의 운명을 피할 수 없다는 것을 예감했는지 집 안으로 도망쳤다. 문을 닫고 문고리를 채우는 소리, 곧이어 자물쇠를 채우는 소리가 들려왔다. 그녀는 현관에서부터 집안 깊숙이 결사적으로 달려가며 불이란 불은 모조리 꺼 버린 후 자신의 몸을 숨기려고 했다.

"자네도 함께 가지."

나는 마부에게 말했다.

"그러지 않으면 나도 가지 않겠어. 꼭 가야 하는 왕진이지만 어쩔 수 없네. 자네가 말 준비는 해주었지만 그 답례로 저 처녀를 희생시킬 생각은 조금도 없다네."

그때 마부가 손뼉을 쳤다.

"이럇!"

그러자 목재가 흐르는 강물에 휩쓸려 들어가는 것처럼 갑자기 마차가 움직이기 시작했다. 잠시 후 나의 집 현관문이 마부의 공격으로 부서지는 소리가 들렸다. 그리고 소리인지 빛인지 분간을 할 수 없는 질주감이 가득 찼다. 그러나 그것도 순간일 뿐 마차는 어느새 환자 집에 도착해 있었다.

어느새 눈보라는 그치고 말들은 조용히 서 있었다. 환자의 부모가 집 안에서 뛰쳐나오고, 환자의 누이동생까지도 따라 나왔다. 나는 마차에서 거의 안기다시피 부축을 받으며 내려왔다. 그들은 시끄럽게 말을 걸어왔지만 나는 도통 무슨 말인지 알아들을 수가 없었다. 이윽고 환자의 방으로 들어서자, 환자는 거의 호흡을 하기도 어려울 지경이었다. 화롯불이 방치되어 연기가 나고 있었기 때문이었다.

창문을 열어야 한다고 생각했지만 급한 일은 환자를 보는 것이었다. 바싹 야윈 환자는 열은 높은데 몸은 차지도 따뜻하지도 않았으며, 눈은 흐리멍덩했다. 환자인 청년은 내의도 입지 않은 알몸을 깃털 이불 속에서 일으키고는 나의 목덜미에 매달리며 낮은 소리로 속삭였다.

"선생님, 저를 죽게 해주세요."

나는 주위를 둘러보았다. 아무도 그 말을 듣지 못한 것 같았다. 부모는 말없이 몸을 앞으로 구부리고는 내 진단 결과를 기다리고 있었다. 누이동생은 진찰 도구가 든 가방을 올려놓기 위해 의자를 가져왔다. 나는 가방을 열고 의료 기구를 찾아냈다. 환자는 자신의 소망을 내게 상기시키려는 듯 침대에서 내게로 손을 내밀었다. 나는 핀셋을 집어 들고 촛불로 그것을 조사하고는 다시 내려놓았다.

"그렇군." 문득 나는 불길한 생각을 품었다. "이런 때는 하느님이 도와주시는군. 말이 없으니 말을 보내주고, 급하다고 하니 한 마리를 또 딸려 보내줬어. 거기에 필요하지도 않은 마부까지 딸려보내 주다니……."

그때서야 비로소 로자의 일이 떠올랐다. 어떻게 해야 그녀를 구할 수 있을까. 이곳은 그녀가 있는 곳으로부터 10마일이나 떨어져 있었다. 더군다나 내 마차를 끌고 있는 말들은 다루기조차 어렵다. 이 말들은 가죽 끈의 어디를 어떻게 했는지 느슨하게 풀려 있었다. 또 어찌 된 일인지 알 수 없지만 창문을 밖에서 연 채로 두 마리의 말이 각각 다른 창문으로 얼굴을 내밀고는 가족들이 놀라 소리치는데도 태연하게 환자를 지켜보고 있었다.

"나는 이제 돌아가겠소."

나는 말에게 출발 재촉을 받은 것처럼 입속으로 중얼거렸다. 그런데 환자의 누이동생은 내가 더워서 정신이 나가 있는 것이라고 생각했는지, 내 모피 외투를 벗으라고 권했다. 그러고는 럼주를 한잔 마시라고 했다.

이때 노인이 다 된 환자의 아버지가 내 어깨를 두드렸다. 아들을 맡겼으니 이렇게 허물없이 대해도 된다고 생각하는 것이었다. 나는 고개를 흔들었다. 노인의 좁은 사고 속에 들어서면 기분이 상할 것 같았다. 그래서 나는 럼주를 마시는 것을 사양했다. 환자의 어머니가 침대 옆에 서서 나를 불렀다.

나는 곧 그쪽으로 다가가 한 마리의 말이 천장을 향해 크게 힝힝거리는 소리를 들으면서 청년의 가슴에 귀를 댔다. 청년은 나의 젖은 수염이 닿자 몸을 떨었다. 과연 내가 생각했던 대로였다. 청년은 별다른 이상이 없었다. 다만 혈색이 약간 나쁠 뿐인데, 이는 모친의 권유로 커피를 너무 많이 마셨기 때문이었다. 건강한 몸이었으므로, 뻥 하고 차면 힘들이지 않고 침대에서 내쫓을 수 있을 것 같았다.

나는 사회를 개혁하는 사람이 아니었기 때문에 청년을 그대로 내버려두었다. 나는 지방관청으로부터 임명받은 공의로서 내 의무를 조금 심하다 싶을 정도로 충실히 이행하고 있는 것이었다.

봉급은 얼마 되지 않았지만 가난한 사람들에게 인색하게 굴지 않았다. 물론 로자에게도 마음을 썼다. 그러고 보면 이 청년이 하는 말도 일리가 있을지도 모른다. 나는 문득 죽고 싶어질 때가 있었다. 이 지방에서, 이 끝도 없는 겨울에 무엇을 하면 좋단 말인가. 나의 말은 추위 때문에 죽어 버렸다. 그리고 마을에는 나에게 말을 빌려 주려고 하는 사람이 한 사람도 없었다. 나는 돼지우리를 뒤져야만 했다. 만일 그곳에 말이 없었더라면 암돼지로 하여금 마차를 끌게 해서라도 달려오지 않으면 안 되었던 것이다. 이것이 나의 현실이었다. 나는 그 집 사람들에게 고개를 끄덕여 보이며 작별 인사를 했다. 그들은 타인의 사정 따위는 안중에도 없는 것 같았다. 만일 알았다 할지라도 믿지 않았을 것이다. 처방전을 쓰는 일은 쉬웠다.

그러나 그 외의 다른 이유로 사람들을 이해시킨다는 것은 어려운 일이었다. 때문에 여기에서 내 진찰이 끝났다고 하면 그만이었다. 또다시 내게 헛수고를 시킨 것이다. 이미 이런 일에 익숙했다. 나의 집 야간용 벨을 이용해 온 마을 사람들이 나를 괴롭히고 있었으므로.

그리고 이번에는 로자까지 희생시켰다. 나에게 거의 무시당하면서 몇 년째 오로지 나를 위해서 일을 하는 그 아름다운 처녀를 방치해 둔 채 이곳으로 달려오지 않으면 안 되었던 대가는 너무나 컸다. 나는 이 가족들을 두들겨 패주지 않기 위해서 되도록 모든 일을 선의로 해석하며 스스로 마음을 달래야만 했다. 그들이 아무리 도우려고 해도 내게 로자를 돌려줄 수는 없는 것이었다.

드디어 내가 진찰가방을 닫고 외투를 입고 싶다는 의사를 전달하자 가족들은 놀라며 내 앞에 늘어섰다. 아버지는 손에 든 럼주 컵으로 코를 덮어씌운 채였으며, 어머니는 내게 실망한 듯 눈물을 보이며 입술을 깨물었고, 누이동생은 피가 흠뻑 묻은 타월을 흔들어 댔다. 이 사람들은 대체 내게서 무엇을 기대하는 걸까.

그들을 보자 나는 특별한 이유도 없이, 청년은 계속 아플지도 모른다는 것을 형편대로 인정해 버려도 좋을 것 같은 기분이 되었다. 나는 청년에게 다가갔다. 그는 천천히 미소를 지었다.

내게서 자양분이 아주 풍부한 수프라도 얻을 수 있다고 기대하는 것 같았다. 한데 그 순간, 두 마리의 말이 함께 울부짖었다. 그 귀를 찢을 듯한 울음소리는 다분히 나의 진찰을 수월하게 하기 위한 하늘의 배려인 것 같았다. 그제야 나는 발견하게 되었다. 청년은 실제로 아팠던 것이다.

그의 오른쪽 옆구리, 즉 허리 근처에 손바닥만한 상처가 있었다. 그것은 담홍색이었는데, 갖가지 농도를 보이고 있었다. 밑쪽은 어둡고 가장자리에 가까워질수록 밝아졌다. 부드러운 입자와 얼룩진 핏덩어리가 붙어 있었다. 마치 노천에서 캐낸 광산처럼 아가리를 벌리고 있었다.

눈을 가까이 대자 그 상태는 더욱 심했다. 어떤 사람이든 으 하는 신음을 흘리지 않고는 그것을 바라볼 수가 없을 정도로. 새끼손가락만큼이나 큰 벌레까지 몇 마리 꿈틀거리고 있었다. 분홍색의 벌레에는 붉은 피까지 묻어 있었다. 벌레는 상처 속에 파묻혀 하얀 대가리를 쳐들고 작고 무수한 다리를 쉴 새 없이 움직여 밝은 곳으로 나오려 하고 있었다.

불쌍한 청년아, 너는 이미 죽을 몸이다. 난 너의 커다란 상처를 발견했다. 옆구리에 핀 이 꽃같은 상처에 의해 너는 죽고 말 것이다. 가족들의 얼굴에는 기쁨이 떠올랐다.

내가 일을 하기 시작한 것을 보고 누이동생은 그 사실을 어머니에게 전했고, 아버지는 몇 사람의 손님들에게 전했다. 손님들은 양팔을 벌려 균형을 잡으며, 열어놓은 문으로 쏟아지는 달빛을 받으면서 들어왔다.

"저를 살려 주실 거죠?"

청년은 그의 상처 속에서 꿈틀거리고 있는 것 때문에 겁에 질려 울음을 터트렸다. 이 지역 사람들은 모두가 이렇다. 언제나 불가능한 일을 의사에게 요구하는 것이다. 그들은 옛날의 신앙을 잃어버렸다. 신부는 자기 집에 틀어박혀서 미사복을 쥐어뜯고 있을 뿐인데, 의사는 모든 것을 그 외과의적인 부드러운 손 하나로 해내지 않으면 안 된다.

사람들이 나를 성스러운 목적을 위해서 부리고 있으니, 나는 그것을 감수하고 있을 뿐이다.

하녀를 빼앗긴 늙은 시골의사가 어떻게 그 이상의 일을 할 수가 있단 말인가. 문득 가족들과 그 지역 장로들이 다가와 내 옷을 벗겼다. 선생을 선두로 한 학교 합창단이 집 앞에 서서 더없이 간단한 멜로디로 다음과 같은 문구를 노래하고 있었다.

옷을 벗기면 그가 치료를 시작할 것이다.
그러지 않으면 그를 죽여 버려라.
그것이 의사란다. 그것이 바로 의사란다.

그들은 내 옷을 마저 벗겼다. 나는 머리를 숙인 채 수염을 만지며, 그들이 하는 것을 가만히 보고만 있었다. 나는 매우 침착했으며, 다른 모든 사람들보다 우위에 있었고, 그 상태를 지켜 나갔다.

하지만 그런 것은 아무런 소용이 없었다. 모두들 내 머리와 다리를 붙잡고 병자의 침대 속으로 밀어 넣어버린 것이다. 상처에 불 바람을 막아 줄 도구로서 그들은 나를 눕혔다. 그리고 모두들 방을 나가 문을 닫았다.

어느덧 합창 소리도 잠잠해졌다. 구름이 달을 가렸다. 침구는 나를 따뜻하게 감싸고 말들의 머리가 창을 통해 흔들리고 있는 것이 환영처럼 보였다.

"그거 아세요?"

문득 목소리가 들려왔다.

'처음부터 저는 당신을 신뢰하지 않았어요. 당신은 그저 어디선가 떠밀려온 인간에 불과하지요. 독립적인 존재가 되지 못하는 겁니다. 죽어가는 환자를 살릴 생각은 하지 않고 그저 나의 침대를 비좁게만 만들고 있네요. 지금 저는 당신의 눈을 후벼 파버리고 싶은 심정입니다.'

"맞는 말이야." 내가 말했다. "정말이지 부끄럽다. 하지만 난 의사다. 내가 대체 어떻게 해야 좋다는 말인가. 나도 그다지 평화롭지는 않다."

"겨우 그런 변명으로 저에게 참으라는 말씀인가요? 아아, 물론 참지 않을 수 없겠지요. 언제나 저는 참지 않으면 안 되었으니까요. 저는 멋진 상처를 갖고 이 세상에 태어났습니다. 그것이 내가 세상에 나오면서 한 몸치장의 전부였습니다."

"자네 말이야." 내가 말을 이었다. "자네가 잘못 생각하고 있는 것이 하나 있는데, 바로 자네 자신에게는 전체를 보는 눈이 없다는 사실이네. 나는 이미 여기저기서 많은 환자들을 보고 다녔기에 자네에게 단언하는데, 자네의 상처는 그리 악성은 아니야. 예리한 각도에서 팽이를 두 번 쳐서 생긴 상처일 뿐이라네. 많은 사람들은 숲 속에 있으면 옆구리를 무방비 상태로 내버려두고 팽이 소리에는 별로 신경을 쓰지 않네. 심지어 그것이 가까이 다가와도 모르지."

"정말인가요? 혹시 당신은 열에 들떠서 나를 속이는 게 아닙니까?"

"지역 공의의 명예를 걸고 하는 말이니 믿어 주게나."

내가 말을 마치자 그는 나의 말을 받아들이고 입을 다물었다. 하지만 이제 나의 탈출을 궁리해야만 했다.

말들은 여전히 충실하게 그 자리를 지키고 있었다. 나는 옷과 모피 가방을 한꺼번에 움켜쥐었다. 그러나 옷을 입기 위해 꾸물거리며 시간을 낭비할 수는 없었다. 말들이 이곳으로 올 때와 똑같은 속도로 빠르게 달려 준다면 나는 이미 이 침대에서 내 침대로 뛰어든 것이나 다름이 없다.

말이 얌전하게 창가에서 물러났다. 나는 뭉쳐진 옷을 마차 안으로 던졌다. 모피 외투는 너무 멀리 날아갔지만 소매 끝이 뭔가에 걸려 마차에 얹혀졌다. 이제 됐다. 나는 급하게 말에 뛰어올랐다. 가죽 끈은 느슨하게 묶여 있고, 말과 말은 서로 매어져 있는지, 떨어져 있는지 알 수 없었으나 그 뒤로 마차가 덜커덕거리며 달라붙어 있고, 모피 외투가 눈 위로 질질 끌려가고 있었다.

"이랴, 이랴!"

내가 외쳤다.

그런데 말은 이상하게 달리는 것이었다.

우리는 마치 노인처럼 느린 속도로 눈의 황야를 가로질렀다. 우리의 등 뒤에서는 어린아이들의 노랫소리가, 새롭지만 잘못된 노랫소리가 계속해서 들려왔다.

기뻐하라, 기뻐하라. 환자들아!

의사를 환자의 침대 속에 눕혀 두었다.

그 이유로 나는 아무리 시간이 지나도 집에 돌아갈 수가 없었다. 바쁘기만 했던 의사 생활도 이젠 끝났다. 후임자가 나에게서 모든 것을 빼앗은 것이다. 하지만 그는 내 대신 일을 할 수 없었으므로 소용없는 일이었다. 이제 나의 집에는 그 역겨운 마부가 날뛰고 있다. 로자는 그의 인신 제물이다.

나는 이 모든 일을 완벽하게 생각할 능력이 없다. 발가벗은 채 혹한 속에 던져진 나는 이 세계의 마차를 타고 이 세계의 것이 아닌 말들에게 이끌려 끝도 없이 돌고 또 도는 것이다.

내 모피 외투는 마차 뒤에 매달려 있다. 하지만 나는 거기까지 손이 미치지 않는다. 환자들 중에는 몸을 움직일 수 있는 사람도 있지만 누구 하나 도우려 하지 않는다.

속았구나, 속았어! 한밤중의 잘못된 벨소리를 한 번 따른 것이 다시는 돌이킬 수 없는 악몽이 되었구나.

화부

열여섯 살의 카를 로스만이 하녀의 꾐에 빠져 아기의 아버지가 되는 바람에 그의 부모는 아들을 미국으로 보내 버렸다. 카를을 태운 배가 속도를 늦추어 뉴욕 항으로 들어오자 자유의 여신상을 비추고 있던 햇살이 더욱 강렬한 빛을 내리쬐는 것 같았다. 긴 칼을 든 여신상의 팔은 방금 치켜든 듯 힘차게 솟아 있었고, 주위에는 한없이 자유로운 바람이 불었다.

"저렇게 크다니!"

카를은 혼잣말을 중얼거리며 배에서 내릴 생각도 않고 서 있는데, 그의 옆을 지나치던 짐꾼들이 점점 늘어나면서 그는 차츰 갑판의 난간까지 밀려났다. 항해 중에 알게 된 젊은 남자가 지나가면서 말했다.

"내리지 않을 거요?"

"이제 곧 내릴 겁니다."

카를이 웃는 얼굴로 대답했다. 가볍게 여행 가방을 든 카를은 그것을 옆구리에 끼었다. 하지만 지팡이를 휘두르며 다른 사람들과 함께 멀어져 가는 그 젊은 남자를 건너다보자 갑자기 우산을 배 아래의 선실에 두고 온 것이 생각났다. 카를은 썩 내켜하지 않는 얼굴의 그 남자에게 달려가 잠깐만 여행 가방을 봐 달라고 부탁하고는 돌아올 때를 대비해 장소를 확인한 다음 서둘러 그 자리를 떠났다.

선실로 내려와 보니 지름길로 이어진 통로가 항해 중일 때와는 달리 막혀 있었다. 승객이 모두 하선했기 때문인 것 같았다. 그는 무수히 많은 작은 방들과 계속 이어지는 낮은 계단들, 그리고 꾸불꾸불 이어지는 복도, 책상만 덩그러니 놓여 있는 텅 빈 방을 가로지르며 길을 찾느라고 애를 썼지만 결국 미로 속에 갇히는 신세가 되고 말았다.

선실은 한두 번밖에 와 본 적이 없는데다가 또 늘 많은 사람들과 함께 무리지어 다녔기 때문이었다. 사람이라곤 한 명도 보이지 않는 곳에서 수천 명의 발자국 소리가 머리 위에서 계속 들려왔다. 이미 정지된 기계의 마지막 작동 소음이 마치 숨결처럼 멀리서 들렸다. 카를은 이리저리 헤매고 다니다 문득 마주친 작은 문을 아무 생각 없이 두드렸다.

"열려 있어요."

안에서 누군가가 소리쳤다. 카를은 안도의 한숨을 내쉬며 문을 열었다.

"왜 그렇게 미친 듯이 문을 두드려 대는 겁니까?"

키가 큰 남자가 카를을 보자마자 물었다. 배의 맨 윗간에서 이미 소진된 흐릿한 불빛이 채광창을 통해 들어와 초라한 선실을 밝혀 주었다. 선실 안에는 침대 하나, 옷장 하나, 의자 하나와 덩치 큰 남자가 마치 창고 안에 저장된 물건처럼 놓여 있었다.

"선실을 찾아 가려는데……. 항해 중에는 몰랐는데 지독하게 복잡하고 큰 배군요."

카를이 말했다.

"그렇지요."

남자는 자랑스럽다는 듯 그렇게 말을 했지만 작은 가방의 잠금 장치가 제대로 작동하도록 반복해서 두 손으로 눌러 대고 있었다.

"아무튼 들어오시오! 그렇게 밖에 계속 서 있을 작정은 아니겠지요?"

남자가 말했다.

"방해가 되지는 않겠습니까?"

카를이 물었다.

"천만에요, 당신이 방해가 되다니요?"

"독일인이세요?"

미국에 갓 도착한 사람들은 아일랜드 인들을 조심해야 한다는 이야기를 많이 들었기 때문에 카를은 그가 정말 독일인인지 확인하고 싶었다.

"맞소, 독일인이오."

남자가 말했다. 그러나 카를은 아직 마음을 놓지 못하고 있었다. 어느 틈엔가 남자는 손잡이를 잡아 문을 당겨 닫았고, 그러는 바람에 자신도 모르게 안으로 끌려 들어가고 말았다.

"사람들이 복도에서 들여다보는 게 정말 싫소."

남자가 다시 가방을 보면서 말했다.

"복도를 지나가는 모든 사람들이 이 안을 들여다보는데, 정말 견딜 수가 없소!"

"하지만 복도에는 아무도 없는걸요."

침대 기둥에 불편하게 끼여 있던 카를이 말했다.

"지금이야 그렇지요."

남자가 말했다.

'하지만 중요한 건 지금이야. 이 남자와는 말이 안 통해.'

이렇게 카를이 생각하고 있을 때 남자가 말했다.

"침대 위로 올라가 누우세요. 거기에는 자리가 좀 더 넓습니다."

카를이 몸을 훌쩍 날려 침대 위로 오르려 했지만 쉽지 않았다. 그래서 카를은 아무렇게나 기어 들어가며 멋쩍은 듯 웃음을 터트렸다. 하지만 침대에 들어가자 그는 갑자기 생각난 듯 말했다.

"맙소사! 가방을 깜박 잊고 있었네!"

"가방이 어디 있는데요?"

"갑판 위에 있어요. 아는 사람더러 봐 달라고 했어요. 그런데 그 사람 이름이 뭐였더라?"

카를은 어머니가 여행을 떠나기 전 웃옷 안감에 덧대 준 비밀 주머니에서 명함 한 장을 꺼냈다.

"부터바움, 프란츠 부터바움이군요."

"중요한 게 들어 있는 가방이오?"

"물론이죠."

"그런데 그런 중요한 것을 왜 낯선 사람한테 맡겼소?"

"우산을 두고 와서 가지러 왔는데, 가방을 끌고 다니고 싶지 않아서요. 그런데 그만 길을 잃고 말았습니다."

"동행이 없나요?"

"네."

'차라리 이 남자와 함께 있는 편이 낫겠어. 지금 어디에서 이보다 나은 사람을 찾을 수 있겠어?' 순간 그런 생각이 카를의 머릿속을 스치고 지나갔다.

"그렇다면 이제 가방까지 잃어버렸군요. 우산은 물론이고요."

남자는 이제야 카를의 일에 관심을 갖게 됐다는 듯 말하며 의자에 앉았다.

"하지만 지금 가방을 잃어버렸다고 생각하지 않아요."

"믿는 사람에게 복이 있나니!"

남자는 짧고 숱 많은 검은 머리를 북북 긁으며 말했다.

"배를 타면 항구가 바뀔 때마다 풍습도 바뀝니다. 함부르크에서라면 당신이 말하는 부터바움이 아마 가방을 지켜 주었겠지만 여기서는 부터바움도 가방도 흔적을 찾기 어려울 겁니다."

"그렇다면 지금 당장 가방을 찾으러 올라가 봐야겠습니다."

"가만히 있어 봐요."

하고 남자가 말하며 한 손으로 카를의 가슴을 제법 거칠게 떠밀어 침대 안으로 밀어 넣었다.

"대체 왜 이러는 겁니까?"

카를이 불안한 얼굴로 물었다.

"그래 봤자 아무 소용없기 때문이오. 잠시 후면 나도 나가니 함께 갑시다. 가방을 이미 도둑맞았을 텐데 지금 올라가 봤자 아무 소용이 없고, 그가 가방을 놔두었다면 배가 완전히 빈 다음에 찾는 게 더 나을 거요. 우산도 그렇고."

"이 배에 대해 잘 아십니까?"

카를이 미심쩍은 얼굴로 물었다. 배가 텅 비면 물건을 찾기가 아주 쉽다는 것이 평소 같으면 설득력이 있었겠지만 지금의 카를에게는 수상쩍게만 느껴졌다.

"나는 이 배의 화부요."

남자가 말했다.

"아, 당신이 화부군요!"

카를은 전혀 예기치 않은 사실에 기뻐서 어쩔 줄을 모르며 소리를 쳤다. 그러고는 팔꿈치에 몸을 싣고는 그 남자를 자세히 쳐다보았다.

"내가 슬로바키아 남자와 함께 자던 선실 바로 앞에 창이 있었는데, 그 창을 통해서 기계실이 보였어요."

"맞소, 거기서 내가 일했소."

화부가 말했다.

"저는 늘 기술에 관심이 많았지요. 미국에 오지 않았다면 분명 엔지니어가 되었을 겁니다."

카를은 생각에 잠긴 채 말했다.

"그런데 왜 집을 떠나 왔소?"

"아, 그건……."

카를은 손을 내저으며 솔직히 고백하지 못하는 것을 용서하라는 듯 화부를 향해 빙그레 웃었다.

"그럴 만한 사연이 있었겠지."

화부가 말했다. 카를에게 그 사연을 들려 달라는 뜻인지 그만두라는 뜻인지 알 수가 없었다.

"이제는 화부가 될 수도 있습니다. 제 부모님에겐 제가 무엇이 되건 상관이 없으니까요."

카를이 말했다.

"내 자리가 비게 될 거요."

화부는 카를의 말을 마음속에 새기며 바지 호주머니 속에 두 손을 찔러 넣었다. 그러고는 주름진 철회색 가죽 바지를 입은 다리를 침대 쪽으로 쭉 뻗었다. 그러는 바람에 칼은 벽 쪽으로 좀 더 자리를 옮겨야 했다.

"일을 그만둘 겁니까?"

"그렇소. 우리는 오늘 떠납니다."

"대체 무슨 이유입니까? 마음에 들지 않아서요?"

"사정이 있어요. 마음에 드느냐 들지 않느냐가 언제나 중요한 건 아니오. 게다가 당신 말이 맞소. 마음에 들지 않소. 설마 당신이 화부가 되려는 건 아니겠지요? 화부가 되는 건 어렵지 않소. 그래서 하는 말인데, 정말이지 말리고 싶소. 유럽에서 대학 공부를 할 작정이었다면 여기서 뭘들 못하겠소? 미국 대학들은 유럽 대학들과 비교할 수 없을 만큼 훌륭하오."

"글쎄, 하지만 대학에 갈 돈이 없어요. 낮에는 가게에서 일을 하고 밤에는 대학 공부를 해서 박사 학위를 받고 시장까지 되었다는 사람의 이야기를 읽은 적이 있긴 하지만, 그러려면 엄청난 인내심이 필요하지 않겠어요? 그런데 제겐 그런 인내심이 없어서 겁이 납니다. 게다가 저는 중고등학교에 다닐 때에도 특별히 훌륭한 학생이 아니어서 졸업식을 할 때에도 섭섭한 마음이 그다지 없었거든요. 이곳의 학교는 더 엄격할지도 모르고 저는 영어를 거의 할 줄 모릅니다. 게다가 이곳 사람들은 외국인에 대한 좋지 않은 선입견이 대단한 것 같고요."

"벌써 그런 일을 겪었소? 그렇다면 좋소. 우린 한편이오. 당신도 알다시피 우린 독일 배를 타고 있지 않소? 이 배는 함부르크–미국 해운사 소속인데 왜 독일인만 고용하지 않는단 말이오? 일등 기관사가 루마니아인 아니오? 그 녀석 이름은 슈발이라오. 도대체 이해할 수 없는 일이지. 그 빌어먹을 녀석이 우리 독일 배에서 독일인을 혹사시키고 있으니!"

그는 숨이 막히는지 손으로 부채질을 했다.

"내가 매사에 불평불만만 늘어놓는 인간이라고 생각지는 마시오. 나는 당신이 아무 영향력도 행사할 수 없는 가련한 청년에 불과하다는 걸 알고 있소. 하지만 이건 너무 심하단 말이오!"

그러고는 주먹으로 탁자를 여러 번 내리쳤는데, 단 한 순간도 눈을 주먹에서 떼지 않았다.

"나는 이미 수많은 배에서 일한 경험이 있소."

그러고는 스무 척이나 되는 배의 이름을 마치 한 단어인 양 단숨에 늘어놓았다. 카를은 그러는 그를 보고 있자니 매우 혼란스러웠다.

"그동안 나는 수많은 상도 받았고 칭찬도 받았소. 나는 선장들이 좋아하는 일꾼이었소. 한 상선에서 몇 년씩 일한 적도 있었소."

남자는 그때가 자기 인생의 절정이라는 듯이 몸을 일으켰다.

"그런데 이 배에선 모든 것이 자로 잰 듯해. 유머도 없고…… 여기서 나는 아무 쓸모도 없는 인간이오. 언제나 슈발을 방해하기만 하는 게으름뱅이이니 당장 쫓겨나는 것이 마땅한데, 그나마 가엾게 여겨서 월급이라도 준다는 거야. 알겠소? 한데 나는 모르겠소."

억울한 일을 그냥 참고만 지내서는 안 됩니다.

카를이 흥분해서 말했다. 그는 지금 자신이 발을 디디고 서 있는 곳이 안전한 땅이 아니라 불안한 배 안, 그것도 미지의 낯선 해양에 정박한 배 안이라는 걸 거의 잊고 있었다. 한데 화부의 침대가 카를에게는 집처럼 아늑했다.

"선장을 찾아가 봤습니까? 선장을 만나 당신의 권리를 주장해 봤습니까?"

"아! 그 얘기는 그만둡시다. 당신은 차라리 당신의 갈 길을 가는 것이 낫겠소. 나는 당신이 여기 있는 걸 원치 않소. 당신은 내가 하는 말은 듣지도 않고 충고만 하려고 하는군. 내가 어떻게 선장을 찾아간단 말이오?"

화부는 피곤한 듯 다시 자리에 앉으면서 얼굴을 두 손으로 감쌌다.

"그건 내가 그에게 해 줄 수 있는 최상의 충고였는 걸."

카를은 그곳에서 결국 바보 취급을 받게 되는 충고나 하느니 차라리 여행 가방이나 가져오는 편이 나았겠다고 생각했다. 아버지는 그 여행 가방을 카를에게 넘겨 주며 농담처럼 이렇게 말했다.

"네가 얼마나 이 가방을 가지고 있을지는 모르겠다."

카를은 그 비싼 가방을 어쩌면 잃어버렸는지도 모른다. 그나마 위안이 되는 것은 아버지가 여행 가방을 찾으려 해도 현재의 위치를 거의 알아낼 수 없을 것이라는 사실뿐이었다. 선박회사도 여행 가방이 뉴욕에 도착했다는 사실만은 알려 줄 수 있을 것이다. 카를은 가방 속에 든 물건을 거의 써 보지 않은 것이 가장 유감스러웠다.

예를 들어 셔츠는 벌써 오래 전에 새것으로 갈아입었어야 하는데, 절약을 한답시고 계속 입고 있었던 것이다. 사회생활에 첫발을 내디디는 지금이야말로 깨끗한 옷차림이 중요한데도 불구하고 더러운 셔츠 차림으로 나서게 된 것이다. 그렇지만 않았다면 가방을 잃어버린 것에 그다지 화가 나지는 않았을 것이다. 지금 입고 있는 양복은 가방 속에 든 양복보다 더 나았다. 가방 속에 있는 양복은 긴급한 상황을 위한 것으로, 출발하기 직전 어머니가 수선을 해야 할 정도였다. 지금 생각해 보니 가방 속에는 베로나 산 살라미 소시지한 토막도 들어 있었다. 그것은 어머니가 특별히 넣어준 것이었다. 한데 항해 중에는 식욕이 없었고, 중간 갑판에서 나누어 주는 수프만으로도 충분했기 때문에 조금 먹었을 뿐이었다. 카를은 그 소시지가 있으면 정말 좋겠다고 생각했다. 그렇다면 화부에게 그걸 선물할 수 있을 것이었다. 화부 같은 사람들은 작은 선물로도 쉽게 환심을 살 수 있다는 것을 아버지에게 배워 알고 있었다. 아버지는 사업상 관계가 있는 모든 하급 직원들에게 시거를 나누어 주어 환심을 샀다. 지금 카를에겐 선물할 수 있는 것이라고는 돈밖엔 없었다. 한데 여행 가방을 잃어버렸는지도 모르는 상황에서 돈까지 건드리고 싶지는 않았다.

카를은 다시 여행 가방을 생각했다. 그렇게 쉽게 잃어버릴 가방을 항해 중에는 잠도 제대로 자지 못하면서 지켰는 지 정말 이해할 수가 없었다. 지난 5일간 자신의 왼쪽에서 두 번째 침상에서 잠을 자던 조그마한 슬로바키아인이 밤마 다 자신의 여행 가방을 노리고 있다고 계속 의심했던 기억 이 났다. 그 슬로바키아인은 카를이 지쳐서 깜박 잠이 들기 만을 기다렸다가 낮에 가지고 놀던, 아니 연습했던 긴 장대 로 여행 가방을 끌어당기려고 했다. 그 슬로바키아인은 낮 에는 매우 선량한 사람으로 보였지만 밤만 되면 가끔씩 침 상에서 몸을 일으켜 슬픈 눈초리로 카를의 여행 가방을 건 너다보곤 했다.

카를은 그런 낌새를 매우 정확하게 알 수 있었는데, 그것 은 불안한 이민자들이 이곳저곳에서 늘 작은 불을 켜고 (이 는 선내 규칙으로 금지되어 있었다) 이민 대행소의 이해할 수 없는 안내서를 판독하려 했기 때문이었다. 카를은 그런 불 이 가까운 곳에 켜져 있으면 잠깐 졸 수 있었지만 멀리 있거 나 어두울 때면 눈을 크게 뜨고 있어야 했다. 카를은 정말이 지 녹초가 되도록 가방을 지키려고 애를 썼는데, 어쩌면 그 모든 노력이 아무 소용이 없을 수도 있었다. 그놈의 부터바 움! 어디서든 한 번만 만나기만 해봐라! 바로 그때 이제까 지 조용하던 적막을 깨면서 멀리서부터 어린아이들의 발소 리 같은 작은 소리가 들려왔다. 그 소리는 점점 커지면서 가까이 다가왔다. 그것은 남자들의 조용한 행진이었다. 그들은 좁은 복도를 한 줄로 서서 걷는 것이 분명했다. 그리고 무기에서 나는 것 같은 찰각거리는 소리가 들려왔다. 여행 가방과 슬로바키아인에 대한 모든 근심에서 벗어나 침대에서 막 잠이 들려 했던 카를은 깜짝 놀라 일어나 어떻게든 주의를 끌려고 화부를 밀쳤다. 행렬의 선두가 이제 막 문 앞에 도착한 것 같았기 때문이었다.

"저건 이 배의 악대요. 갑판에서 연주를 끝내고 이제 짐을 싸러 가는 거라오. 이제 다 끝났으니 우리도 가도 됩니다. 자, 갑시다."

화부가 말했다. 화부는 카를의 손을 잡고 선실을 나서기 전에 침상 위의 벽에 붙은 마리아 그림의 액자를 떼더니 윗옷 안주머니에 쑤셔 넣었다. 그러고는 가방을 들고 카를과 함께 급히 밖으로 나갔다.

"이제 사무실로 가서 신사분들에게 나의 의견을 말하겠소. 승객들이 다 내렸으니 신경 쓸 필요도 없소."

화부는 걸어가면서 그 말을 여러 번 되풀이했다. 그는 통로를 가로질러 가는 쥐 한 마리를 옆으로 차서 밟아 죽이려 했으나 마침 쥐구멍에 도착한 쥐를 오히려 쥐구멍 속으로 밀어 넣어준 격이 되고 말았다. 그는 다리가 길었지만 가방이 너무 무거웠기 때문에 동작이 아주 느렸다. 두 사람은 주방을 통과했다. 주방에는 몇몇 아가씨들이 더러운 앞치마를 두르고—그녀들은 일부러 앞치마에 물을 적셨다—커다란 통 안의 그릇들을 닦고 있었다. 화부가 리네라는 아가씨를 불러 허리에 팔을 감자 리네는 애교를 부리며 그의 팔에 기대어 한동안 같이 걸었다.

"지금 진료를 받으러 가는데 함께 갈래?"

화부가 물었다.

"내가 갈 필요가 있어요? 가져다 줘요."

리네는 그렇게 대답하며 화부의 팔 아래로 달아났다.

"저런 예쁜 애송이는 어디서 낚았어요?"

그러나 리네는 대답을 들으려 하지 않고 도망쳤다. 일손을 멈추고 있던 아가씨들이 모두 웃음을 터뜨렸다. 두 사람은 계속 걸어가다가 어느 문 앞에 멈춰 섰다. 문 위에는 작은 지붕이 세워져 있었는데, 금박을 입힌 작은 여인상이 그 지붕을 받치고 있었다.

배 안의 설비치고는 매우 사치스러워 보였다. 카를은 이곳에는 전혀 와 본 적이 없음을 깨달았다. 게다가 이곳은 항해 중에 일등 선실과 이등 선실의 승객 전용으로 사용되었지만 이제 대청소를 앞두고 칸막이들이 제거된 것 같았다. 두 사람은 빗자루를 어깨에 멘 채 화부에게 인사를 건네는 사람들을 만나기도 했다. 카를은 배에서 일하는 사람들이 그렇게 많은 것을 보고 놀랐다.

그가 머물렀던 선실에서는 짐작조차 할 수 없는 일이었다. 통로를 따라 전선이 길게 늘어져 있었고, 작은 벨소리가 계속 들려왔다. 화부가 공손하게 노크를 하자, "들어오시오."라는 소리가 들렸다. 그러자 화부가 카를에게 겁내지 말고 들어오라는 손짓을 했다. 카를도 들어가긴 했지만 문 옆에 서 있었다.

방 안의 세 개의 창문 밖으로 넘실대는 파도가 보였다. 파도의 흥겨운 움직임을 바라보고 있자니 카를의 가슴도 뛰었다. 지난 5일 동안 계속 바다를 보았는데도 마치 그런 일이 전혀 없었던 것 같았다. 커다란 배들이 서로 엇갈려 지나가며 제 무게가 허락하는 한 파도에 몸을 맡겼다. 눈을 가늘게 뜨고 보면 그 배들은 오로지 자기들의 무게 때문에 흔들리는 것처럼 보였다. 돛대 위에는 가늘고 긴 깃발이 매달려 있었다. 깃발은 배가 항진하고 있어서 팽팽하게 펼쳐졌지만, 때때로 펄럭거렸다. 군함에서 쏘았을 것으로 보이는 예포 소리가 울렸다. 멀지 않은 곳을 지나가는 군함은 강철 외피의 포신을 번쩍이며 안정된 모습으로 항해했지만 수평이 맞지 않아 흔들리는 것 같았다.

작은 배들과 보트들이 큰 배들 사이로 떼를 지어 통과하여 항구로 들어오는 모습이(적어도 문가에서는) 멀리 보였다.

그리고 그 모든 것들 뒤로 뉴욕이 있었다. 뉴욕은 마천루에 달린 수십만 개의 창을 통해 카를을 바라보고 있었다.

그렇다! 이 방에서는 지금 자신이 어디에 있는지 알 수 있다. 둥근 탁자에는 세 남자가 앉아 있었는데, 그중 한 명은 푸른색 선원 제복을 입은 항해사였고, 다른 두 명은 항만청 직원으로 검은 미국식 제복을 입고 있었다. 탁자 위에는 갖가지 서류들이 수북이 쌓여 있었는데, 손에 펜을 든 항해사가 먼저 훑어본 다른 두 남자에게 건네주면 그들은 쉴 새 없이 이를 딱딱 마주치는 한 남자가 다른 남자에게 무엇인가 기록할 사항을 불러 주지 않을 때에는 읽기도 하고, 일부분을 발췌하기도 하고, 서류 가방에 넣기도 했다.

창가의 책상에는 몸집이 작은 남자가 등을 문 쪽으로 돌린 채 앉아서 머리 높이쯤에 있는 튼튼한 선반 위에 나란히 꽂혀 있는 커다란 장부들을 매만지고 있었다. 그 남자 옆에는 금고가 열려 있었는데, 언뜻 보기에는 텅 빈 것 같았다. 두 번째 창문 주위는 텅 비어 있어 바깥 경치를 내다보기에 아주 좋았다. 세 번째 창문 가까이에 두 남자가 서서 나지막한 소리로 이야기를 나누고 있었다. 그중 한 명은 창가에 몸을 기대고 있었는데, 그도 선원 제복을 입고 검의 손잡이를 만지작거리고 있었다. 그와 이야기를 나누고 있는 남자는 창 쪽으로 몸을 돌리고 있었는데, 움직일 때마다 가끔씩 가슴에 달린 훈장들이 조금씩 보였다. 사복 차림의 그는 가는 대나무 막대를 가지고 있었는데, 두 손을 허리에 짚고 있어서 대나무 막대가 검처럼 삐죽 나와 있었다.

카를은 모든 것을 찬찬히 살펴볼 시간이 없었다. 사환이 곧 다가와 이곳은 당신이 올 만한 곳이 못 된다는 듯한 눈으로 화부를 바라보며, 무슨 용무냐고 물었다. 화부는 사환만큼이나 낮은 목소리로 경리주임과 이야기하고 싶다고 대답했다. 사환은 손짓으로는 화부의 청을 거절했지만 발끝걸음으로 둥근 탁자를 피해 크게 원을 그리며 많은 장부에 둘러싸인 남자에게로 갔다. 사환의 말에 그 남자의 표정이 굳어지는 것이 분명히 보였다. 그래도 그는 자신과 이야기하고 싶어 하는 남자 쪽으로 몸을 돌리고 화부를 향해, 그리고 보다 확실히 자신의 뜻을 전했다. 즉 단호한 거절의 뜻으로 나가라는 손짓을 한 것이다. 그러자 사환이 화부에게 돌아와 무슨 비밀 이야기라도 털어놓는다는 듯한 톤으로 "당장 나가 주세요!"라고 말했다.

그 말을 들은 화부는 안타까운 속마음을 호소하듯 카를을 건너다보았다. 카를은 앞뒤 생각도 없이 항해사의 의자를 슬쩍 건드리기까지 하며 방을 가로질러 달려갔다. 사환은 몸을 굽히고 마치 벌레라도 쫓듯이 카를을 잡으려고 했지만 카를이 먼저 경리주임의 책상에 도착했다. 그러고는 사환이 끌어낼 경우를 대비하여 책상을 꽉 움켜잡았다.

방 전체가 갑자기 활기를 띠었다. 탁자에 앉아 있던 항해사가 벌떡 일어났고, 항만청의 두 남자는 느긋하기는 하지만 주의 깊게 그 사태를 살폈으며, 창가의 두 남자는 나란히 섰다. 사환은 신사들이 관심을 보이자 자신이 끼어들 자리가 아니라는 생각에 뒤로 물러섰다. 문가에 서 있던 화부는 자신이 행동해야 할 순간을 긴장한 상태로 기다리고 있었다.

마침내 경리주임이 의자를 오른쪽으로 빙그르르 돌렸다. 카를은 사람들의 시선에는 아랑곳하지 않고 비밀 주머니에서 여권을 꺼낸 다음, 책상 위에 펼쳐 놓았다. 경리주임은 여권에는 관심이 없다는 듯 두 손가락으로 한편에 밀쳐 두었다. 그러자 카를은 그것으로 공식적인 절차가 만족스럽게 끝났다는 듯 여권을 다시 집어넣었다.

"제가 볼 때 이곳에 계신 화부께서 부당한 대우를 받고 계십니다. 이 배의 슈발이라는 자가 화부님을 괴롭히고 있습니다. 화부님은 지금까지 많은 배에서 만족한 대우를 받고 일한 경력이 있습니다. 이제까지 근무했던 배의 이름은 모두 열거할 수도 있습니다. 화부님은 부지런하고 자신의 일을 좋아합니다. 그런 화부님께서 왜 부당한 대우를 받아야 하는지 전혀 영문을 알 수 없습니다. 화부님이 승진을 하지도 못하고, 마땅히 받아야 할 대우를 받지 못하는 이유는

단 하나, 누군가 화부님을 중상 모략했기 때문입니다. 저는
이 사안에 관해 일반적인 내용을 말씀드렸을 뿐입니다. 화
부님의 특별한 불만 상황에 대해서는 직접 말씀드릴 겁니
다.”

카를은 방 안의 모든 사람들에게 이렇게 말했다. 사실 모
두가 다 귀를 기울여 들었기 때문이기도 했지만, 거기 모인
사람들 가운데 정당한 사람이 한 명이라도 있을 가능성은
경리주인이 바로 그 정당한 사람일 가능성보다 훨씬 더 컸
기 때문이기도 했다. 게다가 카를은 화부와는 방금 전에 알
게 된 사이라는 사실을 말하지 않는 편이 낫겠다는 생각에
서 그 부분은 말하지 않았다. 아무튼 카를은 그 자리에서 처
음 보게 된, 대나무 막대를 든 남자가 얼굴을 붉게 상기하는
것에 당황하지 않았더라면 훨씬 더 멋지게 말할 수 있었을
것이다.

“이 말은 한 마디 한 마디가 모두가 진실입니다.”

화부는 누가 묻기도 전에, 아니 사람들이 그를 쳐다보기
도 전에 그렇게 말했다. 훈장을 단 남자—그가 선장인 것을
카를은 그때야 문득 깨달았다—가 화부의 말을 들어보기로
마음을 먹지 않았더라면 화부가 그렇게 서두른 것은 큰 실
수였을 것이다. 선장은 팔을 내뻗고 망치로 내려치듯 단호
히 화부를 향해 외쳤다.

"이리로 오시오!"

이제 모든 건 화부가 어떻게 하느냐에 달렸다. 지금이야 말로 정의가 실현될 시간이었기 때문이었다. 카를은 그 점에 대해 조금도 의심하지 않았다. 화부가 세상을 두루 돌아다녔다는 사실이 분명히 밝혀졌다. 화부는 아주 침착하게 작은 가방에서 서류 한 묶음과 수첩 한 권을 단번에 찾아 꺼내 들고는 경리주임은 완전히 무시한 채 선장에게로 가서 창틀 위에 증거 자료들을 펼쳐놓았다. 그러자 경리주임도 그쪽으로 갈 수밖에 없었다.

"이 자는 불평불만이 많기로 유명합니다."

경리주임이 덧붙여 설명했다.

"이 자는 기관실보다는 경리실에 더 많이 와 있었습니다. 이 자 때문에 침착한 슈발도 어쩔 줄을 모르고 있습니다. 내 말을 들어보십시오."

경리주임이 화부 쪽으로 몸을 돌렸다.

"당신은 정말이지 주제넘게 행동하고 있소. 지금까지 얼마나 급료 지불실에서 쫓겨났소! 언제나 터무니없는 요구를 하니 그런 꼴을 당하는 것이 당연하지! 또 얼마나 여러 번 급료를 타기 위해 지불실에서 경리실로 달려왔소! 슈발은 당신의 직속상관이니까 그의 부하로서 슈발과 잘 지내야 한다고 늘 좋은 말로 타일렀지 않습니까? 그런데 이제는 선장님까지 괴롭히는 걸 부끄럽게 생각하기는커녕 처음 보는 애송이까지 데리고 들어와서 고발을 하게 하다니 참으로 당신은 어리석은 사람이오!"

카를은 당장이라도 박차고 달려 나가고 싶었지만 억지로 참았다. 바로 그때 선장이 말했다.

"이 사람의 말을 한번 들어봅시다. 아무튼 슈발은 전과 달리 너무 제멋대로 행동하고 있소. 그렇다고 내가 당신 편을 들어 이야기하는 것은 절대 아니오!"

마지막 말은 화부에게 한 말이었다. 선장은 지금 당장 화부 편을 들 수 없는 건 당연한 일이었지만 모든 것이 잘 되어 가는 것처럼 보였다. 화부는 처음부터 슈발에게 '씨' 자를 붙여 말할 정도로 스스로를 자제하며 설명하였다. 카를은 경리주임이 떠난 책상 옆에서 얼마나 기뻤는지 모른다. 그는 장난삼아 편지 저울을 계속 눌러댔다. 슈발 씨는 불공평하다. 슈발 씨는 외국인을 선호한다. 슈발 씨는 화부를 기관실에서 내쫓고 화장실 청소를 시켰는데, 이는 분명 화부의 업무가 아니다. 이제는 슈발 씨의 능력까지 의심의 대상이 되었다.

슈발은 실제로 능력이 있는 것이 아니라 겉으로만 그렇게 보인다. 그 대목에서 카를은 선장이 자기 동료라도 되는 것처럼 다정한 눈길로 응시했다. 그것은 다만 화부의 약간 서

툰 표현 방식이 선장에게 나쁜 인상을 주지 않도록 하기 위해서였다. 아무튼 화부는 핵심이 없는 말을 계속 늘어놓았고, 선장은 화부의 말을 끝까지 들어보겠다는 눈빛으로 아직 앞을 바라보고 있었지만, 다른 남자들은 벌써 인내심을 잃고 있었다.

얼마 되지 않아 화부의 목소리는 사람들의 관심에서 멀어졌는데, 그것은 여러 면에서 걱정스러운 일이었다. 사복을 입은 남자가 제일 먼저 대나무 막대기를 움직이며 낮은 소리로 마룻바닥을 두드렸다. 다른 남자들도 물론 이따금씩 그를 바라보았다. 꾹 참고 있는 것이 분명한 항만청 소속의 두 남자는 다시 서류를 들고 (아직 약간 멍한 상태이긴 했지만) 훑어보기 시작했다. 항해사는 다시 자신의 탁자로 다가갔고, 경리주임은 승리를 확신하며 아이러니컬해 보이는 한숨을 깊이 내쉬었다.

그러나 사환만은 방 전체를 지배하는 산만한 분위기에 젖어들지 않았다. 그는 높은 사람들 사이에 서 있는 가련한 화부의 고통을 공감하며 카를에게 무엇인가를 말하고 싶은 듯 진지한 얼굴로 고개를 끄덕였다.

한편 사무실 밖에서는 항구의 일상이 계속되고 있었다. 납작한 화물선 한 척이 산더미처럼 통을 싣고 (통을 굴러 떨어지지 않도록 아주 기술적으로 쌓아 놓은 것이 분명했다) 지나

가며 방 안을 어둠 속으로 몰아넣었다. 이때 카를이 시간만 된다면 자세히 살펴볼 수 있었을 작은 모터보트들이 핸들을 잡고 똑바로 서 있는 남자의 손이 움직이는 대로 요란한 소리를 내며 직선을 그으며 사라졌다.

놀란 카를의 눈앞에는 특이하게 생긴 부표들이 잠잠한 바다 위로 가끔씩 떠올랐다가 곧 파도를 뒤집어쓰고는 가라앉았다. 원양기선의 보트에는 승객들이 억지로 밀어 넣은 것처럼 가득 차 있었는데, 승객들 대부분이 기대에 찬 모습으로 조용히 앉아 있었지만, 몇 사람만은 눈앞에 계속 펼쳐지는 새로운 광경을 바라보기 위해 자신도 모르게 머리를 돌렸다.

끝없이 이어지는 움직임, 불안한 동작들은 요동하는 바다에서 의지할 곳 없는 인간과 인간의 작품들로 전이되고 있었다. 모든 것이 빨리, 명확하게, 상세하게 설명할 것을 촉구하고 있었다. 하지만 화부는 무엇을 했던가? 그는 땀에 뒤범벅이 되어 이야기를 하고 있었다. 창틀 위의 서류들은 손이 떨려서 더 이상 들고 있지 못했다. 화부에겐 슈발에 관한 불만이 사방에서 밀물처럼 몰려왔고, 그중 하나만으로도 슈발이란 작자를 완전히 매장하기에 충분하다고 생각되었다. 그러나 그가 선장에게 내보일 수 있었던 것은 모든 것이 뒤죽박죽인 혼란스러운 이야기들뿐이었다. 대나무 막대를 든 남자는 한참 전부터 천장을 향해 나지막하게 휘파람을 불고 있었고, 항만청의 남자들은 자신들의 탁자에 항해사를 앉혀 놓고는 놓아줄 기색이 없었으며, 경리주임은 당장이라도 끼어들고 싶었지만 선장이 느긋하게 앉아 있었으므로 참고 있는 것이 역력했다.

사환은 열중쉬어 자세로 선장이 화부와 관련된 명령을 내릴 순간을 기다리고 있었다. 카를은 가만히 있을 수가 없었다. 그는 천천히 사람들이 있는 쪽으로 걸어가면서 어떻게 하면 이 일을 무난하게 처리할 수 있을까 생각했다. 한데 지금이야말로 가장 적절한 순간이었다. 조금만 더 있으면 두 사람은 아마 사무실에서 쫓겨날 것 같았다. 선장은 정말 좋은 사람인 것 같았다. 그는 드디어 상사로서의 공평한 면모를 드러낼 상황이 주어졌지만, 역시 그는 마음대로 주무를 수 있는 사람이 아니었다. 한편 화부는 물론 극도로 격앙된 상황이긴 했지만 선장을 마음대로 주무르려고 하고 있었다. 그래서 카를은 화부에게 이렇게 말했다.

"더 간단하게 설명하셔야 합니다. 보다 명확하게 말입니다. 지금처럼 설명하시면 선장님께서 당신의 말을 인정하실 수 없습니다. 선장님께서 어떻게 기관사나 사관들의 이름이나 세례명을 모두 아시겠습니까? 그러니 그렇게 이름이며 세례명을 언급하며 이야기를 하면 선장님께선 그 사람이 누군지 알 수 없을 겁니다. 당신의 고충을 정리해서 그중 가장 중요한 것을 먼저 말씀드리고 나머지 것들은 그 다음에 차례차례 설명 드리십시오. 그렇게 하면 아마 사람들의 이름을 그렇게 많이 언급할 필요도 없어질 겁니다. 제게는 아주 명확하게 설명하셨지 않습니까!"

'미국에서는 가방도 훔쳐 가고, 가끔 거짓말도 할 수 있겠지…….' 카를은 그런 생각을 했다. 카를의 말이 도움이 되긴 했을까? 하지만 벌써 너무 늦은 것이 아닐까? 화부는 낯익은 목소리가 들리자 즉시 이야기를 중단했다. 하지만 남자로서 자존심이 짓밟힌데다가 끔찍한 기억들이 되살아났고, 곤경을 겪고 있는 자신을 생각하자 눈물이 글썽해져서 카를이 제대로 보이지도 않았다.

이제 와서 어떻게 갑자기 어투를 바꾼단 말인가! 해야 할 말들을 모두 한 것 같은데, 그 누구의 호응도 받지 못했다. 그런데 안타까운 것은 정작 하고 싶은 말은 아직 한 마디도 못한 것 같은데 높으신 분들에게 그 모든 이야기를 들어달라고 할 수조차 없었다. 그런 상황에서 그의 유일한 추종자인 카를이 끼어들어 훌륭한 가르침을 주려 했지만 결국은 모든 것이 끝장났다는 것을 알려준 것이다.

'창밖을 내다보는 대신 좀 더 일찍 왔다면 좋았을걸.'

카를은 모든 희망이 사려졌다는 표시로 화부 앞에 고개를 숙이고, 두 손으로 바지 솔기를 매만지며 생각했다. 하지만 화부는 그런 카를을 오해했다. 카를이 은밀히 자신을 비난하고 있다고 생각한 것 같았다. 그래서 자신의 입장을 설명하려는 좋은 의도에서 카를과 언쟁을 벌이는 어리석은 행동을 시작했다.

그것도 둥근 탁자에 앉은 남자들이 의미 없는 소음으로 자신들의 중요한 작업을 방해받은 데 대해 한참 전부터 화가 나 있었고, 경리주임은 선장의 인내심을 이해할 수 없어 당장이라도 폭발할 기세이며, 사환은 높으신 분들의 영역으로 다시 들어와 화부에게 거친 눈길을 던지고 있었으며, 선장까지도 가끔씩 친절한 눈으로 건너다보던 대나무 막대를 가진 남자는 화부를 완전히 무시하였으며, 아니 불쾌한 내색을 드러내며 작은 메모장을 꺼내어 (그는 전혀 다른 일에 몰두하고 있는 것이 분명했다) 메모장과 카를을 번갈아 보고 있는 지금 말이다.

"알고 있어요. 그래요, 압니다."

카를은 그렇게 말하며, 자신을 향해 쏟아지는 화부의 장광설을 막으려 애를 섰지만 말다툼 중에도 화부를 향해 친절한 미소를 보내는 것을 잊지 않았다.

"당신 말이 맞아요. 맞고말고요. 그 점에 대해 전혀 의심하지 않습니다."

카를은 얻어맞을까 봐 화부가 내젓는 손을 붙잡고 싶었다. 아니, 그보다는 아무도 듣지 못하게 그를 한쪽 구석으로 데리고 가서 마음을 안정시켜 줄 말을 나직이 속삭여 주고 싶었다. 하지만 화부는 완전히 평정심을 잃고 있었다. 카를은 최악의 경우 절망에 빠진 화부가 여기 있는 일곱 명의 남자 모두를 제압할 수도 있겠다는 생각을 하며 약간의 위안을 삼았다. 눈길을 돌리자 책상 위에는 전선이 연결된 많은 누름단추들의 판이 놓여 있었다. 한 손으로 그 단추들은 누르기만 하면 통로마다 적대적인 사람들로 가득 찬 배 전체에 폭동을 일으킬 수 있을 것이다.

그때 지금까지 완전히 무관심한 태도를 보이던 대나무 막대를 든 남자가 카를에게로 다가와서 낮지만 화부의 고함소리를 누를 수 있을 만큼 분명한 목소리로 물었다.

"한데 당신의 이름은 뭡니까?"

그 순간 문 뒤에서 이 남자의 말을 기다리기라도 한 것처럼 노크 소리가 들려왔다. 사환이 선장을 건너다보자, 선장은 고개를 끄덕였다. 그러자 사환이 가서 문을 열었다. 문밖에는 낡은 예복을 입은 중간 정도 키의 남자가 서 있었다.

그는 외모로 보아서는 기계를 만지는 일에 적합하지 않은 사람처럼 보였지만, 그 남자가 바로 슈발이었다. 선장을 비롯한 모든 사람들의 눈에 어느 정도 흡족한 빛이 떠올랐다.

카를은 그들의 눈초리에서 그가 슈발이라는 사실을 몰랐다고 해도, 팔을 쭉 내뻗은 채 주먹을 불끈 쥐고 있는 화부의 모습을 보았을 때는 그가 틀림없는 슈발이라는 사실을 알수 있었다. 화부는 세상에서 주먹을 불끈 쥐고 있는 것이 가장 중요한 일인 것처럼, 그것을 위해서 전 인생을 걸 수 있을 것처럼 보였다. 지금 거기에는 그의 모든 힘, 똑바로 서 있을 수 있는 힘까지도 들어 있다. 그런 그의 앞에 적이 늠름한 예복 차림으로 화부의 임금지급표와 작업증명서로 보이는 장부책을 팔에 끼고 거리낌없이 나타난 것이다. 그는 무엇보다 먼저 거기 있는 사람들의 기분을 확인하려는 듯이 바라보며 한 사람 한 사람의 눈을 차례차례 바라보았다.

거기에 있는 일곱 남자들은 이미 그의 편이었다. 선장이 조금 전 그에게 불만을 표시했거나 어쩌면 그런 척했다고 해도, 화부에게 괴롭힘을 당한 지금에 와서는 슈발을 비난할 마음이 조금도 없는 것처럼 보였다. 화부와 같은 남자는 아무리 엄하게 다룬다고 해도 지나치지 않을 것이며, 슈발을 질책해야 할 것이 있다면 그가 그동안 화부의 괴팍한 성격을 완전히 꺾어 놓지 못하여 감히 선장 앞에 나서기까지 하도록 만들었다는 점이었다.

화부와 슈발의 대결은 어쩌면 상급 공청회에서 얻을 수 있는 효과와 같은 것이었다. 슈발이 아무리 자신의 속마음을 잘 숨긴다고 해도 끝까지 버티지는 못할 것이다. 그의 사악함이 언뜻 비치기만 해도 그곳에 있는 높은 사람들이 충분히 알아차릴 수 있을 것이었다. 카를은 일이 그렇게 되도록 할 것이다. 카를은 그 자리에 있는 신사들 개개인의 예리한 감각이며 약점, 성향 등을 이미 파악하고 있었다. 그렇게 생각하자 이제까지 이곳에서 보낸 시간도 그다지 헛된 것이 아니었다. 화부가 좀 더 일을 잘 해냈다면 좋았겠지만, 안타깝게도 싸울 능력을 완전히 상실한 것 같았다. 화부는 슈발을 데려온다면 그 밉살맞은 머리통을 주먹으로 한 대 치고 싶었다. 하지만 이제는 슈발에게로 몇 걸음 걸어가는 것조차 어려울 지경이었다.

결국은 슈발이 자발적으로건 선장이 불러서건 오고야 말 것이라는 것은 예견할 수 있는 일인데, 카를은 왜 그걸 예상하지 못했을까! 왜 여기까지 오면서 화부와 전략을 논의하지 않고 다짜고짜 들어왔단 말인가! 대체 화부는 이야기나 제대로 할 수 있을까?

물론 가장 유리한 상황과 마주하게 되겠지만 반대심문이 가해지면 "예"나 "아니오"라고 말할 수나 있을까? 화부는 다리를 벌린 채 서 있었는데, 무릎에는 힘이 빠졌고, 머리는 약간 들려 있었다. 공기가 그의 벌어진 입을 통해 들락날락하는 것을 보니 공기를 가공하는 폐가 몸 안에 없는 것 같았다. 하지만 반대로 카를은 힘이 마구 솟아나며 머리까지 맑아지는 것을 느꼈다.

고향에 있을 때는 한 번도 느껴보지 못한 기분이었다. 그가 낯선 나라에서 명망 있는 인사들을 앞에 두고 선을 위해 싸우고 있는 걸 부모님들이 볼 수 있다면! 최후의 정복은 차치하고 아직 승리도 못했지만 부모님은 그에 대한 생각을 바꿔 주지 않을까? 그를 자신들 사이에 앉히고 칭찬해 주지 않을까? 부모님은 그렇게 타인을 위해 헌신하는 그의 눈을 한번쯤, 한번쯤 찬찬히 들여다봐 줄까? 부적절한 의문들…… 그리고 그런 의문들을 제기하기에 부적절한 순간!

"제가 여기에 온 것은 화부가 무슨 일인가를 꼬투리로 잡고 제가 부정직하다는 것을 고발하고 있다고 생각되어서입니다. 주방에서 일하는 한 아가씨가 화부가 이리로 오는 것을 봤다고 하더군요. 선장님, 그리고 여기 계신 신사 여러분! 저는 어떤 내용이건 제가 가지고 온 서류를 근거로, 그리고 필요한 경우에는 문 밖에 있는 객관적이고 편견 없는 증인들의 발언을 통해 반박할 준비가 되어 있습니다."

슈발이 말했다. 그것은 물론 남자다운 명쾌한 발언이었고, 그 말을 들은 사람들의 표정이 바뀌는 것으로 보아 그들도 오랜만에 인간다운 발언을 듣게 되었다고 생각하는 것 같았다. 하지만 그들은 이 멋진 발언에 빈틈이 숨어 있다는 것을 알아차리지 못했다.

왜 슈발은 일과 관련하여 '부정직함'이란 말을 가장 먼저 떠올렸을까? 그는 왜 민족적 편견이 아니라 부정직함을 비난하고 싶었던 것일까? 화부가 사무실로 가는 걸 주방의 아가씨가 보았다고 했을 때 슈발은 즉시 그 생각을 했던 것이다. 그가 신경을 곤두세우고 있었던 것은 죄의식 때문이 아닐까? 게다가 증인들까지 곧 데려왔고, 그 증인들이 객관적이고 편견 없는 사람들이라고 하지 않는가?

이건 분명한 속임수다. 그런데 이 신사들은 그런 속임수를 눈감아 주는 것은 물론이고, 그것이야말로 정말 적절한 행동이라고 칭찬해 주다니! 주방 아가씨의 보고를 받고 여기 나타날 때까지 왜 그렇게 오랜 시간이 필요했단 말인가. 그것은 화부가 사람들을 지치게 하여 점차 명확한 판단력을 잃게 만들려는 것 이외의 다른 목적은 없었다. 슈발은 무엇보다도 명확한 판단력을 두려워했기 때문이다. 그는 벌써 오래 전부터 문 밖에서 기다리고 있었음이 분명한데 왜 이제야 노크를 했을까? 아까 저 신사가 중요하지 않은 질문을 던지는 순간 화부는 이미 끝장났던 게 아닐까? 모든 것이 명백했다.

슈발도 (자신의 의지와는 달리) 모든 사실을 분명히 드러냈다. 하지만 여기 있는 신사들에게는 보다 구체적으로 보여

쥐야 했다. 그들에겐 충격이 필요했다. 그렇다면 카를, 서둘러라! 바로 그때 선장이 손짓으로 슈발을 제지했고, 슈발은 즉시 그의 발언 기회가 잠시 연기된 것으로 보였기 때문에 한편으로 물러나 그의 편이 된 사환과 나직하게 이야기를 나누며 화부와 카를을 곁눈질하며 자신만만한 손놀림을 했다. 슈발은 그런 식으로 다음 번 연설을 준비하는 것 같았다.

"야콥 씨, 저 젊은이에게 뭔가 물어보려 하지 않으셨습니까?"

조용한 가운데 선장이 대나무 막대를 든 남자에게 말했다.

"물론입니다."

대나무 막대를 든 남자가 가볍게 고개를 숙여 그의 배려에 감사를 표하며 말했다. 그러고는 카를에게 다시 물었다.

"그런데 당신 이름이 뭡니까?"

카를은 단막극과도 같은 이 남자의 집요한 질문에 빨리 대답하는 것이 본건에 유리하다는 생각에서 여권을 보여 주지는 않았다. 여권을 찾으려면 시간이 걸리기 때문이었다.

"카를 로스만입니다."

"그렇다면……."

야콥이라고 불린 남자는 믿을 수 없다는 듯한 미소와 함께 한 걸음 뒤로 물러서면서 말문을 열었다. 선장과 경리주임, 항해사, 사환까지도 카를의 이름을 듣고 크게 놀라는 표정이 역력했다. 항만청 소속의 신사들과 슈발만이 무관심한 태도를 보였다.

"그렇다면."

야콥 씨가 다시 입을 열어 약간 경직된 걸음걸이로 카를을 향해 걸어왔다.

"내가 네 외삼촌 야콥이다, 나의 귀여운 조카야! 어쩐지 처음부터 그런 예감이 들었지."

그는 선장을 바라보며 그렇게 말한 다음, 카를을 얼싸안고 입까지 맞췄다. 카를은 아무 말 없이 그가 하는 대로 놓아두었다.

"성함이 어떻게 되세요?"

포옹에서 풀려나자 카를은 매우 공손했지만 아무런 감정도 섞이지 않은 목소리로 물었다. 그는 이 새로운 사건이 화부에게 미치게 될 영향을 골똘히 계산했다. 슈발이 이 사건으로 덕을 볼 수 있을 것 같은 조짐은 일단 없었다.

"젊은이, 자네가 얼마나 운이 좋은지 모르겠나?"

카를의 질문으로 야콥 씨의 품위가 손상되었다고 생각한 선장이 말했다. 야콥 씨는 자신의 흥분한 얼굴을 다른 사람들에게 보이지 않으려고 손수건으로 얼굴을 감싼 채 창가로 몸을 돌렸다.

"지금 자네의 외삼촌이라고 밝히신 분은 에드워드 야콥

상원의원이시네. 눈부신 앞날이 자네를 기다리고 있어. 아마 자네가 지금까지 기대했던 것과는 전혀 다를 것이네. 처음이라 어리벙벙하겠지만 잘 좀 생각해 보게. 그리고 정신 차리게!"

"미국에 야콥 외삼촌이 계시긴 하지만……."

카를은 선장을 보며 말했다.

"하지만 제가 오해한 것이 아니라면 야콥은 상원의원님의 성이지 않습니까?"

"그렇다네."

선장이 기대에 차서 말했다.

"하지만 제 어머니의 오빠이신 야콥 외삼촌은 세례명이 야콥이고, 성은 물론 제 어머니의 성과 같아야 합니다. 제 어머니의 결혼 전 성은 벤델마이어입니다.

"여러분!"

창가에서 잠시 마음을 가라앉힌 상원의원이 명랑한 모습으로 되돌아와 카를의 설명과 관련하여 이야기를 시작했다. 항만청 관리를 제외한 모든 사람들이 웃음을 터뜨렸는데, 그중에는 감동을 받은 듯한 사람들도 있었고 사정을 잘 몰라서 웃는 사람들도 있었다.

"내 말은 그렇게 우스운 말이 아니었는데……."

카를이 생각했다.

"여러분!"

상원의원이 다시 말을 이었다.

"제가 의도한 바도 아니고 여러분이 의도한 바도 아니지만 여러분께선 간략한 가족 드라마를 보시게 되었습니다. 따라서 여러분께 설명을 드리지 않을 수가 없군요. 왜냐하면 제 생각으로는 선장님만이 모든 사정을 알고 계시리라고 믿기 때문입니다."

그 대목에서 선장과 상원의원은 서로 고개를 숙여 인사를 나눴다.

'이제는 정말 한 마디 한 마디 주의해서 들어야 해.'

카를은 그렇게 생각하며 곁눈질로 보니 화부가 다시 원기를 되찾기 시작한 같아서 기뻤다.

"미국에 오랫동안 체류하면서 (체류란 단어는 몸과 마음을 다해 미국 시민이 된 제겐 어울리지 않지만) 저는 유럽의 친척들과는 완전히 결별하고 살았습니다. 그렇게 된 이유는 첫째 여기서 말씀드릴 성질의 것이 아니고, 둘째 그 이야기를 하자면 정말 아주 오래 된 옛날 일까지 거슬러가야 하기 때문입니다. 제 사랑스런 조카에게 그 이야기를 해야 할 순간이 올까 봐 두려울 정도입니다. 그때는 유감스럽게도 조카의 부모와 그 일가친척에 관해서도 솔직히 털어놓아야겠지요."

'외삼촌이야, 틀림없어. 아마 이름을 바꿨을 거야.'

카를은 그렇게 생각하며 귀를 기울였다.

"내 사랑스런 조카는 그 부모로부터 (단도직입적인 표현을 쓴다면) 쫓겨났습니다. 귀찮은 고양이를 내다 버리듯이 말입니다. 저는 조카가 그런 벌을 받을 수밖에 없는 일을 저지른 것을 미화할 생각은 조금도 없습니다. 하지만 그가 저지른 죄라는 것도 잘못했다는 말만으로 용서받을 수 있는 사소한 실수였습니다."

'그럴 듯하군. 하지만 외삼촌이 모든 사람들에게 그 이야기를 하는 건 싫어. 게다가 외삼촌은 그 일을 몰랐을 텐데. 대체 어떻게 알았을까?'

"제 조카는 그러니까……."

외삼촌은 몸을 굽혀 대나무 막대에 기댔다. 그러자 이런 경우 늘 생겨나는 불필요한 엄숙함을 확실히 제거할 수 있었다.

"제 조카는 하녀의 유혹에 빠졌습니다. 그 하녀는 35세로 요한나 브룸머입니다. '유혹에 빠졌다'란 표현으로 제 조카에게 상처를 줄 생각은 조금도 없습니다만 달리 적절한 단어를 고르기가 쉽지 않군요."

벌써 외삼촌 가까이 다가온 카를은 이제 몸을 돌려 외삼촌의 이야기가 다른 사람들에게 미친 영향을 살폈다. 아무도 웃지 않았다. 모두가 침착하고 진지하게 경청하고 있었다. 사실 상원의원의 조카를 처음 만난 자리에서 비웃을 사람은 아무도 없을 것이다. 다만 화부가 카를을 바라보며 살며시 미소를 지은 것 같았는데, 그것은 새로운 생동감의 표시로 다행스럽기도 했지만 카를이 선실 안에서 특별한 비밀로 간직하려 했던 이야기가 이제 공공연히 알려져 버렸으니, 그가 미소를 짓은 것도 용서할 수 있는 일이었다.

"그런데 그 브룸머란 여자는……."

외삼촌은 이야기를 계속했다.

"제 조카의 아이를 낳았습니다. 건강한 사내아이로 야콥이란 이름으로 세례를 받았고요. 틀림없이 부족한 저를 염두에 둔 이름 같은데, 제 조카가 별다른 생각 없이 제 이야기를 조금 들려준 것에 큰 감명을 받았던 것 같습니다. 천만다행으로 말입니다. 왜냐하면 조카의 부모는 양육비 부담이나 스캔들에 휘말리는 것을 피하려고 (저는 그곳의 법률 사정이나 조카 부모의 여러 형편은 모르고 있습니다. 이 점은 분명히 해두고 싶습니다.) 그러니까 양육비 부담과 스캔들을 피하려고 아들인 제 사랑스런 조카를 미국으로 보내 버린 것입니다. 그것도 제대로 준비도 갖추지 않고 무책임하게 말입니다. 만일 그 하녀가 제게 보낸 편지에 (그 편지도 오랫동안 이리저리 헤매고 다니다가 그저께 제 손에 들어왔습니다만) 그 모든 사건의 전말과 제 조카의 생김새, 그리고 영리하게도 배의 이름을 적지 않았더라면 의지할 곳 하나 없는 이 젊은 이는 뉴욕 항구의 뒷골목에서 그만 시들고 말았을 겁니다. 여러분! 여러분을 즐겁게 해 드릴 목적이라면 여기서 이 편지의 몇 토막을 읽어야 할 것입니다.

외삼촌은 빽빽하게 쓴 두 장의 커다란 편지지를 꺼내 흔들어 보였다.

"이 편지는 좋은 의도이긴 하지만 단순한 계산과 아이 아버지에 대한 사랑으로 쓴 것이므로 분명히 감동적일 것입니다. 하지만 저는 여러분께 모든 저간의 사정을 밝히는 데 필요 이상의 오락을 제공할 마음이 없고, 또 제 조카와 처음 대면하는 자리에서 그의 마음속에 아직 남아 있는 감정을 다치게 하고 싶지도 않습니다. 제 조카를 위해 마련해 놓은 조용한 방에서 이 편지를 읽으며 교훈을 얻을 수 있을 겁니다."

하지만 카를은 그 여자에 대해 특별한 감정이 없었다. 점점 사라져가는 과거의 회상 속에서 그녀는 부엌의 찬장에 팔꿈치를 괴고 앉아 있었다.

카를이 아버지가 마실 물을 가지러 가거나 어머니의 심부름을 하기 위해 이따금씩 부엌에 가면 그녀는 카를을 가만히 바라보았다. 그녀는 때때로 찬장 옆에서 불편한 자세로 편지를 쓰다가 카를의 얼굴을 보고 무엇인가 새로운 생각을 떠올리곤 했다. 손으로 얼굴을 가리고 있기도 했는데, 그런 때에는 불러도 소용이 없었다. 그녀는 가끔 부엌 옆에 있는 자신의 좁은 방에서 무릎을 꿇고 앉아 나무 십자가를 향해 기도를 하기도 했다. 그러면 카를은 조금 열린 문틈으로 그녀의 모습을 조심스럽게 쳐다보았다. 또 어떤 때는 부엌을 이리저리 뛰어다니다가 카를이 길을 막으면 마녀처럼 깔깔 웃으며 뒤로 물러서곤 했다. 또 카를이 부엌에 있을 때면 부엌문을 잠그고 나가게 해달라고 청할 때까지 문의 손잡이를 붙잡고 있었다.

어떤 날은 카를이 전혀 원하지도 않는 물건을 가지고 와서 아무 말 없이 카를의 손에 쥐어 주기도 했다. 한번은 얼굴을 찌푸리고 한숨을 쉬며 "카를!" 하고 부르는 바람에 깜짝 놀란 카를을 자신의 방으로 끌고 가서는 문을 잠갔다. 목이 졸리도록 카를의 목을 힘차게 끌어안은 그녀는 옷을 벗겨 달라고 부탁하면서, 실제로는 카를의 옷을 벗겨 자신의 침대에 눕혔다. 마치 지금부터는 누구에게도 그를 내주지 않고 이 세상이 끝날 때까지 쓰다듬으며 사랑하고 싶다는 듯 말이다.

그녀는 그를 차지한 것을 확인한 듯이, "카를! 오! 나의 카를!" 하고 소리쳤지만 그는 아무것도 볼 수 없었고, 그녀가 그를 위해 따뜻하게 만들어 놓은 침구가 불편하기만 했다. 그 뒤 그녀도 그의 곁에 몸을 눕히고 그에게서 어떤 비밀을 알아내려 했지만 그는 아무 말도 할 수 없었다. 그녀는 장난인지 진짜인지 모르게 화를 내며 그를 흔들어 댔고, 그의 심장 소리를 들으며, 카를에게도 자신의 심장 소리를 들으라고 가슴을 내밀어 주었지만 카를은 반응을 보이지 않았다. 그녀는 벌거벗은 자신의 배를 카를의 몸에 대고 누르며, 손으로는 카를의 두 다리 사이를 더듬었으며 (이때 카를은 너무 불쾌하여 머리와 목을 베개에서 빼내어 흔들었다) 자신의 배를 서너 번 카를에게 밀착시켰다. 카를에게는 그녀가 벌써 그의 몸의 일부가 된 것처럼 느껴졌다. 순간 그 때문에 엄청나게 두려웠다. 그녀는 다시 만나자는 말을 수없이 했고, 카를은 울면서 자신의 침대로 돌아왔다. 그게 전부였다. 그런데 외삼촌은 그걸 가지고 거창한 이야기를 지어낸 것이었다. 그러니까 그녀는 카를을 생각하고 외삼촌에게 그의 도착을 알린 것이다. 그녀 덕분에 일이 잘되었으니 카를은 언젠가 그 은혜를 갚을 것이다.

"그래, 이제 내가 네 외삼촌인지 아닌지 네게서 확인받고 싶구나."

상원의원이 말했다.

"당신은 제 외삼촌입니다." 카를이 이렇게 말하며 그의 손에 입을 맞추자 그는 카를의 이마에 입을 맞춰 주었다. "외삼촌을 만나게 되어 무척 기쁩니다. 하지만 외삼촌이 생각하시는 것처럼 제 부모님들이 외삼촌에 대해 늘 나쁘게만 말씀하신 것은 아닙니다. 그리고 외삼촌의 이야기 중에는 몇 가지 틀린 점이 있는데, 다시 말해서 일이 그런 식으로 일어나지는 않았다는 겁니다. 하지만 이곳에 계신 외삼촌께서는 사정을 정확히 판단하실 수 없을 겁니다. 또 여기 계신 신사분들은 별 관계도 없는 일의 상세한 부분을 조금 잘못 알고 있다고 해서 특별히 문제가 되지는 않을 것입니다.

"정말 말을 잘하는구나."

상원의원은 그렇게 말하며 눈에 띄게 관심을 보이는 선장에게 카를을 데리고 가서 다음과 같이 물었다.

"제 조카 정말 멋지지 않습니까?"

"상원의원님, 조카분을 알게 되어 정말 기쁩니다. 저희 배에서 이 같은 해후가 이루어지다니 큰 영광입니다."

선장이 고개를 숙여 인사를 하며 말했다. 그런 인사는 군대 교육을 받은 사람만이 할 수 있는 것이었다.

"3등 선실은 아마 불편했을 겁니다. 하지만 어떤 분이 승선하고 계신지 저희가 어떻게 알겠습니까? 저희는 3등 선실의 손님들이, 예를 들어 미국 배를 이용할 때보다 훨씬 편하게 여행할 수 있도록 가능한 모든 노력을 다하고 있습니다. 3등 선실에서 항해를 즐길 수 있기에는 아직도 미흡한 점이 많습니다."

"전혀 불편하지 않았습니다."

카를이 말했다.

"불편하지 않았답니다."

상원의원이 큰소리로 웃으면서 반복했다.

"다만 제 여행 가방이 없어졌을까 봐 걱정입니다."

그 말을 하자 이제까지 일어난 일, 그리고 앞으로 남은 일들이 모두 기억나서 카를은 주위를 둘러보았다. 모두가 존경심과 놀라움에 찬 눈으로 그를 바라보며 서 있는 것이 보였다. 항만청 관리들만이 엄격하고 자족적인 얼굴을 하고 있는 것으로 보아, 이토록 부적절한 때에 온 것을 유감스럽게 생각하고 있는 것 같았다. 지금은 그들 앞에 놓인 회중시계만이 지금까지 이 방 안에서 일어났고, 어쩌면 앞으로 일어날 수 있는 모든 일보다 더 중요했다. 선장 다음으로 관심을 표명한 첫 번째 사람은 화부였다.

"진심으로 축하합니다."

그렇게 말하며 카를과 악수를 했는데, 그렇게 함으로써 칭찬의 의미를 전달하려는 것 같았다. 그리고 나서 화부는 상원의원에게도 축하의 말을 하려고 했는데, 상원의원은 화부가 주제넘은 행동이라도 했다는 듯 뒤로 한 걸음 물러섰다. 그러자 화부도 즉시 그만두었다. 그러나 이제 다른 사람들도 어떻게 행동해야 할지 알게 되었으므로 모두가 카를과 상원의원을 둘러싸고 소란을 피웠다. 그래서 카를은 슈발의 축하인사까지 받고 답례 인사도 하게 되었다.

다시 조용해졌을 때, 항만청 직원들이 마지막으로 다가와 영어로 한두 마디 했는데, 그것은 우스꽝스러운 인상을 주었다. 상원의원은 자신의 기쁨을 온전히 즐기고 싶어서 대수롭지 않은 일까지 기억하여 사람들에게 들려주었는데, 물론 모두가 상원의원의 이야기를 수긍했을 뿐만 아니라 흥미를 보이며 경청했다.

예를 들어 그는 하녀의 편지 속에 씌어 있는 카를의 독특한 인상착의를 혹시 필요할 때 즉시 볼 수 있도록 수첩에 적어 두었다고 들려주었다. 그래서 화부가 듣기 거북한 장광설을 늘어놓는 동안 수첩을 꺼냈고, 하녀가 기록한 그다지 정확하지 않은 내용을 장난삼아 카를의 외모와 비교해 보았던 것이다.

"이렇게 조카를 찾아내다니요!"

선장은 다시 한 번 축하를 받으려는 상원의원을 향해 그렇게 이야기를 끝냈다.

"이제 화부님은 어떻게 되는 겁니까?"

외삼촌의 이야기가 끝나자 카를이 물었다. 카를은 이제 전과는 다른 위치에 있었으므로, 생각하는 바를 모두 말해도 좋을 것 같았다.

"마땅히 받아야 할 것을 받게 되겠지."

상원의원이 말했다.

"그리고 선장님께서 적당하다고 생각하는 대우를 해 드릴 거야. 우리는 화부의 이야기를 충분히, 지나치게 충분히 들었다고 생각되는데, 아마 여기 계신 모든 신사분들도 같은 의견일 거야."

"하지만 정의가 문제될 때 그건 중요하지 않습니다."

카를이 말했다. 카를은 외삼촌과 선장 사이에 서 있었는데, 어쩌면 그 위치의 영향을 받아서 자신에게 결정권이 있다고 믿었다. 하지만 화부는 더 이상 아무 희망도 걸고 있지 않은 것 같았다. 그는 두 손을 바지 벨트 안에 반쯤 찔러 넣고 있었는데, 흥분된 몸동작으로 인해 바지 벨트와 줄무늬 셔츠가 드러나 보였다. 하지만 그는 조금도 개의치 않았다. 자신의 고통을 모조리 털어놓았으니, 몸에 걸친 누더기를 조금 보인다고 그게 무슨 대수인가! 이제 사람들은 그를 밖으로 떠메고 갈 것이다. 여기 있는 사람들 가운데 가장 신분이 낮은 사환과 슈발이 자기를 밖으로 내몰고 가는 최후의 친절을 보이게 될 것이다. 그러면 슈발은 편안해질 것이고, 경리 주임의 말처럼 절망에 빠지는 일은 더 이상 없을 것이다.

선장은 루마니아인만 고용할 것이며, 어디서나 루마니아어로 이야기하게 될 것이다. 그러면 아마 모든 것이 정말 더 나아질 것이다. 어떤 화부도 경리실에서 떠들어 대지 않을 것이며, 그의 마지막 장광설은 상원의원이 분명히 선언한 것처럼 조카를 찾게 된 간접적인 계기를 제공했으므로, 즐거운 기억으로 간직될 것이다. 아무튼 그 조카는 화부를 위해 이미 여러 번 애를 섰으므로, 그를 다시 찾게 해준 화부의 공로는 이미 충분히 갚은 터였다. 화부도 상원의원의 조카에게 더 이상 무엇인가를 요구할 생각은 없었다. 게다가 그가 상원의원의 조카라고 해도 선장이 된 것은 아니잖은가!

선장의 입에서 결국은 부정적인 말이 떨어질 것이다. 그런 카를의 생각처럼 화부도 카를을 건너다볼 생각은 하지 않았지만 적들로 가득한 이 방 안에서 유감스럽게도 달리 눈을 둘 곳이 없었다.

"상황을 오해하지 말게."

상원의원이 카를에게 말했다.

"정의도 중요하지만 그에 못지않게 규율도 중요하거든. 정의와 규율, 특히 이곳의 규율은 선장님의 판단에 달렸어."

"그렇지."

화부가 중얼거렸다. 그의 말이 무얼 뜻하는지 이해한 사람들이 낯선 미소를 지었다.

"게다가 배가 뉴욕에 막 도착한 때라 틀림없이 엄청나게 많은 업무가 산적해 있을 선장님을 우리가 지나치게 지체하게 만들었으니, 지금이야말로 하선하기에 가장 적당한 순간일세. 게다가 쓸데없이 참견을 하여 두 기관사의 하찮은 다툼을 큰 사건으로 만들지는 말아야겠지. 나는 네 행동 방식을 잘 알고 있어. 그러니까 너를 빨리 이곳에서 데리고 나가는 게 옳다고 생각해."

"저는 즉시 두 분을 위해 이 보트에서 내리도록 하겠습니다."

선장이 외삼촌의 말에 조금도 이의를 제기하지 않으며 이렇게 말하자 카를은 놀랐다. 외삼촌의 말은 의심할 여지없이 겸손의 표현으로 이해될 수 있었기 때문이다. 경리주임이 황망히 책상으로 가서 선장의 명령을 수부장에게 전달했다.

'시간이 촉박하군.' 카를이 생각했다. '하지만 여기 있는 모든 사람들의 감정을 상하게 하지 않고서는 아무 일도 할 수 없어. 외삼촌이 나를 겨우 찾아냈는데, 혼자 보내드릴 수는 없어. 그리고 선장은 예의바르기는 하지만 더 이상을 바랄 수는 없군. 규율 문제가 제기될 때는 예의도 한계가 있지. 외삼촌은 분명 선장의 마음을 꿰뚫어보고 말씀하신 거야. 슈발과는 말하고 싶지 않아. 그와 악수를 한 것까지 후회가 되는군. 여기 있는 다른 사람들은 모두가 쓰레기야.'

카를은 그런 생각을 하며 화부에게 천천히 걸어갔다. 그리고 그의 오른손을 혁대에서 빼내어 자기 손 안에 넣고 만지작거리며 말했다.

"왜 아무 말씀도 안 하세요? 왜 그 모든 걸 참고 계시죠?"

화부는 무슨 말을 해야 좋을지 생각하는 것처럼 이마를 찌푸리기만 했다.

그러고는 카를의 손과 자신의 손을 내려다보았다.

"당신은 이 배 안의 누구도 당해 본 적이 없는 부당한 일을 겪었습니다. 제가 잘 알고 있어요."

카를은 자신의 손가락을 화부의 손가락 사이에 끼웠다 뺐다 했다. 화부는 말할 수 없는 기쁨을 맛보며, 아무도 자신의 기쁨을 비난할 수 없다는 듯 눈을 반짝이며 사방을 둘러보았다.

"스스로를 지켜야 합니다. '예'와 '아니오'를 분명히 말해야 해요. 그러지 않으면 사람들은 진실을 전혀 알 수 없습니다. 제 말대로 하겠다고 약속해 주세요. 저는 여러 가지 사정이 있어서 유감스럽게도 더 이상 도와드릴 수 없을 것 같습니다."

카를은 화부의 손에 입을 맞추고 그 갈라진, 생기 없는 손을 어쩔 수 없이 포기해야 하는 보물이나 되는 양 자기 뺨에 대고 누르며 울었다. 하지만 상원의원인 외삼촌이 벌써 그의 곁으로 와서 가볍게 그를 잡아 끌며 데려갔다.

"저 화부에게 반한 것 같구나."

상원의원이 말하며 카를의 머리 너머 선장에게 의미 있는 시선을 보냈다.

"네가 버림받았다고 느꼈을 때 저 화부를 만났기 때문에 고마움을 느끼는 거야. 그건 기특한 일이지. 하지만 나를 생각해서라도 너무 지나친 행동은 삼가라. 네 위치도 있지 않느냐."

문 밖에서 시끄러운 소리가 들렸다. 외치는 소리가 들리는가 하면, 누군가 거칠게 문에 몸을 부딪히는 소리 같은 것도 들렸다. 한 선원이 안으로 들어왔다. 약간 거칠게 보이는 그는 여자들이 입는 앞치마를 두르고 있었다.

"밖에 사람들이 있습니다."

선원은 아직도 군중 속에 끼여 있는 것처럼 발꿈치를 쿵쿵거리며 소리쳤다. 마침내 그는 정신을 차리고 선장 앞에 서서 경례를 하려 했는데, 그때 자신이 두르고 있는 앞치마를 보았다. 그는 그걸 잡아당겨 바닥에 내동댕이치고는 큰 소리로 말했다.

"정말 구역질나는 일입니다. 저들이 제게 앞치마를 둘러 놓았습니다."

그러고 나서 그는 구두 뒤축을 딱 붙이고 경례를 했다. 누군가 웃으려 했지만 선장이 엄격한 목소리로 말했다.

"기분이 좋은 모양이군. 그런데 대체 누가 밖에 있나?"

"제 증인들입니다."

슈발이 앞으로 나서며 말했다.

"저들의 부적절한 행동에 진심으로 용서를 빕니다. 항해가 끝나면 미친 사람처럼 날뛰는 족속들이 있습니다."

"즉시 들어오도록 하게!"

선장이 명령을 했다. 그러고는 상원의원에게 몸을 돌리고 공손하지만 성급한 어조로 말했다.

"존경하는 상원의원님, 조카분과 함께 이 선원을 따라가시겠습니까? 보트까지 안내해 드릴 겁니다. 의원님과 개인적으로 알게 된 것이 제게는 커다란 기쁨이자 영광이었다는 걸 새삼 말씀드릴 필요도 없겠습니다. 머지않아 의원님과 나누었던 미국 선박 사정에 관한 대화를 다시 재개할 수 있겠지요. 하지만 오늘처럼 유쾌하게 중단되기를 바랍니다."

"당분간은 이 조카만으로 충분합니다."

외삼촌이 웃으며 말했다.

"당신의 호의에 깊은 감사를 드립니다. 안녕히 계십시오. 우리가 다음 번 유럽 여행을 할 때는 아마 선장님과 좀 더 긴 시간을 함께 나눌 수 있을 겁니다."

외삼촌은 그렇게 말을 맺으며 카를을 다정하게 끌어안았다.

"그렇다면 정말 기쁘겠습니다."

선장이 말했다. 두 신사는 서로 악수를 나누었다. 카를은 말없이 선장에게 잠깐 손을 내밀 뿐이었다. 선장은 벌써 열다섯 명이나 되는 사람들을 상대해야 했기 때문이었다.

슈발의 인솔 하에 안으로 들어온 그들은 약간 당황한 기색이었지만 몹시 시끄러웠다. 선원은 상원의원에게 앞장을 서겠다고 양해를 구한 다음 상원의원과 카를을 위해 군중을 헤쳐 길을 내주었다 상원의원과 카를은 고개를 숙여 인사를 하는 사람들 사이를 쉽게 통과했다. 평소 명랑한 성격의 그들은 슈발과 화부가 선장 앞에 와서까지도 장난삼아 다투고 있다고 생각하고 있었다.

카를은 그들 가운데서 주방 아가씨 리네를 찾아냈다. 리네는 흥겨운 듯 카를에게 눈을 찡긋하며 선원이 내던진 앞치마를 허리에 둘렀다. 그 앞치마는 리네의 것이었기 때문이다. 그들은 선원을 따라 사무실에서 나왔고, 거기서부터 이어지는 짧은 계단은 그들을 위해 준비된 보트로 이어졌다. 이제까지 그들을 안내해 온 선원이 보트에 훌쩍 올라타자 보트 안의 선원들이 일어서서 경례를 했다. 상원의원은 카를이 맨 위의 계단에서 격한 울음을 터뜨리자 조심해서 내려오라고 주의를 주었다. 상원의원은 오른손을 카를의 턱에 대고 그를 꼭 껴안은 채 왼손으로 얼굴을 어루만져 주었다. 그들은 그런 자세로 천천히 계단을 내려와 서로 꼭 붙어서 보트에 올랐다. 상원의원은 카를을 위해 자신의 맞은 편에 있는 편안한 자리를 내주었다. 상원의원이 신호를 하자 선원들은 보트를 밀치고 즉시 노를 젓기 시작했다.

배에서 몇 미터 떨어지자마자 카를은 자신이 바로 경리실 창문을 통해 내다보이는 쪽에 있음을 알게 되었다. 세 창문 모두를 슈발의 증인들이 차지하고 있었다. 그들은 친절하게 인사를 건네며 손을 흔들었고, 외삼촌이 답례를 했다. 한 선원은 노를 젓는 리듬을 깨지 않으면서도 멋지게 손키스를 보냈다.

이제 더 이상 화부는 존재하지 않는 것 같았다. 카를은 자신과 무릎을 맞대고 있는 외삼촌의 눈을 보다 자세히 들여다보았다. 이 남자가 그에게 화부의 역할을 대신해 줄 수 있을지 의심스러웠다. 외삼촌도 눈길을 피하며 보트를 흔들고 있는 파도를 쳐다보았다. 🔳

유형지에서

"정말 기발한 장치죠."

장교가 탐험가에게 말한 뒤, 다소 경탄하는 듯한 눈빛까지 띠었다. 그리고 평소에 늘 보아 왔던 장치를 새삼스럽게 바라보았다.

탐험 중에 있는 이 여행자가, 항명과 상관 모독죄로 선고를 받은 한 사병의 사형 집행에 한 번 입회해 주지 않겠느냐는 사령관의 초청에 응한 것은 사령관에 대한 배려에서였다. 사실 처형에 대한 관심은 이 유형지에서조차 그다지 크지는 않았다. 사방이 민둥산으로 둘러싸여 있는 깊고 조그마한 모래땅으로 이뤄진 이 골짜기에는 장교와 탐험가 외에는 당사자인 사형수와 졸병 한 사람이 있을 뿐이다.

사형수는 둔해 보이는 메기 아가리에 수염과 머리털을 텁수룩하게 기른 지저분한 얼굴의 사나이였다. 그리고 졸병은 묵직한 쇠사슬을 쥐고 있었다. 그 쇠사슬의 끝은 몇 가닥씩 작은 사슬로 갈라져서 사형수의 발목과 손목 그리고 목을 묶었고, 그 작은 사슬들은 다시 가로지른 사슬에 의해서

서로 붙들어 매어져 있었다.

그건 그렇고, 그 사형수는 마치 개처럼 온순한 것 같았다. 설사 근처의 산허리를 자유로이 뛰어 돌아다닐 수 있게 풀어 놓더라도 집형을 시작할 때쯤 휘파람을 불기만 하면 곧바로 돌아올 것처럼 보였다.

탐험가는 이러한 장치에는 거의 흥미가 없었으므로, 국외자와 같은 태도를 거의 노골적으로 드러내면서 사형수의 등 뒤를 왔다 갔다 했다. 반면 장교는 깊게 땅을 파서 설치해 놓은 장치 밑으로 기어 들어가기도 하고, 사닥다리를 타고 올라가 윗부분을 여기저기 점검하기도 하면서 마지막 준비에 여념이 없었다.

원래`그러한 일은 누군가 기계 담당자에게 맡겨도 될 만한 작업이었으나 장교가 이 장치의 특별한 예찬자였기 때문인지, 아니면 그 일을 남에게 맡길 수 없는 다른 이유가 있어서인지, 어쨌든 장교는 그 일을 극히 열심히 수행했다.

"자, 이제 다 끝났다!"

장교는 마침내 이렇게 외치고 사닥다리에서 내려왔다. 그러고는 몹시 지쳤는지 입을 딱 벌리고 숨을 몰아쉬고 있었다. 얇은 숙녀용 손수건 두 장이 그의 군복 깃 안쪽에 쑤셔 넣어져 있었다.

"그 군복은 무척 답답해서 열대 기후에는 맞지 않겠군

요."

장교의 기대와는 달리 탐험가는 장치에 관한 것 따위는 전혀 묻지 않고 엉뚱한 말을 했다.

"정말 그렇습니다." 장교는 말하고 나서 기름 묻은 손을 준비되어 있는 물통에 씻었다. "하지만 이 군복은 조국의 상징입니다. 저희들은 조국을 잃고 싶지 않으니까요……그건 그렇고 자, 이 장치를 봐 주십시오." 장교는 그렇게 덧붙여 말하고, 헝겊으로 손을 닦으면서 장치를 가리켰다. "이제까지는 손이 갔습니다만, 이제부턴 장치가 완전히 자동적으로 움직일 겁니다."

탐험가는 고개를 끄덕이고 장교의 뒤를 따라갔다. 그는 중간에 어떤 사고가 날지도 모르므로 미리 입막음을 해 놓으려 했는지 이렇게 말했다.

"물론 고장이 생길 수도 있습니다. 단지 오늘은 확실히 광이 나지 않을 줄 압니다만, 어쨌든 고장만은 각오해 두지 않으면 안 됩니다. 게다가 이 장치는 열두 시간이나 쉴 새 없이 계속 가동되고 있으니까요. 하지만 설사 고장이 난다 하더라도 아주 사소한 것이기 때문에 곧 고쳐집니다. 앉지 않으시렵니까?"

장교는 그제야 이렇게 묻고는 산더미처럼 쌓인 등의자 중 하나를 골라 탐험가에게 권했다. 탐험가는 거절할 수가 없었다. 그래서 커다란 구덩이 가에 걸터앉아 구덩이 속을 흘끔 들여다보았다.

구덩이가 그다지 깊지는 않았다. 구덩이의 한쪽에 파헤쳐진 흙이 쌓여서 둑과 같은 것이 자연스럽게 형성되었고 반대편에는 장치가 고정되어 있었다.

"사령관으로부터 선생님께 장치에 대한 설명이 있었는지 어떤지 모르겠습니다만."

하고 장교는 말했다. 탐험가는 모호하게 손짓을 했다. 그것이 바로 장교가 바라던 바였다. 그렇다면 자기 입으로 장치에 대해 설명할 수 있기 때문이었다.

"이 장치는," 하고 장교가 입을 열면서 연접봉 하나를 쥐더니 거기에 몸을 기댔다. "전임 사령관이 발명하신 겁니다. 저는 이 장치를 맨 처음 착상하셨을 당시부터 돕기 시작하여 완성될 때까지 줄곧 이것저것 제작에 참여하였습니다. 하지만 이 발명의 공적은 물론 전임 사령관께 돌아가야 할 것입니다. 선생님은 전임 사령관에 대해서 들어본 적이 있습니까? 아직 못 들으셨다고요? 그럼, 제가 말씀드리겠습니다. 실은 이 유형지 전체의 시설은 전임 사령관께서 이룩해 놓으신 것이라고 해도 과언이 아닙니다. 전임 사령관이 계실 때부터 이미 이 유형지의 시설은 매우 잘 완비되어 있었기 때문에 후임자가 새로운 계획을 제아무리 많이 머릿속에 그리고 있다고 하더라도 적어도 얼마간은 아무것도 손댈 수 없으리라는 것을 저희들 전임 사령관 숭배자들은 짐작하고 있습니다. 저희들의 생각은 역시 적중했습니다. 신임 사령관께서도 이걸 인정하지 않을 수 없을 것입니다. 선생님이 전임 사령관을 모르시다니 유감스럽군요. ……아니, 이건 정말," 하고 숨을 돌린 뒤, "아, 말이 좀 지나쳤습니다. 좌우간 지금 눈앞에 있는 것이 전임 사령관이 남기신 장치입니다. 보시는 바와 같이 이것은 세 개의 부분으로 이루어져 있습니다. 시간이 흐르면서 어느 틈엔지 이들 각 부분에 속칭과 같은 것이 붙게 되었습니다. 이 아랫부분은 침대라고 불려지고 있으며, 윗부분은 제도기라고 불려지고 있습니다. 그리고 저기 공중에 매달려 있는 중앙 부분은 써레라고 불려지는 것입니다."

"써레라고요?"

탐험가가 되짚어 물었다. 별로 주의해서 귀를 기울이고 있지 않았기 때문이다. 태양은 그림자 하나 없는 골짜기에 걸린 채 타는 듯한 강렬한 빛을 내려쬐고 있었다. 그 누구도 자신의 생각을 집중시키기조차 힘들었다. 그런 만큼 큼직한 견장을 달고 몇 가닥의 몰을 가슴에 드리워서 마치 사열식에라도 참석한 것처럼 갑갑한 정장을 한 채 매우 열심히 설명을 계속하고 있었을 뿐만 아니라 이야기를 하고 있는 동안에도 나사돌리개로 여전히 분주하게 이곳저곳의 나사를 조절하고 있는 장교의 모습은 정말이지 경탄할 만했다. 옆의 졸병도 탐험가와 똑같이 나른한 기분에 휩싸여 있는 듯했다. 졸병은 양쪽 손목에 사형수를 붙들어맨 쇠사슬을 감아 붙인 채 한 손을 총구 위에 얹고 기대어 서서, 머리를 목 부분에서 꺾어 푹 늘어뜨려 얼빠진 모습을 하고 있었다.

탐험가는 그것을 보고도 별로 이상하게 생각지 않았다. 장교가 프랑스어로 이야기를 하고 있었기 때문이다. 프랑스어라면 졸병도 사형수도 알아들을 리가 없었다. 그런 만큼 사형수가 알아듣지 못하면서도 장교의 설명을 따라가려고 열심히 애쓰고 있는 것이 무척 야릇한 느낌을 주었다. 조금은 졸린 듯해 보이긴 했지만 사형수는 끈기 있게 장교가 손가락질하는 쪽으로 잇달아 눈길을 돌린 다음 장교와 마찬가지로 다시 탐험가 쪽으로 눈길을 옮겼다.

"그렇습니다, 써레입니다." 장교가 말했다. "써레라는 명칭이 딱 들어맞습니다. 바늘 여러 개가 써레처럼 나란히 박혀 있을 뿐 아니라 이 부분 전체가 써레 같은 구실을 하고 있지요. 다만 그 운동이 한 군데에 집중된다는 점이 다를 뿐이죠. 물론 여느 써레보다는 훨씬 정교하게 만들어져 있습니다. 좌우간 얼마 지나지 않으면 아시게 되리라고 생각합니다. 우선 이 침대 위에 사형수가 뉘입니다. (저로서는 이 장치의 구조에 대해서 먼저 대충 설명을 드린 다음에 그 취급 방법을 실연해 보여 드리려고 생각하니까요. 그런데다 제도기의 톱니바퀴가 닳아 있어서 가동을 시작하면 어마어마하게 삐꺽거리는 소리를 낼 겁니다. 그렇게 되면 피차 의사가 소통되록 이야기할 수가 없습니다. 보충 부품은 유감스럽게도 이 고장에서는 인수하기가 몹시 곤란합니다.) 다시 말하면 이것이 방금 말씀드린 침대입니다. 온통 솜을 넣고 꿰매기만 한 요가 깔려 있습니다. 이 침대의 목적은 곧 아시게 될 겁니다. 이 요 위에 저 사형수를 엎드려 누입니다. 물론 알몸으로 말입니다. 이게 저놈을 꼭 묶어 두기 위해 손에 거는 가죽 띠, 이것은 발에, 이것은 목에 거는 가죽 띠입니다. 이곳이 침대 머리맡에 해당하는 곳으로, 저놈이 맨 먼저 얼굴을 갖다 대는 이 근처엔 이렇게 작은 펠트 다발이 있습니다. 이 다발은 쉽사리 조절이 되어 바로 놈의 입 안으로 넣어지도록 꾸며져 있습니다. 울부짖거나 혀를 깨물거나 하는 것을 방지하는 게 목적입니다. 물론 저놈은 펠트를 입에 물지 않을 도리가 없습니다. 그러지 않으면 목에 걸린 가죽 띠 때문에 목이 부러지고 마니까요."

"이게 솜을 넣은 것이란 말이죠?"

탐험가가 되묻고 상반신을 내밀었다.

"물론이죠." 장교는 싱글벙글 웃으면서 말했다. "자, 직접 만져 보십시오." 장교는 느닷없이 탐험가의 손을 잡아 침대 위를 한 번 만져 보게 했다. "특별히 주문해서 만든 솜입니다. 그러나 겉으로 봐서는 특별한 것을 발견할 수가 없습니다. 이 요의 목적에 대해 나중에 언급할 때가 있을 것입니다."

탐험가도 이미 그 무렵에는 장치 쪽에 다소 마음이 끌리기 시작하고 있었다. 그는 햇살을 가리기 위하여 손을 눈 위에 갖다 대면서 장치를 따라 시선을 위로 옮겨 갔다. 참으로 커다란 구조물이었다. 침대와 제도기는 둘 다 거의 비슷한 크기였으며, 두 짝의 음침한 함처럼 보였다. 제도기는 침대에서 약 2미터가량 위쪽에 설치되어, 양쪽은 서로 네 귀를 아래위로 건너지른 놋쇠 막대로 연결되어 있었다. 그 네 개의 놋쇠 막대는 때마침 내래쬐는 따가운 햇살을 받아 마치 발광체처럼 빛나고 있었다. 그리고 그 두 함 사이에는 한 줄의 강철선에 의해 써레가 매달려 있었다.

장교는 조금 전 탐험가가 무관심하다는 것은 거의 눈치도 채지 못했지만 이제 상대방에게 싹튼 관심을 재빨리 알아차렸다. 탐험가에게 실컷 관찰할 틈을 주려고 일단 이야기를 중단한 것도 그 때문이었다. 사형수는 탐험가를 흉내 내고 있었다. 다만 그는 손으로 눈을 가릴 수는 없었으므로, 자유로운 눈을 깜박이면서 올려다보고 있었다.

"그렇다면, 이 사람이 엎드려서 드러누워 있게 되겠군요?"

탐험가는 이렇게 말을 하고 팔걸이의자에 기대어 앉아 두 발을 꼬았다.

"그렇습니다." 장교는 그렇게 말하고 군모를 조금 뒤로 젖힌 다음, 손으로 달아오른 얼굴을 쓰다듬었다. "말하자면, 이렇게 됩니다. 침대에는 물론이고 제도기에도 각각 전지가 달려 있습니다. 침대 쪽은 침대 자체를 위해서 전지가 필요합니다만 제도기 쪽은 써레를 위해 전지가 필요한 것입니다. 놈이 단단히 묶이고 나면 즉시 침대가 움직이기 시작합니다. 무척 빠르게 작동을 계속하면서 아주 가볍게 좌우 운동과 상하 진동을 동시에 하는 것입니다. 혹시 이것과 아주 비슷한 장치를 병원 같은 데서 보신 적이 있을지 모르겠습니다만 단지 저희들 침대가 다른 점은 모든 운동이 정확한 계산에 기초를 두고 있다는 점입니다. 다시 말하면 침대의 운동은 한 치의 오차도 없이 써레의 운동과 보조를 맞추지 않으면 안 됩니다. 이 써레에 판결의 실제 집행이 맡겨져 있기 때문입니다."

"대관절 어떤 판결입니까?"

탐험가가 물었다.

"그것도 모르고 계셨었나요?" 장교가 어이가 없다는 듯이 말하고 입술을 깨물었다. "제 설명이 앞뒤가 맞지 않았던 것 같아 미안합니다. 널리 용서해 주시기 바랍니다. 이전에는 사령관께서 친히 설명하시는 게 상례였어요. 그런데 신임 사령관은 이 명예로운 임무조차도 회피하신 셈이지요. 그것도 이처럼 고귀하신 분의 시찰을 받고 있는 처지에." 탐험가는 그러한 정중한 말씨를 두 손으로 만류하려고 했으나 장교는 끝내 경어를 고집했다. "이토록 고귀하신 분에게 판결에 대한 그 윤곽조차 신임 사령관이 말씀해 올리지 않았다는 것은 이 또한 개혁의 하나이며, 그것이야말로……." 여기서 하마터면 욕설이 튀어 나오려던 것을 장교는 가까스로 참으며 다음과 같이 말을 이었다. "그 점 제게는 아무것도 연락을 받지 못했습니다만 제게도 책임이 있습니다. 그것은 어떻든 간에 여기서의 판결을 가장 잘 설명할 수 있는 사람으로 말하면 물론 저보다 나을 사람은 없습니다. 실제로 이렇게," (장교는 윗주머니를 탁탁 두드렸다.) "저는 전임 사령관의 이 장치에 관한 스케치까지도 간직하고 있을 정도이니까요."

"사령관이 직접 그린 스케치 말입니까?" 탐험가가 물었다. "그렇다면 사령관은 팔방미인이라는 겁니까? 군인인 동시에 발명가요, 화학자이며 또 제도사이기도 했다는 겁니까?"

"물론입니다."

장교는 깊은 생각에 잠긴 듯 눈길을 고정시킨 채 말했다. 그러고 나서 자기의 양손을 찬찬히 내려다보았다. 소중한 스케치에 손을 대기에는 청결성이 약하다고 생각한 모양이었다. 장교는 물통이 있는 곳으로 가서 다시 한 번 손을 씻었다. 그런 다음 그는 조그만 가죽 지갑을 꺼내며 말했다.

"이 판결은 결코 엄격하다고는 생각되지 않습니다. 사형수의 몸에 자기가 어긴 규칙이 써레로 씌어지게 됩니다. 예를 들어 이 사형수 같으면, (장교는 옆의 사나이를 가리켰다.) '네 상관을 존경하라' 고 씌어지는 것입니다."

탐험가는 흘깃 그 사나이 쪽을 보았다. 장교로부터 손가락질을 당했을 때, 사나이는 고개를 숙인 채 뭔가 조금이라도 들어보려고 귀를 쫑긋거리고 있는 것 같았다. 그러나 사나이의 두툼하게 꼭 다물어진 입술의 움직임은 그가 아무것도 이해하지 못하고 있다는 것을 나타내고 있었다. 탐험가는 여러 가지 물어보고 싶은 말이 있었으나, 그 사나이의 꼴을 보자 다만 다음과 같은 질문밖에 할 수가 없었다.

"본인은 자신의 판결 내용을 알고 있나요?"

"아뇨."

그러자 탐험가가 말했다.

"범인이 자신의 판결 내용조차도 모른단 말이군요?"

"그렇습니다."

장교는 같은 말을 되풀이하고 나서 탐험가에게 방금 한 질문의 이유를 좀 더 자세히 설명해 달라고 요구하듯 일순간 입을 다물었다가 이윽고 말했다.

"일일이 말해 줄 필요도 없지 않습니까? 어차피 자신의 몸으로 알아차릴 테니까요."

탐험가는 이제 잠자코 있어야겠다고 생각했다. 그런데 그때 사형수의 눈길이 자기에게 쏠리고 있다는 것을 느꼈다. 그 눈길은 방금 오간 일의 경위를 당신은 시인할 수 있느냐 없느냐고 탐험가에게 묻고 있는 것 같았다. 그러므로 탐험가는 아까부터 뒤로 기대어 앉아 있던 몸을 다시 앞으로 일으켜 세우며 거듭 물었다.

"그렇더라도 저 사람은 자기가 어떤 형을 선고받았는지는 알겠지요?"

"아니오. 그것도 모릅니다."

이렇게 장교는 말하고, 탐험가가 다시 두세 가지 진귀한 의견을 개진할 것을 기대하고 있다는 듯이 싱글벙글 웃으며 바라보았다.

"설마, 그럴 수가!" 탐험가는 말하고 이마를 쓸었다. "그럼 저 사람은 지금까지 자신의 변호가 어떤 식으로 받아들여졌는지조차 모르고 있겠군요?"

"저놈에게 자기변호의 기회는 없었습니다."

장교는 말하면서 마치 자기 혼자서 이야기하듯이 고개를 돌렸다. 그렇게 당연한 일까지 털어놓아 탐험가에게 창피를 당해서는 안 된다고 생각하는 듯한 모습이었다.

"저 사람에게도 자기변호의 기회 정도는 줘도 무방할 텐데요."

탐험가는 말하고 팔걸이의자에서 일어났다.

장교는 장치에 대한 설명이 잠시 보류될 것 같은 염려가 있음을 깨달았다. 그래서 탐험가 옆에서 팔짱을 끼면서 한쪽 손으로 사형수를 가리켰다. 사형수는 그것을 보자 이제 자신에게 주의가 쏠리고 있다는 것이 명백해졌으므로 부동자세를 취했다. (그 때문에 졸병도 쇠사슬을 꽉 잡아당기고 있었다) 그러자 장교가 말했다.

"요컨대 경위는 이렇습니다. 저는 이 유형지의 판사로 임명되었습니다. 아직 젊은데도 불구하고 말입니다. 왜냐하면 징계 사건이 터질 때마다 사령관을 보좌해 왔을 뿐만 아니라 이 장치에 대해서 가장 잘 알고 있기 때문입니다. 제가 판결을 내릴 경우 근거로 삼는 원칙은 다른 것이 아닙니다. 죄는 어쨌든지 간에 의심할 필요가 없다는 이 한 가지입니다. 여느 재판 같으면 이러한 원칙은 지켜질 수 없겠지요. 다수결 원칙을 따르고 있을 뿐만 아니라 다시 상급의 재판을 기다려야 하기 때문입니다. 그러나 여기서는 그럴 필요가 없습니다. 적어도 전임 사령관 시절에는 없었습니다. 신임 사령관은 물론 이러한 저의 재판에 간섭하고 싶어 하는 기색을 전부터 나타내고는 있었습니다. 아직까지 저는 용케 그것을 저지하는 데 성공해 왔습니다. 앞으로도 성공할 것으로 생각합니다. ─그런데 선생님은 이번 사건에 대해 듣기를 먼저 희망하고 계셨는데 내용은 예전의 모든 사건과 마찬가지로 지극히 간단합니다. 오늘 아침에 한 중대장에게서 그의 밑에 연락병으로 배속되어 중대장의 사무실 밖에서 잠을 자도록 되어 있던 저놈이 늦잠을 자고 근무를 게을리 했다는 고발이 들어왔습니다. 다시 말하면 한 시간마다 일어나서 중대장의 방문 앞에서 경례를 하는 것이 저놈의 임무였습니다. 당연한 임무지요. 항상 명랑하게 경호나 시중에 임하는 것이 저놈의 임무니까요. 그런데 어젯밤 중대장은 연락병이 자신의 의무를 다하고 있는지의 여부를 확인하려고 두 시 정각에 방문을 열어보니 저놈이 등을 웅크리고 앉아서 세상 모르고 자고 있었답니다. 중대장은 승마용 채찍을 들고 와서 놈의 면상을 후려갈겼답니다. 그러자 저놈은 벌떡 일어나서 용서를 빌기는커녕 중대장의 두 다리를 부둥켜안고 중대장의 몸을 흔들면서 "채찍을 버려. 그러지 않으면 죽일 테야."라고 고함을 친 것입니다. 이상이 사건의 진상입니다. 약 한 시간 전에 중대장이 절 찾아왔습니다. 저는 중대장의 주장을 기록하고, 그 뒤 즉시 판결을 첨가해서 적었습니다. 그리고 놈에게 쇠사슬로 묶어 놓도록 명령을 내린 것입니다. 일은 아주 간단히 끝났습니다. 만일 제가 불쑥 저놈을 소환해서 신문이라도 했더라면 그야말로 상황은 비비 꼬이기만 했을 것입니다. 놈은 놈대로 거짓말을 할 것이고, 제가 용케 그 거짓말을 알아챈다면 다시 또 새로운 거짓말을 지어낼 것이 뻔하며, 그런 식으로는 언제까지라도 결판이 나지 않았을 것으로 생각됩니다. 그런데 이렇게 놈을 붙들어 놓으면 다신 놓칠 염려가 없는 것입니다. ― 자, 이제 모든 것이 분명해지셨겠죠. 그건 그렇고, 서둘러야만 합니다. 지금쯤 집행이 벌써 시작됐어야 하는데 아직 장치의 설명도 끝나지 않은 형편이니."

장교는 억지로 탐험가를 팔걸이의자에 앉히고는 다시 장치가 있는 쪽으로 다가가서 이야기하기 시작했다.

"보시는 바와 같이 써레는 사람의 신체 구조에 딱 맞게 만들어져 있습니다. 여기가 상체를 위한 써레, 이쪽이 다리 부분을 맡은 써레입니다. 머리 쪽을 위해서는 이 자그마한 끝만을 사용하도록 되어 있습니다. 아시겠습니까?"

장교는 이제부터 드디어 포괄적인 설명으로 들어갈 작정인 모양이었다. 장교는 탐험가를 향하여 상냥하게 꾸뻑 절을 올렸다. 탐험가는 이마에 주름을 잔뜩 모으고 찬찬히 써레를 바라보았다. 재판 절차에 관한 장교의 설명에는 납득이 가지 않는 구석이 있었기 때문이다. 그러나 탐험가로서도 여기가 다름 아닌 유형지이며, 여기서는 특별한 조치가 필요하고, 어디까지나 군대식으로 일을 처리해야만 한다는 것을 스스로에게 타이르지 않을 수 없었다. 그러나 한편으로는 조금이라도 신임 사령관에게 희망을 걸고 싶었다. 신임 사령관이 이 장교의 융통성 없는 머리로는 도저히 이해할 수 없을 그런 새로운 방식을, 물론 서서히 도입하려고 기도하고 있음이 분명했기 때문이다. 탐험가는 그러한 일을 염두에 두고 물었다.

"사령관은 이번 형 집행에 참석하십니까?"

"확실한 것은 모르겠습니다."

장교는 노골적인 질문에 몹시 기분이 상해서 말했다. 그때까지 상냥했던 얼굴이 별안간 일그러졌다.

"그러니까 더욱 서두를 필요가 있는 것입니다. 유감스럽습니다만 저도 간단히 끝내야만 하겠습니다. 그 대신 가능하면 내일이라도 이 장치가 원상대로 깨끗이 청소된 다음에 (몹시 지저분해지는 것이 이 장치의 유일한 결점입니다) 상세하게 설명을 보충하겠습니다. 그러니 지금은 가장 필요한 얘기만 국한하기로 하겠습니다. 놈을 침대에 뉘어 침대가 조금씩 움직이기 시작하면 써레가 몸 위로 내려옵니다. 그때 써레는 끝이 약간 몸에 닿을 정도로 자동적으로 조절됩니다. 조절이 완료되면 이 강철선이 금세 팽팽하게 당겨져서 마치 막대처럼 됩니다. 그러면 드디어 써레의 작동이 시작되는 겁니다. 문외한이 언뜻 보아서는 다른 형벌과 차이가 있다는 것을 좀처럼 알아차리지 못합니다. 써레는 계속 한결같이 같은 운동을 계속하고 있는 것처럼 보입니다. 작은 폭으로 진동하면서 뾰족한 끝로 몸을 찔러 갑니다. 그런데 그 몸뚱어리도 역시 침대가 이동하는 것에 따라 조금씩 움직이고 있는 것입니다. 그래서 누구라도 판결의 집행 상황을 잘 관찰할 수 있게끔 써레를 유리로 만들었습니다. 거기에다 바늘 대가리를 꽂아서 고정시키는 데는 두세 가지 기술적으로 곤란한 문제가 있었습니다만, 여러 모로 실험한 끝에 멋들어지게 성공했습니다. 저희들은 어떤 고생도 마다하지 않았던 것입니다. 이렇게 하여 글씨가 어떤 식으로 몸에 새겨지는지 누구라도 유리를 통해 볼 수가 있습니다. 어떻습니까, 가까이 오셔서 바늘을 보시지 않으렵니까?"

탐험가는 천천히 다가가서 써레 위에 상반신을 기울였다.

"보시는 바와 같이," 장교가 말했다. "두 종류의 바늘이 수없이 배열돼 있습니다. 긴 바늘 옆에는 반드시 짧은 바늘이 붙어 있습니다. 즉 이 긴 바늘이 글씨를 쓰는 것입니다.

그리고 짧은 바늘이 물을 뿜어내어 피를 씻어 내려서 글씨를 선명하게 보이도록 합니다. 그러면 혈액은 여기에 있는 몇 개의 조그만 홈통 속으로 흘러 들어갔다가 다시 이쪽의 커다란 홈통으로 들어가서 마지막으로 이 커다란 홈통의 배출관으로부터 구덩이 속으로 떨어지는 구조로 되어 있습니다."

장교는 손끝으로 혈액이 흘러내리는 통로를 상세히 가리켰다. 뿐만 아니라 될 수 있는 한 분명히 그것을 설명하기 위하여 배출관의 주둥이 쪽에다 양손을 마주 대어 혈액을 받아내는 듯한 시늉을 해보였으므로, 탐험가는 얼굴을 들고 한 손으로 뒤를 더듬으면서 팔걸이의자 쪽으로 되돌아가려 했다.

그런데 놀랍게도 사형수가 그의 흉내를 내어 써레의 구조를 가까이에서 보는 것이 어떻겠느냐는 장교의 권유에 응하고 있다는 것을 알았다. 사형수도 유리 위에 몸을 내밀고 있었던 것이다. 꾸벅꾸벅 졸고 있던 졸병은 사형수와 연결된 사슬 때문에 약간 앞으로 끌려와 있었다.

그러나 사형수가 아무리 눈동자를 이리저리 굴려 두 사람의 높은 양반들이 방금 관찰하고 있던 것이 무엇인지 알아내려 해봤자, 그가 그때까지의 설명을 듣지 못한 이상 별 수 없을 것은 뻔한 노릇이었다. 사형수는 이곳저곳을 들여다보고 다시 그 유리 제품을 위에서 아래로 몇 차례나 뜯어보고 있었다.

탐험가는 사형수가 하고 있는 행동이 죄를 더욱 무겁게 할지도 몰랐으므로 사형수를 쫓아 버리려고 생각했다. 그 순간 장교가 한쪽 손으로 탐험가를 꼭 붙든 채 다른 손으로 둑에서 흙덩이를 주워 들더니 졸병을 향해서 내던졌다. 졸병은 움찔 하고 눈을 들어 사형수의 괘씸한 거동을 보자 총을 버리고 발뒤꿈치로 땅바닥을 찍어 두 발을 버티며 힘껏 사형수를 잡아당겼다. 순간 사형수는 그 자리에 나동그라졌다. 졸병은 사형수가 버둥거리면서 쇠사슬을 절렁거리는 것을 내려다보고 있었다.

"일으켜 세워!"

장교가 소리쳤다.

탐험가의 주의가 사형수 때문에 완전히 엉뚱한 곳으로 빗나가 버린 것을 눈치 챘기 때문이었다. 탐험가는 써레 너머로 상체를 기울이면서 써레 같은 것은 안중에도 두지 않고 사형수의 신세가 어떻게 될지 그것만을 확인하려고 했다.

"소중하게 다뤄."

장교가 거듭 고함을 질렀다. 그는 장치의 주위를 돌아 뛰듯이 하며 다가가더니 손수 사형수의 겨드랑이를 잡아 발을 미끄러뜨리고 있는 사형수를 일으켜 세웠다. 졸병으로 하여금 거들게 하면서.

"그럭저럭 대충 이해가 갔습니다." 장교가 되돌아왔을 때 탐험가가 말했다.

"아닙니다. 가장 요긴한 것이 남아 있습니다." 하고 장교가 말한 뒤 탐험가의 팔을 잡아 머리 위를 가리켰다. "저기 제도기 안에 써레의 운동을 결정하는 톱니바퀴 장치가 들어 있습니다. 그 톱니바퀴 장치는 판결 내용을 나타내는 도안에 따라 조정됩니다. 저는 지금까지 전임 사령관의 스케치를 사용하고 있습니다. 이것이 그겁니다." 그는 가죽 지갑에서 몇 장의 종이를 꺼냈다. "하지만 유감스럽게도 손에 들고 보시게 할 수는 없습니다. 이것은 제 소지품 중에서도 가장 귀중한 것입니다. 제발 앉아 주십시오. 이 정도의 거리에서 보여 드리기로 하겠습니다. 그 편이 오히려 전체를 잘 살펴볼 수 있을 것입니다."

장교가 먼저 한 장을 보여 주었다. 탐험가는 뭔가 찬사를 한 마디쯤 보내고 싶었지만, 아무리 보아도 이리저리 교차되어 얽혀 있는 선밖에 보이지 않았다. 선들만이 지면을 꽉 메우고 있어 약간의 하얀 여백을 볼 수 있을 정도였다.

"읽어 보십시오."

장교가 말했다.

"못 읽겠어요."

탐험가가 말했다.

"아니, 일목요연하지 않습니까?"

장교가 말했다.

"정말 정교합니다만," 이렇게 말하고 탐험가는 슬쩍 피하면서 덧붙였다. "도무지 해독이 안 됩니다."

"틀림없이 될 겁니다." 장교는 말하고 웃으며 지갑을 원래의 위치인 호주머니에 넣었다. "한데 학교에서 학생들에게 가르치는 서체가 아닐 따름입니다. 시간을 들여 읽어 나가지 않으면 안 됩니다. 얼마 안 가서 선생님도 알아보실 수 있으리라고 생각합니다. 물론 간단한 서체로는 곤란합니다. 대번에 죽이는 게 아니고, 평균 열두 시간을 끈 뒤에야 숨통을 끊는 그런 서체가 아니면 안 되기 때문입니다. 물론 그 고비는 여섯 시간째에 오게끔 예상을 해놓고 있습니다만, 따라서 본래의 문자 둘레를 갖가지 수많은 장식이 둘러싸게 됩니다. 진짜 글자는 다만 띠 모양으로 가늘고 길게 몸을 돌며 적힐 뿐입니다. 몸의 나머지 부분은 장식 무늬를 만드는 데에 충당되는 셈입니다. 이상으로 써레를 중심으로 하는 전체 장치의 기능이 얼마나 굉장한지 인정해 주실 수 있겠지요? ―자, 한번 이것을 보아 주십시오."

그렇게 말하고 장교는 사닥다리를 뛰어오르더니 톱니바퀴 하나를 돌리면서 아래를 향해 소리쳤다. "조심하세요, 옆으로 비켜 주십시오."

그 순간 전체의 장치가 돌기 시작했다. 톱니바퀴가 삐걱거리는 소리만 없었더라면 아마도 굉장하다는 한 마디로 끝났을지도 모른다. 장교는 이 톱니바퀴의 소음이 사뭇 예상 밖이라는 듯 윽박지르듯이 주먹을 톱니바퀴에 들이대더니, 이번에는 탐험가 쪽을 향해 양해를 구하는 것처럼 양팔을 벌려 보였다. 그러고는 급히 사닥다리를 내려와서 밑에서 기계의 움직임을 관찰했다.

아직 어딘가에 상태가 고르지 못한 곳이 있었던 모양이었다. 그도 그것을 알아차렸음이 틀림없었다. 다시 사닥다리를 기어오르더니 양손을 제도기 속에 찔러 넣었다. 그러고는 일초라도 빨리 내려가기 위해 사닥다리를 이용하지 않고 놋쇠 막대 하나를 타고 미끄러져 내리더니 소음으로 목소리가 지워지지 않도록 탐험가의 귀에 대고 이렇게 소리를 질렀다. 이때 그는 터무니없이 긴장하고 있었다.

"과정을 납득하셨는지요? 써레가 글씨를 쓰기 시작해서 놈의 등에 문자의 첫 윤곽을 새겨 넣는 걸 마치면 솜을 넣은 요가 써레에 새로운 여백을 제공하기 위해 옆으로 흔들리면서 놈의 몸을 서서히 옆으로 굴려 갑니다. 그와 동시에 글씨가 새겨진 상처 자국이 밑으로 돌아서 직접 요 위로 옵니다. 그러면 요는 특제 솜에 의해서 즉시 출혈을 멈추게 하고 새로운 글자 새기기에 대비합니다. 이쪽 써레 가장자리의 깔

쭉깔쭉한 것은 그 다음에 몸을 더 회전시켜 가는 도중 상처에 엉겨붙어 있는 솜을 뜯어내어 구덩이 속으로 던져 버리는 구실을 합니다. 그러면 써레가 다시 아까와 같은 작용을 되풀이하게 됩니다. 이렇게 해서 써레는 열두 시간에 걸쳐 점점 깊게 글씨를 새겨 나가는 것입니다. 최초의 여섯 시간은 사형수도 평소와 다름없이 멀쩡한 상태에서 다만 고통만 약간 느낄 뿐입니다. 그리고 두 시간 후에 펠트가 입에서 제거됩니다. 놈에겐 이제 더 이상 울부짖을 힘조차 없기 때문입니다. 그럴 즈음에 이쪽 머리맡의 전기로 가열된 자그마한 그릇 속에 따뜻한 쌀죽이 담깁니다. 놈은 입맛만 동한다면 혀로 채듯이 해서 얼마든지 먹을 수 있습니다. 이 기회를 놓치는 자는 없습니다. 저는 그런 자를 아직껏 본 적이 없습니다. 제 경험은 풍부하다고 자부합니다. 식욕을 잃게 되는 것은 여섯 시간째쯤부터입니다. 저는 그때쯤 되면 대개 이 근처에 무릎을 꿇고 앉아 그러한 변화를 관찰하고 있습니다. 그때가 되면 놈은 이미 입에 머금은 마지막 음식을 삼키는 일조차 불가능하게 됩니다. 그저 헛되이 입 안에서 뱅뱅 돌리고 있다가 구덩이 속으로 퉤 하고 뱉어 버리고 맙니다. 저는 그때 재빠르게 머리를 움츠리지 않으면 안 됩니다. 그러지 않으면 정통으로 얼굴에 뒤집어쓰게 되니까요. 그건 그렇고, 여섯 시간 째쯤 되면 놈들은 어쩌면 그렇게 얌전해지는지 모릅니다. 아무리 우둔한 자라도 철이 들게 됩니다. 그런 표정은 우선 눈언저리에 나타나서 차차 퍼져 갑니다. 그것을 보고 있노라면 누구나 놈과 함께 써레 밑에 드러눕고 싶은 유혹에 사로잡히지 않을 수 없을 것입니다. 형 집행은 우선 이것으로 일단락이 지어집니다. 그 다음부터는 놈이 문자의 해독을 시작합니다. 놈은 입을 비죽 내밀고 마치 귀를 기울이고 있는 듯한 모습을 합니다. 선생님께서도 보셨다시피 글씨를 눈으로 해독한다는 것도 쉬운 일은 아닙니다. 그런데 저희 사형수는 몸의 상처로 문자를 해독하지 않으면 안 됩니다. 물론 대단히 고통스러운 작업입니다. 그래서 그것을 해내는 데 나머지 여섯 시간이 걸리는 셈입니다. 한편 그것이 끝나면 써레가 끌로 놈을 완전히 찔러서 놈의 몸뚱어리를 구더기 속으로 던집니다. 그러면 시체는 혈액이나 솜이 잔뜩 괸 위에 떨어지면서 털썩 소리를 냅니다. 그것으로 심판은 끝납니다. 저희들, 다시 말하면 저와 졸병은 시체를 흙으로 묻어 버리게 됩니다."

그때까지 장교의 말에 귀를 기울이고 있던 탐험가는 양손을 양복저고리 호주머니에 넣은 채 기계가 움직이는 쪽으로 눈을 돌렸다. 사형수는 아무런 영문을 모른 채 기계의 움직임에 눈을 돌리고 있었다. 그는 약간 앞으로 구부린 자세로 흔들거리고 있는 바늘을 눈으로 좇고 있었다.

그때 졸병이 장교의 신호로 별안간 사형수의 등 뒤에서 셔츠와 바지를 나이프로 세로로 쭉 찢었으므로, 셔츠와 바지가 사형수의 몸에서 벗겨져 떨어지고 말았다. 사형수는 알몸을 가리기 위해 떨어지는 옷가지에 손을 뻗치려 했지만 졸병이 그보다 빨리 사형수를 똑바로 세우고 사형수의 몸에 붙어 있던 누더기 조각까지도 몽땅 흔들어 떨어뜨려 버렸다. 장교는 기계를 세웠다.

갑자기 찾아온 고요 속에 사형수가 써레 아래에 눕혀졌다. 쇠사슬이 풀리고 사슬 대신 가죽 띠가 매어졌다. 일순간 사형수는 그것을 감형을 의미하는 것으로 생각할지도 모른다. 그러자 써레가 다시 한층 더 낮게 내려졌다. 사형수가 야위었기 때문이다. 그리고 써레의 바늘 끝이 사형수의 몸에 닿았을 때 사형수의 살갗 위로 이루 형용할 수 없는 전율이 스쳐 갔다. 사형수는 오른손을 아직도 졸병이 다루는 대로 내맡기고 있었으므로, 왼손을 무작정 내밀어 뻗었다. 그런데 그 방향에 장교가 서 있었다. 적어도 대충이나마 설명은 일단 끝마쳤으니 이제부터 집행되는 사형이 실제로 어떠한 감명을 탐험가에게 줄 것인지 그것을 탐험가의 표정으로부터 읽어내려 하고 있는 듯했다.

그때 손목에 걸 가죽 띠가 툭 끊어졌다. 아마도 졸병이 너무 힘을 주어 잡아당긴 모양이었다. 졸병이 도움을 청하려고 가죽 띠의 끝을 장교에게 흔들어 보였다. 아니나 다를까? 장교가 졸병 쪽으로 뛰어갔다. 그리고 얼굴을 탐험가에게로 돌리더니 말했다.

"기계는 매우 복잡한 구조로 되어 있습니다. 더러는 끊어지거나 부러지는 일이 생기는 것은 어쩔 수가 없는 일입니다. 그러나 그것 때문에 전체 판결에 착오가 생기거나 해서는 안 됩니다. 가죽 띠 같은 것은 여하간 즉각 교체가 됩니다. 쇠사슬을 하나 쓰기로 하지요. 물론 그것 때문에 오른팔의 미묘한 진동은 좀 영향을 받습니다만."

그리고 장교는 손수 쇠사슬을 묶고 있는 동안에도 말을 계속했다.

"기계를 유지하기 위한 비용이 지금은 무척 절감되고 있습니다. 전임 사령관 재직 당시에는 이 목적만을 위해서 제가 자유로이 처리할 수 있는 금액이 따로 있었습니다. 그곳에는 부속품 일체를 보관하는 창고까지 있었습니다. 솔직히 말씀드려 저는 그것을 지나치게 낭비했었는지도 모릅니다. 물론 옛날이야기입니다만. 매사를 옛날 제도를 타파하기 위한 구실로 이용할 줄밖에 모르는 신임 사령관이 뭐라고 주장하건 단연코 지금의 이야기는 아닙니다. 지금은 기계에 관한 회계도 신임 사령관이 직접 관리하고 있습니다. 제가 새 가죽 띠를 타 오도록 심부름을 보내면 끊어진 가죽 띠를 증거품으로 제시하라는 명령을 받습니다. 그러면서 신품은 열흘이 지나서야 겨우 조달되는 실정입니다. 게다가 그게 또 질이 나빠 별로 쓸모가 없습니다. 그동안 제가 가죽 띠 없이 어떻게 기계를 가동할 것인지 거기까지 걱정해 주는 사람은 이제 아무도 없는 것입니다.

탐험가는 골똘히 생각에 잠겼다. 어쨌든 남의 나라 일에 결정적인 간섭을 하는 것은 크게 생각해 볼 문제였다. 자신은 유형지의 시민도 아니고, 이 유형지가 속해 있는 나라의 국민도 아니었다. 그러니까 이런 사형 집행에 맞대 놓고 반대한다거나 혹은 이것을 끝내 저지해 보려고 생각해 봤자 '넌 외국인이지 않느냐, 잠자코 물러나 있으라'고 하면 그뿐이었다. 자기는 거기에 대해 한 마디도 대꾸할 자격이 없었다. 그리고 변명투로, 자기는 이러한 경우에 처하면 자제할 수 없는 것이 버릇이며, 원래 견문을 넓힐 목적으로 여행을 하고 있으므로, 남의 나라의 재판 제도를 개혁한다는 따위의 의도는 털끝만큼도 없다고 덧붙이는 것이 고작이었다.

그렇지만 이 고장에 대해서는 몹시 흥미로웠다. 재판 과정의 불법성과 사형 집행의 잔인성은 의심할 여지가 없었다. 그 누구도 탐험가의 이기심이라고 단정할 수는 없으리라. 이 사형수만 하더라도 자기와는 생판 남이었다. 같은 나라 사람도 아니거니와 또 동정심을 사게 하는 그런 인간도 아니었다. 어쨌든 자기는 여러 방면의 추천장도 가지고 있었으며, 이곳에 와서도 지극히 정중한 대접을 받았다.

게다가 이 사형 집행에까지 자기가 초대되었다는 사실은 두말할 나위도 없이 이 재판에 대한 비판을 자기에게 바라고 있다는 것을 시사하고 있는 듯하다고 생각되었다. 이러한 추측은 방금 장교로부터 신임 사령관이 그와 같은 재판 절차의 신봉자가 아니며, 오히려 장교에 대해서 적의에 찬 태도조차 보이고 있다고 너무나도 또렷하게 들은 참이라 탐험가로서는 더한층 진실성을 띠게 되는 것으로 여겨졌다.

바로 그때였다. 탐험가가 장교의 고함 소리를 들었다. 장교가 꽤 애써서 사형수의 입에 펠트 다발을 밀어 넣으려는 찰나 사형수가 구역질을 참지 못하여 눈을 감고 구토를 하기 시작한 것이었다. 장교는 당황하여 사형수를 잡아 일으켜서 펠트 다발로부터 떼어 놓고는 사형수의 머리를 구덩이 쪽으로 비틀어 돌리려고 했으나 이미 때는 늦어 오물은 벌써 기계를 따라 흘러내리고 있었다.

"이건 모두 사령관 탓이야!" 하고 장교는 소리를 지르며 미친 듯이 눈앞의 놋쇠 막대를 흔들었다. "기계가 마구간처럼 더러워져 버렸으니."

장교는 떨리는 손으로 탐험가에게 방금 벌어진 추태를 가리켰다.

"집행 전날에는 일체의 식사를 주지 말라고 한 시간 이상이나 사령관에게 설명해 두었는데도 이 꼴입니다. 그런데 새로 오신 착하신 양반들은 다른 의견이었지요. 사령관네 부인들께선 놈이 끌려가게 된다는 소리를 듣자 놈의 목이 멜 정도로 입 안 가득히 과자 나부랭이를 쑤셔 넣어 주곤 했답니다. 세상에 태어난 뒤 지금까지 썩은 냄새가 나는 생선으로 영양을 취해 온 놈이 이제 새삼스레 단 걸 먹어 봤댔자 무슨 소용이 있겠습니까? 하지만 그렇습니다. 그것도 좋다고 칩시다. 별로 저는 이의를 내세우지는 않겠습니다. 그렇지만 말입니다. 벌써 석 달 전부터 계속 청구를 해 왔는데 새 펠트를 영 조달해 주지 않으니 무슨 일일까요? 백 명 이상이나 되는 사형수가 생사의 기로에서 빨고 씹고 해온 이 펠트를 입에 물고, 구역질이 나지 않고 배길 사람이 어디 있겠습니까?"

사형수는 머리를 모로 향하고 있었다. 이제 가라앉은 모양이었다. 졸병은 열심히 사형수의 셔츠로 기계를 씻고 있었다. 장교가 탐험가 쪽으로 다가왔다. 탐험가는 왠지 불안을 느끼며 한 걸음 뒤로 물러섰으나 장교는 상관 않고 탐험가의 손을 잡아 자신의 곁으로 끌고 갔다.

"은밀히 의논드릴 게 있습니다만 괜찮으시겠습니까?"

하고 물었다.

"네, 괜찮습니다."

탐험가는 이렇게 말하고 눈을 내리깔면서 귀를 기울였다.

"이러한 절차, 이러한 처형에 관해서는 뜻하지 않게 방금 선생님의 찬탄을 들었습니다만 현재 이 유형지에서 이 제도를 공공연히 동조하는 자는 한 사람도 없습니다. 제가 그 유일한 주장자인 동시에 전임 사령관의 유산을 물려받은 옹호자입니다. 이쯤 되니 이런 방법을 다시 앞으로 발전시켜 간다는 따위는 생각조차 못할 일입니다. 저는 현재 갖추고 있는 것만이라도 유지해 나가기 위해 온힘을 다하고 있는 것입니다. 전임 사령관이 생존해 계실 때에는 이 유형지가 동조자로 넘쳐 있었습니다. 전임 사령관이 갖고 계셨던 설득력 정도는 저도 웬만큼 가졌다고 자부합니다만 제게는 권력이 전혀 없습니다. 그 결과 동조자들은 모조리 기어가 버리고 말았습니다. 지금도 여러 명 있긴 있습니다만 아무도 그것을 공언하지는 않습니다. 선생님이 오늘, 다시 말하면 처형일에 찻집에라도 가셔서 물어보고 다녀 보십시오. 아마 모두가 모호한 의견밖에는 말하지 않을 것입니다. 그들은 모두 동조자들입니다. 그런데 그러한 동조자 가지고는 현재와 같은 사령관을 위에 모시고, 그 사령관이 지금과 같은 의견을 보이고 있는 한 제게는 전혀 도움이 되지 않습니다. 한데 선생님께 여쭤 보겠는데, 신임 사령관이나 신임 사령관을 움직이고 있는 여성들 때문에 이와 같은 필생의 노작이……." 이렇게 말하고 장교는 기계를 가리켰다. "없어져도 괜찮겠습니까? 그걸 눈뜨고 허용할 수 있을까요? 설사 외국인이라도 하루 이틀이나마 이 섬에 체재했던 사람이라면 말입니다. 어쨌든 더 이상 한시도 지체할 수 없습니다. 지금도 저의 재판권을 정지시키기 위한 공작이 진행되고 있는 중입니다. 이미 사령부 안에서는 저를 참여시키지 않고 여러 가지 협의가 이루어지고 있습니다. 오늘 선생님의 시찰까지도 이러한 모든 정세에 비추어 보아 확실히 까닭이 있어 보인다고 생각합니다. 그 패들은 겁쟁이라 우선 외국인인 선생님을 차출한 것입니다. ―아, 똑같은 사형 집행이면서도 옛날에는 결코 이런 식은 아니었어요. 벌써 처형 전날부터 골짜기는 온통 사람들로 메워져 있었지요. 그냥 구경하고 싶어서 모여든 것입니다. 아침이 채 되기 전에 벌써 사령관이 부인네들을 데리고 모습을 나타내셨습니다. 나팔 소리가 야영소의 잠을 일제히 깨우면 제가 준비 완료라고 보고합니다. 내빈들은―고관들 중에 결석한 사람은 한 사람도 없었습니다. 모두 기계 둘레에 죽 늘어섭니다. 이 산더미 같은 등의자들은 보기에도 애처로운 당시의 유물입니다. 기계는 잘 닦여져서 번쩍번쩍 빛나고 있었으며, 저는 거의 집행 때마다 새 부품을 사용했었습니다. 몇백 명인지 알 수 없는 사람들이 보는 앞에서 관중들은 멀리 저 언덕에까지 발돋움을 하고 서 있었습니다. ―사형수가 사령관 자신의 손에 의해 써레 아래에 누입니다. 오늘날은 하찮은 일개 졸병이 하고 있는 일을 당시에는 재판장인 이 본인의 업무이자 또한 명예이기도 했던 것입니다. 하던 이야기를 마저 하지요. ―드디어 집행이 시작됩니다. 기계의 가동에 이상을 가져다주는 괴상한 소리는 어디에서도 나지 않았습니다. 관중 가운데에는 벌써 구경을 그만두고 눈을 감은 채 모래땅에 드러누워 있는 사람도 있었습니다만 바로 그때 정의의 심판이 거행되고 있다는 것만은 모두들 알고 있었습니다. 물을 끼얹는 듯한 정적 속에 펠트에 의해 더욱더 약해진 사형수의 신음 소리만이 들릴 뿐이었지요. 지금은 펠트로 아무리 약하게 하려 해도 약해지지 않는 거센 신음 소리를 사형수로부터 짜낸다는 것은 이미 이 기계로는 바랄 수 없습니다만, 당시에는 글씨를 새겨 나가는 바늘 끝에서 일종의 부식액이 방울방울 스며 나오기도 했었습니다. 이 부식액조차도 오늘날에는 이미 사용 금지가 되고 말았습니다. 한편 이러저러하는 사이에 여섯 시간째가 다가옵니다. 가까이에서 구경하고자 하는 모든 사람의 소원을 다 들어준다는 것은 불가능하였습니다. 사령관이 독자적인 견해에 따라 우선 어린아이를 배려해 주라고 명령을 내리면, 물론 저는 직무상 죽 기계 옆에 대기하고 있었으니까, 여러 차례 그 자리에서 두 어린아이를 양쪽에 끼듯이 해서 웅크리고 있곤 했습니다. 아, 그 괴로움에 시달린 얼굴에서 성스러운 변용의 표정을 뜯어보았을 때 느낀 우리들의 심정이란! 마침내 이루어졌나 싶다는 생각이 들기가 무섭게 벌써 사라져 가는 정의의 빛을 일제히 반영하고 있는 우리들 모두의 볼! 아, 얼마나 멋진 시대였더란 말인가! 응, 여보게!"

장교는 이미 자기 앞에 서 있는 사람이 누구인지도 잊어 버리고 있었다. 그는 탐험가를 껴안고 탐험가의 어깨에 머리를 얹어 놓고 있었다. 탐험가는 적지 않게 당황하여 장교의 어깨 너머로 긴장한 눈길을 보냈다. 졸병은 벌써 청소를 마치고 밥통에 담긴 쌀죽을 그릇에 옮겨 담고 있었다. 그것을 보자 사형수는 이미 완전히 회복이 된 듯 혀로 날름날름 죽을 핥기 시작했다. 졸병은 몇 번이나 사형수를 밀어붙이고 있었다. 그 죽은 훨씬 나중에 사형수에게 줄 예정이었던 것이다. 하지만 그것은 어쨌든, 사형수가 보는 앞에서 졸병이 자기의 더러운 양손을 처넣어 게걸거리며 죽을 몰래 훔쳐 먹고 있는 것은 아무래도 괘씸한 거동임에 틀림없었다. 장교는 곧 침착성을 되찾았다.

"전 결코 선생님의 동정을 사려고 생각한 것은 아닙니다." 하고 장교는 말했다. "당시의 사정을 지금 와서 이해해 주시기를 바란다는 것은 불가능한 일임을 저도 잘 알고 있습니다. 좌우간 기계는 아직도 가동되고 있으며, 혼자서 움직여 줍니다. 설사 이 골짜기에 기계만 덜렁 남겨 놓더라도 혼자서 가동해 줄 것입니다. 뿐만 아니라 시체도 당시처럼 수백 마리의 파리가 구덩이의 주위에 모여들지 않더라도, 마지막에는 부드럽게 원을 그리며 구덩이 속으로 떨어집니다. 당시는 구덩이의 주의에 튼튼한 울타리를 둘러야만 했습니다만 그것도 진작에 철거해 버렸습니다.

탐험가는 장교로부터 얼굴을 돌리려고 막연히 주위를 둘러보았다. 장교는 탐험가가 황폐한 골짜기를 바라보고 있다고 생각한 모양이었다. 장교는 탐험가의 양손을 쥐더니 탐험가의 눈길을 끌기 위해서 그의 주위를 돌면서 물었다.

"어떻습니까, 이 추한 꼴이?"

그러나 탐험가는 잠자코 있었다. 장교는 잠시 탐험가를 내버려두지 않을 수 없었다. 장교는 두 다리를 좌우로 벌리고 양손을 허리에 대고 선 채 땅바닥에 눈을 떨치고 있었다. 이윽고 장교는 기운을 되찾았는지 탐험가에게 미소를 던지면서 말했다.

"저는 어제 사령관이 선생님을 여기에 초청할 적에 선생님의 곁에 있었습니다. 그리고 그 초청의 말도 듣고 있었습니다. 사령관의 인품을 알고 있는 저로서는 사령관이 무슨 목적으로 그런 초대를 했는지 금방 알아차렸습니다. 사령관은 저를 처리해 버릴 수 있을 정도의 권력을 충분히 갖고 있을 텐데 아직껏 그렇게 하려고 하지 않습니다. 다시 말하면 바로 저를 선생님과 같은 저명한 외국인의 비판에 내맡기려는 속셈인 것입니다. 사령관의 계획은 면밀합니다. 선생님은 이 섬에 오신 지 이틀째인데 전임 사령관의 사고방식을 모르신다고요? 게다가 유럽적인 사고방식에 사로잡혀 있으시다고요? 혹시 사형 전반적, 특히 이와 같은 기계 장치에 의한 처형 방법에 대해 원칙적인 반대론자인지도 모릅니다. 그렇다면 그러한 처형이 공공의 관심을 불러일으키는 일 없이, 처참하게 벌써 파손된 기계에 의해서 집행되는 장면을 선생님께 보여 드린다면—방금 말한 것을 모두 종합한다면(아마도 이렇게 사령관을 생각하고 있을 것입니다), 선생님께서 이러한 저의 처치에 대하여 부당하다고 생각하실 것은 명약관화한 일이 아닌가, 그리고 정당하다고 생각지 않으시면 선생님께서는 그 문제에 (저는 죽 사령관의 입장에서 말씀드리고 있는 터입니다만) 잠자코 계실 리가 없다, 특히 선생님께서는 자신의 온갖 시련을 통해 얻은 신념에 깊은 확신을 갖고 계실 것이 틀림없으니까, 말하자면 이러한 심리입니다. 물론 선생님께서는 수많은 민족의 갖가지 특색을 실지로 보아 오셨을 테고, 그것들을 존중할 줄도 알고 계십니다. 그러므로 이러한 저의 처치에 대해서도 아마 선생님은 본국에서 이와 같은 경우에 대처할 때와 같이 전력을 다하여 반대를 하시거나 하진 않겠죠. 하지만 사령관 쪽에서도 결코 거기까지는 요구하지 않습니다. 얼떨결에 입 밖에 낸 극히 부주의한 한 마디, 그것만으로 충분합니다. 그 한 마디가 선생님의 신념에 합치하는 것이건 아니건 다만 표면상으로 사령관이 바라는 것에 맞기만 하면 되는 겁니다. 사령관이 간사한 꾀를 다 부려 선생님께 미주알고주알 고해 바쳤을 것이라고 저는 확신하고 있습니다. 사령관측 부인네들이 그때 필시 주위를 둘러싸고 앉아 귀를 기울이고 있었겠죠. 선생님께서는 그 자리에서 '우리나라에서는 재판 절차가 다르다' 든가, '우리나라에서는 판결 전에 피고의 신문이 행해진다' 든가, '우리나라에서는 사형 이외에도 여러 가지 형이 있다' 든가, '우리나라에서는 고문이 중세 시대에나 있었다' 든가 아마 그러한 내용을 말씀하시겠죠. 그러한 것은 모두 올바르고 선생님으로서도 자명하다고밖에 생각되지 않는 소견입니다. 제가 하는 이 일에 하등 지장을 주지 않는 순수한 발언인 것입니다. 그런데 사령관 입장에서는 그것들을 어떻게 받아들일까요. 저는 사령관이 별안간 의자를 옆으로 밀치면서 발코니로 뛰어나가는 모습이 눈에 선합니다. 그러면 부인네들은 우르르 몰려서 사령관의 뒤를 쫓아갑니다. 그러면 사령관의 목소리가 들리며—부인들은 그 목소리를 천둥 소리라고 부르고 있습니다—이렇게 이야기할 겁니다. '유럽의 위대한 학자로, 각국의 재판 절차를 자세히 조사하도록 명령을 받으신 분이 옛 관례에 의한 이곳의 절차는 비인도적이라고 방금 말씀하셨다. 이러한 저명인사로부터 그러한 비판을 받은 이상 본관으로서도 물론 그와 같은 절차를 더 이상 묵인해 둘 수는 없다. 그러므로 오늘 마지막으로 본관은 명령한다…… 어쩌고저쩌고'라고. 그러면 선생님께서는 사령관이 언명한 바와 같은 말을 한 적이 없다. 자신은 장교의 처치가 비인도적이라고 말하지 않았다. 아니, 오히려 평소의 깊은 견문과 식견에 입각하고 있으며, 더할 나위 없이 인도적이고 인간적이라고까지 생각하고 있다. 자신은 이곳의 기계 장치에 대하여 감탄을 할 정도라고 말씀하시면서 항의를 제기하려 하시겠죠. —그러나 때는 이미 늦은 것입니다. 선생님께서는 발코니로 나가실 수조차 없습니다. 발코니는 부인네들로 꽉 차 있으니까요. 그래 선생님께서는 어떻게 해서든지 사람들의 주의를 끌려고 하시겠죠. 선생님께서 큰 소리로 외치려 하셔도 부인네들의 손이 선생님의 입을 막아 버리고 맙니다. —이렇게 해서 이 사람이나 전임 사령관의 노작은 마침내 파멸하고 마는 것입니다."

탐험가는 터져 나오려는 미소를 억제하지 않으면 안 되었다. 말하자면 몹시 까다롭게 생각되었던 과제가 뜻밖에도 쉬웠기 때문이다. 그는 꽁무니를 빼면서 말했다.

"당신은 저의 영향력을 과대 평가하시는군요. 사령관은 제 추천장을 읽고 제가 재판 절차의 전문가가 아님을 잘 알고 계십니다. 설사 제가 의견을 진술했댔자 그것은 한 개인의 의견에 지나지 않겠지요. 그러니까 그 영향력은 다른 어느 누구의 의견과 조금도 다를 바가 없습니다. 어쨌든 이 유형지에서 제가 아는 한 매우 광범위한 권한을 갖고 계시는 사령관의 의견에 비하면 아무것도 아닙니다. 그런데 그러한 처치에 관한 사령관의 의견이 당신이 믿고 있는 것처럼 그렇게 단호한 것이라면 물론 저 같은 사람의 미미한 도움을 기다릴 것까지도 없이 이 처치의 최후가 다가온 것이 아닌가, 저는 생각합니다."

이쯤 말하면 이제 장교가 알아챘을까! 아니, 아직 알아차리지 못하고 있었다. 장교는 세차게 머리를 흔든 후 사형수와 졸병을 흘끔 돌아다보았다. 두 사람은 움찔 하고 죽 먹기를 중단하였다. 장교는 탐험가의 바로 코앞에까지 다가오면서 상대방의 양복저고리 근처로 눈을 떨구면서 전보다 목소리를 낮추어 말했다.

"선생님께서는 사령관을 잘 모르십니다. 선생님은 사령

관에게 있어서나 또 저희들 모두에게 있어서도 말하자면—실례되는 표현을 용서해 주십시오. —해가 되지 않는 입장에 있습니다. 선생님의 영향력은 아무리 높이 평가해도 지나치다고 할 수 없는 것입니다. 제 말에 거짓은 없습니다. 저는 선생님 한 분이 이 집행에 입회하신다는 말을 듣고 하늘에라도 오를 듯이 기뻤습니다. 사령관이 제게 그러한 조치를 취한다면 저 자신 역시 그 조치를 교묘하게 역이용할 것입니다. 선생님께서는 근거도 없는 귓속말이나 경멸의 눈초리 따위에 혹하지 마시고(그런 것은 형 집행에 대한 관심이 지금보다 큰 경우라도 피할 길이 없는 것인지도 모르겠습니다만) 제 설명에 귀를 기울여 주시고, 또한 기계도 잘 봐 주십시오. 이제부터 드디어 집행을 확인하시게 될 것입니다. 선생님의 비판은 이미 확고부동하게 결정되어 있을 것으로 짐작합니다. 아직 다소 의심스러운 점이 있더라도 집행을 보시는 도중에 자연히 해소될 것입니다. 그런데 부탁이 있습니다. 제발 사령관에게 대항하는 저의 편이 되어 주셨으면 합니다."

탐험가는 장교로 하여금 더 이상 말을 못 하게 했다.

"도저히 내겐 무리요." 탐험가가 외쳤다. "그건 정말 불가능한 일입니다. 나는 당신을 방해할 수도 없으려니와 힘이 되어 줄 수도 없습니다."

"아뇨. 할 수 있습니다. 할 수 있고말고요."

이렇게 장교는 말했다. 탐험가는 장교가 주먹을 부르쥐고 있는 것을 보고 약간 걱정이 되었다.

"할 수 있고말고요." 장교가 더욱 열을 올려 되풀이했다. "완벽하게 성공할 가능성이 있는 묘안이 하나 있습니다. 선생님께서는 자신의 영향력으로는 불충분하다고 생각하시지만 저는 충분하다고 확신하고 있습니다. 설사 일보 양보해서 선생님의 말씀이 옳다 하더라도 이러한 처치를 유지·보전해 가기 위해서는 온갖 방책을 다 강구하고 있고, 비록 위태롭다고 우려되는 그런 대책이라도 역시 시도해 보는 것이 필요하지 않을까요. 글쎄, 좌우간 제 묘안을 들어보십시오. 이 안을 실행하는 데 있어서 무엇보다도 필요한 것은 선생님께서 오늘 유형지에서의 이런 처치에 관한 비판을 되도록 삼가 주신다는 점입니다. 설사 맞대 놓고 질문을 받는 경우가 아니라도 결코 의견을 입 밖에 내서는 안 됩니다. 선생님이 말씀하시는 것은 간단하고 모호한 것이라야 합니다. 보신 일에 대해서 말씀하시기가 거북해졌다는 것, 선생님의 기분이 언짢다는 것, 또 솔직하게 말하지 않으면 안 된다고 강요하면 그것이야말로 그저 저주의 말밖에는 튀어나오지 않는다는 것을 사람들에게 눈치 채게 하는 것입니다. 저는 선생님이 거짓말을 해 주십사고 요구하고 있는 건 아닙니다. 단연코요. 다만 짤막하게 대답해 주시기만 하면 됩니다. 예를 들면 '집행을 보고 왔습니다' 라든가, '설명은 전부 들었습니다' 라든가 말입니다. 그 정도의 짧은 답변만 하시면 됩니다. 이렇게 해서 선생님의 기분이 언짢다는 걸 사람들에게 깨닫게 하는 것입니다만, 선생님께서 기분이 언짢아지신 동기에 대해 물론 사령관에게도 짚이는 구석이 충분히 있을 것입니다. 사령관은 물론 그것을 완전히 오해하여 그 나름으로 해석하겠죠. 저의 묘안도 거기에 있습니다. 내일 사령부에서는 사령관이 의장이 되어 고급 행정관이 모두 참석하는 대회의가 열립니다. 사령관은 말할 필요도 없이 이런 회의를 거듭하여 뭔가 전시회와 같은 것을 구상해 내기를 잘합니다. 실제로 화랑이 하나 세워지고 있습니다만 언제나 관람객이 만원입니다. 저는 억지로 회의에 참석하고 있습니다만 소름이 끼칠 정도로 싫습니다. 그건 어떻든지 간에 선생님은 아마 회의에 초대될 것입니다. 선생님이 오늘 저의 계획에 맞춰 태도를 취하여 주신다면 초대는 한 걸음 더 나아가 간절한 요청으로 바뀔 것입니다. 만일 어떤 알 수 없는 이유 때문에 선생님이 초대되지 않는 일이 생긴다면 물론 선생님 스스로 초대를 거부하지 않으면 안 됩니다. 그러면 초대를 받을 것은 의심할 여지가 없습니다. 그렇게 되면 내일 선생님께서는 부인네들과 함께 사령관의 특별석에 착석하시게 됩니다. 사령관은 종종 눈을 치켜뜨고 선생님께서 참석하셨다는 것을 확인할 것입니다. 그러다가 방청객만을 상대로 하여 시시껄렁하고 하찮은 갖가지 의제를 토의한 뒤에는(태반은 항구 건설에 관한 안건입니다. 언제까지나 항구 건설의 안건이 재론되곤 합니다) 재판 절차에 관한 건도 필시 의제로 오를 것입니다. 만일 사령관 편에서 끄집어내지 않거나, 혹은 곧 의제로 상정되지 않을 눈치면 제가 곧 그렇게 되도록 배려하겠습니다. 다시 말하면 벌떡 일어나서 오늘 집행에 대해 보고하면 됩니다. 아주 간단히, 다만 보고만 말입니다. 이러한 보고는 그런 장소에서는 그다지 전례가 없습니다만 저는 상관 않고 해냅니다. 사령관은 여느 때처럼 상냥한 미소를 지으며 저에게 치사를 하겠죠. 이렇게 되면 치사를 하면서 끝내 자제하지 못하고 반드시 이 좋은 기회를 포착할 것이 틀림없습니다. 그리고 '방금 사형 집행에 관한 보고가 있었습니다. 방금 이 보고에 이어 본관이 꼭 한 마디 덧붙여 말하고 싶은 것은 다름이 아니라 이번에 위대한 학자의 왕림을 맞아서 이곳 유형지가 더없이 영광스러운 곳임을 여러분들께서도 잘 아셨으면 합니다. 그분께서도 모처럼 사형 집행에 입회해 주셨기 때문입니다. 더욱이 오늘의 회의에도 참석해 주심으로써 회의의 의의가 더한층 높아졌습니다. 그래서 이를 계기로 학계의 위대하신 분께서 옛 관례에 의한 사형 집행과 그에 선행하는 재판 절차에 관하여 어떻게 판단하고 계신 지 고견을 여쭈어 보는 것이 어떻겠습니까?' 하고 대충 이와 비슷한 의견의 발언을 사령관은 할 것입니다. 물론 일제히 박수가 터지고, 전원 일치의 찬성이 이루어집니다. 그중에서도 저는 남달리 힘찬 박수를 보냅니다. 그러면 사령관은 선생님 쪽을 향해 꾸벅 인사를 하고 이렇게 말합니다. '그러면 일동을 대표해서 본관이 질문을 하겠습니다.' 그때 선생님께서는 난간 쪽으로 걸어 나오십니다. 양손을 수많은 사람들에게 보이도록 난간 위에 얹어 주십시오. 그러지 않으면 부인네들 손에 잡혀 손가락을 주물리게 될 테니까요. ─자, 드디어 선생님께서 발언하실 때가 온 것입니다. 과연 저는 그때까지 몇 시간의 긴장을 잘 견뎌낼 수 있을지 사뭇 염려됩니다. 선생님께서는 막상 답변하게 되면 절대로 망설여서는 안 되며, 솔직하게 진실을 털어놓으십시오. 난간에서 몸을 내밀듯이 하여 멋진 열변을 토하시는 것입니다. 그렇습니다. 선생님의 의견을, 선생님의 확고한 의견을 사령관을 향하여 사자후처럼 터뜨리시는 겁니다. 하긴 선생님께서는 이런 일을 좋아하지 않으실지도 모릅니다. 이런 방식은 선생님의 성격에는 맞지 않는다고도 생각됩니다. 선생님의 고국에서는 사람들이 이런 상황에서 다른 태도를 취할지도 모릅니다. 그렇더라도 좋습니다. 그래도 충분히 됩니다. 특별히 일어서실 것까지는 없습니다. 다만 두서너 마디만 말씀해 주십시오. 속삭이는 듯한 목소리라도 선생님의 눈앞에 있는 관리들의 귀에 들어가기만 하면 충분합니다. 선생님이 입으로 사형 집행에 대한 관심의 결여라든가 삐걱거리는 톱니바퀴, 끊어져 버린 가죽 띠, 속이 메슥거리는 펠트 등에 대해서 말씀해 주시지 않아도 괜찮습니다. 그렇습니다. 뒷일은 일체 제가 맡겠습니다. 저의 웅변의 힘으로 그자가 그 자리에 차마 앉아 있지 못해서 회의장을 뛰쳐나가 버리지만 않는다면 꼭 그 자가 무릎을 꿇게 하겠습니다. 전임 사령관이여! 당신 앞에 고개를 숙입니다. 하고 고백하지 않고는 못 배기게 만들어 보이겠습니다. 이것이 제 복안입니다. 이 복안의 실행에 힘을 빌려 주시겠죠? 아니, 물론 선생님에게는 그럴 의사가 있으신 거죠. 그렇지, 의사랄 정도가 아니라 의무죠."

말을 끝내자 장교는 탐험가의 양팔을 거머쥐고 거친 숨소리를 내며 얼굴을 쏘아보았다. 장교가 마지막 말을 울부짖듯이 했으므로, 졸병이나 사형수조차도 어안이 벙벙해 있었다. 두 사람은 전혀 상황을 알아차리지 못했음에도 불구하고 훔쳐 먹기를 그치고 입을 우물거리면서 탐험가 쪽으로 눈길을 돌려 그의 눈치를 살폈다.

탐험가로서는 해야 할 말을 이미 처음부터 작정하고 있었다. 그는 이제까지 인생의 경험을 폭넓게 쌓아온 덕분에 새삼스레 여기서 동요하지는 않았다. 워낙 공정한 인물이었던 그는 굽힐 줄을 몰랐다.

그럼에도 불구하고 그는 졸병과 사형수를 본 순간 잠깐 망설였다. 그러나 결국은, 그로서는 당연한 일이긴 하지만 "거절하겠습니다." 하고 말했다. 장교는 눈을 계속 껌벅거리면서도 탐험가에게서 눈을 떼지 않았다.

"설명을 원하십니까?"

탐험가가 물었다. 장교는 잠자코 고개를 끄덕였다.

"나는 그러한 방식에서 반대입니다." 하고 탐험가가 덧붙여 말했다. "나는 당신이 방금 털어놓은 통사정을 듣기 전부터 (물론 나는 당신의 그와 같은 신뢰를 어떠한 일이 있더라도 악용은 하지 않겠습니다만) 나로서는 이러한 방식에 대해 간섭을 해도 괜찮은지, 또 간섭을 한다 하더라도 성공할 가망성이 다소라도 있는지에 대해서 이미 심사숙고하였습니다. 간섭을 하는 경우, 맨 먼저 누구를 상대로 해야 할 것인지는 나로서도 분명히 압니다. 물론 사령관입니다. 당신의 설명 덕분에 그 점은 내게 더욱 분명하게 인식되었습니다. 그렇다고 해서 그것으로 내 결심이 굳혀진 것은 아닙니다. 그렇기는커녕 당신의 그 외곬으로 파고드는 신념에는 나도 결심까지야 흔들리지는 않았습니다만 깊은 감동을 느끼고 있습니다."

장교는 잠자코 기계를 향해 다가가 놋쇠 막대를 하나 쥐더니 조정에 소홀한 점이 있나 없나를 살피듯이 뒤로 약간 몸을 젖혀 제도기를 올려다보았다. 졸병과 사형수는 이제 서로 친해진 듯했다. 사형수는 단단히 결박되어 몸이 매우 부자유스러웠음에도 불구하고 졸병에게 눈짓으로 신호를 보내고, 졸병은 사형수 쪽으로 엎드려 뭔가 속삭거린 후 고개를 끄덕여 보였다.

탐험가는 장교의 뒤를 쫓아다니며 말했다.

"당신은 내가 무엇을 하려고 생각하고 있는지 아직 모르는 모양이오. 나는 이러한 방식에 대한 내 견해를 사령관에게 전하기는 하겠지만 결코 회의 같은 데선 말하지 않겠습니다. 직접 대놓고 전하겠습니다. 그리고 또 어떤 회의건 거기에 초대될 때까지 기다릴 만큼 나는 느긋이 이곳에 묵고 있을 수가 없습니다. 벌써 내일 아침 일찍이 여기를 떠나 있든가 적어도 배를 탈 예정입니다."

장교는 이미 듣고 있는 것같이 보이지 않았다.

"그렇다면 저의 방식에 선생님도 납득을 못하셨단 말이군요."

장교는 혼잣말처럼 말하고 마치 노인이 어린아이의 철없

는 짓거리를 보고 속셈을 숨겨 두고도 빙그레 웃는 것처럼 미소를 지어 보였다.

"그렇다면 벌써 때가 왔습니다."

장교는 마침내 말을 하고 갑자기 밝은 눈초리로 탐험가를 응시했다. 그 눈초리에는 뭔가 도와달라는 듯한, 또는 재촉하는 듯한 기색이 있었다.

"무얼 할 때란 말입니까?"

탐험가는 불안해져서 물었으나 대답은 없었다.

"네놈은 자유의 몸이다."

장교는 사형수를 향해 말했다. 사형수는 처음에는 그것을 믿지 않았다.

"자, 자유의 몸이다. 네놈은,"

장교가 되풀이했다. 그때야 비로소 사형수의 얼굴에 생기가 떠올랐다. 그것은 정말일까, 금세 변할지도 모를 장교의 변덕에 불과한 것은 아닐까. 아니면, 저 이국의 탐험가가 힘을 써서 자기를 위해 특사를 얻어내 준 것은 아닐까? '이게 어찌 된 일일까' 하고 사형수의 얼굴은 묻고 있는 듯이 보였다. 그러나 그것도 오래 가지는 않았다. 설사 어떻게 됐든 간에 용서를 받았다면 사형수는 진짜로 자유의 몸이 되고 싶다고 생각한 모양이었다. 사형수는 써레가 허용하는 한 몸을 뒤흔들기 시작했다.

"가죽 띠가 끊어지잖아." 장교는 소리를 질렀다. "꼼짝 말고 있어. 곧 풀어 줄 테니까."

그리고 그는 졸병에게 눈짓을 하고, 졸병과 함께 작업에 착수했다. 사형수는 아무 말도 하지 않고 다만 목소리를 죽이고 줄곧 혼자 웃으면서 번갈아 오른쪽의 장교와 왼쪽의 졸병 쪽으로 얼굴을 돌리고 있었다. 물론 탐험가 쪽으로 돌리는 것도 잊지 않았다.

"끌어내라."

장교가 명령했다. 이 경우에 써레가 있는 만큼 상당히 주의를 하지 않으면 안 되었다. 사형수는 너무 서둘렀기 때문에 벌써 등에 몇 군데 긁힌 상처가 났다.

그때부터 장교는 벌써 사형수에 대해서 거의 신경을 쓰지 않고 있었다. 그는 저벅저벅 탐험가 곁으로 오더니 다시 조그만 가죽 지갑을 꺼내어 그 속을 이리저리 들추어 마침내 찾고 있던 종이쪽지를 발견하고는 그것을 탐험가에게 보여 주었다.

"읽어 보십시오."

장교가 말했다. 그러고는 같이 읽기 위해 탐험가 옆에 나란히 섰다. 그런데 그것마저 소용이 없자 장교는 절대로 종이쪽지에는 손을 대게 할 수 없다는 듯 높직이 쳐들면서 새끼손가락으로 종이쪽지 위를 짚어나가기 시작했다.

그렇게 해서 탐험가의 해독을 도우려고 생각한 모양이었다. 탐험가는 하다못해 그 정도는 장교의 뜻을 들어줘야겠다고 마음먹고 여러 가지로 애를 써 보았지만 역시 헛일이었다. 그러자 장교는 거기에 씌어진 글씨의 자모를 한 자 한 자 더듬어 갔다. 그리고 나서 그 자모들을 다시 한 번 짜맞추어 읽었다.

"「정의를 지켜라.」—라고 쓰여 있습니다." 이렇게 장교는 말했다. "어떻습니까. 선생님께서도 읽어내지 못할 게 없지 않습니까?"

탐험가는 종이쪽지 위에 나직이 엎드리듯이 하여 들여다 보았다. 그 바람에 장교는 손이 닿을까 봐 겁을 먹고 종이쪽지를 멀리 떼어 놓았을 정도였다. 탐험가는 이제 새삼스럽게 특별한 말은 하지 않았으나 여전히 문자를 읽는 것은 불가능했다.

"「정의를 지켜라.」라고 씌어 있습니다." 장교가 거듭 말했다.

"그럴지도 모르죠." 탐험가가 말했다. "필시 그렇게 쓰여 있겠죠."

"그렇다면 됐습니다."

장교는 어느 정도 만족하여 그렇게 말하고는 종이쪽지를 손에 든 채 사닥다리를 타고 올라갔다. 그리고 그 종이쪽지를 매우 조심스럽게 제도기 속에 펴고는 톱니바퀴 장치의 배열 순서를 완전히 바꿔치고 있는 것 같았다. 그렇게 되니 아주 작은 톱니바퀴까지도 문제가 될 것이 틀림없었다. 사뭇 힘이 드는 작업인 듯싶었다. 때로는 장교의 머리가 몽땅 제도가 안으로 들어가 버릴 뻔한 때도 있었다. 그토록 면밀하게 그는 톱니바퀴 장치를 점검해야만 했던 것이다.

탐험가는 밑에서 장교의 그러한 작업을 끊임없이 눈으로 좇고 있었다. 계속 눈부신 햇살을 받았기 때문에 눈은 따가웠고 목줄기는 뻣뻣해져 왔다. 졸병과 사형수는 이미 서로의 일밖에는 신경을 쓸 여유가 없었다. 이미 구덩이 속에 버려졌던 사형수의 셔츠와 바지는 졸병이 총검의 끝으로 찍어서 주워 올렸다. 셔츠가 기분 나쁠 정도로 더러워졌으므로, 사형수가 그것을 물통 속에 넣어 헹궜다. 그러고는 셔츠와 바지를 입었지만 사형수도 졸병도 저도 모르게 큰 소리로 웃음을 터뜨리지 않을 수 없었다. 모처럼 입은 옷이 등줄기 쪽에서 한일자로 죽 찢어져 있었기 때문이다.

사형수는 그때 싫든 좋든 졸병을 위로해 주지 않으면 안 되겠다고 생각한 모양이었다. 죽 찢어진 옷을 몸에 걸친 채 졸병 앞에서 빙글빙글 원을 그리며 춤을 추기 시작했다. 졸병은 땅바닥 위에 웅크리고 앉아 웃으면서 무릎을 치고 있었다. 그러면서도 두 사람은 그 자리에 있는 높은 양반들을 의식해서 애써 자제를 하고 있었다. 장교는 위에서의 작업이 그제야 겨우 끝난 듯 미소를 지으면서 다시 전체를 세부에 이르기까지 죽 훑어보고는 그때까지 열어 놓았던 제도기의 뚜껑을 닫고 내려왔다. 그리고 구덩이 속을 들여다보고 다시 눈을 사형수 쪽으로 옮겨 사형수가 벌써 옷가지를 꺼낸 것을 보자 만족하여 손을 씻기 위해 물통 있는 곳으로 갔다. 하지만 때는 이미 늦어 물이 기분 나쁠 정도로 더러워졌음을 알아차렸다. 장교는 그렇게 된 이상 손을 씻을 수가 없었으므로 실망해서 축 쳐져 있더니 마침내 모래 속으로—이런 때의 대용품으로는 성에 차지 않았지만 이제 그는 순응하는 도리밖에 없었다—손을 쑤셔 박았다. 그러고는 벌떡 일어서서 군복 저고리의 단추를 끄르기 시작했다. 그때 칼라의 안쪽에 찔러 넣고 있던 숙녀용 손수건이 두 장 떨어져서 그의 손에 잡혔다.

"네놈 손수건이다. 돌려준다." 그는 말하고 사형수를 향해 그것을 던졌다. 그리고 탐험가를 향해 설명하듯이 말했다. "부인네들의 이별의 선물입니다."

양복저고리를 벗고 나서, 완전히 발가벗기 전까지는 분명히 서두르고 있었음에도 불구하고 장교는 벗어 버린 옷가지를 일일이 매우 꼼꼼하게 개켜 갔다. 옷에 달려 있는 은몰을 각별히 손으로 쓰다듬어 잠을 재우기까지 했다. 그리고 저고리를 흔들어 술의 위치를 바로잡기까지 했다. 그런데 꼼꼼한 동작과 물론 앞뒤가 맞지 않는 일이었지만 그는 하나하나 개키는 족족 매우 기분이 언짢은 듯이 그것을 구덩이 속으로 휙 던져 버리고 마는 것이었다. 마지막으로 손에 남은 것은 혁대가 달린 짧은 검이었다. 그는 칼집을 벗기더니 칼날을 두 동강으로 부러뜨려 부러진 칼과 칼집과 혁대를 모두 한데 거머쥐고 세차게 내동댕이쳤으므로, 아래 구덩이 속에서 서로 맞부딪치는 소리가 들렸을 정도였다.

이윽고 장교는 발가벗은 알몸으로 우뚝 섰다. 탐험가는 입술을 깨물고 아무 말도 하지 않았다. 앞으로 어떤 일이 벌어질지 탐험가도 알고는 있었지만 그렇다고 해서 장교가 하는 일을 방해할 권리는 없었다. 장교가 집착하고 있는 재판 절차가 지금 당장(혹시 탐험가의 간섭을 받게 될지도 몰랐다. 탐험가의 입장으로는 간섭하는 것을 의무로 느끼고 있었기 때문이다) 폐지될 운명에 처해 있다면 지금 장교의 행동은 참으로 정당하다고 해야 한다. 설사 탐험가가 장교의 처지에 있었다 해도 역시 그러한 행동을 취할 수밖에 없었으리라.

졸병이나 사형수는 처음에는 아무 영문을 모르고 있었다. 잠깐 돌아보지도 않았을 정도였다. 사형수는 손수건을 되돌려 받고 무척 기뻐하고 있었다. 그런데 그 기쁨도 오래가지는 않았다. 졸병이 갑자기 옆에서 재빠르게 채갔기 때문이다. 졸병은 그것을 허리띠와 옷 사이에 찔러 넣었다. 그러자 이번에는 사형수가 졸병의 허리띠에서 손수건을 뺏으려고 기를 썼다. 졸병 쪽도 방심하고 있지는 않았다. 두 사람은 이렇게 시시덕거리면서 다투고 있었다. 그러는 가운데 장교가 옷을 홀랑 벗고 알몸이 된 다음에야 겨우 두 사람은 눈치를 챘다. 사형수는 뭔가 심상치 않은 일이 일어날지도 모른다는 예감에 가슴이 철렁해진 모양이었다. 자기의 신세가 이제는 장교에게로 옮겨 간 것이다. 어쩌면 이대로 최악의 사태에까지 이를는지도 몰랐다. 아무래도 저 이국의 탐험가가 그렇게 하라고 명령을 내린 것 같았다. 그렇다면 복수가 되는 셈이다. 자기는 단말마적 고통을 맛보지 않아도 되었었지만 장교는 거기까지도 복수를 받는 셈이다. 그렇게 생각한 순간 사형수의 얼굴에는 온통 말없는 홍소가 떠올랐고, 그것은 좀처럼 지워질 줄을 몰랐다.

그런데 장교는 벌써 기계를 행해 덤벼들고 있었다. 장교가 이 기계를 익숙하게 다룬다는 것은 전부터 똑똑히 알고 있었지만 이제 직접 눈으로 장교가 조종하는 솜씨라든가, 그에 따른 기계의 순종을 본다면 그 누구도 깜짝 놀랄 일이었다. 장교가 단지 손을 갖다 댔을 뿐인데도 써레는 상하로 움직였으며, 그 동작을 몇 번 계속하자 써레는 벌써 장교를 받아들이기에 딱 알맞은 위치에 이르러 있었다. 그리고 장교가 침대 가장자리에 손을 대기만 했는데도 벌써 침대는 미동을 시작하고 있었다. 그러자 펠트 뭉치가 장교의 입에 다가오고 있었다. 장교도 그 펠트 뭉치만은 절대로 입에 물고 싶지 않은 듯했으나 극히 짧은 일순간 망설였을 뿐 곧 단념을 했는지 그것을 입으로 물어 버렸다. 이렇게 해서 모든 준비는 갖추어졌다. 다만 가죽 띠만이 침대 가에 늘어뜨려져 있었다. 그러나 가죽 띠는 이 경우 분명히 불필요했다. 장교는 특별히 결박을 당하지 않아도 되었기 때문이다. 그런데 그때 사형수는 가죽 띠가 매어져 있지 않다는 것을 깨달았다. 그대로는 집행이 완전하게 이루어지지 않을 것으로 생각한 모양이었다. 사형수는 줄곧 졸병에게 눈짓으로 알리고 있었다.

얼마 후, 이윽고 두 사람이 함께 장교를 결박하기 위해 달려갔다. 마침 장교는 이미 한쪽 다리를 뻗고 제도기를 움직이는 연접봉을 밀려던 참이었는데, 두 사람이 다가오는 것을 보자 그 다리를 거둬들이고, 자신을 묶게 내버려 두었다. 그렇게 되자 연접봉은 이미 장교가 미치지 못하는 곳에 가 있었다. 그렇다고 졸병이나 사형수로서는 어느 것이 연접봉인지 분간조차 하지 못했다. 탐험가는 그 자리를 움직이지 않겠다고 결심하고 있었다. 그러나 그것조차도 쓸데없는 일이었다. 가죽 띠가 매어지자마자 기계가 움직이기 시작했기 때문이다. 침대가 조금씩 움직이고, 무수한 바늘이 피부 위에서 춤추었으며, 써레는 아래위로 요동하고 있었다. 탐험가가 잠시 그러한 상황을 지켜보고 있는 가운데 제도기의 톱니바퀴 하나가 삐걱거린다는 것을 문득 상기했다. 그런데 윙윙 소리조차 들리지 않을 정도로 기계 전체가 조용한 것이었다.

기계가 이처럼 조용하게 작동하자 어느 틈엔가 사람들의 관심에서 완전히 벗어나게 되었다. 탐험가는 졸병과 사형수 쪽으로 눈을 돌리고 있었다. 사형수는 유난히 활기에 넘쳐 있었다. 기계의 각 부분에 흥미가 끌리는 듯 몸을 낮게 구부리기도 하고 발돋움을 하기도 하면서 줄곧 둘째손가락을 뻗어 뭔가 졸병에게 가리키고 있었다. 탐험가는 그것이 창자가 끊어지듯 괴로웠다. 마지막까지 현장에 남을 작정을 하고 있던 탐험가도 이제는 두 사람의 태도를 차마 보고만 있을 수가 없었던 모양이다.

"너희들, 돌아가."

이렇게 말했다. 졸병은 그때 명령대로 할 생각이 들었는지도 모른다. 그러나 사형수는 그 명령을 처벌로 생각한 듯 두 손을 모아 그 자리에 남아 있게 해 달라고 계속 빌었다. 그래도 탐험가가 고개를 저으며 도무지 응해 주지 않자 무릎을 꿇고 빌기까지 했다. 탐험가는 이 마당에 아무리 명령해 봤자 소용이 없다고 깨닫고 그들 옆으로 가서 두 사람을 쫓아 버려야겠다고 마음먹었다. 바로 그때였다. 머리 위의 제도기 속에서 뭔가 잡음이 나고 있는 것을 언뜻 들었다. 탐험가가 돌아다보았다. 역시 전의 그 톱니바퀴 하나가 고장난 것일까. 그렇지는 않았다. 천천히 제도기의 뚜껑이 들어올려지더니 이윽고 쾅 하고 소리가 나며 완전히 열리고 말았다. 그와 동시에 어떤 톱니바퀴의 톱니가 보이고 그것이 차츰 밀고 올라오더니, 얼마 안 가서 그 톱니바퀴가 모습을 온전히 드러냈다. 마치 어떤 어마어마한 힘이 제도기를 압착했기 때문에 제도기 속에 더 이상 그 톱니바퀴를 수용할 자리가 없어진 것 같았다. 톱니바퀴는 제도기의 가장자리까지 굴러가더니 눈 깜짝할 사이에 아래로 떨어져서, 모래 위를 얼마 동안 세로로 굴러가다가 옆으로 쓰러지고 말았다.

그런데 그때 벌써 머리 위에서 다른 톱니바퀴가 고개를 쳐들고 올라오고 있었다. 이렇게 해서 차례차례 크고 작은 것, 심지어 눈으로 분간도 할 수 없을 정도로 조그만 것까지 계속 자꾸 나타나서는 같은 동작을 되풀이하는 것이었다. 이젠 저 톱니바퀴만 나오면 제도기 안은 이러나저러나 텅 비겠거니, 아니, 이제 이번이 마지막이겠거니 하고 마음을 졸이며 보고 있노라니 그때마다 다시 엄청난 톱니바퀴로 이어진 새로운 것이 나타나서 밀고 올라와 떨어지고 모래 위를 굴러가서 쓰러지곤 하는 것이었다. 이 사태를 보자 사형수는 이미 탐험가의 명령조차도 까맣게 잊고 있었다. 그는 무수한 톱니바퀴를 보고 미친 듯이 흥분하고 있었다. 그는 졸병을 채근하여 도와달라고 하면서 톱니바퀴를 가로채려고 열을 올리고 있었다. 하지만 막상 잡으려고 손을 뻗을 때마다 움찔 하고 손을 움츠리지 않을 수 없었다. 바로 그 뒤에 다른 톱니바퀴가 계속 이어져서 그것이 적어도 구르기 시작했을 때에는 저도 모르게 움츠러들지 않을 수 없었기 때문이다.

그에 반해 탐험가는 침착성을 잃고 있었다. 기계가 붕괴된 것은 분명하였다. 조금 전의 정상적 가동은 기만에 지나지 않는다. 탐험가는 더 이상 장교가 해야 할 일을 할 여유가 없게 된 이상, 이제는 자신이 그 일을 도맡아야 할 것 같았다. 그러나 탐험가는 계속 떨어지고 있는 톱니바퀴에 온통 정신을 빼앗겨 기계의 다른 부분을 감시하는 일을 소홀히 하고 있었다. 그런데 지금 마지막 톱니바퀴가 제도기를 떠난 뒤 써레 쪽을 들여다보던 그는 다시 새삼스럽게 경악에 휩싸이고 말았다.

써레는 이미 글씨를 쓰고 있지 않았다. 다만 찔러대고 있을 뿐이었다. 또 침대도 몸을 굴리기는커녕 미동을 계속하면서 바늘이 제대로 꽂히도록 몸을 떠받들고 있을 뿐이었다. 탐험가는 손을 써서 어떻게든 기계 전체를 멈춰야겠다고 생각했다. 지금 연출되고 있는 것은 장교가 받고자 마음 먹었던 고문이 아니라 직접적인 살해였다. 탐험가는 즉시 손을 뻗쳤다. 그런데 벌써 그때는 써레가 보통 때에는 열두 시간째에야 하기로 되어 있는 것을 별안간 작동을 시작하여 몸을 들어올리면서 옆쪽으로 돌고 있었다. 피가 몇백 줄기나 줄줄 흐르고 있었다. 물은 섞이지 않았다. 물을 뿜어내는 모세관도 이번만은 그 역할을 다하지 못한 것이었다. 그런데 마지막 단계에 가서 기계는 가장 요긴한 기능을 상실했다. 몸이 긴 바늘에 찔린 채 빠지지 않아 피를 폭포수처럼 흘리면서 구덩이 위쪽에 걸린 채 아예 떨어지려고도 하지 않았다. 써레는 본래의 위치로 되돌아가려 하고 있었지만 아직 그 짐을 떨어내지 못하고 있다는 걸 알아챘는지 여전히 구덩이 위쪽에서 엉거주춤하고 있었다.

"이봐, 좀 거들어."

하고 탐험가는 졸병과 사형수를 향해 소리치고 장교의 발을 잡았다. 탐험가는 장교의 발을 자신의 몸으로 꽉 누를 작정이었다. 두 사람을 반대쪽으로 돌아가게 하여 장교의 머리를 잡도록 한다면 장교의 몸을 서서히 바늘에서 떼어낼 수 있을 것이었다. 그런데 두 사람은 가까이 설 결심을 하지 못하고 있었다. 사형수는 아예 등을 돌렸다. 탐험가는 하는 수 없이 두 사람 있는 데까지 걸음을 옮겨 억지로 두 사람을 장교의 머리 쪽으로 몰아세우고 오지 않으면 안 되었다. 그 때 탐험가는 본의 아니게 장교의 얼굴을 보고 말았다. 살아 있을 때 그대로의 얼굴이었다. 장교가 그토록 다짐했던 구제의 징후는 어디에서도 발견할 수 없었다. 이제까지 다른 사람들이 모두 이 기계에 누워 발견해 온 것을 장교는 끝내 발견해 내지 못하고 있었다. 입술은 꼭 다물려 있었고, 눈은 뜬 채 아직도 생기가 감돌고 있었다. 눈초리는 평안했고 깊은 확신에 넘쳐 있었다. 그리고 이마엔 커다란 철제 끌의 끝이 뾰족하게 내밀고 있었다.

탐험가가 졸병과 사형수를 거느리고 간신히 유형지의 시가지에 접어들었을 때, 졸병이 그 중의 한 집을 가리키며 말했다.

"저게 찻집입니다."

그것은 건물의 1층에 있었고, 깊숙하고 천장이 낮았으며, 주위의 벽들은 천장과 마찬가지로 그을려서 마치 동굴과도 같은 방이었다. 다만 그 방의 거리에 면한 부분이 이쪽 끝에서 저쪽 끝까지 자유로이 드나들 수 있도록 탁 튀어 있을 뿐이었다. 찻집이란 이름뿐, 그 건물도 사령부의 웅장한 건물을 제외하곤 모두 몹시 낡아빠진 유형지의 다른 집들과

거의 다른 데가 없었지만, 그래도 탐험가에게는 역사적인 기념물과도 같은 감명을 안겨 주었다. 그는 지난날의 권력과 세도에 감명을 받았던 것이다. 그는 저벅저벅 가까이 다가갔다. 그리고 두 사람의 동행인과 함께 가게 앞의 길 위에 늘어놓인 빈 테이블 사이를 빠져서, 안쪽에서 흘러나오는 싸늘하고 곰팡내 나는 공기를 들이마셨다.

"그 영감쟁이는 여기에 매장되어 있습니다." 졸병이 말했다. "묘지에다 장소를 고르려 했지만, 목사가 완강히 버티는 바람에 어디에 묻어야 할지 고민하다가 결국 여기에 묻어 버리고 말았습니다. 아마 장교도 이 일에 대해서는 한 마디도 선생님께 말씀드리지 않았을 것입니다. 왜냐하면 장교가 제일 수치스럽게 여기고 있었던 일이니까요. 물론 장교도 야음을 틈타 두세 번 그 영감쟁이를 파 옮기려고 했습니다만 그때마다 쫓겨나곤 했습니다."

"그 무덤이 어딘가?"

이렇게, 졸병의 말을 진담으로 곧이들을 수 없었던 탐험가가 물었다. 그 말을 듣기가 무섭게 졸병과 사형수는 둘 다 탐험가의 앞장을 서서 달려가기 시작했다. 그리고 손을 뻗쳐 무덤이 있는 곳으로 짐작되는 언저리를 가리키면서 탐험가를 막다른 벽 쪽으로 안내해 갔다. 그곳의 몇몇 테이블에 손님이 앉아 있었다. 모두 노무자들인 듯했다.

볼에서 턱에까지 온통 새까만 수염이 짧게 나 있는 억센 사나이들이었다. 모두들 윗도리를 안 입고 셔츠는 갈가리 찢겨져 보기에도 가난한 천민들처럼 보였다. 탐험가가 다가가자, 두세 사람은 벌떡 일어나 벽에 몸을 찰싹 붙이면서 탐험가를 경계하는 눈초리로 쏘아보았다. "외국인이야." 탐험가의 주변에서 그런 속삭임이 들렸다. "무덤을 구경하겠다는 건가 봐."

노무자들이 테이블 하나를 옆으로 밀어붙이자 그 아래에 틀림없이 무덤이 있었다. 허술한 돌인데 테이블 밑에 넉넉히 가려질 만큼 키가 낮았다. 거기에 아주 작은 글씨로 묘비명이 새겨져 있었다. 탐험가는 무릎을 꿇고 읽을 수밖에 없었다.

노사령관, 여기에 잠들다. 이제 여기에 구태여 성명은 적지 않았지만 노사령관을 신봉하는 사람들이 서로 모여 여기에 사령관을 위해 무덤을 파고 묘석을 안치하다. 이제 세월이 지나면 사령관이 다시 살아나 이 집에서 부하들을 거느리고 이 유형지를 탈환하리라는 예언이 있으니 믿고 기다릴지어다.

탐험가가 이것을 다 읽고 일어섰을 때 주위의 사나이들도 일어나서 탐험가를 에워싸면서 엷은 웃음을 짓고 있었다.

우리네도 함께 묘비명을 읽었지만 가소롭기 짝이 없는 문구로밖에는 생각되지 않는다. 어때, 당신도 우리네 의견에 찬성하지 않겠느냐고 말하고 싶은 듯한 엷은 웃음이었다. 탐험가는 일부러 거기에는 모른 체하였고 잔돈을 몇 푼 사나이들에게 나누어 주고는 테이블이 본래대로 무덤 위에 다시 놓이기를 기다렸다가 찻집을 나와 항구로 향했다.

졸병과 사형수는 찻집에서 아는 사람에게 붙들려 있었지만 얼마 후 그들의 손길을 뿌리쳤음이 틀림없었다. 탐험가가 작은 배에 타기 위해 긴 계단의 중간쯤에 겨우 이르렀을 때에 벌써 두 사람은 탐험가의 뒤를 좇아오고 있었다. 두 사람은 아무래도 막 떠나려는 순간에 가서 탐험가더러 꼭 함께 데려가 달라고 조를 셈인 모양이었다. 탐험가가 계단을 다 내려와 사공을 상대로 기선까지 건네 달라고 교섭을 하고 있는데, 두 사람은 아무 말도 하지 않고 계단을 뛰어내려오고 있었다. 소리를 내면 두 사람의 계획은 수포로 돌아가기 때문이었다. 그런데 두 사람이 계단을 다 내려섰을 때에는 이미 탐험가가 작은 배에 올라탔고, 사공이 배를 육지에서 떼어놓은 참이었다. 그래도 두 사람은 작은 배에 뛰어올라 탈 수 있었을는지도 모른다. 하지만 탐험가가 뱃바닥에서 마디 굵은 밧줄을 집어 들어 두 사람을 위협하며 뛰어올라 타는 것을 막았다. 🪦

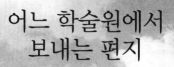

어느 학술원에서
보내는 편지

존경하는 학술원 신사 여러분!

여러분은 지난날 원숭이였던 시절의 보고서를 제출해 달라고 요구하셨습니다. 여러분의 요청은 제게 더할 나위 없는 영광입니다. 그러나 애석하게도 저는 여러분이 생각하는 그런 보고서를 제출할 수가 없습니다.

원숭이였던 때와 지금의 저 사이에는 5년이라는 긴 세월이 가로막고 있습니다. 달력을 기준으로 본다면 그리 긴 세월이 아닐지도 모르지요. 하지만 저처럼 죽어라 달음박질쳐온 자에게는 말할 수 없이 긴 세월이었습니다. 물론 고매한 사람들이 저에게 고귀한 충고를 해주었고, 군중들의 박수갈채 그리고 오케스트라의 음악이 저와 함께 하기도 했습니다. 하지만 근본적으로 저는 늘 혼자였습니다. 함께 했던 그 모든 것들은 비유를 들어 말씀드리자면─울타리 저 너머에 멀찍이 서 있었을 뿐입니다.

만일 제가 원숭이의 천성 그대로 살겠다고 고집을 부리거나 어린 시절의 추억에 매달렸다면 오늘날처럼 성공할 수 없었을 것입니다. 하지만 모든 종류의 고집을 포기하는 것, 그것이야말로 제가 스스로 세운 첫 번째 계명이었습니다. 자유로운 원숭이었던 저는 그 계명의 멍에를 짊어졌습니다. 드디어 시간이 흐르면서 추억의 문도 점차 닫히게 되었습니다.

만약 인간이 그럴 마음만 먹었더라면 하늘이 땅 위에 펼쳐놓은 저 넓은 문을 통과해서 자유롭게 과거의 원숭이로 돌아갈 수 있었을 겁니다. 하지만 제가 채찍질을 당하며 앞으로 발전해 나가는 동안 그 문은 점점 낮아지고 좁아졌습니다. 이후 저는 인간 세상이 차츰 편안해졌고, 점점 인간세상에 동화되어 갔습니다.

드디어 과거로부터 거세게 불어오던 폭풍이 가라앉았습니다. 오늘 그 폭풍은 제 발의 뒤꿈치를 식혀 주는 한 자락의 바람에 불과할 정도입니다. 폭풍이 불어오기 전 제가 그 옛날 통과해 왔던 저 먼 곳의 구멍은 이제 너무나 작은 것이 되었습니다. 그래서 저에게 그 구멍으로 되돌아갈 힘과 의지가 있다고 하더라도 그 구멍을 다시 통과하려면 제 몸의 털가죽이 한 가닥도 남김없이 모조리 벗겨지고 말 것입니다.

이왕 이렇게 된 것 솔직히 말씀드리겠습니다. 이런 이야기는 멋진 비유로 들려 드리고 싶지만 차라리 솔직히 털어놓고 말씀드리겠습니다. 존경하는 신사 여러분! 여러분의 원숭이 본성 말입니다. 여러분도 그런 시절을 거쳐 왔다면, 원숭이의 본성과 여러분 사이의 거리가 원숭이의 본성과 저 사이의 거리보다 더 크지는 않을 겁니다. 이곳 땅위를 걸어다니고 있는 한 하찮은 침팬지이건 위대한 아킬레스이건 원숭이 본성이 발뒤꿈치를 간질이고 있는 것은 마찬가지입니다.

하지만 제한된 범위 내에서라면 저는 아마도 여러분의 질문에 답변할 수 있을 것입니다. 제게는 그것이 아주 커다란 기쁨이기도 하답니다. 제가 가장 먼저 배웠던 것이 있습니다. 그것은 악수를 청하는 것이지요. 악수를 청한다는 것은 마음을 연다는 뜻입니다. 제 생애 최고의 날이라고 할 수 있는 최근, 저는 누구에게든 악수를 청할 때 다정한 인사말을 곁들이는 것을 잊지 않습니다. 저의 이런 글이 학술원에 전혀 새로운 사실을 밝혀 줄 수는 없을 것이며, 여러분이 제게 요구한 것과는 턱없이 부족할 것입니다. 그것은 제가 아무리 노력해도 명쾌하게 설명할 수 없는 부분이 있기 때문입니다. 그러나 원숭이였던 자가 어떻게 인간 세계에 비집고 들어와 자리를 잡게 되었는지, 그 기본적인 과정은 보여줄 것입니다. 하지만 이제부터 제가 여러분에게 들려드릴 이야기가 제아무리 하잘 것 없다고 해도, 만일 제가 저 자신에 대하여 확고한 확신이 없다거나, 이 문명 세계의 가장 큰 쇼무대에서의 제 지위가 흔들릴 수 없을 정도로 확고부동하지 않으면 절대로 말씀드릴 수가 없었을 것입니다.

저는 아프리카의 황금 해안 출신이지요. 제가 어떻게 잡혔는지에 관해서는 다른 사람들의 보고에 의존하여 말씀드려야겠습니다.

어느 저녁 무렵, 제가 원숭이 무리 한가운데에 뒤섞여 물을 마시러 갔을 때, 하겐벡 회사의 사냥 원정대가—이 원정대의 대장과는 그 후 여러 차례 고급 적포도주를 비운 사이입니다—물가 수풀 속에 숨어 있었습니다. 잠시 후, 총성이 울렸습니다. 그리고 단 한 마리의 원숭이가 총에 맞았는데, 그 총 맞은 원숭이가 바로 저였습니다. 저는 두 방을 맞았습니다.

한 방은 뺨에 맞았습니다. 총상은 심각한 정도는 아니었지만 털이 뭉텅 빠져나갔고, 새빨간 큰 상처가 남았습니다. 저는 그 상처 때문에 불쾌한 것은 물론이고 저와는 전혀 어울리지도 않는, 그야말로 원숭이 새끼에게나 어울릴 법한 '빨간 피터'란 별명을 갖게 되었습니다. 빨간 피터라니요! 얼마 전에 뒈진 피터, 그러니까 여기저기 조금 알려진 서커스 원숭이 피터라는 놈하고 제가 이 빨간 흉터밖에는 닮은 점이 없는데 말입니다. 말이 나온 김에 하는 이야기입니다만……

두 번째 총알은 엉덩이 아래에 맞았습니다. 그것은 매우 심각한 부상으로, 그 때문에 저는 오늘날까지도 다리를 조금 절게 됐습니다. 최근 저는 저에 대해서 이러쿵저러쿵 말도 안 되는 신문 기사들을 마구 써대는 수많은 개자식들의 글 나부랭이들 가운데 한 명이 쓴 글이 눈에 띄더군요. 그 작자는 저의 원숭이 본성이 아직 완전히 통제되지 않은 상태라고 썼더군요. 그리고는 증거라고 들이대는 것이 제가 손님이 오면 총에 맞은 상처를 보여 주려고 바지를 벗는 걸 아주 좋아한다나요. 참 나, 그따위 글을 써 갈기는 작자의 손가락은 총알로 하나씩 날려 버려야 합니다. 저는, 저는 말입니다. 제가 원한다면 누구 앞에서건 바지를 벗을 권리가 있습니다. 바지를 벗어 보았자 잘 손질된 털과—여기서 특정한 목적을 위해 특정한 단어를 쓰겠습니다. 부디 오해하지 마시길 바랍니다. —빌어먹을 총알이 남긴 상처밖엔 아무것도 없습니다. 모든 것이 만천하에 명명백백하게 드러나 있습니다. 아무것도 숨길 것이 없습니다. 아무리 위대한 사상가라도 진리를 밝혀야 할 때는 세련된 매너 같은 것은 내팽개칩니다. 하지만 그런 기사를 쓴 그 작가가 만일 손님이 왔을 때 바지를 벗는다면, 그것은 물론 좀 다른 이야기가 될 것입니다. 그러므로 저는 그 인간이 손님들 앞에서 바지를 벗지 않는다는 사실을 이성이 있다는 표시로 인정하겠습니다. 그러니 그 작자도 자신의 예민한 감각을 기준으로 저를 비난하려 들지 말았으면 하는 것입니다.

그 충격이 있고 난 후 저는 (여기서부터 점차 저 자신의 기억이 시작됩니다) 하겐벡 회사의 증기선 갑판 위에 있는 우리 안에서 깨어났습니다. 그것은 사방이 쇠창살로 된 것이 아니라 하나의 궤짝에 세 개의 쇠창살로 벽을 만들어 놓은 것이었습니다. 그러니까 궤짝이 네 번째 벽이었던 셈이지요. 우리 안은 똑바로 일어서기에는 너무 낮고 털썩 주저앉기에는 너무 좁았습니다. 그래서 저는 계속 떨리는 무릎을 구부린 채 쪼그리고 앉아 있었습니다. 그래서 처음에는 아무도 보고 싶지 않고, 어두운 곳에 숨어 있고 싶어서 궤짝 쪽으로 돌아앉아 있었습니다. 그러고 있자니 쇠창살이 등살로 파고드는 것 같았습니다. 사람들은 야생동물을 잡으면 처음에는 그런 식으로 가두는 것이 가장 좋은 방법이라고 생각하는 것 같습니다. 그리고 저 역시 제 경험을 비추어 때 그것이 인간적인 의미에서는 가장 옳은 방법이라는 것을 부정할 수 없습니다.

하지만 당시의 저는 그런 생각을 하지 못했습니다. 저는 난생 처음으로 출구가 없는 상황에 놓이게 된 것이었지요. 적어도 앞으로 똑바로 나갈 수는 없었습니다. 제 앞에는 상자가 있었거든요. 그것은 널빤지에 또 다른 널빤지를 단단히 이어 붙여서 짠 상자였습니다. 널빤지 사이에 틈새가 있긴 했지요. 그 틈새를 처음 발견했을 때 저는 행복에 겨워

괴물처럼 울부짖었지만 안타깝게도 그 틈새는 저의 꼬리를 밀어 넣을 수도 없을 만큼 좁아 제아무리 원숭이라도 도저히 넓힐 수 없었습니다.

나중에 사람들이 제게 들려준 이야기입니다만, 제가 그때 이상하리만치 조용했다고 합니다. 그래서 제가 금방 죽어 나가거나 아니면 그 최초의 고비를 무사히 넘기고 아주 잘 길들여질 것이라고 생각했다고 합니다. 저는 용케 그 시기를 견디고 살아남았습니다. 저는 소리를 죽여 가며 흐느끼고, 아프도록 벼룩을 잡았으며, 코코아 껍질을 힘겹게 빨기도 하고, 머리통으로 궤짝의 벽을 두드리기도 하고, 누가 가까이 오면 혀를 내밀기도 했습니다. 저는 새로운 사람에게 하는 그런 짓들에 몰두했습니다. 하지만 무슨 짓을 하건 출구가 없다는 단 한 가지 감정에 사로잡혀 있었습니다. 물론 저는 그 당시 원숭이로서 느낀 감정을 인간의 언어로 기록할 뿐이므로 약간의 오류도 있을 것이라고 생각합니다. 하지만 제가 지금 그 옛날 원숭이의 진실에 더 이상 도달할 수 없다고 하더라도, 적어도 그 방향만은 옳을 것입니다. 이 점에 대해서는 의심의 여지가 없습니다.

그전까지 제게는 출구가 아주 많았는데, 우리에 갇힌 다음에는 단 하나의 출구도 없었습니다. 저는 들러붙어 버린 것입니다. 사람들이 설령 저를 못박아 놓았다고 해도 자유롭게 움직일 수 있는 가능성이 더 줄어들지는 않았을 것입니다. 왜 이런 이야기가 나오지? 아, 발가락 사이를 피가 나도록 긁어 보아도 그 이유를 알 수 없습니다. 몸뚱이가 두 쪽으로 갈라질 때까지 등으로 쇠창살을 밀어보아도 그 이유를 알 수 없었습니다. 저는 출구가 없었고, 그래서 출구를 만들어야 했습니다. 출구가 없이는 살 수 없었기 때문이지요. 언제까지고 그 궤짝 벽에 들러붙어 살아야 했다면 저는 결국 죽고 말았을 겁니다. 하지만 하겐벡 회사에서 생각하는 원숭이란 결국 궤짝 벽에 들러붙은 존재일 뿐입니다. 그래서 저는 원숭이이기를 포기했습니다. 정말 명석하고 멋진 생각이었습니다. 그것은 어쨌거나 제 뱃속에서 나온 생각임이 틀림이 없습니다. 원숭이는 배로 생각을 하니까요.

제가 쓰는 '출구'라는 개념을 여러분들이 정확히 이해하지 못할까 봐 걱정이 됩니다. 저는 '출구'라는 개념을 가장 일상적인 의미에서, 그리고 가장 확실한 의미에서 사용하고 있습니다. 에둘러서 '자유'라고 말하지 않는 겁니다. 제가 쓰고 있는 '출구'란 개념은 사방이 훤히 뚫린 저 위대한 감정인 자유와는 분명하게 구별됩니다. 저는 아마도 원숭이였을 적에는 자유를 알고 있었고, 또 자유를 동경하는 사람들도 사귀게 되었습니다. 하지만 있는 그대로를 고백하자만 저는 그 당시나 지금이나 자유를 갈망하지는 않습니다. 말이 나왔으니 말인데, 사람들은 자유라는 말에 너무나 자주 스스로를 기만하고 있습니다. 자유가 가장 숭고한 감정 중 하나이기 때문에 자유로운 것처럼 속이는 현혹도 가장 숭고한 현혹들 가운데 하나입니다. 저는 쇼 무대에 나가기 전에 한 쌍의 곡예사가 천장에 매달려서 공중 그네를 타는 것을 보았습니다. 그들은 서로 품안에 뛰어들기도 하고, 한 사람이 다른 사람의 머리카락을 입으로 물어 나르기도 했습니다.

"제멋에 겨운 동작들, 저것도 인간의 자유라고 할 수 있겠구나!"

저는 그렇게 생각했습니다. 정말이지 그것은 성스러운 자연에 대한 조롱입니다! 원숭이들이 그 광경을 본다면 얼마나 웃어댈지, 그 웃음소리로 아무리 튼튼하게 지은 건물이라도 무너져 내릴 것입니다.

아닙니다. 저는 자유를 원하지 않았답니다. 출구 하나를 원했을 뿐입니다. 오른쪽이건 왼쪽이건 상관없었습니다. 저는 다른 것은 그 무엇도 바라지 않았습니다. 출구가 착각에 지나지 않는다고 하더라도 상관이 없다고 생각했지요. 바라는 바가 작으니 착각이라고 해도 별 것이 아닐 것입니다. 계속 앞으로, 계속 앞으로! 두 손을 높이 들고 가만히 서 있는 것만 아니라면! 궤짝 벽에 들러붙어 있는 것이 아니라면!

오늘날 제가 분명히 알고 있는 사실이 하나 있습니다. 그
것은 제 마음이 대단히 안정되어 있었기 때문에 그 고비를
헤치고 빠져 올 수 있었다는 겁니다. 정말이지 오늘날의 제
가 있게 된 것은 모두가 그때 배 안에서 제게 찾아온 마음의
안정 덕분입니다. 제 마음에 진정으로 안정을 준 것은 배에
서 만났던 사람들입니다.

그들은 사소한 문제를 안고 있었음에도 불구하고 착한 사
람들이었습니다. 저는 요즘에도 당시 어렴풋이 잠이 들었
을 때 들었던 그들의 묵직한 발소리를 기억 속에서 더듬곤
합니다. 그들은 무슨 일을 하건 아주 천천히 시작하는 습관
이 있었습니다. 어떤 남자는 눈을 비비려고 할 때면 무슨 무
거운 추라도 들어올리듯 손을 들어올렸습니다. 그들이 주
고받는 농담은 조금 거칠었지만 따뜻했습니다. 웃음소리가
조금 위태롭게 들리기는 하지만 기침소리도 늘 섞여 있었습
니다. 입 안에는 늘 뱉어낼 것을 담고 다녔는데, 그것을 어
디에 뱉을 것인지 신경 쓰지 않았습니다. 그들은 제 몸뚱이
에 사는 벼룩이 자기들에게 옮을까 봐 늘 불평을 했지만 그
것 때문에 제게 정말 화를 낸 적은 한 번도 없었습니다.

그들은 제 털 속에 벼룩이 많고, 벼룩은 옮는다는 사실을
알고 있었을 뿐입니다. 그들은 그 사실을 있는 그대로 받아

들였습니다. 그들은 쉬는 날이면 제 주위에 반원을 그리고 앉기도 했습니다. 그들은 이야기는 거의 하지 않고 서로 으르렁대기만 했습니다. 궤짝 위에 다리를 뻗고 담배를 피우거나 파이프를 피웠습니다. 그럴 때 제가 조금이라도 움직이기라도 하면 금세 무릎을 치며 신기해 했습니다. 가끔은 또 어딘가에서 막대기를 가져와 제가 시원해 할 만한 곳을 골라 긁어 주는 사람도 있었습니다. 지금 누군가 저에게 다시 그 배를 타고 함께 여행하자고 초대한다면 저는 분명 거절할 것입니다. 혹시 그 배를 다시 타게 되더라도 갑판 위에서 되살리게 될 기억들이 꼭 불쾌한 것만은 분명 아닙니다.

그 사람들 사이에서 저는 마음의 안정을 얻었고, 그 덕분에 저는 도망치려는 시도를 더 이상 하지 않게 되었습니다. 지금 와서 돌이켜 보면 당시에도 저는 어렴풋하게나마 살고자 한다면 출구를 찾아야 하지만 도망을 친다고 출구를 찾을 수는 없다는 것을 예감했던 것 같습니다. 당시 도망칠 가능성이 있었는지 지금은 잘 모르겠습니다만 원숭이는 언제든 도망칠 수 있다고 생각합니다. 지금의 제 이빨로는 호두를 깨먹는 것조차 조심해야 할 지경이지만 당시라면 틀림없이 자물쇠조차도 물어뜯을 수 있었을 것입니다. 하지만 저는 그렇게 하지 않았습니다. 그런다고 해서 무엇이 더 나아지겠습니까? 아마 제가 머리통을 내밀기가 무섭게 그들은 나를 다시 붙잡았을 테고, 더 고약한 우리에 가두었을 겁니다. 아니면 다른 동물들, 예를 들어 맞은편에 있던 구렁이 우리로 잘못 도망쳐서 칭칭 감겨 숨이 끊어졌을지도 모릅니다. 아니면 갑판 위까지 몰래 도망쳐서 뱃전 너머로 뛰어내릴 수 있었을지도 모르지만, 그래봤자 망망대해에서 잠깐 허우적거리다가 익사하고 말았을 겁니다. 그런 짓들은 절망에 빠진 자들이나 저지르는 맹목적인 행동입니다. 저는 그렇게 인간들처럼 계산하지는 않았습니다만 주위 환경의 영향을 받아서 계산한 것처럼 처신했습니다.

저는 계산적이라고 할 수는 없지만 아주 침착하게 관찰을 계속했습니다. 저는 사람들이 이리저리 오가는 모습을 보았습니다. 언제나 같은 얼굴들, 같은 동작들이었습니다. 때로는 모두가 한 사람처럼 보였습니다. 그 사람, 아니 그 사람들은 아무런 방해도 받지 않고 걸어다니고 있었습니다. 그때 저에게 커다란 목표가 하나 떠올랐습니다.

'나도 저들처럼 되자!'

사실 제가 그들처럼 되고 싶다고 해도 쇠창살을 열어 주겠다고 약속한 사람은 아무도 없었습니다. 그처럼 불가능해 보이는 일을 가지고 약속을 하지는 않는 법입니다. 하지만 그런 가당찮은 목표가 정말로 성취된다면, 그 약속은 혹시나 하는 마음으로 헛된 노력을 한다고 생각하는 바로 그 자리에 생겨납니다. 사실 그 사람들에게는 제 마음을 끄는 특별한 구석이라고는 전혀 없었습니다. 제가 만일 앞서 이야기했던 자유의 신봉자였다면 저는 그 사람들의 침울한 눈빛이 보여준 '출구' 보다는 차라리 망망대해를 선택했을 겁니다. 하지만 저는 그런 것들을 생각하기도 전부터 그 사람들을 오랫동안 관찰해 왔습니다. 그리고 제가 관찰한 것들이 차곡차곡 쌓이면서 저를 특정한 방향으로 몰아갔습니다.

그들을 흉내 내기는 매우 쉬운 일이었습니다. 침 뱉기는 며칠 만에 바로 해낼 수 있었습니다. 그렇게 되자 우리는 서로 상대방의 얼굴에 침을 뱉었습니다. 그들과 저 사이의 차이란 이런 것이었습니다. 저는 나중에 제 얼굴을 깨끗이 핥아 냈지만, 그들은 그렇게 하지 않았다는 데 있었습니다. 파이프 담배도 얼마 가지 않아서 인간 영감처럼 피울 수 있었습니다. 제가 파이프를 입에 문 채 엄지손가락으로 파이프 대가리까지 꾹꾹 누르면 사람들은 갑판이 떠내려갈 정도로 환호성을 지르며 좋아했습니다. 다만 한 가지, 텅 빈 파이프와 담배를 꽉 채운 파이프의 차이를 오랫동안 이해하지 못했습니다.

가장 어려웠던 것은 독주병이었습니다. 그 냄새는 정말 지독했습니다. 저는 젖 먹던 힘까지 다해서 저 자신과 싸웠지만 그 고비를 넘기기까지는 몇 주일이 걸렸습니다. 사람들은 이상하게도 저의 그런 내적 투쟁을 저의 다른 어떤 면보다도 진지하게 평가했습니다. 지금 돌이켜 생각해 보아도 저는 당시 각각의 사람들을 구별하지 못했습니다. 그 사람이 그 사람 같았으니까요. 하지만 언제나 늘 저를 찾아오던 사람이 한 명 있었습니다. 그는 혼자 오기도 하고 동료들과 어울려서 오기도 했습니다. 낮이고 밤이고 아무 때나 왔습니다. 그는 술병 하나를 들고 제 앞에 서서 저를 가르쳤습니다. 그는 저를 이해할 수 없는 존재라고 생각했기에 제 존재의 수수께끼를 풀려고 했던 것입니다. 그는 천천히 술병의 코르크 마개를 열었습니다. 그러고는 제가 그 상황을 이해했는지 살피려고 저를 쳐다보았습니다. 고백하지만 저는 언제나 더할 수 없는 주의력으로 황급히 그를 주목했습니다. 이 세상의 모든 인간 선생이 지구를 샅샅이 뒤진다고 해도 저 같은 인간 제자를 찾아낼 수는 없을 겁니다. 그는 목구멍 속까지 따라왔습니다. 그는 그런 저에게 만족해서 고개를 끄덕이며 술병을 입술에 댔습니다. 저는 조금씩 배워가는 것이 너무 황홀해서 꽥꽥 소리를 지르며 손이 닿는 대로 제 몸의 이곳저곳을 마구 긁어댔습니다. 그는 기분이 좋아져서 병을 입에 대고 한 모금 마십니다. 저는 그것을 따라하지 못해 안달을 하다가 결국 절망한 나머지 똥오줌을 질질 싸며 우리 안을 더럽혔지요. 그런 저의 모습을 보며 그는 크게 만족했습니다. 이제 그는 병을 쑥 내밀었다가 다시 큰 원을 그리며 입으로 가져가 마십니다. 저를 가르치기 위해 과장되게 몸을 뒤로 젖히고 단숨에 병을 비웁니다. 저는 너무도 큰 욕망에 나가떨어져 더 이상 그의 행동을 따라하지 못하고 힘없이 쇠창살에 매달립니다. 그러면 이론 수업은 그것으로 끝나고, 그는 배를 쓰다듬으며 싱긋 웃습니다.

그 다음에는 실습이 시작됩니다. 이론 수업으로 벌써 제가 너무 지치지 않았느냐고요? 그건 그렇습니다. 벌써 기진맥진한 상태였지요. 그것도 제 운명이었습니다. 하지만 저는 최선을 다하여 그가 내미는 술병을 받아들었습니다. 그리고 덜덜 떨면서 코르크 마개를 열었지요. 병마개를 제대로 열고 나자 새로운 힘이 천천히 솟구쳤답니다. 저는 병을 들어 입에 댑니다. 선생의 시범과 구별할 수 없을 정도로 똑같습니다. 하지만 너무도 역겹고 구역질이 나서 결국 병을 던져 버리고 맙니다. 이미 텅 빈 병이어서 냄새만 날 뿐인데도 저는 그 지독한 냄새를 견디지 못하고 그만 바닥에 내던지고 맙니다. 그 일에 대해서는 저 스승도 슬퍼하지만 무엇보다도 저 자신이 가장 슬퍼합니다. 병을 던져 버리고 난 뒤에 아주 훌륭한 솜씨로 배를 쓰다듬으며 싱긋 웃는 것까지 잊지 않고 해냈지만, 나의 스승에게도 내게도 위안이 되지는 않았습니다.

수업은 자주 받았지만 늘 그런 식으로 끝났습니다. 제 스승의 명예를 위해서 드리고 싶은 말씀이 있습니다. 그는 절대로 제게 화를 내지 않았습니다. 물론 가끔씩 불이 붙은 파이프를 제 털가죽에 갖다 대고 제 손이 잘 닿지 않는 어딘가가 타 들어갈 때까지 있기도 했지만 잠시 후 다시 그의 커다랗고 다정한 손이 불을 꺼 주었습니다. 그는 제게 화를 내지 않았습니다. 그는 우리가 한편이 되어 원숭이의 본성과 싸우고 있다는 것, 그리고 제가 진 짐이 더 무겁다는 것을 통찰하고 있었습니다.

　그러던 어느 날 저녁, 제 스승과 저는 많은 관객들에게 둘러싸인 채 엄청난 승리의 환호성을 올리게 되었습니다. 그날, 아마도 파티가 열렸던 것 같습니다. 축음기가 돌아가고, 한 장교가 사람들 사이를 어슬렁거리고 있었습니다. 그날 저녁, 저는 철창 앞에 놓여 있던 술병 하나를 무심코 집어 들었습니다. 그리고 사람들이 차차 주목하는 가운데 코르크 마개를 배운 대로 열고 술병을 입에 문 다음, 아무런 망설임 없이, 꿀꺽꿀꺽 목구멍으로 소리를 내며 진짜로 다 마셔 버렸습니다. 얼굴 한번 찡그리지 않고 대단한 술꾼처럼 데굴데굴 눈알까지 굴리면서 말이지요. 그러고는 절망에 빠진 패자가 아니라 멋진 예술가답게 술병을 바닥에 던졌습니다. 그런 후 배를 쓰다듬는 건 잊어버리고, 그 대신 참을 수 없는 강력한 충동에 감각이 몽롱해져서 그만 짤막하게 "헬로" 하고 멋들어진 소리를 내질렀습니다. 인간의 소리를 낸 겁니다. 그리고 그 소리와 함께 인간 사회로 뛰어든 겁니다.

"들어봐! 저놈이 말을 하네."

그때 사람들이 질러댄 함성의 메아리는 땀발울이 뚝뚝 떨어지는 제 몸뚱이에 쏟아지는 키스와도 같았습니다.

다시 한 번 말씀드리지요. 저는 인간을 흉내 내는 일에 특별한 매력을 느끼지는 못했습니다. 다만 출구를 찾기 위해 흉내를 냈을 뿐이지요. 그 이외의 다른 이유는 전혀 없습니다. 방금 이야기 드린 저 승리감과도 별 상관이 없습니다. 다시 인간의 목소리를 낼 때까지는 몇 달이 걸려야 했습니다. 독주병에 대한 거부감은 전보다 더 심해진 것 같았습니다. 하지만 제가 나아가야 할 방향만은 확실히 정해졌답니다.

함부르크에서 첫 조련사에게 넘겨졌을 때, 두 개의 갈림길이 제 앞에 놓여 있음을 깨달을 수 있었습니다. '동물원이냐! 쇼 무대냐!' 저는 망설이지 않았습니다. '쇼 무대에 나가기 위해온 정성을 다해 노력하자. 그것이 출구다. 동물원은 새로운 우리일 뿐이다. 우리 속으로 들어가면 그걸로 끝장이다.'

존경하는 신사 여러분! 저는 배웠습니다. 아! 다른 길이 없을 때는 배우게 됩니다. 출구를 원할 때 배우게 됩니다. 인정사정없이 배우게 됩니다. 스스로를 감시하는 감독이 되어 저 자신을 채찍으로 내리치며 조금이라도 반항기가 느껴지면 제 살을 짓찧어 놓았습니다. 제가 가지고 있던 원숭이 본성은 똘똘 뭉쳐져서 황급히 제게서 빠져나와 사라졌습니다. 그런 이유 때문에 저의 첫 스승은 바보가 되어 곧 수업을 포기했고, 정신병원으로 실려 가야 했습니다. 하지만 다행히 정신병원에서 다시 나오게 되었습니다.

이후 저는 많은 선생들을 소비했습니다. 심지어는 여러 명의 선생들을 한꺼번에 소비하기도 했습니다. 제가 저 자신의 능력을 확신하게 되었을 때, 세상 사람들이 저의 발전에 주목했을 때, 저의 미래가 빛나기 시작했을 때, 저는 선생들을 고용하여 다섯 개의 방에 제각각 앉혀놓고 쉴 새 없이 이 방에서 저 방으로 뛰어다니며 그들 모두에게서 마구 배웠습니다.

아! 그 눈부신 발전! 잠에서 깨어나면 뇌 속으로 사방에서 밀려들어오는 그 지식의 빛줄기! 저는 부인하지 않습니다. 그것이 저를 행복하게 해주었습니다. 하지만 고백할 것이 하나 있습니다. 저는 지식을 과대평가하지 않습니다. 그 당시에도 그랬지만 지금에 와서는 더더욱 그렇습니다. 지구상에서 아직 유례를 찾아볼 수 없는 노력으로 저는 유럽인의 평균치 교양을 쌓게 되었습니다. 그것은 그 자체로는 특별한 의미가 없었지만 덕분에 저는 우리에서 나오게 되었으며, 이 특별한 출구, 즉 인간의 출구를 갖게 되었다는 점에서 상당한 의미를 갖습니다. 저의 상황을 표현해 줄 아주 멋진 표현이 하나 있습니다.

'덤불 속으로 숨다' 라는 표현 말입니다. 그렇습니다. 저는 덤불 속으로 숨었습니다. 자유란 선택할 수 있는 것이 아니라는 것을 전제로 한다면 제게 다른 길은 없었습니다.

지금 제가 걸어온 길과 제가 추구했던 목표를 돌이켜보면 후회할 것도, 그렇다고 특별히 만족스러울 것도 없습니다. 저는 두 손을 바지 호주머니에 찔러 넣고 탁자 위에 포도주병을 올려놓은 채 비스듬히 흔들의자에 기대어 창 밖을 내다봅니다. 그리고 손님이 오면 예의를 갖추어서 영접합니다. 저의 매니저는 응접실에 앉아 있습니다. 제가 초인종을 누르면 제 방으로 와서 제 지시를 듣습니다. 저녁이면 거의 언제나 공연이 있고, 공연마다 늘 예외없는 성공입니다. 밤 늦게 파티나 학술회의, 기분 좋은 회합을 마치고 집으로 돌아오면 반쯤 훈련이 끝난 조그만 침팬지 암놈이 저를 맞이하고, 저는 그녀 곁에서 원숭이의 행복을 즐깁니다. 하지만 낮 동안은 그녀가 보고 싶지 않습니다. 그녀의 눈빛에는 혼란에 빠진 동물의 광기가 보입니다. 그런 것은 오직 저만이 알아볼 수 있습니다. 그리고 저는 그걸 참고 견딜 수가 없습니다.

여하튼 전반적으로 볼 때 저는 달성하려고 했던 목표를 달성했습니다. 그것이 그렇게 고생할 만한 가치가 없는 것이라고 말씀하지는 말아 주십시오. 어찌 되었건 저는 인간의 판단을 받고 싶지 않습니다. 저는 다만 지식을 전파하려고 할 뿐이며, 보고할 뿐입니다.

여러분에게도, 고귀하신 학술원 신사 여러분에게도 저는 다만 보고를 드렸을 뿐입니다. 🔲

법 앞에서
술 취한 자와의 대화
선고
단식 광대
첫 슬픔
조그마한 여자
춤추는 요제피네

법 앞에서

　법 앞에 문지기가 서 있다. 시골에서 온 한 사나이가 문지기에게 법 안으로 들어가게 해 달라고 부탁한다. 하지만 문지기는 지금은 입장을 허락할 수 없다고 한다. 시골에서 온 사나이는 곰곰이 생각하다가 그렇다면 나중에는 들어갈 수 있느냐고 묻는다.

　문지기는 "그건 가능하지. 하지만 지금은 안 돼."라고 말한다. 법으로 가는 문은 언제나처럼 활짝 열려 있고, 문지기는 그 옆에 서 있기 때문에, 시골에서 온 사나이는 문을 통해 안을 들여다보려고 허리를 구부렸다. 그걸 본 문지기가 껄껄 웃으면서 말한다.

　"그렇게 궁금하면 내가 금지를 하건 말건 들어가 봐. 하지만 알아둘 일이 있어. 나는 힘이 세. 그리고 나는 최하급 문지기일 뿐이야. 방을 통과할 때마다 문지기가 서 있는데, 그때마다 더욱 힘이 센 문지기를 만나게 되지. 세 번째 문지기만 되어도 나 정도는 똑바로 쳐다볼 수도 없어."

시골에서 온 사나이는 이런 어려움에 직면하리라고는 생각지도 못했다. 그는 법이란 모든 사람에게 언제나 열려 있어야 하는 것이라고 믿었지만, 지금 모피 외투를 입고 있는 문지기의 크고 뾰족한 코, 길고 가늘며 검고 뻣뻣한 수염을 자세히 살펴보며 입장을 허락할 때까지 기다리는 것이 더 낫겠다는 결심을 한다. 문지기는 그에게 의자를 하나 주며, 문 옆에 앉아 있게 한다. 그는 의자에 앉아 며칠, 아니 몇 년을 보낸다. 그는 안으로 들어가려는 시도를 끊임없이 했으므로 문지기는 그의 부탁에 짜증이 난다. 문지기는 가끔씩 간단한 신문을 통해 그의 고향 사정을 비롯하여 그 밖의 것들을 캐묻지만, 그것은 높은 사람들이 던지는 유와 같은 그렇고 그런 질문들이다. 그런 질문들은 언제나 아직은 입장을 허락할 수 없다는 말로 끝난다. 이 여행을 위해 많은 물건을 가지고 왔던 시골 사나이는 문지기의 환심을 사기 위해 아주 귀중한 것도 아낌없이 뇌물로 사용하는 등 준비했던 모든 것을 탕진한다.

문지기는 무엇이건 받지만 그때마다, "내가 이런 걸 받는 건 자네가 모든 노력을 아끼지 않았다고 생각하지 않도록 하기 위해서일세."라고 말한다.

긴 세월이 흐르는 동안 시골에서 온 사나이는 거의 매일 끊임없이 문지기를 바라본다. 그는 다른 문지기들은 믿었다. 그에겐 이 첫 번째 문지기가 법으로 들어갈 수 없도록 만든 단 하나의 장애물로 보인다. 그는 이 불행한 우연을 저주했다. 처음 몇 해는 문지기가 듣거나 말거나 큰 소리로 말했지만 세월이 흘러 늙은 뒤에는 혼잣말로 웅얼거린다. 그는 어린아이처럼 된다.

수년간 문지기를 연구한 탓에 그의 모피외투 깃에 있는 벼룩들까지 알아보게 된 그는 벼룩들에게까지 자신을 도와 문지기의 마음을 돌리게 해달라고 부탁한다. 마침내 시력이 흐려진 그는 주위가 정말 어두워진 건지 아니면 그의 눈에만 그렇게 보이는 건지 알지 못한다. 하지만 절대 꺼질 수 없는 광채가 법의 문을 통해 비쳐오는 것은 어둠 속에서도 알아볼 수 있다. 이제 그는 더 이상 오래 살지 못할 것이다. 죽음을 앞둔 그의 머릿속에는 지난 세월 동안 쌓았던 모든 경험들이 모여 하나의 질문이 된다. 그것은 아직까지 문지기에게 물어보지 않은 질문이다. 그는 굳어 가는 몸을 더 이상 일으켜 세울 수 없었기에 문지기에게 가까이 다가오라고 손짓한다. 문지기는 몸을 잔뜩 구부려야 했다. 두 사람의 키 차이가 시골 사나이에게 몹시 불리하게 작용했기 때문이다.

"이제 또 무엇을 더 알고 싶나? 자네는 정말 지칠 줄 모르는군."

문지기가 묻는다.

"모든 사람들이 법을 향해 나아가려 애쓰고 있지 않소? 그런데 그 많은 세월이 흐르는 동안 그 누구도 입장을 요구하지 않다니, 대체 어찌 된 일이오?"

문지기는 그가 이제 곧 숨을 거두리라는 걸 알고 큰소리로 외쳤다.

"이곳에서는 어느 누구의 입장도 허락할 수 없소. 이 입구는 당신만을 위해 정해진 것이기 때문이오. 이제 나는 가서 문을 닫겠소."

술 취한 자와의 대화

내가 종종걸음을 치며 집을 나서자 하늘에서는 달과 별과 거대한 창공이, 그리고 원형 광장에서는 시청이며 마리아 입상과 성당이 갑자기 나를 덮쳐왔다.

나는 그림자가 진 곳에서 달빛이 비치는 곳으로 나와서 코트의 단추를 풀었다. 그러고는 양손을 들어 한밤의 아우성을 잠재운 후 가만히 생각했다.

'마치 실제로 존재하는 체하다니, 너희들은 대체 어떻게 된 거냐. 너희들은 차가운 보도 위에 우스꽝스러운 모습으로 서 있는 나를 오히려 비현실적인 존재로 믿게 하려는 거냐. 그러나 그대 하늘이여! 그대가 실제로 존재했던 것은 이미 오래 전의 일이다. 원형 광장 너 역시 한 번도 존재한 적이 없었다.'

'물론 사실이다, 너희들은 나보다 우월한 것은 사실이지. 하지만 그것은 내가 너희들을 가만히 놓아둘 때뿐이란

다.'

'달아, 다행히 넌 더 이상 달이 아니구나. 달이라고 이름 붙여진 너를 여전히 달이라고 부르는 것은 내가 무심했기 때문인지도 모르겠어. 내가 너를 '신기한 빛을 내는 잊혀진 종이 초롱'이라고 부르면 너는 왜 더 이상 거만을 떨지 않는 거야. 그리고 널 '마리아 입상'이라고 부르면 왜 움츠러드는 거야. 마리아 입상아, 내가 널 '노란 빛을 내뿜는 달'이라고 부르면 너의 위협적인 모습을 더는 볼 수가 없겠지.'

'너희들을 깊이 생각하는 것은 너희들에게 좋지 않다는 것이 사실인가 보구나. 용기도 건강도 쇠퇴하는 걸 보니 말이야.'

'사물을 깊이 생각하는 사람이 술주정뱅이에게 배운다면 아주 유익할 텐데.'

'왜 모든 것이 조용해진 거지? 바람이 더 이상 불지 않는 것 같군. 가끔 작은 바퀴를 달고 있는 것처럼 광장 위를 돌아다니는 작은 집들도 단단히 붙어 있는걸. 아주 조용해. 보통 때는 땅과 구별이 되는 가늘고 검은 선이 지금은 전혀 보이지 않아.'

그래서 나는 마구 달리기 시작했다. 아무런 방해도 받지 않고, 그 큰 광장 주위를 무려 세 번이나 뛰었다. 그리고 술주정꾼을 만나지 못했기에 속도를 줄이지도 않고, 힘들다고 느끼지도 않으면서 카를 거리를 향해 뛰었다. 내 그림자 역시 내 옆에서 마치 벽과 길바닥 사이의 오목하게 팬 길을 가듯이 벽에 붙은 채 달려왔다.

소방서를 지나가고 있을 때쯤 작은 원형 광장에서 소음이 들려왔다. 이윽고 그곳으로 접어들자 분수의 울타리에 기대어 서 있는 술주정뱅이가 보였다. 그는 팔을 수평으로 들고는 나무 슬리퍼에 꿰어 있는 두 발을 동동 구르고 있었다.

호흡을 진정시키기 위해 잠시 멈추었던 나는 곧 그에게로 다가가 실크 모자를 벗고 스스로를 소개했다.

"안녕하십니까, 친절한 귀인 나리! 저는 지금 스물셋인데 아직 이름이 없습니다. 하지만 당신은 분명히 이 대도시 파리 태생으로, 매우 경이로우며 노래처럼 리드미컬한 이름을 가지고 있겠지요. 우아한 프랑스 궁정의 아주 부자연스러운 향기가 당신을 둘러싸고 있군요."

"당신은 분명 높직하고 밝은 테라스에서 꽉 끼는 코르셋을 입고는 빈정대듯이 뒤돌아서 있는 저 위대하신 숙녀들을 묘한 눈으로 보셨겠지요. 계단 위에 펼쳐진 그녀들의 아름다운 긴 옷자락 끝이 아직 정원의 모래 위에 놓여 있답니다. 이곳저곳에 늘어선 긴 장대 위로 잿빛 상의와 하얀 바지를 입은 하인들이 기어오르고 있군요. 다리를 장대에 끼고 있고, 상체는 가끔 뒤와 옆으로 구부리고 있지요. 그들은 밧줄에 매인 거대한 잿빛 아마포를 땅바닥으로부터 공중으로 팽팽하게 펼쳐야 하는데, 그것은 위대하신 숙녀분들께서 안개 낀 아침을 원했기 때문이지요."

문득 그가 트림을 하여 나는 매우 놀랐다.

"신사 나리! 정말 당신이 우리의 파리, 저 폭풍우 치는 파리에서 온 게 사실인가요? 이 미친 듯 우박이 떨어져 내리는 날씨에 말입니까?"

그가 다시 트림을 했으므로, 나는 매우 당황하여 말했다.

"그것이 저에게 대단한 영광을 가져온 것은 알고 있습니다."

나는 손가락을 재빨리 움직여 코트의 단추를 채우고 나서 부끄러워하며 말했다. "내 말에 대답할 가치가 없다는 걸 알고 있어요. 하지만 제가 당신에게 질문하지 않는다면 저는 울면서 인생을 보내야 할 겁니다."

"그런데 멋쟁이 신사 나리, 사람들이 나에게 해준 이야기가 사실인가요? 파리엔 멋지게 치장한 옷을 입은 사람들만이 있나요? 단지 현관만 있는 집들이 있나요? 또 여름날 하늘은 물 흐르듯 푸르고, 하얗게 뭉쳐진 작은 구름들로 아름답게 장식되어 있고, 그 구름은 전부 하트 모양이라는 게 사실인가요? 게다가 거기엔 늘 대성황을 이루는 진귀품 전시실이 있다지요? 그곳에는 최고의 영웅들, 범죄자들, 연인들의 이름표가 매달려 있는 나무들이 서 있다면서요."

"또 이런 말도 있더군요. 이 틀림없는 허위 소식 말입니다!"

"파리의 거리가 갑자기 둘로 갈라진다는데 사실인가요? 거리들이 불안하다는데 정말 그런가요? 항상 모든 게 제대로이지 않다는데 어찌 그럴 수 있나요? 사고가 한 번 나면 사람들은 길바닥에 거의 닿지 않을 정도의 큰 걸음걸이로 모여든다죠. 모두가 호기심에 차 있지만 실망하게 될까 봐 겁을 낸다지요. 그들은 다들 숨을 헐떡대면서 머리를 앞으로 대민다지요. 그러다 서로 몸이 닿으면 깊이 머리를 숙여 이렇게 용서를 구한다면서요. '정말 죄송합니다. 고의가 아니었습니다. 사람들이 너무 많이 있어서요. 용서하십시오. 죄송하게도 제가 너무 서둘렀군요. 그 점을 시인하고 사과합니다. 제 이름은, 제 이름은 제롬 파로쉬입니다. 전 카보탱 거리의 잡화상입니다. 허락하신다면 내일 점심에 당신을 초대해도 될까요? 아내도 매우 기뻐할 겁니다.' 그들은 이렇게 말한다지요. 하지만 이때 거리는 마비되고 집들 사이로 굴뚝의 연기가 내려앉는다지요. 바로 이런 거죠. 어느 상류층 지역의 번화한 도로에 두 대의 자동차가 섰다고 가정해 봅시다. 하인들이 정중하게 자동차의 문을 엽니다. 그러면 족보 있는 여덟 마리의 시베리아산 사냥개들이 그 뒤를 춤추듯 따라 내려와 짖어대며 차도 위로 뛰어오릅니다. 바로 그들이 파리의 분장한 젊은 멋쟁이가 분명하다지요?"

그가 두 눈을 꼭 감고 있었다. 내가 입을 닫고 있자 그가 양손을 입에 넣고 아래턱을 잡아당겼다 그의 옷은 말할 수 없이 더러워진 상태였다. 아마도 누군가 그를 술집에서 밖으로 끌어낸 모양인데, 그는 아직 그것을 확실하게 깨닫지 못하고 있었다.

낮과 밤 사이에는 매우 짧지만 조용한 휴식 시간이 있었을 것이다. 우리가 아무 생각 없이 있어도 머리가 우리를 목에 매달고, 우리가 알아차리지 못해도 모든 것이, 우리가 바라보고 있지 않기에 조용해졌다가 다시 사라져 버리는 그런 시간이다. 그동안 우리는 구부러진 몸으로 홀로 남았다가 다시 주위를 둘러보지만, 더 이상 아무것도 보지 못하고 거슬러 불어오는 바람조차도 느끼지 못한다. 그러나 우리는 마음속으로 지붕과 간진 굴뚝이 있는 집들이 우리와 어느 정도 떨어져 세워져 있다는 생각에 매달린다.

어둠은 굴뚝을 통해 집 안으로 흘러 들어오고, 다락방을 통해 여러 방들 안으로 흩어지는 것이다. 그리고 현실적으로 믿어지지는 않지만, 내일이면 모든 것을 다시 볼 수 있는 날이 오리라는 것은 행운이다.

그때 문득 술주정꾼이 눈썹을 높이 치켜세우자 눈과 눈썹 사이에 어떤 빛이 생긴 것 같았다. 그는 띄엄띄엄 이렇게 말했다.

"그러니까……그러니까 난 지금 몹시 졸리오. 그러니 나는 이제 자러 갈 거요. 벤첼스 광장에 내 동서가 한 명 산다오……. 그곳으로 갈 것이오. 나는 거기에 사니까. 거기에는 내 침대도 있으니까…… 이제 간다오……. 단지 그의 이름이 뭔지, 어디 사는지 그걸 모른다는 것뿐이지……그걸 잊어버린 것 같다오…… 그렇지만 괜찮소. 나는 사실 나에게 동서가 있는지조차 알 수 없거든…… 아무튼 이제 정말 간다오…… 당신, 내가 그 사람을 찾을 수 없을 거라고 생각합니까?"

그 말에 나는 무심코 이렇게 대답했다.

"물론입니다. 당신은 외국에서 왔어요. 그리고 당신의 하인들은 안타깝게도 지금 당신 곁에 없어요. 허락하신다면 제가 당신을 모시고 가겠습니다."

그는 대답하지 않았다. 그래서 나는 그가 팔짱을 끼도록 내 팔을 내밀었다. 🎐

선고

활짝 핀 봄날의 어느 일요일 오전이었다. 젊은 장사꾼 게오르크 벤데만은 강을 끼고, 높이와 색깔 이외에는 거의 구별이 안 가는 한 줄로 늘어선 고만고만한 집들 중 어느 2층에 있는 자신의 방에 앉아 있었다.

그는 외국에 있는 어릴 적 친구 앞으로 편지 한 통을 쓴 뒤에 음미하듯 천천히 겉봉을 붙였다. 그 일이 끝나자 책상에 팔꿈치를 괴고 창문 밖으로 강이며 다리 등 연한 초록빛을 띤 맞은쪽 언덕을 바라보고 있었다.

그 친구가 고향 생활에 만족하지 못하고 몇 해 전에 망설임없이 러시아로 도망가 버린 경위를 그는 되생각하고 있었다. 그 친구는 페테르부르크에서 장사를 하고 있었다. 그런데 처음에는 썩 잘 되어 가는 것 같던 장사도 벌써 오래 전부터 벽에 부닥친 상황인 모양이었다. 그것은 점점 더 뜸해져 가는 방문 때에 친구가 내뱉는 푸념을 통해 알 수 있었다. 친구는 이런 형편으로 이국땅에서 헛된 일에 일신을 소모하고 있는 것이었다. 얼굴 전면에 이국풍으로 기른 수염도 어릴 때부터 익히 잘 알고 있던 얼굴 모습을 감출 수 없었으며, 노래진 피부는 무슨 병이 있음을 암시하는 듯했다. 그의 말에 따르면 그는 그곳 교포들의 거류민단과는 정식으로 관련을 맺지 않고 있으며, 또 그곳 토박이들과도 사교적인 교제를 거의 맺고 있지 않았다. 그래서 더욱더 독신 생활을 고수해 나갈 각오를 굳힌 모양이었다.

그런 사람에게 대관절 뭐라고 써 보내야 할 것인가. 분명히 길을 잘못 든 인간인 것이다. 물론 딱한 일임에는 틀림없으나 어떻게 도와줄 방법이 없었다. 아니면 이런 식으로 조언이라도 해야 할까? 다시 한 번 고국으로 돌아오지 않겠는가. 여기 와서 생활하며 옛날의 친구 관계를 완전히 다시 회복하면? 왜냐하면 그렇게 하는 데에는 아무런 장해도 없을 테니까—게다가 뭣하면 친구들의 도움을 기대해도 괜찮지 않은가. 하지만 위로를 하면 할수록 그 말의 이면에 모욕적인 뜻을 담고 있는 것같이 보이지 않을까.

지금까지의 자네 노력은 실패로 끝난 것이다. 이제 적당히 단념하고 돌아오는 편이 낫다. 실패하고 되돌아왔다고 해서 모두들 놀란 눈으로 쳐다보지도 않겠지만 친구들만은 이해해줄 것이다.

자네는 나이를 먹었지만 어린아이처럼 고향에 남아서 성공한 친구에게 돌아오는 편이 낫다. 실패하고 돌아왔다고 해서 모두들 놀란 눈으로 쳐다보지도 않겠지만 친구들만은 어느 정도 이해해 줄 것이다. 물론 이런 식으로 그를 닦달한다면 확실히 그만한 보람이 있을 것이다. 아마도 그를 되불러 돌아오게 하는 일마저 성공하지 못하는 것은 아닐는지—왜냐하면 그 자신, 고국의 사정은 이제 도무지 모르게 되었다고 하지 않았던가—그렇다면 모처럼 그런 설득을 해보아도 결국 그는 그대로 외국에 눌러 있게 될 것이다. 주제넘은 참견에 기분이 언짢아져서 친구들과는 지금까지보다 더욱 소원해질 것이다.

하지만 만일 그가 조언에 따라 정말 이곳으로 돌아와—물론 일부러 바라는 건 아니지만,—굴욕을 느끼고 친구들과도 융화하지 못하고, 결국 혼자서는 삶을 꾸려 나갈 수 없게 된다면, 그리고 또 이번에야말로 진짜로 고향과 친구까지도 잃어버리고 만다면, 차라리 지금 그대로 외국 땅에 머물러 있는 편이 훨씬 더 낫지 않겠는가. 이러한 사정이 있을진대, 그가 이곳으로 되돌아와서 진짜로 성공할 수 있으리라고 생각할 수 있을까.

설사 편지 왕래를 계속하려 한다고 해도 이러한 이유 때문에, 평상시 같으면 주저 없이 아무리 먼 데 있는 친구에게라도 쓸 수 있는 이야기를, 이 친구에게는 도저히 알릴 수가 없었다. 벌써 3년 이상이나 조국을 떠나 있는 그는 러시아의 정치적 불안정으로 그렇게 되었다고 옹색하게 변명을 하고 있었다. 즉 그 정세 때문에 조그마한 장사를 하고 있는 그는 잠시도 집을 비울 수 없다고 했는데, 실제로는 몇십만이나 되는 러시아 사람들이 유유히 세계를 돌아다니고 있었다. 그러나 이 3년 동안 게오르크에게 변화가 많았다는 것도 사실이었다.

약 2년 전에 게오르크의 어머니가 죽은 이후로 게오르크는 아버지와 함께 살고 있다는 것을 역시 친구에게도 알렸지만, 애도의 뜻을 적어 보낸 글은 무뚝뚝하기 짝이 없었다. 외국에 나가 있으면 그런 것들이 아무래도 실감나게 느껴지지 않는 모양이라고 생각할 수밖에 없었다. 그런데 게오르크는 그 일 이래로 장사에 열을 올리게 되었다.

아마 어머니의 생존 시에는 아버지가 사업에 관해서는 무엇이든지 자기의 의견만을 관철시키려 드는 바람에, 게오르크가 실제로 활동을 하는 데에는 제동이 걸렸던 모양이다. 아마도 또 아버지가, 어머니의 별세 이후로 여전히 가게에서 일을 하곤 있었지만 소극적이었을 테고—아마 이것은 상당히 있을 법한 일이었지만—우연한 행운이 훨씬 큰 몫을 했는지도 모른다. 어쨌든 가게는 요 두 해 사이에 놀라울 정도로 발전을 이룩했다. 사람을 배로 늘려야 했으며, 매상은 다섯 곱절이나 되었고, 아직도 더 뻗어 나가리란 것이 확실히 전망되었다.

그러나 이러한 변화에 대해서 친구는 아무것도 모르고 있을 것이었다. 아마도 그 조문 편지가 마지막이었지만, 전에는 게오르크더러 러시아에 오도록 계속 권하였고, 페테르부르크에 게오르크가 지점을 차렸을 경우 일어나게 될 갖가지 장밋빛 전망을 나열하면서 편지를 써 보내고 있었다. 그 숫자는 지금 게오르크의 가게 규모에 비하면 전혀 비교도 안 되는 것이었다. 그러나 게오르크는 자기의 가게가 성공했음을 친구에게 써 보낼 생각은 없었다. 뿐만 아니라 이제 와서 갑자기 그런 짓을 하면 그야말로 이상한 사람이 될 것이 분명하였다.

그래서 게오르크는 한가로운 일요일, 기억 속에 두서없이 겹쳐져 있는 대단치 않은 사건 외에는 친구에게 적어 보내지 않기로 하였다. 그는 친구가 오래 고향을 떠나 있는 동안, 고향을 그리워하는 것으로 만족하고 있을 것이 틀림없는 그의 생각을 바꾸게 할 마음은 조금도 없었다. 그래서 게오르크는 친구 앞으로, 아무리 보아도 좋고 역시 누구에게도 무방한 처녀와의 약혼에 대해서, 상당한 시간을 두고 세 번이나 편지를 써 보내는 곤경을 겪기도 했다. 하긴 친구는 그 바람에, 전혀 게오르크가 의도한 것과는 달리 이 놀라운 일에 관심을 품기 시작했다고 한 마디 하긴 했었지만.

그렇더라도 게오르크는, 자기가 약 한 달 전에 프리다 브란덴펠트 양이라는 부유한 집안의 처녀와 약혼한 것을 고백하기보다는, 이러한 일들에 대해서 써 보내는 편이 훨씬 마음 편했다. 그는 자주 약혼자인 처녀와, 그 자신에 관한 일과 둘 사이의 편지 왕래에 관한 특별한 사정에 대해서 서로 이야기를 주고받았다. 「그러니까, 그분은 절대로 우리들 결혼식에는 오시지 않겠죠.」 이렇게 그녀는 말하는 것이었다. 「하지만 전, 당신의 친구분과는 알고 지낼 권리가 있을 텐데요.」

「난 그의 기분을 어지럽히고 싶지 않단 말이야.」 잘 들어 봐. 그는 소식을 알면 아마 오겠지. 적어도 난 그렇게 생각해. 하지만 그렇게 되면 그는 자신의 감정에 무리를 할 뿐만 아니라 상처를 입었다고 느낄 거야. 아마 나를 질투하고, 필시 불만을 품은 채, 그 불만을 결코 씻어 버리지 못하고 다시 돌아가게 될 거야. 혼자서…… 이 말의 의미는 자네도 알겠지? 「네. 그분이 다른 데서 저희들의 결혼 소식을 듣게 된다든가 하는 일은 없을까요?」 「물론 그렇게 되는 걸 내 편에서 막을 도리는 없지. 하지만 그의 생활태도를 고려해 보면 그럴 것 같지는 않아.」 「게오르크, 그런 친구분이 있다면, 애당초 약혼 같은 건 안하시는 편이 더 좋을 뻔하지 않았어요.」「그래, 이건 우리들 두 사람의 죄야. 하지만 지금도 난 이렇게 되는 것밖에 생각할 수가 없어.」그 다음에 그녀가 키스를 받고 할딱거리면서, 「사실은 역시 저도 싫어요.」 이렇게 말할 때, 그에게는 친구에게 모조리 털어놓고 적어 보내는 일이 별것 아닌 것으로 생각되었다. '난 이런 인간이다. 지금 이대로의 나를 받아들여야 마땅하다.' 고 그는 자신에게 다짐했다. '나는 실제의 나 이상으로, 그와의 우정에 합당할지도 모르는 인간으로 자신을 꾸며댈 수는 없다.'

그래서 진짜로 그는 일요일인 오늘 아침에 쓴 긴 편지를 통해 친구에게, 약혼 성립에 대하여 다음과 같이 알린 것이었다.

「특종 뉴스를 나는 마지막까지 보류해 둔 셈이지만, 나는 프리다 브란덴펠트 양과 약혼했어. 부유한 집안의 딸인데, 그 집안은 자네가 이 고장을 뜨고 훨씬 뒤에 이곳으로 이사해 왔으니까, 자넨 아마 모를 거야. 처녀에 대해서 더 자세히 자네에게 알릴 기회가 있으리라 생각되므로, 오늘은 다만 내가 정말로 행복하다는 것, 나와 자네와의 관계에서 다소 달라진 것이 있다면 다만 이제까지 극히 평범한 친구 대신에 행복한 한 친구를 갖게 되었다는 사실뿐이야. 그리고 진심으로 자네에게 안부를 전해달라고 말하고 있으며, 일단 직접 편지를 쓸 예정인 나의 약혼자를 자네의 충실한 여자 친구로 생각해주어도 되네. 독신자에게 여자 친구가 있다는 것은 그다지 나쁘다고 할 수는 없을 걸세. 여러 가지 사정으로 자네가 우리들을 방문할 수 없으리라는 것은 잘 알고 있네. 하지만 나의 결혼식은 모든 장애를 제거하기에 꼭 알맞은 기회가 아닐는지? 그것은 어쨌든 일체의 염려는 집어치우고 자네 좋을 대로 해주기 바라네.」

이 편지를 손에 든 게오르크는 오랫동안 얼굴을 창 쪽으로 향하고 책상 앞에 앉아 있었다. 길을 지나가면서 그를 보고 인사를 한 사람에게도 그저 막연한 미소를 띠었을 뿐 변변히 답례도 하지 않았다.

마침내 그는 편지를 호주머니에 넣고 방을 나가 얼마 안 되는 복도를 가로질러, 요 몇 달째 들어가 본 적 없는 아버지의 방으로 들어갔다. 대체로 평소에는 그럴 필요가 없었던 것이다. 그도 그럴 것이, 그는 아버지와는 늘 사무실에서 만나고 있었으며, 점심 식사의 경우 같은 시각에 어떤 식당에서 함께 들기로 약속을 하는 정도였다. 그리고 밤에는 각자 자유롭게 시간을 보내기로 했지만, 그런 때라도 늘 두 사람은 게오르크가 친구들과 함께 어울리거나 약혼자를 보러 나가지 않을 적에는 제각기 신문을 펼쳐 보면서 거실에서 함께 앉아 있곤 했었다.

게오르크는 아버지의 방이 이렇게 햇볕이 잘 쬐고 있는 오전인데도 컴컴한 데에 놀랐다. 좁은 안뜰 저쪽에 있는 높은 담이 짙은 그림자를 드리우고 있었던 것이었다. 아버지는 돌아가신 어머니의 유물이 자질구레하게 놓여 있는 창가 구석에 걸터앉아서 신문을 읽고 있었다. 그는 신문을 비스듬히 눈앞으로 내밀고 있었는데, 그렇게 함으로써 온전치 못한 시력을 교정하려는 속셈인 것 같았다. 테이블 위에는 아침 식사를 마치고 남은 것이 있었는데, 별로 손을 댄 것 같지는 않았다.

"아, 게오르크냐?" 아버지는 말하고 곧 그에게로 걸어왔다. 걸음을 옮길 때마다 묵직한 가운의 옷자락이 휠휠 너풀거렸다.

'아버지는 여전히 거인이시구나.' 게오르크는 속으로 중얼거렸다.

"여긴 답답할 정도로 어둡네요." 그가 말했다.

"그렇지, 어둡긴 어둡지." 아버지가 대꾸했다.

"게다가 창문까지 닫고 계시네요."

"이 편이 낫거든."

"밖은 정말 포근합니다." 게오르크는 아까부터의 대화를 마무리 짓기 위해 그렇게 말하고 난 후 걸터앉았다. 아버지는 아침에 사용한 식기를 궤짝 위로 치웠다.

"잠깐 말씀드리러 왔는데요." 노인의 거동을 물끄러미 눈으로 좇으면서 게오르크가 말을 계속했다. "페테르부르크에 저의 약혼을 알리기로 했습니다." 그는 편지를 호주머니에서 살짝 끄집어내 보이고는 이내 다시 쑤셔 넣었다.

"페테르부르크라고?" 아버지가 물었다.

"아, 제 친구한테 말입니다." 게오르크가 말한 후 아버지의 안색을 살폈다.

'가게에서 아버지가 달라 보이시던데' 하고 그는 생각했다. '여기선 왜 저렇게 떡 버티고 앉아 계실까. 팔짱까지 끼고 말이야.'

"그래, 네 친구한테 말이지." 아버지가 이상하게 힘을 주어 말했다.

"아버지도 아시지 않습니까. 처음 약혼을 그에게 비밀로 해두기로 한 걸. 물론 감정상의 배려 때문이지 다른 이유는 없었습니다. 아시는 바와 같이 그는 꽤 까다로운 친구입니다. 저는 저 자신을 이런 식으로 납득시켰습니다만, 어딘가 다른 길로 그가 제 약혼을 얻어듣게 되는 일이 있을지도 모른다, 하긴 그의 고독한 생활 태도로 미루어 보면 그럴 가능성은 생각할 수 없는 일입니다만…… 그러나 그렇게 된다고 해도 할 수 없는 일입니다. 제 입을 통해서 그가 그 사실을 듣는 것을 피하려고 생각한 거죠."

"그런데 넌 지금 생각을 바꾸었다는 얘기구나?" 아버지는 물으면서 펼쳐진 신문을 창문 문지방 위에 내려놓았다. 그리고 신문지 위에다 안경을 놓고 그것을 손으로 눌러 잡았다.

"네, 이번에 생각을 고쳐먹은 겁니다. 그가 저의 진정한 친구라면, 저의 행복한 약혼이 그에게도 역시 기쁜 일일 것이 틀림없으리라고 생각했습니다. 그래서 저는 더 이상 그에게 알리기를 망설이지 않았습니다. 하지만 편지를 부치기 전에 아버님께 한 마디 양해를 구하려고 생각한 것입니다."

"게오르크," 아버지는 말하고, 이가 없는 입을 한일자로 꾹 다물었다. "잘 들어라! 넌 이 일을 내게 의논하기 위해 왔다. 그 점은 확실히 잘한 일이다. 하지만 그런 짓을 해도 별 수 없다. 별 수 없다기보다 못 쓴다. 이쯤 됐으니 네가 모조리 사실대로 실토해 버리지 않는 한 말이다. 난 지금 이야기와 관계없는 것을 일일이 쳐들어서 이러쿵저러쿵 말하고 싶진 않다만, 네 어머니가 세상을 떠난 후 여러 가지로 언짢은 일이 일어났다. 아마 그럴 수밖에 없었는지도 모르지. 또한 우리들이 상상했던 것보다 그게 일찍 닥쳤는지도 몰라. 가게에서 내 의사를 무시한 일이 여러 가지가 있었다. 그걸 내게 숨기려는 속셈은 아닐 테지만, 나도 그들이 내게 숨기려고 한다고 추측하고 싶은 마음은 추호도 없다. 난 이제 기력이 달리게 되었다. 내 기억력은 쇠퇴했다. 꼼꼼하게 챙기면서 사무를 볼 순 없어. 그것은 자연적인 것이야. 둘째로는 네 어머니가 세상을 뜬 것이 너보단 내게 훨씬 충격적이었다는 거지. 그런 것은 어쨌든, 우린 지금 이 문제, 네 편지 얘길 하고 있었으니까. 그렇지, 애야 게오르크야, 제발 부탁이다. 날 속이지 말아다오. 이건 아주 사소하고 사업과는 관계없는 얘기다. 그러니까 나를 속이지 말아달라는 거란다. 너는 정말 페테르부르크에 친구를 갖고 있단 말이냐?"

게오르크는 어쩔 줄 모르고 당황해서 일어섰다.

"친구 같은 건 아무래도 상관없지 않습니까. 친구들이 1천 명이나 된다 해도 아버님을 대신하진 못합니다. 제가 어떤 생각을 하고 있는지 알고 계시는지요. 아버님은 몸을 돌보시지 않으십니다. 하지만 나이는 나이에 상응한 것을 요구합니다. 아버님께서 가게에 안 계시면 전 꾸려나가질 못합니다. 그건 잘 알고 계시는 바와 같습니다. 하지만 만일, 가게일이 아버님의 건강을 위협한다든지 한다면 전 내일이라도 가게를 닫아버리고 말겠습니다, 영원히. 그대로 해 나갈 순 없습니다. 저희들은 아버님을 위해서 뭔가 달리 생활방도를 취할 필요가 있습니다. 그것도 아주 근본적으로. 아버님은 이렇게 어두운 방 안에 앉아 계십니다. 거실에는 밝은 빛이 들이쬐고 있는데. 아버님은 아침 식사에 조금 손을 대었을 뿐입니다. 창문도 닫은 채로 앉아 계시고. 바깥 공기를 쐬시면 건강에도 무척 좋으실 텐데……. 그렇습니다, 아버님! 저, 의사를 불러오겠습니다. 저희들은 의사의 지시에 따르기로 하는 것이 어떨까요. 방도 바꾸죠. 아버님이 바깥방으로 옮겨 주세요. 그리고 제가 이리로 오지요. 불편하게 해드리진 않겠습니다. 모든 것을 고스란히 저리로 옮기도록 하겠습니다. 하지만 그건 아직 천천히 해도 좋겠지요. 지금은 우선 침대에 좀 더 누워 계세요. 휴식을 취하시지 않으면 안 됩니다. 자, 옷 벗는 걸 도와드리겠습니다. 저도 틀림없이 할 수 있습니다. 당장 바깥방으로 옮기시고 싶으시다면 우선 제 침대에서 쉬세요. 아주 좋은 생각인지도 모르겠군요."

게오르크는 아버지에게로 바짝 다가섰다. 아버지는 텁수룩한 흰 머리를 가슴에 닿을 정도로 수그리고 있었다.

"게오르크." 아버지는 꼼짝도 않은 채 낮은 목소리로 말했다. 게오르크는 곧 아버지 곁에 무릎을 꿇었다. 그는 아버지의 지친 눈동자가 놀라울 정도로 크게 확장된 채 자신에게 못 박혀 있는 것을 보았다.

"넌, 페테르부르크에 친구 같은 건 갖고 있지 않아. 넌,

늘 농담하길 좋아했고 나한테도 스스럼없이 그랬지. 네가 그곳에 친구를 갖고 있을 까닭이 어디 있겠냐! 그런 건 난 전혀 믿어지지 않는다."

"글쎄! 아버지, 한번 잘 생각해 보세요." 게오르크는 말하고 아버지를 의자에서 일으켜 세우고는 완전히 힘이 빠져서 있는 아버지의 잠옷을 벗겨주었다. "이제 머잖아 3년이 되죠. 그때 그 친구가 저희 집에 와서 자지 않았습니까. 전, 아버지가 그를 좋게 생각하신 적이 없었다는 걸 잘 알고 있습니다. 적어도 저는 두 번이나 그가 없다고 아버지에게 거짓말을 했습니다. 그는 그때 제 방에 앉아 있었는데도. 저는 물론 아버지가 그를 좋아하시지 않는 심정을 잘 이해합니다. 그 친구는 좀 이상했으니까요. 하지만 그러고 나서 아버지는 또 그와 기분 좋게 이야기를 하셨습니다. 그 당시 전 무척 자랑스런 기분이 들었습니다. 아버지가 그의 이야기에 귀를 기울이고, 고개를 끄덕이고, 질문을 하시고 한 일에 말입니다. 잘 생각하시면 아버지도 기억이 나실 겁니다. 그는 그 즈음 러시아 혁명의 당치도 않은 에피소드를 이야기해 주었었죠. 예를 들면 장사일로 키예프로 여행했을 때에 어떤 광장에 소동이 벌어졌는데, 그때 한 성직자가 발코니에 올라가서, 자기의 손바닥에 피의 십자가를 굵게 긋고, 그 손을 번쩍 쳐들어 군중에게 호소하는 것을 봤다는 애기 따위를……. 아버지도 이 얘기를 나중에 여기저기에 하지 않으셨습니까."

그 사이에 게오르크는 다시 아버지를 앉히고, 리넨 팬티 위에 입고 있는 타이츠 모양의 속옷과 양말을 조심스럽게 벗기는 데 성공했다. 말쑥하다고 할 수 없는 속옷을 보았을 때, 그는 아버지의 뒷바라지를 게을리 하고 있었다는 것을 깨닫고 자신을 나무랐다. 아버지가 속옷을 갈아입도록 신경을 쓰는 것도 그의 의무였다. 그는 약혼자와 아버지의 장래에 대해 무얼 어떻게 하겠다고, 아직 명확하게 이야기를 주고받은 적이 없었다. 왜냐하면 두 사람 사이엔, 아버지가 낡은 집에서 그대로 혼자 살게 된다는 것이 암암리에 전제되어 있었던 것이다. 그러나 지금 그는 갑자기 앞으로 꾸밀 가정으로 아버지를 맞아들여야겠다고 단호히 결심했다. 왜냐하면 사태를 똑바로 바라보건대 설사 거기서 아버지에게 효도를 다해 모신다 해도 이미 뒤늦은 일일지도 모른다는 생각이 들었으므로.

그는 아버지를 양팔로 안아 침대로 옮겼다. 침대를 향해 걸어가는 사이에 그는 아버지가 가슴께에서 그의 시곗줄을 만지작거리고 있는 것을 알아차리자 섬뜩해졌다. 그는 아버지를 침대에 누일 수가 없었다. 그토록 단단히 아버지가 시곗줄에 매달려 있었기 때문이다.

그러나 잠자리에 들자 이내 모든 것이 잘 되어 나갈 듯이 보였다. 아버지는 담요를 덮고 그 담요를 어깨 위까지 죽 끌어올렸다. 게오르크를 올려다보는 눈도 심술궂게 보이지는 않았다.

"그렇죠. 이제 그에 대해서 기억이 나셨겠죠?" 게오르크는 이렇게 묻고, 기분을 돋우듯이 아버지를 향해 고개를 끄덕였다.

"제대로 잘 덮은 거냐?" 발이 완전히 가려져 있는지 어떤지 자기 눈으로는 직접 볼 수 없다는 듯이 아버지가 물었다.

"그럼 이제 주무실 기분이 드셨군요." 게오르크가 말한 후 담요를 다시 잘 만져주었다.

"잘 덮어졌느냐?" 아버지는 다시 한 번 더 묻고, 대답에 각별한 주의를 기울이고 있는 듯이 보였다.

"안심하세요, 잘 덮었어요."

"아냐, 아냐!" 아버지는 금세 소리를 지르며, 담요를 차서 내던졌다. 그 바람에 담요는 순간 훌쩍 허공에 날려 펼쳐졌다. 그리고 아버지는 침대 위에 뻣뻣이 일어나 서 있었다. 다만 한쪽 손만은 가볍게 천장에 대고 있었다. "넌 날 뒤집어씌워 숨이 막히게 하려 한 거야. 알고 있어. 이 불한당 같은 놈아. 하지만 난 아직 묻히지 않는다. 뿐만 아니라 설사 마지막 힘이라 하더라도 네놈 같은 것을 상대하기에 충분하다. 충분하고도 남을 지경이다. 물론 난, 네 친구에 대해선 잘 알고 있다. 그 녀석 같으면 내겐 나무랄 데 없는 아들이 될 수 있을 것이다. 그렇기 때문에 넌 정말 그 친구를 오랫동안 농락해 왔던 거야. 너는 내가 그를 위해서 눈물을 흘리지 않았다고 생각하느냐. 그러나 넌 사무실에 틀어박혀서, 아무도 방해를 해서는 안 된다. 바쁘다고 떠들어대면서 실은, 넌 러시아어로 거짓 편지를 써왔던 거야. 그러나 애비는 자식의 속마음을 간파하는 데 누구의 가르침도 필요치 않은 거야. 넌 이것으로 이제 애비를 눌러 뭉갰다. 궁둥이로 깔고 앉을 수 있을 만큼 완전히 깔아뭉갰다. 애비는 다시는 꼼짝도 못한다. 이렇게 철석같이 믿은 거지. 그래서 우리 아드님은 결혼에 한 발을 내디뎠다, 이런 말이지!"

게오르크는 허깨비라도 보듯이 아버지의 무서운 모습을 올려다보았다. 페테르부르크의 친구를 아버지가 이렇게 잘 알고 있다는 사실도 처음인데다가 게오르크는 그 친구를 생각하자 가슴이 쓰렸다. 광막한 러시아에서 어찌할 바를 모르는 친구의 모습을 그는 보았다. 완전히 망하여 텅 비어 있는 가게 문턱에 서 있는 친구의 모습이 눈에 떠올랐다. 부서진 상품 선반이랑, 쓰레기같이 되어 버린 상품, 당장에 떨어져 버릴 것만 같은 가스등의 까치발 사이에서 그는 아직도 서 있었다. 대관절 어째서 그는 그런 먼 곳까지 가야만 했던 것일까.

"자, 날 잘 쳐다봐라!" 게오르크는 여전히 멍해서, 어떤 일이 벌어진 것인지 잘 보려고 침대 쪽으로 달려가다 말고 우뚝 멈춰 섰다.

"그녀가 스커트를 들추는 바람에," 아버지가 간드러진 목소리로 시작했다. "그녀가 스커트를 이렇게 들추는 바람에, 그 밉살스런 계집이," 그러고 나서 그는 그 꼴을 흉내 내기 위해 파자마 자락을 훌쩍 걷어 올렸다. 그러자 거기에는 그가 종군 시절에 입은 상처가 넓적다리에 남아 있는 것이 보였다. "그녀가 스커트를 이렇게, 이렇게, 이런 식으로 걷어 올려 보인 바람에, 넌 그녀에게 접근한 거야. 그리고 안심하고 그녀와 즐기기 위해 어머니의 추억을 더럽히고, 친구를 배신하고, 네 애비를 움직이지 못하도록 침대에 밀어 넣은 거야. 하지만 천만에! 자, 애비가 움직이냐, 못 움직이냐?"

아버지는 완전히 혼자 서 있었으며, 다리를 흔들어 보였다. 모든 것을 꿰뚫어보고 있는 아버지는 득의만면하였다.

게오르크는 아버지로부터 되도록 떨어져서 한쪽 구석에 서 있었다. 훨씬 전부터의 일이지만, 그는 모든 사정을 정확하게 관찰하기로 결심을 한 것이었다. 왜냐하면 어디로 해서 빙 돌아, 뒤로부터, 아니면 위로부터 불의의 습격을 당할지도 모르는 데 대한 조심에서였다. 지금 그는 다시 오랫동안 잊어버리고 있었던 이 결심을 되생각해 냈지만 이내 또 잊어버렸다. 어쩐지 짧은 실을 바늘귀에 꿸 때와도 같았다.

"그런데 말이다, 친구는 결국 배신을 당한 건 아니다." 아버지가 소리쳤다. 이리저리 움직이는 그의 둘째손가락이 그것을 뒷받침하고 있었다. "난 이 고장에서 그의 대리인이었단다."

"희극배우!" 게오르크는 저도 모르게 이렇게 내뱉고는 이내 자신의 잘못을 깨달아―눈을 허공에 고정시키고―아파서 움찔할 정도로 혀를 깨물었지만 이미 엎질러진 물이라서 후회해야 소용이 없었다.

"그렇고 말고! 물론 난 희극을 연출했지! 희극이라고! 좋은 말이다. 늙어빠진 홀아비 애비에게 달리 어떤 재미가 있었으리라고 생각하느냐? 말해 봐라―대답하는 순간만은 아직 내 자식으로 숨을 쉬게 내버려두마―내게 남겨진 게 무엇이냐. 구석방에 갇혀 변절자인 점원놈들에게 박해를 받고, 뼛속까지 늙어 비틀어진 내게 말이다. 그런데 내 자식은 큰 소리를 치며 즐겁게 세상을 돌아다니고, 내가 쌓아올린 가게를 가로채고는 기뻐서 어쩔 줄 몰라 날뛰고, 가면을 쓴 신사처럼 애비 앞에서 도망을 치려고 들어! 넌 대관절 내가 전혀 사랑을 쏟지 않았다고 생각하느냐, 친아비인 내가?"

'보라고, 이제 앞으로 고꾸라지겠지.' 게오르크는 생각했다. '떨어져서 뒈져버리는 게 낫지!' 이 말이 그의 머릿속을 휙휙 스쳤다.

아버지는 앞으로 고꾸라질 뻔했으나 쓰러지지 않았다. 기대한 것처럼 게오르크가 다가서지 않았으므로 아버지는 다시 몸을 일으켜 세웠다.

"그대로 가만히 있어. 난 네놈의 손 같은 건 빌릴 필요도 없어. 넌 속으로 이렇게 생각하고 있지. 아직 여기까지 다가올 힘은 있지만, 가까이 가고 싶지 않으니까 그만두었을 뿐이라고. 착각도 작작하란 말이야! 내가 지금도 너보단 힘이 훨씬 세다. 혼자 같으면 아마도 힘이 부쳤겠지만, 이처럼 어머니가 힘을 빌려주었고, 네 친구와 난 보기 좋게 한패가 되어 있단다. 네 정보는 여기 호주머니에 다 들어 있지!"

'파자마에까지 호주머니를 만들었단 말이군!' 게오르크는 혼잣말을 하고, 이 일 한 가지만 소문을 퍼트려도 아버지를 세상에서 매장해 버릴 수 있다고 생각했다. 아주 짧은 한순간 그는 이렇게 생각한 것이었다. 왜냐하면 그는 무엇이든 끊임없이 잊어버렸다.

"네 약혼녀와 짜고 내게 덤벼 보렴! 난 네가 모르는 사이에 네 옆에서 그녀를 쫓아버릴 테니까!"

게오르크는 그것을 믿지 않는다는 듯 상을 찡그렸다. 아버지는 자기가 한 말이 진실임을 나타내 보이기 위해, 게오르크가 있는 구석으로 고개를 끄덕여 보였을 뿐이었다.

"오늘 네가 찾아와서, 네 친구에게 약혼했다는 것을 써 보내도 괜찮으냐고 물었을 때 난 덕분에 어지간히 유쾌한 기분을 맛보았다. 그 남자는 모든 걸 알고 있어. 넌 얼간이야. 그놈은 뭐든지 죄다 알고 있단 말이다! 넌 내게서 펜이며 잉크를 거두어 가는 걸 잊어버렸기 때문에 내가 놈에게 편지를 쓴 거지. 그래서 그 친구는 벌써 요 몇 해째 나타나지 않는 거란다. 뭐든지 너보다 백 배나 잘 알고 있으니까 말이다. 네게서 온 편지는 읽지도 않은 채 뚤뚤 뭉쳐 왼손에 쥐고 오른손에는 내 편지를 읽는다, 이 말씀이지!"

아버지는 흥분한 나머지 머리 위로 팔을 마구 휘둘러댔다. "놈은 뭐든지 천 배는 더 잘 알고 있단 말이야!" 그는 외쳤다.

"1만 배나 더!" 게오르크는 아버지를 비웃으려고 말했다. 그러나 이미 그의 입속에서 그 말은 매우 진지한 여운을 지니고 말았다.

"몇 해 전부터 난 네가 이 문제를 들고 나오기를 기다리고 있었다. 어떠냐, 내가 그 밖의 다른 무엇에 관심을 가지리라고 생각하느냐? 내가 신문을 읽는다고 넌 생각하느냐? 자!" 아버지는 게오르크를 향하여 신문지를 한 장 내던졌다. 그것을 어느새 잠자리에까지 들고 간 것이 틀림없었다. 낡은 신문으로, 게오르크로서는 알지도 못하는 이름이 적혀 있었다.

"네가 혼자 독립할 수 있게 되기까지 얼마나 오래 걸렸던지! 어머니는 환희의 나날을 기다리지 못하고 죽고 말았다. 친구는 이주해 간 러시아에서 파멸해 버렸지. 벌써 3년 전에 그 남자는 보기 흉할 정도로 누렇게 떠 있었지. 그리고 나 말이다, 내가 어떤 상태인지 넌 잘 알고 있겠지. 그것을 볼 수 있는 눈은 아직 제대로 갖고 있단 말이다!"

"그럼 아버진 저를 계속 염탐하고 계셨군요!" 게오르크가 소리쳤다.

연민의 표정과 함께 아버지는 내뱉듯이 덧붙였다. "넌 벌써 진작에 그렇게 말했어야 했어. 지금은 너무 늦었어." 그러고 나서 좀 더 큰 목소리로 말했다. "이제 너도 알았겠지, 너 이외에도 사람이 존재한다는 걸. 이제까지는 넌 다만 네 일밖엔 몰랐던 거야! 천진난만한 어린아이였던 셈이지, 넌 원래 그래. 하지만 솔직히 말하면, 너란 놈은 악마와 같은 인간이다! 그러니까 들어라, 난 네게 물에 빠져 죽을 것을 선고한다!"

게오르크는 자신이 방에서 쫓겨난 것임을 알았다. 아버지가 그의 등 뒤에서 쿵 하고 침대 위에 쓰러지는 소리를 그는 분명하게 들으면서 도망치기 시작했다. 충계가 마치 비스듬한 널빤지로 되어 있는 것 같았으며, 그는 미끄러져 내려가던 계단에서, 전날밤의 뒤치다꺼리를 하러 위로 올라가던 그의 집 가정부를 밀쳐 떨어트렸다.

"어이쿠– 사람 살려!" 그 여자는 외치고 앞치마로 얼굴을 가렸다. 하지만 그는 벌써 저쪽에 가 있었다. 문에서 뛰쳐나가자 차도를 건너 곧장 물이 있는 쪽으로 이끌려 갔다. 그는 주린 자가 음식물을 움켜쥐듯 난간을 붙잡았다. 소년 시절 양친의 자랑거리였던 우수한 체조선수인 그는 훌쩍 몸을 날렸다. 그는 점점 힘이 빠져가는 양손으로 아직 난간을 붙잡고 있으면서, 그 난간 기둥 사이로 버스가 한 대 지나가는 것을 엿보았다. 그 소리로 인해 그가 물로 떨어지는 소리를 아무도 제대로 들을 수 없었을 것이다. 그러고 나서 그는 작은 목소리로 말했다. "아버지, 어머니! 하지만 전 두 분을 변함없이 사랑하고 있었습니다." 그러고 나서 그는 손을 놓았다.

그 순간 다리 위에는 헤아릴 수 없을 정도로 많은 차의 행렬이 오가고 있었다. ▨

단식 광대

　요 2,30년 사이에 단식 광대에 대한 관심은 사뭇 쇠퇴해 버리고 말았다. 그런 흥행을 대대적으로 벌이면 예전에는 수입이 좋았는데, 오늘날에는 전혀 그렇지 않다. 시대가 달라졌다. 당시에는 온 마을의 관심이 단식 광대에게 집중되어 있었다. 단식날에는 관심이 더욱 높아져서, 모든 사람이 적어도 하루에 한번은 단식 광대를 보려고 들었다. 마지막이 가까워 옴에 따라 창살이 붙은 조그만 우리 앞에 앉아서 구경을 하려는 예약 손님도 있었다.

　밤에도 쇼가 열렸고, 효과를 높이기 위해 횃불이 사용되었다. 날씨가 좋은 날은 건물 밖으로 우리가 옮겨졌는데, 그때의 구경꾼은 주로 아이들이었다. 어른들에게는 단순한 농담거리에 지나지 않는 것도 아이들은 놀라서 입을 벌리고, 조심스럽게 서로서로 손을 맞잡으면서 단식 광대를 쏘아보고 있었다.

얼굴이 창백한 단식 광대는 검정색 트리코(무용가의 꽉 끼는 타이츠)를 입고, 튀어나온 갈비뼈를 드러낸 채 바닥에 짚을 깔고 앉아서 한 차례 정중히 고개를 끄덕인 후 억지로 미소를 지으면서 질문에 대답한다.

그런 후 야윈 팔을 만져 보게 하기 위해서 창살 밖으로 내밀었다. 그런 후 다시 골똘히 명상에 잠긴 채 아무한테도 신경을 쓰지 않았다. 우리 속의 유일한 세간인 시계—그에게는 대단히 중요한—의 째깍거리는 소리조차 개의치 않고 거의 감은 눈으로 앞만 보며 가끔 아주 작은 컵 속의 물을 핥아 입술을 축이는 것이었다.

들락날락 바뀌는 구경꾼 외에 일반인 중에서 뽑힌 감시인들도 있었다. 묘하게도 그들은 대부분 푸줏간 주인이었는데, 그들은 단식 광대가 몰래 음식을 먹거나 하는 일이 없도록 늘 세 사람씩 밤낮으로 망을 보는 일을 담당하고 있었다. 그러나 그것은 대중의 기분을 만족시키기 위해서 행해지는 형식에 지나지 않았다.

노련한 사람들은 그가 단식을 하는 동안 무슨 일이 있더라도—설사 강요를 받았더라도—단 숟가락도 음식을 입에 대지 않는다는 것을 잘 알고 있었다. 기예의 명예가 그것을 허용하지 않았다. 물론 어느 감시인이나 다 그 사실을 알고 있다고는 할 수 없었다. 더러는 밤에 망을 보는 사람 가운데, 일부러 먼 구석에 모여 카드놀이에 열중하는 패가 있었다. 분명히 그들의 의견으로는 단식 광대가 몰래 숨겨 가지고 있는 음식물 중에서 그것을 꺼내 좀 우물거리게 만들어 주자는 속셈도 있었다.

사실 이런 감시인만큼 단식 광대를 괴롭히는 것은 없다. 감시인들은 그를 비참한 기분에 빠뜨리고 단식을 무척 어렵게 만든다. 때로는 육체적 고통을 이겨내어 망을 보는 사이, 견뎌낼 수 있을 만큼 노래를 부르고, 사람들에게 그들의 의혹이 얼마나 부당한 것인가 보여주려 했다. 그러나 그것은 그다지 도움을 주지 못했다. 그렇게 하면 그들은 노래를 하는 사이에도 먹는 그의 재간에 감탄하는 것이었다. 창살 바로 곁에 앉아 장내의 희미한 조명에 만족하지 못하고 흥행주가 건네준 회중전등으로 그를 비추는 감시인들 편이 그에겐 훨씬 마음 편했다. 눈부신 빛은 조금도 불편하지 않았다. 잠을 자는 일은 그에게는 전혀 불가능한 일이었으며, 잠시 꾸벅꾸벅 조는 것은 어떠한 조명이라도, 어떠한 시각에라도, 만원의 소란한 장내에서도 할 수 있었던 것이다. 이런 감시인과 같이 한다면 너무 기뻐서 밤새도록 전혀 잠을 자지 않고도 지낼 수 있었다. 그들과 농담을 하고, 지방 순회 생활의 경험을 이야기해 주고, 또 그들의 이야기에도 귀를 기울였는데, 그것은 모두 그를 잠을 재우지 않음으로써 자신이 우리 안에 음식을 전혀 가지고 있지 않다는 것, 그들 가운데 누구도 불가능한 단식을 해낼 수 있음을 보여주기 위해서였다. 그러나 그가 가장 행복했던 것은, 이윽고 아침이 되어 스스로가 생각했을 때 넉넉할 정도의 아침 식사가 운반되고, 고생스러운 철야의 망을 본 뒤의 건강한 남자가 가지는 식욕을 가지고 덤벼들 때였다. 이 아침 식사는 감시인을 부당하게 매수하는 짓이라고 생각하는 이들조차 있기는 했지만 그것은 지나친 일이었다. 그런 사람들에게, 망을 보기 위해서 아침 식사 없는 철야 당번을 하겠느냐고 물으면 슬그머니 꽁무니를 빼었지만, 그래도 의심하는 일은 그만두지 않았다.

물론 이것은 단식과는 전혀 분리할 수 없는 의혹의 하나였다. 누구든지 매일 밤 단식 광대 곁에서 쉬지 않고 망을 보게 하며 지내게 할 수는 없었다. 그러니까 누구도 진실로 쉴 새 없이 단식이 행해지고 있는지 자기 눈으로 확인할 수는 없었다. 그것을 아는 것은 다만 단식 광대 자신뿐이었다. 그만이 단식하는 자이자 동시에 단식에 만족하는 관객이었다. 그런데 그는 안타깝게도 그 일로 만족을 느껴 본 적은 없었다.

단식 광대의 수척한 모습을 차마 두 눈으로 볼 수 없어서 흥행 장소에서 멀리 떨어져 있는 사람들도 있었지만, 그토록 야위어 있는 것은 단식 탓이 아니라 자기 자신에 대한 불만 탓이었다. 다시 말하면 단식이 얼마나 수월한지 알고 있는 자는 그뿐이었다. 다른 어떤 전문가도 진실을 몰랐다. 그는 사람들에게 단식이야말로 이 세상에서 가장 수월한 일이라고 했으나 사람들은 그의 말을 믿지 않았다.

극히 호의를 가진 경우에나 겸손하다고 여길 정도이고, 대개의 경우 선전을 좋아한다든가 사기꾼이라고 생각했다. 사기꾼이라면 어렵지 않게 해내는 방법을 터득하고 있을 것이므로 단식은 수월할 것이고, 그것을 고백할 정도로 뻔뻔스러움도 갖고 있게 마련이다. 이런 일을 그는 모두 참아야만 했다.

해가 지남에 따라 익숙해지기도 했지만, 마음속에서 이 불만은 그를 계속 괴롭혔으며, 이제까지 한번도, 어떤 단식 기간 다음에도—이것은 그에게 허용해 주지 않을 수 없었다—자진해서 우리에서 나온 적은 없었다. 단식의 최대 기간을 흥행주는 40일로 정하고, 그 이상의 단식은 어떤 세계적인 대도시에서도 시키지 않았는데, 그것도 충분한 이유가 있었다. 경험으로 보면 40일 정도는 광고를 차차 고조시켜 가서 도시의 관심을 더욱 부채질할 수 있었지만, 그것을 넘으면 손님이 떨어져 나가고 수입도 사라지는 것이 명백했다. 물론 이때 도회지와 시골은 약간의 차이가 있었고, 원칙적으로 40일이 최대 기간으로 인정되었다. 이렇게 해서 40일째가 되면 꽃으로 뒤덮인 우리의 문이 열리면서 열광한 군중이 반원형의 계단식 좌석을 메웠다. 그리고 군악대가 연주를 하면 두 사람의 의사가 단식 광대에게 필요한 계량을 실시하기 위해 우리 안으로 들어간다. 그 결과는 메가폰으로 장내에 알려지며, 마지막으로 두 젊은 부인이 추첨에 당첨된 행운을 기뻐하며 나타나서 단식 광대를 우리에서 두세 단 아래로 안내하려고 한다.

그곳의 조그만 테이블 위에는 신중하게 선택된 환자용 식사가 준비되어 있다. 이 순간 단식 광대는 언제나 거부하는 것이었다. 그는 뼈와 가죽뿐인 팔을, 그에게로 몸을 구부린 부인들이 친절히 내미는 손 안으로 자진해서 밀어 넣기는 하지만 몸을 일으키려고는 하지 않았다. 왜 40일이 지난 지금 그것을 그만두느냐? 좀 더 오래, 무한히 오래 계속할 수 있는데, 어째서 바로 지금, 그의 단식이 최고의 경지까지 다다르지 않은 지금 그만 두느냐? 어째서 사람들은 그가 좀 더 단식을 지속시키고 세계 역사상 최대의 단식 광대가 될 뿐만 아니라—아마도 이미 그러할 테니까—더 나아가 자기 자신을 넘어서 상상도 못할 정도까지 이르는 명예를 빼앗으려 하는가? 그는 자신의 단식 능력에 한계를 느끼지 않았다. 어째서 그를 이토록 칭찬하는 체하는 관중이 그에게는 이다지도 인내심을 가지지 않는가?

그가 단식을 계속하는 일을 견뎌낼 수 있는데도 불구하고 어째서 그들은 그것을 참으려 하지 않는가? 또한 그는 지쳐서 짚 위에 기분 좋게 앉아 있는데, 그들의 요구대로 일어나서 음식이 있는 곳으로 가야만 했다. 식사에 대한 생각만 해도 가슴이 메스꺼워졌지만 그것을 입 밖으로 내는 일은 부인들을 생각해서 간신히 참고 있었다. 그리고 그는 언뜻 보아 다정한 것 같은, 실은 무척 잔인한 여성들의 눈을 들여다보며 약하디 약한 목 위의 지나치게 무거운 머리를 흔들었다.

그러나 이때 언제나 있는 일이 일어났다. 흥행주가 와서 입을 다문 채—음악 때문에 이야기를 할 수 없었다—두 손을 단식 광대 위에 올려, 마치 하늘을 향하여, 짚 위에 있는 하늘의 창조물이자 가련한 이 수난자—확실히 단식 광대는 그러했지만, 실제로는 전혀 달랐다—를 보아 주소서 하고 부르고 있는 것 같았다.

그리고 단식 광대의 허리를 과장된 조심스러움으로 안으면서, 자신이 지금 얼마나 부서지기 쉬운 것을 다루고 있는지 믿게 하려고 했다. 그리고 나서 그를—흥행주가 은밀히 그의 몸을 흔들었으므로, 다리와 윗몸이 저도 모르게 흔들흔들했다—어느새 죽은 사람처럼 창백해져 있는 부인네들의 손으로 넘겼다. 이제 단식 광대는 모든 것을 참고 있었다.

가슴에 드리운 머리는 굴러 내려와서, 어찌 된 셈인지 거기에서 멎은 듯이 보였으며, 몸은 속이 비어 있는 것 같았다.

다리는 자신을 보존하려는 충동에서 두 무릎을 딱 붙이고 있었는데, 그래도 계속 무대 바닥을 휘저었다. 그것이 진짜 바닥이 아니며, 진짜를 찾고 있다는 듯이. 몸 전체의 무게가, 하기야 극히 가볍지만 부인 한 사람에게 걸려 있었다. 그 여자는 도움을 청하고 숨을 헐떡거리면서—이 명예로운 구실이 이런 것인 줄은 생각하고 있지 않았다—하다못해 얼굴이 단식 광대에게 닿지 않도록 목을 될 수 있는 한 뺐지만 잘 되지 않았으며, 운 좋은 짝패 부인이 떨면서 단식 광대의 조그만 뼈 묶음 같은 손을 받들듯이 하고 쥐고 가는 일만으로 만족하고 있으므로, 기쁨에 들끓는 장내가 홍소를 터트리는 가운데 와락 울음을 터트려서, 이미 대기하고 있던 허드렛일꾼과 교대하지 않으면 안 되었다.

그러고 나서 식사할 순서가 되어 흥행주는 실신에 가까울 정도의 혼수상태에 빠진 단식 광대에게 음식물을 조금 흘려넣었다. 이때 이런 모습으로부터 관중의 주의를 다른 데로 돌리기 위해서 유쾌한 수다를 떨었다. 다시 그는 단식 광대한테 속삭임을 받는 체하고는 관중을 위한 축배의 인사말을 했다. 오케스트라는 한결 화려한 음률로 연주하여 전체의 분위기를 돋우었다. 이것으로 끝이 나서 사람들은 돌아갔다. 그 누구도 자신이 본 것에 대해 불만을 털어놓을 권리는 없었다. 다만 단식 광대만이, 늘 그만이 불만이었다.

이렇게 해서 그는 규칙적인 짧은 휴식 시간을 사이에 끼고 오랜 세월 타인에게서 영광스런 존경을 받았지만, 사실은 우울한 나날을 보냈다. 게다가 아무도 그 우울함을 진지하게 받아줄 수가 없었으므로, 더욱더 그것을 키워 나가면서 지내고 있었다. 어떻게 그를 위로하면 좋을까? 그에게 뭔가를 해주는 방법이 없을까? 친절한 사나이가 있어서 그를 가엾게 여기고, 그의 슬픔은 아마 단식 때문이라고 하면, 단식이 어지간히 진행되고 있을 무렵에는 특히 격렬한 분노로 흥분하여 짐승처럼 창살을 덜컥덜컥 뒤흔들어서 모든 사람을 겁나게 만드는 것이었다.

그러나 이런 때 흥행주가 곧잘 쓰는 처벌의 수단이 있었다. 그는 모여 있는 관중들에게 단식 광대의 난폭한 거동을 사과하고, 단식 때문에 생기는, 배부른 인간에게는 금세 이해가 가지 않는 초조로움만이 그의 거동을 관대하게 보아 넘길 수 있는 것으로 만든다는 사실을 인정한 다음, 지금보다도 훨씬 오래 단식할 수 있을 것이라는 그의 주장도, 같은 식으로 설명할 수 있는 것이라고 말하였다.

이 주장 속에는 분명히 숭고한 노력, 선의, 커다란 자기부정이 내포되어 있다고 칭찬했다. 그러나 그러고 나서 이

내 팔기도 하는 사진을 보이고, 무척 쌀쌀맞게 이 주장을 부정하려고 했다. 즉 그 사진에는 단식 광대가 단식을 시작한 지 40일이 지나 쇠약한 나머지 푹 꺼질 듯이 되어서 침대에 누워 있는 것이었다. 단식 광대가 잘 알고 있기는 하지만 언제나 새삼스럽게 낙담하게 되는 이런 식의 진실 왜곡은 그에게는 몹시 고통스러웠다. 빨리 끝낼 수 있는 단식의 결과가 이 경우에 고통의 원인으로 간주되었다. 이 우열성, 이 우열한 세계와 대항하여 싸우는 것은 불가능했다. 그래도 여전히 그는 희망을 잃지 않고 창살에 기대어 열심히 흥행주의 말을 듣고 있었지만, 사진사가 나타나면 언제나 창살에서 손을 떼고 한숨과 함께 짚더미 속으로 무너져 쓰러졌다. 안심한 관중은 다시 가까이 와서 구경할 수가 있었다.

이런 장면을 본 사람들은 몇 년 후 그 일을 회상해 보면 종종 스스로도 영문을 모르게 되었다. 그동안 앞에서 말한 변화가 생겼다. 거의 갑자기 그것이 일어났다. 아무도 모르는 이유가 있었는지도 모르지만 그런 것을 캐려는 사람이 있을까?

어쨌든 어느 날, 응석받이로 지내고 있던 단식 광대는 오락을 좋아하는 대중이 자신을 떠나 다른 구경거리로 흘러가고 있음을 본 것이었다. 다시 한 번 흥행주는 그를 데리고 유럽의 한복판을 돌아다녀, 아직 어딘가에서 예전의 관심이 발견되지 않을까 생각했는데 모두 허사였다. 은밀하게 짜기라도 한 것처럼 순식간에 단식 구경거리에 혐오스런 감정이 생겨나고 있었다. 물론 그것은 갑자기 그렇게 된 것은 아닐 것이다.

지금 와서 보면 정상에 있을 때 너무나 안이했고, 본능을 억제하려고 하지 않았던 것들이 상기되었다. 그러나 이제 그것을 수습하기에는 너무 늦었다. 언젠가 다시 단식의 시대가 찾아올 것은 확실하겠지만 지금의 사람들에게는 위안이 되지 않았다. 그런데 단식 광대는 어떻게 하면 좋을까?

수천 명의 사람들에게 둘러싸여 환호를 받던 그가 조그만 저잣거리의 구경꾼들에게 둘러싸여 있을 수는 없었다. 단식 광대는 다른 직업을 택하기에는 너무 나이를 먹었다. 게다가 무엇보다도 단식에 너무 열중해 있었다. 이렇게 해서 그는 생애에 둘도 없는 짝패인 흥행주와 작별하고 커다란 서커스단에 고용되었다. 그는 자신의 명예가 손상되는 것이 두려워서 계약조건은 전혀 보려고도 하지 않았다.

언제나 많은 인간, 동물, 도구의 조화를 유지하며 갈아치워 가는 커다란 곡마단은 누구라도 언제든지, 설사 단식 광대라도, 물론 저마다 응분의 대가를 지불하면서 쓸 수가 있었다. 게다가 이 특별한 경우는 다만 단식 광대 자신뿐만이 아니라 과거 인기인이었던 그의 이름도 함께 고용된 것이다. 늙어서도 쇠하지 않는 이 기예의 성질을 감안하면, 벌써 한창때를 지난 늙어빠진 광대가 한가한 서커스의 위치로 도피하려 했다고는 절대로 말할 수 없었다. 반대로 단식 광대는 전과 마찬가지로 단식할 수 있다. 곡마단측은 즉각 그것을 인정했지만-정말은 지금이야말로 세계를, 과연 그렇구나 하고 경탄시킬 수 있을 것이라고까지 주장했다. 그러나 이 주장은 단식 광대가 열심히 노력한다는 사실을 금세 잊어버리는 시대의 풍조를 생각한다면, 노련한 사람들에게는 미소밖에 불러일으키지 않았다.

그러나 단식 광대도 현실에 눈을 가리고 있었던 것은 아니다. 우리에 넣은 그를 인기 종목으로 내세워 무대 안에 두거나 하지 않고, 바깥의 동물 사육장 근처에 머물게 하고는 그것을 당연한 것으로 여기고 있었다. 색색으로 씌어진 큼직한 문구가 우리를 둘러싸고 있는 거기에 동물을 보려고 동물 사육장으로 서둘러 가노라면 단식 광대가 있는 곳을 지나므로 거기서 잠시 멈춰 서는 것은 거의 피할 수 없는 일이었다. 좁은 통 뒤에서 사람들이 밀려와 목적지인 동물 사육장으로 가는 길에 이렇게 멈춰 서 있는 것이 납득이 되지 않아, 좀 더 천천히 보는 것을 방해하지 않았더라면 아마도 사람들은 그가 있는 곳에 좀 더 오래 머물러 있었을 것이다. 이것은 단식 광대가 평생의 목적으로 고대하고 있던 구경의 시간을 오히려 두려워하는 이유이기도 했다. 그도 처음에는 공연의 휴게시간을 기다릴 때면 지칠 지경이었다.

군중이 몰려오는 것을 보면 그는 신이 났지만, 금세—아무리 완고하고, 거의 의식해서 자신을 속인다 해도 경험에는 저항할 수 없었다—대개 언제나 예외 없이 동물 사육장을 향해 가는 사람들뿐이라고 확신한 것이다. 멀리서 보면 여전히 굉장한 광경이었다. 하지만 그가 있는 데로 가까이 오면 끊임없이 새로운 두 개의 무리가 생겨 하나는—얼마 안 가서 단식 광대는 이편이 차라리 지겨워졌다—그를 천천히 보려고 했다. 이는 이해를 해서가 아니라 호기심과 고집스런 기분에서인 것이었다. 다음 무리는 동물 사육장으로 빨리 가고 싶어서, 이 두 무리의 고함소리와 욕설 소리가 거칠게 소용돌이쳤다.

많은 사람들의 무리가 지나가고 나면 또다시 한 무리의 사람들이 왔다. 보고 싶다면 이제는 방해될 것이 없었지만, 성큼성큼 거의 한눈도 팔지 않고 휙 지나가 어서 동물이 있는 곳으로 가려고 했다. 가끔 운이 좋을 때에는 아버지가 자식들을 데리고 와서 단식 광대를 가리키며, 저것이 어떤 것인지 자세히 설명하고, 비슷하기는 하지만 비교도 안 될 만큼 대규모의 공연을 본 옛날이야기를 하는 것이었다. 어린이들은 학교나 가정에서의 교육이 부족한 탓으로 무슨 소리인지 알아듣지 못하였다. 한데 그들에게 있어서 단식이란 무엇일까? 그런대로 살피듯 하는 반짝이는 눈 속에는 새로운, 미래의 가장 혜택 받은 시대의 무엇인가가 드러나 있었다.

그럴 때 광대는 곧잘 자신에게 말하는 것이었다. 그의 자리가 동물 사육장에서 이토록 가깝지 않다면 모든 일이 좀 더 잘 풀릴 것이다. 동물 사육장의 냄새, 밤새 내는 동물들의 시끄러움, 맹수를 위한 날고기의 운반, 먹이를 줄 때의 외치는 소리 등이 그의 마음을 몹시 상하게 하고 죄게 하는 것은 둘째치고라도, 사실 감독에게 말을 꺼낼 용기도 없었다. 어쨌든 동물 덕분에 많은 손님이 오는 것이고, 그중 가끔 그를 위한 손님도 있었다. 만일 그가 자신의 존재를 상기시키려는 이유 때문에, 더 정확하게 말하면 자기가 동물 사육장으로 가는 길의 장애물에 불과하다는 사실을 자각하게 만든다면, 그를 어디에 밀어붙일지 몰랐다.

그는 점점 작아지는 장애물이었다. 이제 단식 광대의 주의를 끌려는 별난 생각에 사람들은 익숙해졌다. 이 익숙해짐과 동시에 그에 대한 판결이 내려졌다. 그는 하고 싶은 대로 단식을 해도 좋다, 그리고 실제로 그는 그렇게 했다. 그러나 그는 더 이상 구제되지 않았다. 사람들은 그를 지나쳐 가는 것이었다. 단식의 기예를 시험 삼아 설명해 보는 것이 좋다고? 느끼지 못하는 자에게 알게 하려고 해봤자 쓸 데

없는 짓이었다. 아름다운 안내 문구는 더러워져서 읽을 수 없게 되었다. 치러낸 단식일의 숫자를 적은 패는 처음에는 매일 정성들여 갈아 붙였지만, 벌써 오래 전부터 그대로였다. 이렇게 해서 단식 광대는 전에 꿈꾼 대로 단식을 계속했다. 당시에 예언한 그대로 그는 수월하게 해냈다. 그러나 아무도 날짜의 수를 헤아리지는 않았다. 아무도, 단식 광대 조차도 얼마만한 실적이 이미 올려졌는지 알지 못했다. 그의 마음은 울적했다. 그리고 한가한 사나이가 멈춰 서서 낡은 숫자를 비웃으며 속임수니 하는 말을 던질 때가 있었는데, 이것이야말로 차가움과 타고난 고약한 심술이 만들어낸 가장 어리석은 거짓말이었다. 단식 광대가 속인 것은 아니었다. 그는 정직하게 일했다. 그러나 세상 사람들이 그를 속이고 적절한 보수를 주지 않은 것이었다.

그러나 그로부터 다시 많은 날이 흐르고, 그것도 끝이 났다. 어느 날, 우리가 한 감독의 눈에 띄었다. 그는 허드렛일꾼에게, 어째서 아직 충분히 쓸 수 있는 우리를 썩은 짚을 넣은 채, 사용하지 않고 버려두느냐고 물었다. 아무도 몰랐지만 겨우 한 사람이, 숫자를 쓴 패로써 단식 광대를 생각해 냈다. 막대로 짚을 헤집어 쑤시자 단식 광대가 있었다. "아직도 단식을 하고 있는 건가?" 감독이 물었다. "대관절 언제 그만 둘 건가?" "용서해 주시오, 여러분." 단식 광대는 속삭였다. 귀를 창살에 대고 있던 감독만 그 말을 알아들을 수 있었다. "괜찮아." 감독은 말하고, 손가락을 이마에 대 보고 단식 광대의 상태를 종업원들에게 귀띔했다. "용서해 줄게." "난, 늘, 단식으로 당신네들한테 감탄 받고 싶다고 생각하고 있었어." 단식 광대는 말했다. "우리는 실제로 감탄하고 있네." 감독은 상냥하게 말했다. "하지만 감탄해선 안 되는데." 단식 광대가 말했다. "그래. 그럼, 감탄 안 하겠네." 감독은 말했다. "어째서 감탄해선 안 되나?" "난 단식하지 않을 수 없으니까, 그렇게밖에 할 수 없으니까." 단식 광대는 말했다. "어렵쇼?" 감독이 말했다. "어째서 단식밖에는 못한다는 건가?" "그건 내가," 단식 광대는 말하고, 머리를 조금 들어 키스하듯이 입술을 오므려 내밀고는 한마디도 헛듣지 않도록 감독의 귓속에다 대고 속삭였다. "그건 내가 맛있다고 생각하는 음식을 찾아내지 못했기 때문이야. 만일 찾아냈다면 남의 이목을 끄는 짓을 하지 않고 당신이나 여러 사람과 마찬가지로 배불리 먹었을 거야." 이것이 마지막 말이었다. 그러나 눈물이 어린 그의 눈 속에는, 이제는 자랑스럽지는 않지만 확고하게 단식을 계속해 갈 확신이 떠오르고 있었다.

"자, 어서 치워라!" 감독이 말했다. 단식 광대는 짚과 함께 묻혔다. 우리에는 한 마리의 젊은 표범이 넣어졌다. 그토록 오랫동안 황폐해 있던 우리 안을 이 맹수가 움직여 돌아다니는 것을 보는 일은 아무리 신경이 둔한 자에게도 구미가 동하는 일이었다.

표범은 아무것도 부족한 것이 없었다. 그가 좋아하는 음식을 사육 당번은 부지런히 날라 왔다. 자유조차도 그리워하고 있지 않은 듯했다. 이 고귀한, 필요한 것을 넘쳐 터질 정도로 갖추고 있는 표범은 자유도 몸에 지니고 있는 것 같았다. 잇속 어딘가에 그것이 숨겨져 있는 듯했다. 그리고 삶의 기쁨이 표범의 입 속으로부터 세찬 불길처럼 흘러나와, 그것을 견디기가 관중에게는 용이한 일이 아니었다. 그러나 그들은 자신을 이겨내고 우리 둘레에 밀려와서는 결코 움직이려고 하지 않았다.

첫 슬픔

어떤 공중 그네 곡예사—잘 알다시피 크나큰 버라이어티 무대의 둥근 천장께에서 벌어지는 이 곡예는 인간에게 가능한 곡예 중에서 가장 어려운 것의 하나이거니와—는 처음에는 다만 기예의 완성을 지향하기 위하여, 나중에는 너무나 굳어진 습관 탓으로, 흥행을 하는 동안 밤낮으로 그네 위에서 지내게 되었다. 곡예사의 시중은 극히 사소한 것이었지만, 번갈아 가며 밑에서 망을 보는 사환들이 맡았다. 그들은 위에서 필요한 것을 모두 특별히 만든 용기에 담아 오르내리게 했다.

이런 생활 덕분에 주위 사람들에게 유별나게 곤란한 일은 일어나지 않았다. 다만 다른 조의 차례를 기다리는 동안 조금 방해가 되었다. 밑에서 눈에 보이게 되면 관중들의 시선은 자기들도 모르게 그쪽으로 쏠렸다. 그러나 단장들은 그가 뛰어난 연예인이었으므로 너그럽게 보아주고 있었다.

320 · 카프카

물론 그것이 순간적인 기분에서 내킨 행동이 아니라 실제로 이토록 연습을 쌓고 있었기 때문에 기예의 완벽함이 유지되고 있다는 사실은 잘 알고 있었다.

게다가 위쪽의 공기는 건강에 좋았다. 따스한 계절이 와서 둥근 천장 전체의 채광창이 열리고, 신선한 공기와 함께 햇빛이 어두컴컴한 장내에 눈부시게 비쳐들면 그곳은 아름답기까지 했다. 물론 다른 사람과의 교제는 한정되게 마련이었다.

가끔 동료 곡예사가 줄사다리를 타고 찾아오면 두 사람은 그네에 앉아 오른쪽 왼쪽의 버팀 밧줄에 기대고는 잡담을 하였고, 기와장이가 수선을 하러 오면 열린 창으로 두세 마디 말을 주고받기도 했고, 소방수가 맨 위층 관람석의 비상등을 점검하러 와서 정중하기는 하나 뜻을 알아들을 수 없는 말을 건네기도 했다. 그런 일 외에는 언제나 그의 주위가 조용했다. 아주 가끔, 오후 같은 때에 사람이 없는 장내에서 헤매고 있는 일꾼 중의 누군가가 뭔가 골똘히 생각하듯 거의 눈길이 미치지 않는 위쪽을 꼼짝 않고 바라보고 있었다. 곡예사는 주목을 받고 있는 줄도 모르고 재주를 부리다가 쉬곤 하였다.

만일 그처럼 불가피한, 도시에서 도시로의 여행이 없다면 곡예사는 이렇게 아무런 방해도 받지 않고 지낼 수 있었을 것이다. 여행은 그에게 몹시 번거로운 일이었다. 흥행사는 그의 고민을 공연히 오래 끌지 않도록 마음을 써주기는 했다. 시내에서는 경주용 자동차를 사용하고, 되도록 밤중이나 이른 아침 시간에 사람이 없는 길거리를 전속력으로 달렸는데, 물론 곡예사의 심정으로 말하면 아직 너무 느린 것이었다. 기차에서는 찻간 하나를 전부 전세 내어, 평소의 생활처럼은 안 되지만, 어떻게든 조금이라도 벌충이 되도록 그물 선반 위에서 지내곤 했다. 다음 공연이 있을 도시의 극장에서는 곡예사가 당도하기 훨씬 전에 벌써 공중 그네의 장비가 갖춰졌다. 그리고 무대로 통하는 문은 모두 활짝 열리고, 모든 복도는 훤히 틔어 놓았다. 이러한 까다로움은 있었지만 곡예사가 발을 줄사다리에 올려놓고 눈 깜짝할 사이에 그네에 매달려 겨우 균형을 잡았을 때, 그것은 언제나 흥행사의 가장 멋진 순간이었다.

흥행사는 이제까지 많은 여행을 탈 없이 마쳤는데, 그래도 새로운 여행을 할 때마다 괴로운 심정에 휩싸였다. 여행은, 다른 것은 모두 차치하더라도 공중 곡예사에게는 녹초가 될 정도로 신경을 자극하였다.

이렇게 해서 그들은 또 함께 여행을 하였다. 곡예사가 그물 선반에 드러누워 꿈을 꾸고 있을 때, 흥행사는 맞은 쪽 창 모서리에 기대어 책을 읽고 있었다.

이때 곡예사가 낮은 소리로 말을 걸었다. 흥행사는 곧 그의 상대가 되어 주었다. 곡예사는 입술을 깨물면서, 지금까지는 그네가 하나이지만 앞으로 기예를 부리게 되면 서로 마주 보는 두 개가 필요하다고 말했다. 흥행사는 즉시 거기에 동의했다. 그러나 곡예사는 상대방이 동의를 하건 반대를 하건 이 경우 의미가 없다는 듯이, 이제부터는 결코 무슨 일이 있어도 하나의 그네로는 기예를 부리지 않겠다고 말하는 것이었다. 그런 일이 있다고 생각만 해도 몸이 오싹해지는 것이었다. 흥행사는 머뭇머뭇 지켜본 채, 자신의 의견을 똑똑히 밝혔다. 두 개의 그네 편이 하나보다 낫다. 게다가 이 새로운 취향은 흥행에 유리하며, 흥행 종목에 변화가 더해지는 것이라고 말했다. 그러자 곡예사는 갑자기 울기 시작했다. 진심으로 놀란 흥행사는 벌떡 일어나서 무슨 일이냐고 물었다. 대답이 없었으므로 의자 위에 올라서서 그를 어루만지고 자신의 얼굴을 그의 얼굴에 꼭 대었다. 그 바람에 곡예사의 눈물이 그의 얼굴에도 넘쳐흐르는 것이었다. 그러나 이것저것 캐어묻고, 어르고 달랜 끝에, 겨우 곡예사는 흐느끼며 말했다. "단 한 자루의 저 막대를 손에 쥐고 어떻게 내가 살 수 있겠느냐 말이야!" 그래서 이제 곡예사를 위로하는 일은 수월해졌다. 그는 다음 역에서 다음번 공연이 있을 도시로, 두 번째의 그네 때문에 전보를 치마고 약속했다.

이토록 오랫동안 곡예사를 하나의 그네만으로 일하도록 한 것에 대해 자신을 비난하고, 그제야 겨우 잘못을 깨닫게 해준 데 대하여 곡예사에게 고마움을 나타내고 극구 칭찬하였다. 이렇게 해서 그는 상대방을 진정시키고 다시 구석 자리로 돌아올 수 있었다. 그러나 그 자신은 마음이 가라앉지 않았다. 답답하고 불안한 심정을 느끼면서 책 위로 몰래 곡예사를 쏘아보았다. 일단 그런 생각이 그를 괴롭히기 시작한 이상 그 생각을 깨끗이 사라지게 할 수 있을까? 끊임없이 고조되지나 않을까? 그의 존재 자체를 위협하거나 하지는 않을까? 흥행사는 이때 울음을 그치고 보기에도 조용하게 잠들어 있는 공중 곡예사의 어린이처럼 매끄러운 이마 위에 비로소 잔주름이 몇 개 새겨져 가고 있음을 보았다.

조그마한 여자

    그녀는 조그마한 여자이다. 선천적으로 아주 가냘프게 생겼는데 그럼에도 불구하고 허리를 꼭 졸라매고 있다. 그녀는 늘 같은 옷을 입고 있다. 노르스름한 잿빛의, 말하자면 나무와 같은 색을 띤 천의 옷으로, 같은 색깔의 술이라든가 단추와 같은 장식이 조금 붙어 있다.

    언제나 맨머리 바람으로, 그저 그런 색의 금발머리는 매끄럽거나 흐트러져 있는 것은 아니지만 몹시 나풀나풀하다. 허리를 졸라매고 있어도 동작은 재빨라서, 그 재빠름은 물론 과장되어 보인다. 두 손을 허리에 대고, 윗몸을 깜짝 놀랄 정도로 날쌔게 모로 돌리기를 좋아한다. 그리고 그 여자만큼 각 손가락이 날카롭게 차이를 드러내고 있는 손을 본 적이 없다고 한다면, 그녀의 개성을 엿볼 수 있을 것이다. 그러나 뭔가 해부학적으로는 특별한 것이 없는 보통의 손이다.

그런데 이 조그마한 여인은 나를 몹시 못마땅해 한다. 늘 뭔가 비난의 구실을 내게서 찾아낸다. 그 여자에게 부당한 짓을 하는 것은 언제나 나이며, 한 발짝 걸음을 옮길 때마다 노엽게 만들고 만다.

생활이라는 것을 극히 작은 부분으로 가르고, 각각의 단편을 따로따로 판단할 수 있다면, 내 생활의 어느 단편이든지 아마도 그 여자에게 있어서는 짜증의 불씨가 될 것이다. 도대체 어째서 그 여자를 그토록 노엽게 만드는지 나는 종종 생각해 보곤 한다.

나의 모든 것이 그 여자의 심미감, 정의감, 습관, 전통, 기대 같은 것에 어그러지는 것인지도 모른다. 인간 사이에는 그렇게 서로 반발하는 성질이 있는 법이다. 그러나 왜 그 여자는 저토록 괴로워하는 것일까? 나 때문에 괴로워해야 할 일이 우리들 사이에는 전혀 없다. 그 여자는 나를 생판 남으로 간주하려는 결심만 하면 된다.

나는 실제로 그러하며, 그러한 결심을 환영하면 했지 반대하지는 않는다. 그 여자는 나의 존재를 잊어버릴 결심만 하면 되는 것이다. 나는 나라는 것을 의식하라고 그 여자에게 강요한 적은 없었으며, 앞으로도 없을 것이다. 그렇게만 한다면 모든 고뇌는 분명히 끝장을 고할 것이다.

이 경우에 있어 나는 나 자신의 일, 그리고 그 여자의 태도는 말할 나위도 없이 나에게 있어서 괴로운 일이라는 것은 전혀 고려에 넣지 않는다. 이 괴로움은 그 여자의 고뇌와 비교하면 아무것도 아니라는 것을 나는 잘 알고 있으므로 고려에 넣지 않는 것이다. 하기야 그 경우에 그것이 애정이 깃든 고뇌가 아니라는 것을 나는 뻔히 알고 있다. 그 여자에게는 실제로 나를 기쁘게 해주려는 마음은 전혀 없다. 게다가 또 그 여자가 비난하는 일은 모두 내가 향상되는 것에 방해가 될 그런 것은 아니다. 그러나 내가 향상되는 것 따위는 그 여자에게 관심이 있을 턱이 없으며, 다만 내 일, 즉 내가 그 여자에게 주는 고통, 앞으로도 나 때문에 그 여자가 위협에 직면하게 될 고통에 대하여 복수하는 일에만 관심을 가지고 있다.

나는 오래 전에 이 끊일 새 없는 분노를 가장 잘 가라앉힐 수 있는 방법을 그 여자에게 가르치려고 한 적이 있었다. 그러나 그 때문에 그 여자를 또다시 격노시켜 버리고 말았다.

혹시 그렇게 말하고 싶다면 나에게도 어떤 책임이 있다고 해도 상관없다. 다시 말하면 그 조그마한 여자가 아무리 나와는 그저 그런 사이라 하더라도, 또한 우리들의 관계가 오직 내가 그 여자에게 주는 분노라기보다는 차라리 그 여자가 나로 하여금 느끼는 분노뿐이라고 할지라도, 그토록 화를 내면서 육체적으로도 괴로워하고 있는 것이 눈에 보인다면 나로서도 무관심하게 있을 수가 없다. 최근에는 한층 심해졌지만, 그 여자가 또다시 창백한 얼굴을 하고, 밤잠도 자지 못하고, 두통에 시달리며, 거의 일도 못했다는 기별이 전해졌다. 그래서 집안 식구들을 걱정시켰는데, 그 원인을 이것저것 추측해 보았지만 아직 찾아내지 못하고 있다. 나만이 알고 있는, 오래 되고 늘 새로운 분노인 것이다.

그런데 물론 나는 그녀를 집안 식구들처럼 걱정하지는 않는다. 그 여자는 강인하다. 그 정도로 화를 낼 수 있는 자는 필시 분노의 결과도 이겨낼 수가 있다. 나는 그 여자가—적어도 일부분은—이렇게 해서 세상 사람의 의혹을 나에게 돌리게 하려고 괴로워하는 체하고 있을 뿐이라는 의심까지 품고 있다.

나라는 존재 때문에 괴로워하고 있음을 정직하게 털어놓기에 그 여자는 자부심이 너무 높다. 남에게 나의 일로 고통을 호소한다는 것은 자신의 인격을 비하시키는 짓이라고 느낄 것이다. 다만 혐오감으로, 끝도 없이 자신을 몰아세우는 혐오감으로, 그 여자는 나와의 관계를 계속 맺고 있다. 이 불순한 사실을 세상 사람들 앞에서까지 끄집어낸다는 것은 그 여자의 수치심이 견디지 못한다. 그러나 끊임없이 그 여자를 압박하고 있는 일을 전혀 잠자코 참는다는 것도 견딜 수 없다. 그래서 그 여자는 여자다운 교활함으로 중간의 길을 취하려 한다. 입을 다문 채 비밀스러운 고뇌가 겉에 나타나는 징후만으로 문제를 세상 사람의 재단 앞에 내놓으려 한다.

그 여자는 내가 세상 사람들의 주목을 받는다면, 사람들의 나에 대한 광범위한 분노가 들끓게 될 것이라는 걸 안다. 그렇게 되면 그녀는 강력한 수단을 무기로 그녀 자신의 사적인 분노보다도 훨씬 거세고 신속하게 나를 완전히 때려누일 때까지 재단하기를 계속할 것이다. 그러나 그 다음에 자신은 물러나서 푹 안도의 한숨을 쉬고, 나에게 등을 돌릴 것이다. 하지만 이것이 진짜 그 여자의 기대라고 한다면 큰 오산이다. 세상 사람들은 그녀가 원하는 그런 역할을 절대 떠맡지 않을 것이다.

설사 나를 가장 강력한 확대경으로 조사한다고 하더라도 그토록 끝없는 비난을 받을 정도로 문제가 있는 사람은 아니다. 나는 그 여자가 생각하는 것만큼 형편없는 인간이 아니다. 나는 절대 나 자신을 과대평가하지는 않는다. 그러나 내가 특별하게 쓸만한 인간은 아니라 하더라도, 그 반대의 뜻에서 두드러지는 일도 절대 없다는 뜻이다.

그렇다고 내가 안심하고 있을 수 있을까? 절대 그렇게는 안 된다. 내가 그 여자를 그야말로 병이 들게 만들고 있다는 것이 실제로 널리 알려져서 두세 명의 감시꾼들, 즉 무섭게 부지런히 그 여자의 일을 전해 주는 패들이 벌써 그것을 간파하고 있다.

혹은 적어도 간파한 듯한 시늉을 하고 있다. 그래서 세상 사람들이 등장하여, '어째서 내가 그 조그마한 여인을 죽음으로 몰아붙이려고 작정하는가, 언제면 내가 그녀를 고통 속으로 몰아넣는 짓을 중단하고 인간다운 분별력과 소박한 동정심을 갖게 될 것인가?' 하고 세상 사람들이 묻는다면, 적절한 대답을 하기는 어려울 것이다.

그때 자신은 그 병의 징조를 그다지 믿지 않는다고 고백해도 될까? 그렇게 하여 하나의 죄를 모면하기 위하여, 다른 사람들을 몹시 비열한 방식으로 책망한다는 불쾌한 인상을 불러일으켜도 괜찮을까? 하물며 진짜 병에 걸렸다고 해도 그녀는 나에게 생판 남이고, 우리들의 관계는 다만 그 여자에 의해서만 형성된 것일 뿐이다. 모든 것은 그 여자의 편에서 보아 존재할 뿐이므로 동정을 갖지 않는다느니 하고 말할 수 있을까?

사람들이 내가 하는 말을 믿지 않을 것이라고 할 생각은 없다. 믿는 것도 아니고, 믿지 않는 것도 아니다. 그런 일을 문제 삼을 정도까지 사람들은 남의 일에 개입하지 않는 것이다. 허약하고 병든 여인에 관하여 내가 준 대답을 다만 기록할 뿐이다. 그것은 나에게 있어서 그다지 바람직한 일이 아니다. 그 밖에 어떤 대답을 한다 하더라도 세상 사람들은 연애 관계가 있다는 의심을 머리에 떠올리지 않을 수 없으리라는 것이 아무래도 나를 방해한다. 그러한 관계가 없다는 것은 어디까지나 명백하며, 만일 존재한다면 도리어 내 편에 있는 것이다. 실제로 내가 그 여자의 매력 때문에 끊임없이 벌을 받는 것이 아니라면, 그 판단력의 날카로움이나 물릴 줄 모르는 추구력이란 점에서 저 조그마한 여자를 어쨌든 칭찬할 수가 있을 것이다. 그러나 그 여자 쪽에서는 나에게 호의적인 관계의 징표는 어떻든간에 존재하지 않는다. 그런 점에서 그 여자는 정직하고 진실한 것이다. 거기에 나의 마지막 희망이 걸려 있다. 나와의 그러한 관계를 믿도록 한다면, 그 여자의 작전 계획에, 형편이 좋은 경우가 있더라도 그 여자는 결코 그것을 실행할 정도로 자신을 잊어버리지는 않을 것이다. 그러나 이런 부분에 전혀 둔감한 세상 사람들은 끝내 자신들의 선입견을 버리지 않고 언제나 나와는 반대되는 결정을 내릴 것이다.

이렇게 해서 실제로 나에게 남겨진 과제는 세상 사람들이 간섭하기 전에 빨리 저 조그마한 여자의 분노를 제거한다는 따위의 생각은 할 수 없으므로, 조금이라도 가라앉힐 수 있도록 나 자신을 개조하는 수밖에 없다.

사실 나는 자신에게 곧잘 묻곤 했다. 도대체 현재의 나의 상태는 전혀 바꿀 생각이 들지 않을 정도로 만족하는가? 자신을 어느 정도 바꾸려는 기도는 내가 그 필연성을 확신하기 때문이 아니라 다만 저 여인을 달래기 위해서 그렇게 하는 것이라고 쳐도 가능한 일은 아닐까? 그리고 나는 솔직히 그것을 시도했다. 다소 고생도 하고 신경도 썼지만 오히려 내 마음에 들었으며, 거의 유쾌할 정도였다. 얼마간의 변화가 생기고 남의 눈에도 그렇게 비치게 되었다. 그 여인에게 그것을 눈치 채게 할 필요는 없었다. 그런 따위의 일은 나보다도 먼저 눈치를 채며, 나의 속셈조차도 알아차려 버리는 것이다.

그러나 성과는 오르지 않았다. 또 어찌 그런 일이 가능할까? 나에 관한 그 여자의 불만은 이제는 이미 내가 아는 대로 근본적인 것이다. 어떻게 해봤댔자 그것을 제거할 수는 없다. 나라는 존재를 없애버린다 해도 되지 않는다. 가령 나의 자살이 전해졌다 하더라도 그 여자의 짜증은 끝이 없을 것이다.

저토록 예민한 여자가 이 일을 나처럼 간파하지 않는다는 것, 그리고 그 여자가 제아무리 노력을 한다고 해도 우리 사이를 회복시킬 가망성이 없다는 것, 또한 나의 무고함, 어떤 선의를 가지고도 나는 그 여자의 요구에 응할 수가 없다는 것을 꿰뚫어보고 있지 않다고는 생각할 수 없다. 물론 간파하고 있다고 해도 호전적인 성격이니까 싸움의 열정 속에 잊어버리고 마는 것이다. 그리고 자기로서는 어찌할 도리도 없는, 내 불행한 기질은 정상을 벗어난 사람에게 살짝 충고를 속삭이고 싶어지는 점에 있다. 이런 식으로는 우리가 결코 서로를 이해하는 일은 없을 것이다.

내가 이른 아침의 상쾌한 기분으로 집을 나서면, 나 때문에 야윈 그 얼굴을 보게 될 것이다. 불만스러운 듯이 젖혀 올라간 입술, 살피는 듯한, 그리고 살피기 전에 이미 그 결과를 알고 있는 듯한 눈초리……. 슬쩍 한번만 보면 아무리 순식간이라도 모두 알아차리고 만다. 소녀 같은 볼에 일그러지는 쓰디쓴 미소, 한탄하듯 하늘을 올려다보고, 허리에 두 손을 대고 몸을 곧추세우며, 이윽고 분노 때문에 창백해져서 떨고 있는 모습을.

얼마 전에 나는 정말 처음으로 한 친구에게 이 문제를 얼마간 비쳤다. 말이 난 김에 가볍게 두세 마디로, 실제보다 줄여서 단순히 이야기를 했다. 그러자 친구는 건성으로 듣지 않고, 그렇기는커녕 스스로 문제에 의미를 부여했으며, 이야기를 계속하게 했던 것이다. 그러나 더 기묘한 것은 그런 태도를 취한 친구가 결정적인 점에서는 문제를 과소평가하여 어디 여행을 하고 오면 어떻겠느냐고 진지하게 말하는 것이었다. 이보다 더 몰이해한 충고는 없을 것이다.

문제는 너무나 간단해서 잘 보면 누구든지 알아차릴 수가 있다. 그러나 내가 여행을 떠나면 모든 것은, 혹은 가장 중요한 점만이라도 처리가 될 정도로 간단하지는 않다. 반대로 오히려 여행 같은 것은 피하지 않으면 안 된다. 내가 가령 뭔가 계획에 따라야만 한다면 그것은 문제를 바깥세상과는 아직 관계가 없는 범위에 머무르게 한다는 계획, 따라서 내가 지금 있는 곳에 차분히 있을 것, 이 문제에 의해서 눈에 뜨일 변화는 어떤 것도 일으키지 말 것, 이것에 관해서는 아무와도 이야기를 주고받지 말아야 할 것이다. 그러나 이 일들은 모두 위험한 비밀이어서가 아니라 극히 개인적인 일로, 실체가 없는 문제이며, 또 앞으로도 그러해야만 되기 때문이다. 그 점에서 친구의 말은 어쨌든 무익하지는 않았다. 새로운 것은 아무것도 가르쳐 주지 않았지만 나의 근본적 견해를 강화해 주었다.

　대체로 조금 자세히 생각하면 알 일이지만, 시간이 지남에 따라 이 문제에 생긴 듯한 변화는—문제 자체의 변화는 아니고—나의 관점의 발전에 지나지 않는다. 단 그 관점이 한편으로는 침착해져서 남자다워지고 문제의 핵심에 가까워지고 있지만, 한편으로는 아무리 가벼운 것일망정 끊임없이 마음에 받는 충격을 극복하기 어려운 영향으로 일종의 과민성을 띠어 가고 있을 뿐인 것이다.

마지막 결말은 아무리 가까이 닥친 듯 보이더라도 오지 않을 전망이라고 생각하자 나는 문제에 대해 한층 냉정해졌다. 젊은 시절에는 결말의 때가 오는 속도를 몹시 과대평가하는 경향이 있다. 저 조그마한 여자 재판관이 나의 모습을 보고 기분이 언짢아져서 곁의 안락의자에 무너져 앉고, 한쪽 손으로 팔걸이를 거머쥐고, 다른 손을 코르셋에 걸쳐 놓아, 분노와 절망의 눈물을 뺨에 흘러내리게 하고 있을 때, 드디어 결말의 때가 왔다.

나는 곧 책임을 추궁받기 위하여 소환될 것이라고 생각했다. 그러나 결말도 책임도 전혀 문제가 되지 않았다. 여자는 자주 기분이 언짢아진다. 세상 사람은 모든 경우에 주목할 겨를을 갖지 못한다. 대관절 이렇게 세월이 지나는 동안 무슨 일이 일어났다는 것일까? 이러한 일이 어느 때는 강하게, 어느 때는 약하게 되풀이되어서 요컨대 그 총수가 증가할 뿐이다.

다만 사람들이 가까이 어정거리며, 기회가 있을 법하다고 말참견을 하고 싶어 할 뿐이다. 그러나 기회를 잡기란 쉽지 않다. 이제까지 그들은 후각만을 믿고 있다. 후각이 있으면 그 임자를 몹시 분주하게 만들지만, 다른 일에는 소용이 안 된다. 결국 늘 그런 식이었다. 언제나 저 한심한 게으름뱅이나 구경꾼이 있어서, 뭔가 매우 교활한 방식으로, 그

중 잘 쓰는 것은 친척이라는 구실이지만, 자기네들이 들르는 까닭을 변명하고 언제나 눈을 번득이고, 코를 킁킁거리고 있다.

그러나 그렇게까지 한 결과가 어떠냐 하면, 그들이 여전히 그 근처에 서 있을 뿐인 것이다. 달라진 것은 내가 차차 그들을 분간할 줄 알게 되고, 얼굴을 익혔을 뿐이다. 이전에는 그들이 점점 사방으로부터 모여 와서 문제의 규모가 확대되고, 그 바람에 자연히 결말이 날 것이라고 나는 생각하고 있었다. 오늘날 나는 이러한 일이 모두 옛날부터 내려온 그대로이며, 결말의 도래와는 거의 관계가 없음을 알았다고 생각한다. 그렇게 해서 최후의 결말 자체는—왜 나는 이런 어마어마한 말을 쓰는가? 어쨌든 일단—필시 내일이 아니고, 모레가 아니고, 아마도 그날은 오지 않겠지만—그런 날이 닥쳐와서, 내가 되풀이 말하듯이, 권한이 없는 세상 사람이 이 문제에 종사한다면, 나는 확실히 심리적으로 상처 없이 풀려 나오지는 않겠지만, 그러나 다음과 같은 사실을 염두에 두지 않으면 안 되리라. 즉, 나는 세상 사람들에게 알려져 있지 않은 것도 아니고, 이전부터 네 활개를 치고 지내 왔으며, 세상 사람을 신뢰하는 동시에 그들의 신뢰성도 얻고 있다. 그러니까 저 고민하고 있는 조그마한 여자—말이 난 김에 말해 두자면, 만일 나 이외의 사람이라면 아마도 진작에 밤송이와 같은 존재라고 판단을 하고, 세상을 위하여 전혀 소리도 내지 않고 구둣발로 짓밟아 버렸을 테지만—는 최악의 경우에도, 세상 사람이 존경할 만한 일원으로서, 나를 인정하고 있는 저 면허증에 조그만 보기 흉한 장식 문자를 하나 덧붙일 수 있는 것에 불과하다. 이것이 현대의 상황이며, 따라서 내가 불안을 느낄 이유는 거의 없다.

해가 지남에 따라 내가 불안해진 것은 이 문제의 참뜻과는 전혀 관계가 없다. 누군가를 끊임없이 화나게 하며, 설사 그 분노에 근거가 없다는 것을 잘 안다고 하더라도 참을 수 없게 되는 것이다. 사람이 불안해지고, 말하자면 육체적일 경우 마지막 결말을 방심하지 않고 엿보게 된다. 가령 결말이 온다는 것은, 이성적으로 말해서 과히 믿어지지 않는 경우에도 그러한 것이다. 그러나 한편으로 그것은 노년의 현상이다. 젊음은 모든 것을 아름답게 덮어 감싼다. 기억하고 싶지 않은 것조차도 청춘의 마르는 일 없는 힘의 샘 속에서 사라져 버리고 만다. 젊을 때는 다소 바라고 살피는 듯한 눈길을 하고 있더라도 그것을 나쁘게 받아들여지지 않는다. 전혀 눈치 채이지 않고, 자기 자신조차 깨닫지 못한다. 그러나 늙어서 남는 것은 진짜 찌꺼기이다. 이는 모두 필연적인 것이며, 갱신되는 것 없이 모든 것이 관찰된다. 나이를 먹어가는 사람들의 뭔가 바라는 듯한 느낌을 주는 눈은 분명히 뭔가를 노리고 있는 눈이다. 그것을 확인하는 일은 어렵지 않다. 그러나 그렇다고 해서 진짜로 타락해 있는 것은 아니다.

이렇게 해서 어디로 보나 문제는 늘 다음과 같은 상황에 있으며, 그렇게 보는 내 생각에는 변함이 없다. 만일 내가 이 조그만 문제를 손으로 덮어 두면 한동안 저 여자가 제아무리 떠들어대도 세상 사람의 방해를 받지 않고 이제까지의 생활을 조용히 지속할 수가 있을 것이다.

춤추는 요제피네

– 혹은 쥐의 종족

춤을 추는 그녀의 이름을 요제피네라고 부른다. 그녀의 노래를 들은 적이 없는 사람들은 노래가 지닌 위력을 잘 모른다. 그녀의 노래에 매료되지 않는 사람은 아무도 없다. 이는 우리의 종족이 대체로 음악을 사랑하지 않는다는 점을 고려한다면 한층 더 높이 평가되어야만 할 것이다. 우리에게 있어서 조용한 평화야말로 가장 달콤한 음악이다. 우리의 생활은 고달프다. 설사 우리가 한때나마 일상적인 번뇌를 떨쳐 버리려고 시도한다 하더라도, 그것은 음악만큼 우리의 일상생활과 미래의 일에 이르기까지 정신을 고양시키는 힘을 지니지 못한다.

그렇다고 해서 우리는 이러한 사실을 그다지 한탄하지는 않는다. 우리는 실용적일 뿐만 아니라 또 극히 중요한, 일

종의 교활함을 우리의 최대 장점이라고 생각한다. 그리고
또 교활한 미소로써 우리는 모든 것을 참고 견디는 것이 상
례이다. 설사 언젠가—실제로 그런 일이 일어나지 않지
만—음악으로부터 얻게 될 행복에의 욕구를 갖게 된다고 하
더라도, 그러나 요제피네만은 예외이다.

그녀는 음악을 사랑하고 그것을 타인에게 전달하는 방법
을 터득하고 있었다. 이것은 그녀만이 할 수 있는 일이었다.
만일 그녀가 죽거나 하는 일이 있다면 음악은—얼마나 오래
일지는 모르지만—우리의 생활에서 사라질 것이다.

이제까지 나는 요제피네의 음악은 도대체 어떤 것일까 생
각해 보았다. 왜냐하면 우리는 매우 비음악적인 사람들이
었기 때문이다. 우리가 요제피네의 노래를 이해할 수 있는
것은, 아니 요제피네가 우리의 이해를 부정하고 있으므로,
적어도 우리가 이해할 수 있다는 생각이 드는 것은 어찌 된
까닭일까. 아무리 둔한 감각을 지니고 있을지라도 거기에
저항할 수는 없을 것이다. 하지만 이 대답은 만족스럽지 않
다. 만일 실제로 그렇다면 우리는 그 노래가 뛰어나다는 느
낌을 가졌을 것이다. 즉 그 목구멍으로부터 우리가 이제까
지 들어본 적도 없고, 그것을 들을 만한 힘조차 없는 그 무
엇 말이다. 다만 요제피네만이 우리에게 그것을 들을 만한
힘을 주고, 다른 아무도 그것을 할 수 없는 뭔가가 울려나온

다는 느낌을 갖게 하는 그것 말이다.

하지만 내 생각으로는 바로 그 점이야말로 현실과 가장 동떨어진 부분이다. 나는 그런 느낌을 갖지 않았으며, 패거리들 중 그 누구도 그런 눈치를 보이지 않는다. 우리는 친한 친구들끼리 요제피네의 노래에 대해, 노래 자체로는 특별한 점이 없다고 서로 털어놓고 이야기한다.

도대체 그것을 노래라고 할 수 있을까? 우리가 비음악적이라고 말했지만 노래의 전승은 우리도 갖고 있는 것이다. 옛날 우리 종족에게도 분명히 노래는 있었다. 전설이 그것을 잘 말해 주고 있으며, 가사가 남아 있기까지 하다. 하긴 아무도 그것을 노래할 수는 없지만. 이런 까닭에 노래란 어떤 것인가 하는 개념은 어렴풋하게나마 우리도 알고 있는데, 요제피네의 예술은 이 개념에 전혀 합치하지 않는다. 도대체 그것도 노래일까?

차라리 그냥 휘휘 부는 휘파람이 아닐까? 물론 휘파람이라면 우리는 모르는 사람이 없다. 그것은 우리 종족 본래의 특기인 것이다. 아니, 어쩌면 특기라고도 말할 수 없는 단순하고 특징적인 생명 표출인지도 모른다. 우리는 모두 이 휘파람 소리를 낸다. 하지만 그 누구도 그것을 예술이라고 말하는 자는 없다. 우리는 특별히 이 점에 주의를 기울이는 일 없이 휘파람을 불고 있는 것이다. 그리고 우리들 중에는 이 휘파람이, 우리들만의 독특한 것이라는 사실을 전혀 모르는 자도 많다. 그래서 요제피네가 노래를 부르는 것이 아니라 다만 휘파람을 불어 대고 있을 뿐이라는 것, 뿐만 아니라 적어도 여느 휘파람과 다를 게 없다는 것—아니, 그보다 그녀의 능력은 이 보통의 휘파람보다도 못하여 평범한 미장이라도 일을 하면서 하루 종일 휘파람을 부는데— 과연 요제피네의 이른바 예술성은 약하나 호소력은 강한 그녀의 노래에 대한 수수께끼는 더욱더 해명을 필요로 하게 되는 셈이다.

그러나 그 여자가 연출하는 것은 휘파람뿐만이 아니다. 시험 삼아 그여자로부터 멀리 떨어진 곳에 서서 그녀의 노랫소리에 귀를 기울이면, 아니 더 정확하게 말해서 그녀의 목소리를 다른 목소리와 분간해 보면, 기껏 섬세하거나 두드러지게 연약한 보통의 울음소리밖에는 듣지 못할 것이다.

그런데 그녀의 앞에 서면 그것들이 단순히 우는 소리가 아님을 알게 된다. 그녀의 예술을 이해하기 위해서는 듣는 것뿐만 아니라 그녀를 보는 것도 필요하다. 설사 그것이 평범하기 그지없는 우는 소리에 불과하더라도 바로 그 점에 기묘함이 있는 것이다. 전혀 평범한 것을 당당하게 해보이려고 하는 것이니까. 예를 들어 호두를 깐다는 것을 예술이라고는 할 수 없다. 따라서 어느 누구도 구경꾼을 모아 놓고 그들의 눈을 즐겁게 하기 위해서, 호두를 까 보인다든가 하는 짓은 하지 않는다. 그러나 감히 그런 일을 시도하여 성공을 거두었다면 그때는 단순한 호두까기의 문제가 아니다. 그렇게까지 말하지 않더라도, 일단은 호두까기인지도 모르겠지만 거기에서 더욱 분명해지는 것은, 우리는 호두까기에 익숙해져 있기 때문에 그때까지 이 기술을 소홀히 보아왔다. 즉, 새로운 호두까기가 나타나서 비로소 이 기술의 본질을 보여주었다는 사실이다. 그리고 그 경우에도 역시 더욱 효과적이라고 생각되는 것은, 그가 우리들 다수의 인간보다 호두까기의 기술이 오히려 조금 뒤떨어진다는 사실일 것이다.

아마 요제피네의 노래도 그것과 비슷할 것이다. 우리들 자신이 부를 경우엔 전혀 감동을 느끼지 못하지만 요제피네가 부르면 무척 감동적이다. 말이 난 김에 덧붙이면, 그녀도 이러한 점에 관해서는 우리와 완전히 같은 의견을 갖고 있다. 나는 우연히 누군가가—물론 이런 일은 흔히 있는 일이지만—일반 민중의 휘파람에 매우 조심스럽게 그녀의 주의를 쏠리게 하는 자리에 동석했던 적이 있었다. 그런데 그때 요제피네는 참을 수 없게 된 상태였다. 나는 그때 그녀의 얼굴에 떠오른 미소만큼 겁 없고 오만한 걸 아직 본 적이 없다. 겉으로 보기에는 완벽한 우아함의 화신인 그녀! 그와 같은 부인의 모습은 무수한 우리 종족에 있어서조차, 눈에 띌 정도로 섬세한 그녀가 그때는 사뭇 천덕스럽게 보였던 것이다.

하긴 그녀는 천성이 극히 민감하였으므로, 금세 그것을 깨달은 듯 마음을 다시 가다듬었다. 어쨌든 그녀는 자신의 예술과 일반적인 휘파람 사이에 아무런 관련성도 인정하려 하지 않았다. 반대 의견을 지닌 사람들에게 그녀는 오직 경멸과 (입에는 올리지 않았지만) 증오를 품고 있었다. 그것은 예사 허영심이 아니었다. 그도 그럴 것이, 나도 어느 정도는 반대파에 속해 있을지라도 그녀를 칭찬하는 점에서는 필시 일반 대중 못지않았다. 그러나 요제피네는 그냥 찬탄을 받는 것이 아니라, 그녀가 정하는 방식으로 찬탄을 받지 않으면 직성이 풀리지 않는다. 그녀에게 찬탄 그 자체는 아무것도 아니었다. 그리고 사람들은 그녀 앞에 앉으면, 그녀의 속마음을 이해할 수 있다. 반대를 하는 것은 떨어져 있을 때뿐이다. 그녀의 앞에 앉으면, 그녀가 내는 울음소리는 보통의 휘파람 소리가 아니란 것을 알게 된다.

우리가 휘파람을 무의식적인 습관이라고 말한다면, 요제피네의 청중들 가운데에도 휘파람을 부는 자가 분명 있을 것이다. 그녀의 예술을 듣고 있으면 우리는 기분이 좋아진다. 기분이 좋으면 우리는 휘파람을 분다. 하지만 그녀의 청중은 휘파람을 불지 않는다. 주위가 물을 끼얹은 듯이 고요하다. 마치 우리가 동경하던 평화를 누리고 있으며, 우리를 떼어 놓고 있는 것은 기껏해야 우리 자신의 휘파람뿐인 듯이 우리는 침묵을 지키고 있다.

우리를 황홀하게 만드는 것은 정말 그녀의 노래일까? 아니면 그 가냘픈 목소리를 감싸고 있는 엄숙한 정적일까?

언젠가 이런 일이 있었다. 어느 한 어리석은 계집애가, 요제피네가 노래를 부르는 동안에 천진스럽게 자기도 휘파람을 불기 시작했다. 문제는 그것이 우리가 요제피네에게서 들은 것과 완전히 똑같다는 사실이었다. 저 앞쪽에서는 노련함에도 불구하고 겸허함을 잃지 않는 노랫소리가, 이쪽 청중 속에서는 제정신을 잃은 어린애의 휘파람이……. 아! 한데 그 차이를 말로 표현하기는 불가능한 일이었다. 그건 그렇고, 우리는 곧 쉿쉿 하고 말을 하기도 하고 휘파람을 불기도 하여 그 방해자를 침묵케 했다. 그러나 잠시 후 그럴 필요조차 없어졌다. 그녀는 자신이 어떤 행동을 했는지 알아차리고 두려움과 부끄러움으로 쥐구멍이라도 찾고 싶은 심정이 되어 있었으리라. 왜냐하면 또 한쪽의 요제피네가 승리의 휘파람을 불기 시작하더니, 완전히 넋을 잃은 채 양팔을 활짝 벌리고, 더 이상 뽑을 수 없을 정도로 목을 길게 뽑고 있었으므로.

그러나 그녀는 언제나 그렇다. 아무리 사소한 일이나 우연히 일어나는 일도, 어떤 반항도, 또 이를 가는 등 청중석의 아주 낮은 소음조차도, 심지어는 조명이 고장 나는 일까지도 그녀는 자신의 노래의 효과를 높이는 데 적절하게 이용할 줄 알았다. 그도 그럴 것이 그녀 스스로가 밝히길, 자신은 귀머거리들 앞에서 노래를 하고 있다고 했다. 감격이라든가 갈채는 요란하지만, 그녀가 생각하는 것과 같이 진정한 이해를 얻는다는 것은 그녀 스스로 진작에 단념하지 않을 수 없었다. 그래서 모든 방해가 오히려 그녀에게는 안성맞춤이 된 것이다. 외부로부터 그녀의 순수한 노래에 대항해 오는 넋과의 사소한 투쟁에 의해서, 아니 투쟁할 필요도 없이 그냥 대치되기만 했는데도 패배당한다면, 그것은 오히려 대중의 눈을 뜨게 만들고, 이해까지는 가지 않더라도 '정말 대단한 것이로구나.' 하는 존경심을 심어 주게 하는 데 유용하였던 것이다.

그런데 사소한 일이 그런 식으로 유용하게 이용된다면 큰 일은 말할 나위도 없다. 우리의 생활은 말할 수 없이 불안하다. 매일매일 뜻하지 않는 사건이나 근심, 희망과 공포가 잇달아 일어나므로 주위 사람들의 도움이 없다면 개인은 도저히 이들 모든 것을 견뎌낼 수가 없다. 그러나 설혹 후원을 얻을 수 있다손 치더라도 괴로운 일은 언제나 있다. 본래 단한 가지 일 때문에 때로는 수많은 사람들의 어깨가 무거운 짐으로 허덕여야 하는 수도 있다.

그런 순간 요제피네는 바야흐로 때가 왔다고 일어서는 것이다. 잽싸게 그녀는 그곳에 서 있다. 섬세한 몸매이지만 가슴 아래 부분은 불안할 정도로 심하게 떨고 있다. 그것은 그녀가 온 힘을 노래에만 쏟은 것 같아서, 노래 부르기에 직접 소용이 되지 않는 그녀 몸의 다른 부분에서는 예외 없이 힘이 빠지고, 살아갈 희망마저도 거의 상실해 버리고 만 것 같다. 그녀는 흡사 발가벗겨져서 내동댕이쳐지고, 다만 선한 정령의 수호신에게 맡겨진 것 같이 보여진다. 그녀가 그처럼 완전히 허물같이 되어서 노래 속에서만 살고 있는 동안 한바탕 찬바람이 몰아치면 그녀는 당장 숨이 끊어질 것 같은 인상을 주었다. 하지만 그런 모습을 보면 스스로 그녀의 적이라고 일컫는 우리 자신들은 오히려 말이 많아지는 것이 예사이다. "그녀는 휘파람을 부는 일조차 못한다. 노래는커녕—그래, 노래에 대해선 언급하지 않기로 하자—평범한 휘파람을 부는 데에도 저토록 끔찍한 노력을 쏟아야만 하는 것이다." 우리들에게는 그렇게 보인다. 하지만 그것은 이미 언급한 것처럼 어쩔 수 없는 일시적인 것에 불과하며 이내 사라져 버리는 것이다. 이윽고 우리도 뜨거워져서 살과 살을 서로 맞대고 숨을 죽이고 귀를 기울이는 청중의 감정 속으로 녹아 들어갔다.

그런데 거의 언제나 쉴새없이 움직이며 돌아다니고, 종종 별로 분명하지 않은 목적을 위해 여기저기 뛰어다니고 있는 우리 종족으로부터, 다수의 청중을 자기의 주위에 모으기 위해서 요제피네는 대개 이런 수를 쓰는 수밖에 없다. 자그마한 머리를 뒤로 빼고, 입을 반쯤 벌리고, 높은 데를 올려다보면서 이제부터 노래를 부를 작정임을 암시하는 포즈를 취하는 것이다.

그녀는 어느 장소든 관계없이 이런 시늉을 한다. 결코 전망이 좋고 확 트인 장소가 아닌 곳에서도. 우연한 변덕에서 머리에 떠오른, 사람들 눈에 띄지 않는 구석조차도 이용이 된다. 그녀가 노래를 부른다는 소식은 금세 퍼진다. 그러면 이윽고 청중들이 줄을 지어 몰려든다. 그러나 역시 장애가 생길 때도 있다.

요제피네는 하필이면 고르고 골라서 소란이 심할 때에 노래를 부른다. 잡다한 용건이나 불가피한 볼일 때문에 우리는 사면팔방에 흩어져 있다. 하지만 아무리 애를 써도 요제피네가 바라는 만큼 빨리 모일 수는 없다. 이런 경우 그녀는 허세를 부리면서, 청중을 충분히 모으지 못한 것을 나무라듯 그 순간 성화를 부린다. 그리고 발을 구르며 여자답지 않게 욕설을 마구 내뱉고, 끝내는 대들기까지 한다. 하지만 그러한 거동도 그녀의 명예를 훼손시키지는 않는다. 그녀의 무리한 주문을 들어주지 못하는 것을 달래고 어르는 것은 물론 맞장구를 치려고 모두들 애를 쓰는 것이다. 청중을 불러 모으기 위해서 심부름꾼이 내보내진다. 그리고 이런 짓을 하고 있다는 것은 그녀에게는 비밀이다. 그때는 길 주위에 세워진 보초가 찾아오는 손님에게 서둘러 달라는 신호를 하는 광경을 볼 수 있다. 이런 법석이 오래 계속되면 그럭저럭 상당수가 모이는 것이다.

어째서 민중은 요제피네를 위해서라면 이토록 수고를 아끼지 않는 것일까? 그것은 요제피네의 노래와 마찬가지로 쉽게 답변을 할 수 없는 문제이다. 이 양자는 실제로 서로 관련돼 있다. 그래서 만일 민중이 노래 때문에 요제피네에게 사족을 못 쓰는 것이라고 주장한다면, 첫 번째 문제는 없어지며, 두 번째 질문인 노래의 문제에 완전히 포함돼 버릴 수 있다. 하지만 그것은 아니다. 무조건 맥을 못 춘다든가 하는 일은 우리들 종족에게는 있을 수 없는 일이다. 물론 타인에게 피해를 주지 않는 한도 내에서의 교활함을 무엇보다도 사랑하고, 어린아이 같은 속삭임이나 천진난만하면서도 입술을 놀릴 뿐인 수다를 사랑하는 이 종족이 무조건 복종한다는 것은 있을 수 없다. 이 점은 요제피네도 잘 알고 있으며, 바로 그것이 그녀가 연약한 목을 이용해서 고통을 이겨내려는 것이다.

다만 그와 같은 일반적인 판단에 너무 깊이 파고든다는 것도 물론 좋지 않다. 뭐니뭐니해도 민중은 요제피네에게 맥을 못 추는데, 그것이 반드시 그렇지만은 않다는 것뿐이다. 예컨대 우리가 요제피네를 비웃는다는 것은 불가능하다. 아무래도 이 점만은 인정하지 않을 수 없다. 어찌 보면 요제피네에게는 사뭇 우스꽝스러운 점이 있다. 그리고 웃음 그 자체는 우리에게 너무나 친밀한 것이다.

우리들의 생활이 몹시 고통스러움에도 불구하고, 가벼운 웃음이 항상 공존하고 있다. 그러나 우리는 요제피네에 관한 것만은 웃음거리로 삼지 않는다. 나는 가끔 민중이 요제피네와의 관계를 이런 식으로 해석하고 있는 것이 아닌가 하는 인상을 받는다. 그녀는 비록 연약하기 이를 데 없어 위로를 필요로 하지만 노래 실력은 우수하다. 사람들은 노래하는 재주가 탁월한 그녀가 민중의 손에 맡겨졌으며, 민중은 그녀를 위해서 시중을 들어 주어야만 한다는 것이다. 그 이유는 누구에게도 분명치 않다. 다만 그러한 추측은 아무래도 확실한 것 같다. 그런 짓을 하는 것은 의무를 저버리는 일이다. 우리들 중 가장 심술궂은 패거리들도, 요제피네에게 할 수 있는 가장 짓궂은 짓은 고작 이런 식으로 말하는 정도이다. "요제피네를 보면 웃음이 싹 가신단 말야."

그저 이런 이유로 민중은 아버지처럼 요제피네를 돌봐주는데, 그것은 마치 조그만 손을—조르는 것인지 요구하는 것인지 모르지만—내미는 어린 딸을 상대해 주는 아버지와 같다. 우리 종족은 어쩌면 이처럼 아버지다운 의무를 수행할 능력이 없다고 여겨질지도 모른다. 그러나 실제로 그들은 어느 정도 모범적으로 그 의무를 이행하고 있는 것이다. 이런 점에서 종족 전체가 할 수 있는 일을 어느 개인이 하려 든다면 도무지 무리일 것이다. 종족과 개인 간에 힘의 차이가 대단한 것은 물론이다. 종족은 피보호자를 자기들의 체온이 전달되는 가까이에까지 끌어당겨 주기만 해도 족하다. 그것만으로도 벌써 훌륭하게 보호되는 것이다. 물론 요제피네에게 맞대 놓고 그런 말을 하는 자는 없다. "당신네들의 보호 따위는 필요없어요."라고 그녀는 말한다. "그럼 그렇고 말고, 보호받지 않아도 되겠지." 우리들은 이렇게 생각한다. 게다가 그녀가 거역한다고 해도 정색을 하고 반론을 하지는 않는다. 그것은 어린아이가 떼를 쓰는 것과 다름없는 것이고, 오히려 어린이 나름의 감사의 표현인 것이다. 그리고 아버지와 같은 방식은 거기에 구애되지 않는 것이다.

그런데 종족과 요제피네와의 관계에서 설명하기가 몹시 곤란한 하나의 사태를 묵살할 수는 없다. 왜냐하면 요제피네 편에서는 전혀 상반되는 사고방식을 갖고 있다. 즉 종족을 지키는 것은 그녀 자신이라고 믿고 있는 것이다. 정치적·경제적인 곤경으로부터 우리들을 구제하는 것이 그녀의 노래라고 생각한다는 얘기다. 그녀의 노래는 실로 그만한 힘이 있었다. 그리고 설사 재앙을 제거해 주지는 못하더라도, 그녀의 노랫소리는 우리에게 그것을 견뎌낼 수 있는 힘을 주는 것이 틀림없었다.

그녀는 입 밖에 내어 이런 식으로 말하지 않았으며, 다른 방법으로도 그것을 나타내지는 않았다. 대체로 그녀는 지껄이지 않는다. 그녀는 하찮은 수다쟁이들과는 달리 입이 무거운 편이다. 그러나 그녀의 눈에서는 알 수 없는 힘이 번개처럼 번득인다. 그녀는 입을 꼭 다물고 있었는데—우리들 사이에서는 입을 다물 수 있는 패거리들은 극히 소수이지만 그녀는 입을 다물 수 있었다—거기에 그것이 있었다. 좋지 못한 소식이 들어올 때마다—때로는 갖가지 정보가 뒤섞여, 완전히 중상모략인 것도 있고 다소 정확한 것도 있다—그녀는 금세 몸을 일으켜 세운다. 보통 때는 울적한 듯이 자리에 누워 있기가 일쑤인데, 그런 때에만 그녀는 벌떡 일어나서는 목을 곧추세우고, 뇌우가 몰아치기 전의 양치기처럼 그녀의 주위에 있는 무리들을 둘러보려 한다.

장난꾸러기 어린이들도 우쭐해 하면서 그와 비슷한 건방진 주장을 하는 수가 있다. 그러나 요제피네의 경우는 그다지 근거가 없는 것은 아니다. 물론 그녀는 우리들을 구제하지는 못하며, 우리에게 힘을 부여하지도 못한다. 이 종족의 구세주임을 자처한다는 것은 그다지 어렵지 않다. 이 종족은 고생하는 것에 익숙해 있고, 고통을 잘 이겨내며, 결단력이 있는데다가 죽음에 대해서도 잘 이해하고 있다. 또 항상 자기를 둘러싸고 있는 만용의 분위기에 젖어 있다. 사실 소심하게 보이는 것은 외관뿐이다. 게다가 이 종족은 저돌적이고 다산이다. 결국 이 종족의 구세주로 자처하는 것은 어렵지 않다고 나는 말하는 것이다. 이 종족은 영락했을망정 스스로의 힘으로 그것을 이겨내려고 한다.

우리가 곤경에 처하면 평소보다 더 많이 요제피네의 노랫소리에 귀를 기울인다는 것은 사실이다. 우리들 머리 위에 닥치고 있는 위협이 우리를 평소보다 더 평온하고 겸허하게 만들어, 명령하기를 좋아하는 요제피네의 성품에 따르기 쉽게 만드는 것이다. 우리는 기꺼이 모인다. 또 우리는 기꺼이 빽빽이 들어찼다. 왜냐하면 그 동기가 근본적인 문제로부터 아주 동떨어진 곳에 있기 때문이다. 그것은 마치 우리가 서둘러서—그렇다, 긴급을 요하는 것이다. 요제피네는 그걸 늘 잊어버려서 곤란하지만—출전하기 전에 짬을 이용하여 평화의 축배를 한 잔 들고자 하는 그런 느낌이다. 그것은 노래를 부른다기보다는 오히려 민중과 대화를 한다는 느낌이

들며, 더구나 그것은 앞쪽에서 불리어지는 조그만 피리 같은 노래 소리 외에는 쥐 죽은 듯이 고요하기만 한 집회이다.

수다를 떨면서 보내기에는 너무나도 숭고한 시간인 것이다. 만일 그러한 사정을 안다면, 그러나 그렇다고 하여 요제피네를 만족시키는 일은 절대로 없을 것이다.

늘 신경질적인 불쾌감을 나타내는 요제피네는 자의식에 눈을 뜨지 못해 주변의 잡다한 일을 그냥 지나친다. 그녀로 하여금 잡다한 일에 신경 쓰게 하기란 쉽지 않다. 이런 뜻에서 추종자의 한 무리가 공공의 이익을 위해서 항상 활동하고 있는 것이다. 그러나 단순히 곁다리로, 남의 눈에 띄지 않는 민중 대회의 한 귀퉁이에서 노래를 부르는 것이라면, 그것 자체는 나쁠 것이 없을 텐데, 그녀는 자신의 노랫소리를 그 희생물로 바칠 필요가 없다고 생각하는 것이다.

그러나 그녀에게는 그럴 필요도 없었던 것이다. 그녀의 예술은 타인에게 절대 외면 받을 리가 없었다. 사실 우리들은 다른 일에 정신을 빼앗기고 있으며, 주위의 고요는 결코 노래를 위해서만 존재하는 것이 아니다. 개중에는 눈을 전혀 돌리지도 않은 상태에서 얼굴을 옆 사람의 털가죽에 파묻는 자도 있다. 따라서 요제피네는 저쪽 무대에서 혼자 헛수고를 하는 듯이 보인다. 그렇지만 그 여자의 피리소리 같은 노래의 일부가 틀림없이 우리들의 심금을 울리는 것은 부정할 수가 없다. 모든 사람들이 침묵 속에 빠져든 가운데 솟아오르는 이 피리소리 같은 노래는, 마치 종족의 계시처럼 개개인에게로 전해지는 것이다.

결정적이고도 중요한 때에 들려오는 요제피네의 가냘픈 노래 소리는 적의가 가득 찬 소란스러움의 한복판에 놓여진 우리 종족의 상징적인 존재 같았다. 요제피네는 스스로 그 존재의 의미를 유지하고, 어떤 면에서 목소리라고 할 수 없는 이 목소리, 업적이라고도 할 수 없는 이 업적도 의미를 상실하지 않고 우리 쪽으로 길을 트고 들어온다.

그것을 생각한다는 것은 유쾌하다. 예를 들어 진짜 가수가 언젠가 우리 사이에서 탄생하더라도, 그런 가수의 노래를 듣는 것은 견딜 수 없을 것이다. 우리는 모두가 한마음으로 그와 같은 무의미한 상연을 거부할 것이다. 아무쪼록 요제피네에게는, 우리가 그녀의 노래를 듣는다는 사실이 오히려 그녀의 노래를 부정하는 증거가 된다는 인식을 주지 않게 해주시옵기를, 그녀도 어렴풋이 그것을 알아차리고 있는 모양이다. 그렇지 않다면 어째서 그녀는 정색을 하고, 우리가 그녀의 노래를 듣고 있지 않다고 주장하는 것일까? 하지만 끊임없이 그녀는 노래를 부르고 있다. 더구나 이러한 예상에는 아랑곳없이 그녀는 그 피리 소리 같은 노래를 부르는 것이다.

그리고 그녀에게는 아직도 하나의 위안이 남아 있다. 우리는 어쨌든 진실한 마음으로 그녀의 노랫소리에 귀를 기울이는 것이다. 진짜 가수에게 귀를 기울이는 것과 같이, 그녀는 우리에게 진짜 가수가 아무리 애를 써도 들려줄 수 없는 깊은 감명을 준다. 그것은 아이러니컬하게도 그녀의 불충분한 가수의 소질만이 줄 수 있는 것이다. 그것은 주로 우리의 생활 방식과 관련이 있는 것이다.

우리의 종족에게는 청춘이라는 것이 없고, 유년 시절이라는 것도 거의 없다. 하긴 어린이들에게는 늘 특별한 자유나 보호가 주어져야만 한다는 것이 상식이다. 어느 정도까지는 그들의 무의미한 쏘다님이나 유희에 대한 권리를 인정해주고, 그것을 달성할 수 있도록 힘써주는 것이 바람직하다. 이런 배려는 누구나 인정한다. 그 이상으로 긍정을 받을 만한 것은 달리 없을 정도이다. 하지만 우리의 현실 생활에서는 이것만큼 실현 가능성이 희박한 것도 없다. 그런 배려는 반드시 일리가 있는 것으로 간주한다.

하지만 얼마 안 가서 모든 것은 옛날 그대로가 된다. 어린이가 조금씩 걸어다닐 수 있게 되고, 주위의 사물을 어느 정도 분간할 수 있게 되면 그들 역시 어른과 마찬가지로 자기 문제를 자기가 헤쳐 나가야만 하는 것이다. 그것은 그 누구도 바꿀 수 없는 인간의 생활인 것이다. 경제적인 문제 때문에 가족이 뿔뿔이 흩어져서 살아야만 하는 종족도 너무나 많고, 우리들의 적도 무수히 많으며, 또한 도처에 우리를 기다리는 위험은 미처 예상할 수도 없을 정도이다. 따라서 우리는 어린이들을 생존 경쟁에서 지켜 줄 도리가 없다.

만일 그렇게 한다면 오히려 어린이들에게 생명을 재촉하는 결과가 될 것이다. 이처럼 슬퍼해야 할 것이 있는 반면에 기뻐해야 할 일도 있다. 그것은 우리 종족의 다산성이다. 하나의 세대가—어느 세대나 다수이지만—다른 세대를 밀어낸다. 어린이들은 어린이들인 채로 머물러 있을 겨를이 없다. 하지만 어떤 종족의 어린이들의 경우 아주 소중하게 돌봐지며, 어린이들을 위한 학교도 세워진다. 그곳 학교에서는 그 종족의 미래인 어린이들이 매일같이 쏟아져 나올 테지만, 그래도 거기서 나오는 것은 아직 당분간은 날마다 어린이들인 것이다.

우리네에게 진정한 학교는 없다. 그러나 눈 깜짝 할 사이에 우리의 어린이들이 한눈에 둘러볼 수도 없을 정도로 떼를 지어 교문에서 쏟아져 나오는 것이다. 아직 혀도 제대로 돌아가지 않는 아이들이 기쁜 듯이 찍찍뻑뻑하며 발랑 뒤집히기도 하고, 밀려서 데굴데굴 구르기도 하며, 다리는 아직 걸음마도 못하면서 떼를 지어 닥치는 대로 무엇이나 엉망으로 만들어버리는 어린이들! 뿐만 아니라 저 다른 종족의 학교에서 나오는 어린이들과는 아주 딴판인, 언제나 새 얼굴들……. 한 아이가 태어났다 싶으면 순식간에 그 아이는 이미 어린이에서 벗어나 있다. 어느새 그들 뒤에서 새로운 어린이들이 순식간에 볼을 장밋빛으로 물들이고 기쁜 듯이 밀려오는 것이다.

물론 이것이 아무리 장한 일이고, 우리가 이 일로 다른 패거리에게서 선망을 받는 것이 지당하더라도, 어쨌든 참다운 어린 시절을 우리는 어린이들에게 줄 수가 없는 것이다. 그리고 여기에는 여러 가지 부수적인 현상도 나타나고 있다.

즉 죽음과 멸망을 모르는, 근절하기 어려운 어린이다움이 우리 종족에 침투하고 있다. 우리가 최선으로 여기는 의심할 여지없는 실제적인 이성과는 정반대로 모순되는 일이지만 우리는 때때로 아주 어리석은 행동을 한다. 게다가 그것은 어린이들이 바보 같은 짓을 하는 것과 조금도 다를 바가 없다. 그런 행동은 무의미하고 낭비적이며 뻔뻔스럽고 경솔하기까지 하다. 그것은 종종 아주 단순한 재미를 위해서 하는 행동이다. 그리고 그것으로 얻는 우리들의 기쁨은 어린이들이 느끼는 기쁨의 강도와 같을 수는 없겠지만, 그래도 어떤 종류의 기쁨은 역시 그것에 포함되는 것도 확실하다. 요제피네도 역시 처음부터 이러한 우리 종족의 어린이다움에서 이득을 얻는 것이다.

그러나 우리 종족에게는 어린이다움 외에 조로의 기미도 있다. 우리 종족의 경우 유년 시절과 노년 시절은 다른 종족과는 다르다. 우리는 청년 시절을 갖지 않는다. 우리는 금세 어른이 되어 버린다. 그런 다음 우리는 너무나도 오랫동안 어른인 채로 있는 것이다. 그로 인해 일종의 피로감과 절망감이, 전체적으로 상당히 강인한 희망이 우리 종족의 기질 속에 뚜렷이 흐르게 되는 셈이다. 이는 우리 종족의 비음악성과도 관련이 있는 모양이다. 우리 종족이 음악을 이해하기에는 너무나 나이가 많다. 음악이 주는 흥분과 약동은, 둔하고 느린 우리의 성격에는 맞지 않는다. 우리는 울적함을 느낀 나머지 음악을 중지하고 만다. 그래서 우리는 피리와 같이 우는 소리의 경지로 되돌아간다. 때때로 잠깐의 피리 소리 비슷한 노래를 듣기도 하는데, 그것이 우리에게는 꼭 알맞다. 우리들 가운데서도 음악적 재능을 가진 사람이 있을는지도 모른다.

그러나 그런 자가 있다고 하더라도 동족의 성격은 그 재능이 꽃피기 전에 눌러 죽여 버리고 만다. 그와는 반대로 요제피네는 실컷 휘파람을 분다. 휘파람을 분다기보다는 노래를 부른다고 할까? 아무튼 그녀가 무엇을 부르든지 우리는 그것을 방해하지 않는다. 그것은 오히려 우리에게 걸맞다. 우리는 그것을 조금도 언짢게 생각하지 않는다. 가령 거기에 음악적인 요소가 얼마쯤 포함되어 있다고 하더라도 그것은 별로 문제될 것이 없다.

어떤 종류의 음악은 그 전통이 인정되지만, 그것이 우리를 번거롭게 만들 정도는 아니다.

그러나 요제피네는 그런 기분에 젖어 있는 종족에게 그 이상의 무엇을 준다. 그녀의 연주회와 관련하여 특히 중대한 시기에는, 아직 나이 어린 소년층만이 요제피네에게 흥미를 가진다. 그들만이 경탄의 눈으로 그녀를 쳐다본다. 그녀가 입술을 오므리고 귀여운 앞니 사이로 숨을 내쉬며, 자신의 노랫소리에 넋을 잃는 이 실신 상태를 교묘하게 이용하여, 새롭고 자기 자신에게도 점점 불가사의한 것이 되어 가는 놀라운 성과를 위해 힘을 기울이는 모습을 숨을 죽이고 지켜보는 것이다.

그러나 본래의 청중은—확연히 한눈에 분간할 수 있지만—자기의 내부에 틀어박혀 죽치고 있다. 투쟁 사이의 이 얼마 안 되는 짧은 휴식 시간을 민중은 꿈결에 흘려보내고 있는 셈이다. 그것은 마치 손발이 축 늘어져서 차분하게 쉴 수도 없었던 자가 마침내 종족의 커다랗고 포근한 침대 속에 마음껏 몸을 펼 수 있도록 허용된 것과 같은 느낌이다.

그리고 그 꿈속에 가끔 요제피네의 피리 소리 비슷한 노래 소리가 울려오는 것이다.

그녀는 그것을 진주를 굴리듯 한다고 말하지만 우리는 그 것을 왈칵왈칵 밀려온다고 표현을 한다. 어쨌거나 간에 그 것은 다른 어떤 데보다도 이런 곳이 제격이다. 무릇 음악이 기다려지는 순간을 이토록 소원대로 맞이한다는 것은 있을 수 없을 정도이다. 가엾고 짧은 유년 시절의 무엇인가가 거 기에는 있었다. 한번 상실하게 되면 두 번 다시 돌아오지 않 는 행복한 그 무엇인가. 또한 활동적인 오늘날의 그 무엇 인가가 거기에는 있었다. 그 조그마하고, 까닭을 모르지만 늘 거기에 있어 지워 버릴 수 없는 쾌활한 그 무엇인가. 그리고 이러한 모든 것이 정말로 커다란 목소리로서가 아니 라 가볍고, 속삭이듯이 정답게, 때로는 얼마간 쉰 목소리로 표현되고 있었다. 물론 그것은 어쩌면 단순한 휘파람에 지 나지 않았다. 어찌 그렇지 않을 리가 있겠는가. 휘파람은 일상생활의 굴레에서 해방되어 있으며, 잠시 동안은 우리 들까지도 해방시켜 주는 것이다. 확실히 우리는 이 순간을 놓치고 싶지는 않은 것이다.

그러나 그 모든 것은 그녀야말로 우리에게 힘을 줄 수 있 다고 하는 요제피네의 주장이 과연 옳은지 의문을 불러일으 킨다. 물론 이는 보통 사람의 경우를 말하는 것이며, 요제피네 주변 친구들에게는 다른 문제이다. "어찌 그렇지 않을 리가 있나" ─그들은 참으로 거리낌 없이 대담하게 단언한다─"만일 그렇지 않다면, 특히 현실적으로 위험이 닥치고 있는 판국에서 그토록 많은 청중에 대해 어떻게 설명할 수 있단 말인가. 엄청난 청중이라! 때로는 그러한 위험에 대한 충분하고도 시의 적절한 방어에 지장을 초래한 적조차 있었는데도."

그런데 이 마지막 이야기는 유감스럽게도 사실인 것이다. 그러나 그들이 말하는 요제피네의 명예로운 칭호에는 속하지 않는다. 특히 그러한 모임이 갑자기 적에 의해 분쇄되고, 우리들 중 목숨을 잃는 자까지 있었을 때, 이 일체의 책임을 져야 마땅하였고, 휘파람으로 적을 꾀어들였다고도 생각할 수 있는 요제피네 자신은 언제나 가장 안전한 장소를 확보하고 있어서, 추종자들의 경호를 받아 누구보다도 빨리 자취를 감추어 버리는 것이었다. 그러나 이것조차도 사실은 모두가 알고 있는 것이다. 그럼에도 불구하고 요제피네가 어딘가에서 일어나 노래를 부르려고 하면 모두들 부랴부랴 몰려가는 것이다.

이런 걸 보면 요제피네는 規율에 얽매이지 않고, 설사 전체가 그 때문에 위험에 직면하게 되건 말건, 그녀는 멋대로 행동하였으며, 무슨 짓을 해도 용서받는다고 여기는 것 같앗다. 그렇다면 요제피네의 대중에 대한 오만방자한 요구도 완전히 이해할 수 있을 것이다. 실제로 종족이 그녀에게 허용하는 자유, 즉 그 밖의 누구에게도 주어지지 않는 터무니없고 규율에 위배되는 이 선물 속에 사람들은 멍하니 그녀의 예술에 눈을 크게 뜨고 주목하고, 자기 사신을 도저히 그렇게 합당한 존재라고 생각하지 않는다. 또 요제피네에게 주는 이 괴로움을 절망적이라고도 할 수 있는 행위로 보상하려고 노력한다. 그리고 그녀의 예술이 그들의 이해 밖에 있는 것과 마찬가지로 그녀 자신과 그녀의 소망까지도 그들의 명령이 미치는 범위 밖에 있다는 것을 종족 자신이 인정하고 있는 것이라고 생각될는지도 모른다. 그런데 그것은 물론 옳지 못하다. 개별적으로 이 종족은 참으로 깨끗하게 요제피네 앞에 항복한다. 하지만 이 종족은 누구 앞에서도 무조건 항복하는 일 없듯이 그녀 앞에서도 역시 마찬가지인 것이다.

벌써 오래 전부터, 아마도 예술가가 된 당초부터 요제피네는 자신의 노래를 위하여 다른 모든 노동으로부터 해방되기를 요구하면서 싸워 왔다. 즉 그날그날의 빵을 위한 걱정, 또 그 밖에 우리의 생존을 위한 투쟁과 관계가 있는 일체의 노고를 자신에게서 제거하였는데, 그것을 종족 전체에 전가하도록 했다는 이야기이다. 감격하기 쉬운 패들이라면—

또 그런 패들이 있었지만—이 요구의 기묘함만으로, 다시 말해서 그와 같은 요구를 생각해 낼 수 있는 정신 구조만으로도 그 내면적 정당성을 결론지을 것이다.

그러나 우리 종족은 별개의 결론을 끌어내어 이 요구를 태연하게 물리친다. 우리는 이 청원 이유를 반박하는 데에도 별로 머리를 써야 할 일은 없다. 요제피네는 노동이 그녀의 목소리에 해롭다는 것, 물론 노동할 때의 수고는 노래 부를 경우의 그것과 비교한다면 뻔한 것이지만, 역시 그것은 노래를 부른 다음에 충분한 휴식을 취하여, 다음번 노래를 위해 원기를 회복하는 가능성을 빼앗아 가버린다. 그녀는 노래 부르기에 전력을 다하여 결국 기력을 상실하는데다, 또 이런 사정이 있는 한 최고의 성과를 기대할 수가 없다고 주장한다. 종족 쪽에서는 그것을 듣기는 해도 무시해 버린다. 참으로 쉽게 감동하는 이 종족이 때로는 요지부동이 되는 것이다. 때로는 거절의 방법이 냉혹하기 짝이 없기 때문에 요제피네도 기가 막혀서, 꺾이는 듯한 눈치를 보이며 해야 할 일을 하고, 되도록 훌륭하게 노래 부르는 수도 있다. 그러나 이것도 모두 한때뿐이며, 이윽고 다시 그녀는 힘을 가다듬어—이를 위해 그녀는 무한한 힘을 갖고 있는 듯하다—이 투쟁에 덤벼드는 것이다.

한편 그녀는 자기가 요구하고 있는 바를, 본래의 문자 그대로 다 들어 달라고 해야겠다고 생각하지 않는 것은 분명하다. 그녀는 영리하다. 왜냐하면 일하기 싫어한다는 것은 우리 종족에게는 있을 수 없는 일인 것이다. 설사 그녀의 요구가 받아들여진 다음에라도, 그녀는 지금까지와 다른 생활 태도를 취하지는 않을 것이다. 노동은 그녀의 노래에 조금도 방해가 되지 않을 것이 틀림없다. 그러나 그 때문에 노래가 더 한층, 아름다워지거나 하지는 않을 것이다. 그녀가 정말로 얻고 싶은 것은 공적이고, 명백하게 시대를 초월하고, 또한 이제까지 알려져 있는 모든 것을 훨씬 능가하는 그녀의 예술을 인정하는 바로 그것이다. 그런데 그녀에게 다른 모든 것은 거의 이루어진 듯이 보이는데 이것만은 집요하게 성취가 안 된다. 아마도 그녀는 공격의 화살을 애초에 즉시 바꾸었어야 했다. 지금에 와서는 그녀 스스로 잘못을 깨닫고 있지만 이젠 뒤로 물러설 수도 없다. 뒤로 물러선다는 것은 자기 자신을 배신하는 것과 마찬가지일 것이다. 이렇게 해서 그녀는 이제 이 요구와 운명을 같이 해야만 하는 처지에 놓인다.

만일 그녀 말대로, 그녀에게 정말로 적이 있다면, 그들 스스로는 손가락 하나 까딱하지 않고도 옆에서 이 투쟁을 재미있게 바라볼 수가 있을 것이다. 그러나 그녀에게는 적이 없었다. 설사 더러 그녀에게 꼬투리를 잡는 자가 있다고 하더라도 이 투쟁을 그 누구도 신나게 만들지 않는다. 그것은 이 종족이 보통 때에는 좀처럼 볼 수 없는, 대단히 냉철한 기사 같은 태도를 보인다는 이유만으로도 그러하다.

가령 이런 경우 이러한 태도를 시인하는 자가 있어서, 종족이 언젠가 자기에게도 같은 태도를 보일지도 모른다는 생각만 해도 즐거움은 단번에 사라지고 만다. 거절할 경우에도 요구하는 경우와 마찬가지로, 그것 자체가 문제가 되는 것이 아니라 문제는 종족이 동포의 한 사람에 대하여 이토록 완강하게 몸을 도사리는 것이 가능하다는 점이다. 뿐만 아니라 언제나 이 동포에 대해서 아버지답게, 아니 그 이상으로 겸허하게 생각해 주는 만큼 그 벽의 두께는 한층 절망적으로 생각되는 것이다.

이것이 종족이 아니고 개인의 경우라면 아마 이러한 식으로 생각될 것이다.

이 남자는 오랫동안 죽 요제피네의 말을 고분고분 들어왔지만, 언젠가는 그 노릇도 끝장내야겠다는 갈망을 품고 있었다.

그는 초인적인 인내로 많은 양보를 해왔음에도 불구하고, 양보에는 언젠가 한계가 오리라는 것을 굳게 믿고 있던 것이다. 아니, 오히려 그가 필요 이상으로 양보에 양보를 거듭한 것은 사태를 더 한층 빨리 진전시키기 위함이었으며, 요제피네를 우쭐하게 만들어 끊임없이 새로운 소망을 갖게 하여, 마침내 최후의 요구를 실제로 실천에 옮길 때까지 기다린 끝에, 모든 걸 냉정하게 거절해 버린다. 그런데 실제로는 그것과 사정이 다르다. 이 종족은 그와 같은 간사한 술책을 필요로 하지 않는다. 게다가 요제피네에 대한 그들의 숭배는 에누리가 없으며, 착오가 없는 것이다. 그리고 요제피네의 요구는 너무나 강력한 것이어서, 아무리 천진한 어린아이라도 그 결말을 예견할 수 있었으리라고 생각될 정도이다. 그럼에도 불구하고 요제피네가 사태를 이해하는 데에는 아까와 같은 억측이 포함되어 있으며, 거절당한 자의 고통에 일종의 씁쓰름함을 가미하고 있다는 것도 있을 법한 일이다.

그러나 설사 그녀가 그러한 억측을 품고 있건 말건, 그 때문에 투쟁에 기가 꺾인다든가 하는 기색은 조금도 없다. 최근 투쟁은 오히려 더욱 치열해지기까지 했다. 지금까지는 그저 말만으로 싸워 왔다면, 이제는 수단을 쓰기 시작한 것이다. 그녀의 말에 의하면 이것이 더욱 효과적이라는데, 우리의 생각으로는 그녀 자신에게는 더더욱 위험한 것으로 여겨진다.

어떤 사람들은 이런 생각을 하고 있다. 요제피네가 그렇게 초조하게 구는 것은, 그녀 스스로 나이가 들기 시작한 것을 느끼고, 목소리에 생기가 없어졌기 때문에 지금 이때를 놓치면 자기를 인정시키기 위한 투쟁은 불가능하다고 생각한 때문이라고. 나는 그렇게 여기지 않는다. 만일 그것이 사실이라면 요제피네는 요제피네가 아니다. 그녀에게는 나이 드는 일도 없으며, 목소리에 기운이 없어지는 일도 없다. 그녀가 뭔가를 요구한다면, 그것은 외적인 사정 때문이 아니라 내적으로 일관된 논리를 세우려 하기 때문이다. 그녀가 최고의 영예를 손에 넣고자 하는 것은, 자신의 위치가 낮아서가 아니다. 자유롭게 할 수만 있다면 그녀는 그것을 더 높이 올릴 것이다.

외적으로 곤란한 사정을 이렇게 경시하는 것은 그녀가 비열한 수단을 쓰는 데에 방해가 되지 않는다. 그녀의 권리는 누구나 인정한다. 따라서 어떤 수단으로 그것을 손에 넣건 무슨 문제가 된단 말인가. 특히 그녀가 눈으로 보는 이 세상에서는, 허울 좋은 수단일수록 무력함을 드러내지 않을 수 없는 실정이 아닌가. 아마 그녀는 그렇기 때문에 더욱 자기의 권리를 위한 투쟁을 노래의 영역에서 다른 데로, 즉 자신에게 다소 덜 소중한 영역으로 바꾸기까지 한 것이리라. 그녀의 추종자들이 그녀의 발언이라면서 밝힌 바에 의하면 그 여자는, 숨은 반대파는 물론 종족의 모든 계층에 진정한 기쁨이 되도록 노래를 부를 수 있다고 단언한다.

진정한 기쁨이란 것은, 옛날부터 요제피네의 노래에서 느끼고 있다고 주장하는 종족들이 내세우는 뜻에서가 아니라 요제피네가 요구하는 의미에서의 기쁨이지만. 그러나 그녀는 덧붙여 말한다. 그녀는 교양이 높은 사람을 속일 수도, 비천한 자에게 아부를 할 수도 없으니까, 자신의 노래도 지금 이대로의 상태로 있을 수밖에 없다고. 그러나 노동에서 해방되기 위한 그녀의 투쟁은 그것과는 취지가 다르다. 하긴 그것도 그녀의 노래에 관계되는 투쟁이기는 하지만, 여기서 그녀는 직접적으로 노래라는 값진 무기를 사용하지 않는다. 그러므로 어떠한 수단을 써도 그것으로 충분한 것이다.

이런 소문이 퍼졌다. 만일 양보가 얻어지지 않는다면 요제피네는 콜로라투라를 단축할 작정이라는 것이다. 나는 콜로라투라에 대해선 모른다. 아직 한 번도 그 여자에게서 콜로라투라 비슷한 낌새도 챌 수 없었기 때문이다. 하지만 요제피네는 콜로라투라를 짧게 하겠다고 한다. 전연 안하겠다는 것은 아니고 짧게 할 뿐이란다. 그녀는 그 협박을 실행에 옮겼는데, 나는 기왕의 공연과 조금도 달라진 점을 깨닫지 못했다. 그들 종족은 여느 때와 마찬가지로 그녀의 공연에 귀를 기울이고도 콜로라투라에 대해선 한 마디도 언급하지 않았다. 그건 그렇고, 요제피네는 그 용모와 마찬가지로 사고방식조차도 가끔 제법 멋진 데가 있는 것은 부정할 수 없다. 예를 들면 공연이 끝난 뒤에, 콜로라투라에 대한 그녀의 결심이 종족에게는 너무 가혹하고 갑작스러웠다는 듯이, 다음 기회에는 콜로라투라를 다시 완전히 부르겠다고 선언했다. 그러나 다음 연주회가 끝나자 그녀는 다시 생각을 바꿨다. 더 이상 콜로라투라는 하지 않겠다, 요제피네가 바라는 대로 결정이 이루어지기 전까지 콜로라투라를 부르지 않는다는 것이었다.

그런데 이 종족은 이러한 일체의 선언, 결의, 결의의 번복을 귓전으로 듣고 흘려버렸다. 흡사 어른이 무슨 생각에 잠겨 있어서 어린애의 재잘거리는 수다를 못 듣는 것과 마찬가지로, 원칙적으로는 호의적이었지만 전혀 상대도 하지 않는다는 식이다.

그러나 요제피네는 굴하지 않는다. 예를 들어 아주 최근에 육체 노동을 하다가 실수해서 발을 다쳤다, 그 바람에 노래를 부르는 동안 서 있기가 곤란해졌다, 앉아서는 노래를 부를 수 없으니까, 이번에는 노래를 함께 하는 수밖에 없다고 그녀는 주장했다. 그녀는 발을 절며 추종자들에게 부축을 받고 나타났지만 진짜로 다쳤다고 믿는 자는 아무도 없다. 그녀의 몸이 날씬하고 특별히 민감하다는 것은 인정한다지만 우리는 노동을 하는 종족이며, 요제피네도 그 일원이다. 우리가 조금 긁혔다고 금세 다리를 절거나 한다면 종족 모두가 계속 다리를 절며 살아야만 할 것이다. 그러나 그녀가 진짜 절름발이처럼 부축을 받으며, 이처럼 딱한 처지로 여느 때보다 더 자주 무대에 얼굴을 내밀면, 종족은 그녀의 노래를 감사히 여기며 이전과 마찬가지로 넋을 잃고 듣는다. 하지만 단축이 문제시되는 기미는 거의 없었다.

언제까지나 다리를 절고 있을 수는 없으므로, 그녀는 다른 수를 생각해 낸다. 피로, 불쾌감, 쇠약함을 방패로 내세운다. 우리는 이제 연주회 말고 연극도 볼 수 있게 된 셈이다. 우리는 추종자들이 요제피네의 배후에서 그녀를 달래고 얼러서 노래를 부르게 하려는 꼴을 본다. 그녀는 노래할 마음은 있지만 할 수가 없다. 모두들 그녀를 위로하고 비위를 맞추며 떠메듯이 하여, 그녀가 노래 부를 장소로 끌고 간다.

마침내 그녀는 까닭 모를 눈물을 글썽거리면서 승낙한다. 그러나 그녀가 분명히 마지막 기력을 다해 노래 부르기 시작하려 하면—여느 때처럼 팔을 벌리지도 않고, 몸에 붙여 맥없이 축 늘어뜨리고 있는 것을 보면, 양팔이 아무래도 좀 짧은 것이 아닌가 하는 인상을 받게 되는 것이지만—어쨌든 그렇게 해서 그녀가 노래를 부르기 시작하려 하자마자 역시 실패하고 마는 것이다.

그녀가 기분이 언짢다는 듯이 머리를 까딱까딱 움직였으

므로, 그것을 알 수 있다. 그녀는 우리들이 보는 앞에서 휘청거리면서 쓰러지고 만다. 물론 그녀는 억지로 일어나서 노래를 부른다. 그녀는 평소와 별로 달라 보이지 않는다. 아마도 섬세한 뉘앙스를 듣고 분간할 줄 아는 귀를 갖고 있다면, 거기에서 유별나게 흥분을 느낄 수 있겠지만 그것도 더한층 효과를 높일 뿐이다. 그리고 마지막에는 아까보다도 더욱 기운을 가다듬은 것같이 걸음걸이도 착실하게—하긴 그녀의 촐랑거리는 종종걸음을 그렇게 부를 수 있다면 말이지만—그녀는 퇴장한다.

추종자들의 도움을 일체 사양하고, 그녀를 위해 공손하게 길을 비켜주는 군중을 냉정한 시선으로 둘러보면서. 지난번은 이런 상황이었다. 그러나 최근 모처럼 그녀의 노래를 고대하고 있을 때, 그녀가 잠적해 버리고 말았다. 추종자들뿐만 아니라 많은 사람들이 수색에 나섰다. 하지만 모두 헛일이었다. 요제피네는 자취를 감춰버리고 말았다. 그녀는 노래를 부르고 싶지 않은 것이다. 노래를 불러달라고 부탁하는 것초차 그녀는 바라지 않았던 것이다. 그녀는 이번에야말로 완전히 우리 곁을 떠나버린 것이다.

이상하다. 그녀가 어째서 그런 계산착오를 한 걸까? 꽤 영리한 그녀가. 그것은 계산 같은 것은 전혀 하지 않고, 우리의 세계에서는 비극적인 것이 되지 않을 수 없는 그녀의 운명에 그저 끌려가는 꼴이 될 뿐이 아닌가, 하고 생각하고 싶을 정도이다. 그녀는 스스로 노래를 그만두고, 타인의 넋을 매료시켰던 그 힘을 깨트려 버리는 것이다. 대관절 어떻게 해서 그녀는 그러한 힘을 얻을 수 있었던 것일까. 그녀는 남의 마음을 거의 알지 못하는데, 그렇다고 숨어서 노래를 부르지는 않는다. 그러나 종족은 당황하거나 실망하지도 않고 위엄을 유지하며, 겉으로 보기에는 그 반대로 보여도 실제로는 선물을 줄 뿐이지 결코 받을 수 없고, 유유자적하는 무리인 이 종족은 여전히 자기의 길로 계속 전진할 것이다. 그러나 요제피네의 운명은 이미 내리막길을 면치 못하리라.

결국 그녀의 마지막 숨결이 울리고, 그냥 그대로 끝장이 날 시기가 올 것이다. 그녀는 우리 종족의 영원한 역사 속에 나타났다가 사라지는 희미한 에피소드에 불과하다. 종족은 그 상처를 극복할 것이다. 물론 우리 쪽도 문제가 없는 것은 아니다. 완전한 침묵 속에서 어떻게 모임이 이루어질 것인가? 하긴 요제피네가 있었을 때에도 쥐 죽은 듯이 고요하지 않았던가. 그녀가 실제로 노래를 부르고 있었을 적에도, 그녀의 피리소리 같은 노래는 추억 속에서보다 어느 만큼 분명하고 생생한 것이었을까? 그녀가 살아 있었을 때에도 본래 그것은 추억 이상의 것이었을까? 오히려 이 종족은 타고 난 현명함 때문에 요제피네의 노래가 이러한 뜻에서 불멸하다는 것을 알았으므로 그토록 높이 평가하고 있었던 것은 아닐까?

우리는 요제피네가 없어졌다고 해서 그다지 곤란한 일은 없을 것이다. 한편 요제피네는 지상의 고뇌—그녀의 의견에 따르면 그것은 선택받은 자에게 있게 마련이지만—에서 해방되어 우리 종족의 수많은 영웅들의 무리 속으로 즐거운 듯이 끼어들어 갈 것이다. 그리고 마침내 우리는 역사를 쓰지 않으니까 더 한층 해방감을 느끼며 그녀의 모든 동포와 같이 깨끗이 잊혀지고 말 것이다.

프란츠 카프카는 1883년 프라하에서 태어나 1924년 키를링의 요양소에서 마흔한 살로 생을 마쳤다. 흔히 그를 요절했다고 한다. 그러나 요절에 대해 우리가 갖고 있는 통념은 41세라는 나이에 얼마간의 저항을 느끼게 한다. 그러나 그는 죽음과 함께 인생이 시작되었다고 할 수 있다.

그의 생애는 현대 작가들의 전기를 특징짓는 운명을 둘러싼 사건 같은 것은 없다. 망명을 했다든가, 긴 여행을 했다든가 하는 일도 없었다. 보통 '교양 체험'이라고 하는 체험도 없었고, 같은 시대의 위대한 작가와 만난 일도 없었다. 동시대인인 로베르트 무질, 호프만슈탈, 라이너 마리아 릴케 등의 얼굴조차 몰랐다. 몇몇 친구와의 교제만으로 한정된 그의 생활은 윌리엄 예이츠, 아달베르트 슈티프터의 생활과 비슷한 '소도시인'의 생활이었다. 법률가 카프카는 14년 동안 프라하의 '보헤미아 왕국 노동자 재해보험협회'

에 근무했는데, 저녁부터 한밤중까지 '갈겨쓰는' 일이 유
일하게 즐거움이었다.

이 프라하의 유대인이 근무시간 외에 갈겨쓴 작품은 세계
적으로 유명해졌다. 1920년대에는 독일 문학 전문가들의
작은 그룹에서밖에는 알려지지 않았던 그의 소설이 특히 프
랑스에서, 처음에는 앙드레 브르통이나 미술 잡지 「미노토
르」 그룹에 의해, 뒤에는 카뮈, 사르트르 등에 의해 발굴되
고, 마침내는 영국과 미국에까지 알려지게 되었다.

그의 작품이 독일로 돌아온 것은 겨우 1950년이 되어서
였다. 그로부터 몇 년 동안 그의 친구였던 막스 브로트에 의
해 본격적인 독일어판 전집이 간행되기 시작했다. 카프카
의 작품은 그가 죽고 나서 비로소 전 세계의 독자를 갖게 되
었다.

프란츠 카프카의 문학 세계는 극한 상황에 놓인 현대인의
악몽 세계다. 일반적인 호칭에 따르면 이것은 '고독'이라
는 극한 상황인데, 고독이 바로 막다른 골목이 돼 버렸다는
데에 이 고독의 전혀 새로운 국면이 있다. 그것은 이미 낭만
파 시인들이 희구한 '폴른 플라워'의 감상적인 고독도 아니
고, 시민사회 도덕에 대한 반역의 한 형식으로 니체, 보들
레르가 외친 고독과도 근본적으로 다르다. 도대체 '자기가
자기 자신과 관계하는 것과의 관계'로서의 고독이라는 것

정도가 아니다. 거꾸로 여기서는 자기가 모든 관계에 박탈당해 버리고 마는 것이다. 존재가 그것에 수치를 주던 세계라는 좌표에서 무서운 지동을 일으켜 제로 지점으로 굴러 떨어져 버린 것이다.

우선 현대문학을 고찰함에 있어 무엇보다 중요한 것은 '현대'는 이미 '근대'가 아니라는 점이다. 근대는 벌써 무너졌다. 물론 우리들은 근대 다음에 성립한 새 세상에 아직 살고 있지는 않다. 그와 같은 새 세상이 아직 성립되지 않았기 때문이다. 그렇다고 해서 근대 세계에서는 이미 나와 버린 것이다. 즉 우리는 이 '이미 없는' 것과 '아직 없는' 것의 두 부재 사이에 끼여 있다.

현대는 그대로 부재의 세계, 제로의 세계이다. 세계란 존재에 수치를 주는 좌표이다. 그런데 현대는 존재의 수치가 제로인 좌표이다. 현대가 위기의 시대라고 하는 것도 바로 이런 뜻에서이다.

카프카의 생애는 약간의 연애 사건을 제외하면 겉으로는 아무런 파란도 없는 평범한 일생으로 보이지만, 내면적으로는 불행한 별 아래 태어난 고뇌의 41년이었다. "나는 멋진 상처를 갖고 이 세상에 태어났다. 그것이 내가 세상에 나오면서 한 몸치장의 전부였다."고 하는 『시골 의사』 속의 말은 그대로 카프카 자신에게도 들어맞는 말이다. 문학도 결국 이 쓰라린 상처를 낫게 하지는 못했다. 그의 작품이 나치스의 손에 불태워지기 전에 그 자신은 그것이 소각될 것을 유언하고 있었던 것이다.

그의 상처는 시대의 상흔과 깊이 이어져 있었다.

"나는 시대의 부정적인 면을 힘차게 끌어안고 말았다. 어쨌든 현실은 나 자신에게 가장 친근한 것이고, 내게 이 시대와 싸울 권리는 없다고 하더라도 어느 정도 그것을 대표할 권리는 있다. 나는 약간의 긍정적인 면에도, 또 긍정으로 옮길 만한 극단적인 부정적인 면에도 전혀 관여하지 않았다. 나는 키에르케고르같이 이미 쇠약해져 가는 크리스트교에 인도되어 온 것도 아니고 시오니스트들처럼 시대의 바람에 펄럭이는 유대교의 기도에 매달려온 것도 아니다. 나는 종말이든가 아니면 발단이다."

이것은 유고에서 발견된 카프카의 글이다. 실로 그는 시대의 부정적인 면만을 대표하는 것에 평생을 바친 작가였다.

『변신』의 주인공 그레고르 잠자! 그는 근면한 세일즈맨으로서 한 집안의 경제적 기둥이었다. 그러던 어느 날, 그레고르 잠자의 선량한 뇌리에 문득 '식구들만 아니라면 이런 일은 이제 집어치웠으면' 하는 상념이 번득이자, 단순히 그것만으로 갈색 벌레로 변신해 버린다.

그레고르는 한 가정의 착한 아들이며, 사회의 모범적 시민이었는데, 이것은 그의 존재가 가족을 위한, 사회를 위한 존재일 뿐 자신을 위한 존재가 아니었다는 것, '자기 자신과 관계하기 위한 관계'여야 하는 그가, 자기 이외의 것과 관계하기 위한 관계에 내팽개쳐 버리고 말았다는 것, 자신의 본성에서 하이데거의 소위 '세상 인간'(Das Mann)의 세계에 퇴락해 버리고 말았다는 것, 바로 그것을 말한다. 이제까지의 그레고르는 자기 자신으로 존재한다는 인간의 본성을 포기함으로써 '세계'의 모범적 시민일 수 있었다. 그런데 어떤 악마의 유혹 때문이었는지 그는 이 퇴락을 알아차렸던 것이다.

그러나 현대 사회의 율법은 인간이 자기 자신의 본성을 유지하는 것을 허락하지 않는다. 즉, 인간을 사회라는 거대한 메커니즘 속의 한낱 톱니바퀴로 만듦으로써 철저하게 기능화하고, 추상화하고, 비인간화시켜 버렸다. 인간이란 이미 한 개의 톱니바퀴 작업이라는 형태로 떠맡겨진 하나의 기능에 지나지 않는다. 가령 아들의 변신 뒤에 그레고르의 아버지는 집에서도 은행 사환의 제복을 입은 채 밤마다 거실의 의자에 기대앉아 잔다. 금단추의 제복을 입은, 아니 제복 속에 갇혀진 이 추악한 살덩어리. 이것이 바로 소외된 현대인의 모습이며, 직업이 삼켜 버린 인간의 모습이다.

철저한 리얼리스트였던 카프카의 작품에 나오는 인물들

은 한결같이 매정할 정도로 직업적 기능인으로서만 그려지고 있다. 그들이 얼핏 추상적으로 보이는 것은 그 때문이다. 그러나 그것은 그들이 현실적 인간의 추상화라는 것도 아니고, 추상 관념의 인간화, 즉 우의적 인물이라는 것도 아니며, 이미 현실의 인간 그 자체가 추상적 존재로 퇴락해 버렸다는 것이다. 그들의 추상성은 오히려 카프카 문학의 리얼리즘을 증명하고 있다. 그의 작품에서 이런 직업적 기능을 하고 있지 않은 것은, 적어도 '이고자' 하지 않는 것은 언제나 주인공뿐이다. 그러나 바로 그 때문에 주인공은 사회에서 쫓겨나고, 세상에 소속되지 못한다는 비극을 부른다. 그레고르 잠자의 경우가 그것이다. '벌레' 란 자기 자신에 눈뜸으로써 직업이 유일한 존재 형식이라는 사회의 율법을 어긴 인간이 벌레처럼 쓸려 가는 '유형지' 인 것이다.

그레고르는 벌레가 된 지점, 즉 이 유형지의 제로 지점에서 대체 어디로 가는 것일까. 이 애굽의 땅, 그 노예의 집에서 어떻게 탈출하고 어떻게 존재의 수치를 획득하는 것일까.

카프카의 모든 작품은 이 중심 테마를 에워싸고 펼쳐지는 하나의 '출애굽기' 라고 할 수 있다. 그러나 결국은 내세와 부활이 없는 좌절로 끝나는 '출애굽기' 인 것이다.

그러면 카프카의 에로티시즘은 어떤 것일까?

『심판』에서도 『성』에서도 주인공과 여인의 관계는 '안녕

하세요'라는 말 한 마디 없이 처음부터 성적 행위가 시작된다. 『죄와 벌』의 경우와 마찬가지로 여기서도 보통 남녀 관계가 거치는 순서와는 정반대의 길을 밟는다.

도대체 이와 같은 과정은 무엇을 뜻하는 것일까. 인간과 인간의 결합은 중세에 있어서는 신과 교회에 의해 굳게 맺어지고 있었다. 그러나 근대는 신을 부정함으로써 인간의 결합 관계를 허물어뜨렸다. 근대 시민 사회는 계약으로 성립되는 사회라고 하지만 이와 같은 계약은 인간의 참다운 결합을 낳을 수가 없다. 그래서 남겨진 유일한 결합 수단으로 에로스가 지극히 중요한 의미를 갖게 되는 것이다. 19세기를 절정으로 하는 근대 문학이 모두 연애문학인 까닭도 이런 점에 있다.

카프카의 에로티시즘은 근대적 에로티시즘의 마지막, 그리고 가장 철저한 형태다. 게다가 여기서도 여성은 철저하게 단순한 기능만 하는 것으로 그려져 있다. 여성의 기능은 이른바 '관계한다'는 표현에 나타나 있듯이 '관계' 그 자체이다. 이방인은 여성과 관계함으로써 비록 덧없는 성적 결합의 순간만이라도 세상과의 관계를 얻고자 하는 것이다.

프란츠 카프카 연보

1883년 체코의 수도 프라하에서 아버지 헤르만과 어머니 율리의 장남으로 태어남. 후에 엘리, 발리, 오틀라 3명의 여동생이 태어남.

1889~1893년 전 학년이 유대인인 독일어계 초등학교에 다니면서 가정교사로부터 프랑스어를 배움.

1893~1901년 스피노자, 니체, 괴테 등에게 매료됨. 아버지의 사업이 더욱 번창함.

1905년 『어느 싸움의 수기』 집필.

1906년 프라하 카를 대학교 졸업. 법학박사 학위를 받음. 이후 프라하의 형사법원 및 민사법원에서 사법연수생으로 활동함.

1908년 7월, 노동자재해보험국에 취직함.

1910년 일기를 쓰기 시작함.

1912년 장편 『아메리카』 집필 시작함.

1913년 장편 『아메리카』 1장 「화부」 출판함.

1914년 5월, 베를린에서 펠리체 바우어와 약혼. 제1차 세계대전 발발. 7월 파혼. 『유형지에서』 완성함.

1915년 『변신』 출판. 『화부』로 폰타네 문학상 수상함.

1916년 『사형선고』 출판함.

1917년 펠리체와 다시 약혼했으나, 결핵으로 약혼을 취소함.

1919년 『유형지에서』『시골의사』 출판. 『아버지에게 보내는 편지』 집
필함.

1920년 『밀레나에게 부치는 편지』를 쓰기 시작함. 병세가 악화되어 타트
라 새너토리엄으로 거처를 옮김.

1922년 『성』 탈고함.

1923년 『단식광대』『성』 출판함.

1924년 결핵으로 사망하면서 『춤추는 요제피네』 집필을 중단됨.

1927년 『아메리카』 출판함.

1931년 『중국의 만리장성』 출판함.